C.Bertelsmann

SUSANNE BETZ

HEUMAHD

ROMAN

C.Bertelsmann

Sollte diese Publikation Links auf Webseiten Dritter enthalten,
so übernehmen wir für deren Inhalte keine Haftung,
da wir uns diese nicht zu eigen machen, sondern lediglich
auf deren Stand zum Zeitpunkt der Erstveröffentlichung verweisen.

Penguin Random House Verlagsgruppe FSC® N001967

2. Auflage 2022
Copyright © 2022 der Originalausgabe by C.Bertelsmann
in der Penguin Random House Verlagsgruppe GmbH,
Neumarkter Straße 28, 81673 München
Umschlag: www.buerosued.de
Umschlagmotiv: Magdalena Russocka/Trevillion Images,
www.buerosued.de
Satz: Leingärtner, Nabburg
Druck und Bindung: GGP Media GmbH, Pößneck
Printed in Germany
ISBN 978-3-570-10345-6

www.cbertelsmann.de

Kapitel 1

Sanft und gleichmässig verteilte sich Nieselregen über die Trauergemeinde. Die Lodenjacken und Hüte der Männer hielten der Feuchtigkeit stand. Die schlimmste Nässe kam ohnehin von unten durch die genagelten Stiefel, die auch die Frauen trugen. In den vergangenen Tagen hatte es stark getaut. Die wenigen Gassen des Dorfes waren schmierige Rinnen geworden. Und der Platz zwischen Kirche und Brückenwirt hatte sich in einen braunen Tümpel verwandelt, in dem Kinder und Karren stecken blieben. Auch auf dem Friedhof von Loisbichl, wo die Graseggers seit jeher in der dritten Reihe gleich rechts vom Hauptweg ein Grab besaßen, standen die Menschen im Matsch.

Aber Hauptsache, der lange Winter war vorbei. So mancher schaute verstohlen vom frisch ausgehobenen Grab hoch zu den rahmweißen Bäuchen der aus dem Süden zurückgekehrten Schwalben. Das wagte Vroni zwar nicht, aber das ausgelassene Gezwitscher und die schnellen Flügelschläge über ihrem Kopf erleichterten es ihr, die Kondolenzsprüche zum einen Ohr hinein- und zum anderen hinausgehen zu lassen.

»Du musst jetzt dein Zeug zusammenhalten, Bäuerin, und stark sein.«

Vroni nickte zum x-ten Mal.

»Ich konnte mir von deinem Bauern immer den Stier holen, das bleibt doch dabei, nehme ich an«, raunte Karl Rieger vom

Streunerhof und schleuste seine Bäuerin so schnell vorbei, dass sie der Witwe nicht einmal die Hand schütteln konnte. Ein Fremder mit einem Bart wie zerrupftes Heu drehte sich um, als er an der Reihe war, und bellte die Loisbichler und herübergewanderten Krüner und Wallgauer an: »Der Grasegger war mein Freund. Wer das Gegenteil behauptet, kriegt eins aufs Maul.« So schnell wie er gekommen war, verschwand der Landstreicher wieder vom Friedhof. Nur der Geruch von Schnaps und fauligen Zähnen blieb zurück. Unter größten Anstrengungen verbiss es sich Vroni, in schallendes Gelächter auszubrechen, was den Duck auf ihre volle Blase verschlimmerte. Der nächste Kondolierende stand bereits vor ihr.

»Der Herrgott gibt's und der Herrgott nimmt's.«

»Du sagst es, Gschwandnerbauer, du sagst es.«

»Mein aufrichtiges Beileid, Graseggerin. Er war ein schneidiger Mann, dein Bauer, der Herr hab ihn selig.«

»Dank dir Huberin, dank dir.«

»Wenn du was verkaufen willst, dann wende dich jederzeit an mich«, gurrte die Huberin. Ruckartig hob sie den Kopf und versetzte damit ihren Kropf, ein weißes, nahezu eigenständiges Lebewesen, in Schwingungen. Ein Naturschauspiel, dem immer gern zugeschaut wurde, denn im ganzen Werdenfelser Land gab es keinen zweiten Kropf von solch stattlichem Umfang. Auch deswegen war seine Besitzerin eine Autorität im Dorf.

Die Huberin gab ihrem Mann und den drei erwachsenen von insgesamt vier Söhnen, die gleichermaßen sehr rotblond und sehr hellhäutig waren und lange Gesichter hatten, sowie einer Schwiegertochter, die das erste Enkelkind auf dem Arm und das zweite im Bauch trug, ein oft exerziertes und augenblicklich befolgtes Handzeichen. Der Familientrupp trat zurück und bildete einen engen Halbkreis um die Bäuerin.

Die füllige Frau, die vor einunddreißig Jahren in den größten Hof weit und breit eingeheiratet hatte, beugte sich so vor, dass Vroni zwei kleine stachelbeergrüne Augen auf sich gerichtet sah. Es fehlte nicht viel, und ihr Kinn wäre von dem ausladenden Kropf berührt worden, Vroni spürte ihn trotzdem. Flaumig und nicht unangenehm.

»Ich sag dir, wenn du es gescheit anstellst, bringst du es noch zu was. Mit deinem Hof und deinem Gesicht. Aber gescheit musst du es anstellen, gescheit.«

»Aha, wenn du das sagst«, murmelte Vroni in Richtung des Sarges, der vor einer knappen halben Stunde hinuntergelassen worden war.

»Wir verstehen uns, nicht wahr! Du und ich.«

Die Stachelbeeraugen wurden stechender, und Vroni bekam ein mulmiges Gefühl im Bauch. Sie rückte ihren steifen runden Hut zurecht und wandte sich abrupt dem ältesten Knecht vom Waserhof zu, der ihr bereits seine schwielige Hand entgegenstreckte, an der beim Holzhacken von drei Fingern das erste und zweite Glied abhandengekommen waren. Dabei brauste es in Vronis Kopf: *Was meint die Huberin mit verstehen? Ahnt sie etwas von meinem Glück?*

Länger als nötig hielt Josef Hornsteiner die Hand der jungen Witwe. Sie ahnte, dass ihn ein schlechtes Gewissen plagte, weil er ihren Bauern schwankend durch die eiskalte Dunkelheit und damit in seinen Tod hatte weiterziehen lassen. Gern hätte sie ihn von seinen Seelenqualen befreit. Stattdessen presste Vroni die Zähne zusammen und schlug mit einer tieftraurigen Miene die Augen nieder. Sie spürte, wie das Rosl an ihrer Seite unruhig wurde. Das Idiotenkind.

Mit dem flachen Mondgesicht, in dem die Augen geschlitzt und weit auseinander standen, und aus dessen Mund jetzt auch wieder ein Speichelfaden tropfte. Vroni schämte sich deswegen und ärgerte sich im nächsten Moment, dass sie sich schämte. Denn das Idiotenkind, dessen Mutter, die erste Frau des Bauern, bei der Geburt gestorben war, war das liebste Wesen auf dem Hof, in den Vroni vor knapp zwei Jahren eingeheiratet hatte. Abwechselnd hob es sein linkes und rechtes Bein und stieß gurgelnde Laute aus. Lange, so mutmaßte Vroni, würde das kleine Mädchen es nicht mehr aushalten, dann würde es nass zu den Wollstrümpfen durchsickern. Und weil der alte Rock zu kurz war und schon an den Waden endete, konnte jeder die Blamage sehen.

Übermütig zogen die Schwalben enge Schleifen über dem Friedhof. Sie flogen zwischen ihren Nestern, die sie unter die Dachvorsprünge klebten und den offenen Stallfenstern hin und her und zwitscherten so hell, dass jeder Mensch sich freuen musste, auch wenn er sich nicht sowieso schon so freute wie Vroni. Die presste die Kiefer noch etwas fester zusammen und hoffte, dass außerdem der runde dunkelgrüne Hut auf ihrem Kopf ihren wahren Gemütszustand verbarg. Niemand sollte ihr anmerken, dass sie wie schon in der Kirche auf ihrem Platz auf der Frauenseite, der mit einem Messingschild als der der Graseggerbäuerin ausgewiesen war, an den Schweinsbraten dachte, den sie zum Leichenschmaus bestellt hatte. Und an die nächste Nacht und alle weiteren Nächte, in denen sie ebenso gut schlafen würde wie in der ersten nach dem Tod des Bauern.

Als nächstes trat Mathilde Klotz heran, die Bäuerin vom Blaserhof, um ihr Beileid zu bekunden. Bei ihr hatte Vroni als Kindsmagd gearbeitet, die letzte, aber nicht die schlechteste von vielen Dienststellen seit ihrem zwölften Lebensjahr. Die Frau, die die meisten auf dem Friedhof um einen Kopf überragte und ein herbes Männergesicht hatte, verzichtete auf eine scheinheilige Litanei. Sie legte vertraulich eine ebenfalls große Hand auf Vronis Schulter.

»Ich glaube«, sagte Mathilde Klotz, die schon einmal mit dem Fuhrwerk nach Murnau gefahren war und von dort ohne ihren Mann mit der Eisenbahn weiter nach München, um bei einer Behörde persönlich vorzusprechen,»dass du alles gut hinkriegst. Du bist ja wirklich eine sehr vernünftige Person.« Vroni schluckte. Nach der langen Messe und dem noch längeren Herumstehen auf dem Friedhof fühlte sich ihre Kehle an, als ob sie mit Holzspänen vollgestopft wäre. *Was für ein Kompliment.* Es fiel Vroni nicht leicht, dem klugen und aufmerksamen Blick der Bäuerin standzuhalten. Sie sagte deshalb einen langen Moment nichts und dann auch nur:»Ich danke dir, Bäuerin.«

Flüchtig wurde das für seine sieben Jahre auffallend kleine und gedrungene Rosl getätschelt, das daraufhin plötzlich seinen Mund verzog und unpassend laut lachte. Mathilde Klotz entschuldigte sich. Nein, zum Leichenschmaus drüben im Brückenwirt könne sie leider nicht mitkommen. Erstens hätten bei der Frau eines Krüner Flößers am frühen Morgen Wehen eingesetzt, und es sei das erste Kind. Sie konnte nun mal am besten helfen, wenn sich eine schwertat, sogar im Mutterleib verkehrt herumliegende Kinder brachte Mathilde Klotz zum Drehen. Zweitens wollte sie unbedingt noch etwas Ringelblumensalbe in einen kleinen Tiegel abfüllen und Vroni zukommen lassen, bevor die sich auf den langen Heimweg machte.

Der ehemaligen Dienstherrin war nicht entgangen, dass Vroni ihre Hüfte schief hielt und, wenn auch für weniger geschulte Augen kaum bemerkbar, humpelte. Sie war auch eine der wenigen Personen bei der Beerdigung, die ahnten, dass der Grasegger kein guter Ehemann gewesen war. Mathilde Klotz seufzte. Blaue Flecken und schlecht heilende Wunden sah sie bei Wöchnerinnen oft genug. Sie spannte ihren schwarzen Regenschirm auf, außer ihr besaß nur die Huberin solch ein luxuriöses Ding, und bahnte sich einen Weg durch den Schlamm und die noch herumstehende Dorfgemeinschaft zum schmiedeeisernen Friedhofstörchen.

Es war Mitte April, als Vroni die Beerdigung abhielt. So üppig, dass ihr niemand vorwerfen konnte, dem Ludwig Grasegger nicht genügend Ehre zu erweisen, aber bescheiden genug, damit sich keiner das Maul über Extravaganzen zerriss. Eigentlich hätte sie damit gern noch etwas gewartet und lieber den 23. April genommen, den Tag des Heiligen Georg, immerhin einer der vierzehn Nothelfer. Aber dann hätte der Bauer im Hühnerhaus wahrscheinlich schon zu riechen begonnen.

Es war im tiefsten Winter passiert.

Am Abend vor Mariä Lichtmess war der Bauer auf dem Heimweg vom Loisbichler Wirtshaus ganz offensichtlich im Suff gestürzt, eingenickt und dann erfroren. Nur einen Steinwurf nach der Gabelung, an der sich der Hornsteinerbauer von ihm verabschiedet hatte, um ebenfalls mehr oder weniger angetrunken, aber heil den restlichen Weg zu seinem eigenen Hof zurückzulegen. Froh darüber, dass der Bauer nicht neben ihr lag und sich von hinten mit Gewalt an sie drängte, war Vroni in jener Nacht schneller als sonst eingeschlafen. Erst kurz vor fünf Uhr am nächsten Morgen war Ludwig Grasegger vermisst worden.

Vroni hatte wie immer die Kerze auf ihrer Seite der Bettstatt angezündet und sich das Stallgewand übergestreift. Die Kühe brüllten bereits mit schweren Eutern und stampften unruhig, sodass es in dem ganzen gedrungenen Körper des Hofes zu spüren war. Die Schlafkammer der Eheleute grenzte unmittelbar an den Stall. So konnte der Bauer nachts durch die dünne Holzwand hören, wenn mit einem Tier etwas nicht stimmte. Zudem gab der Stall Wärme ab. Nach kurzer

Beratung machte sich der Knecht Korbinian mit einer Laterne auf die Suche, während Vroni und Josefa, die Magd, ihre dreibeinigen Schemel unter die Bäuche von Schatza und Irmi stellten und zu melken begannen. Als sie damit fertig waren und ausgemistet hatten, was sonst die Arbeit der Männer war, gingen sie in die Küche, bereiteten die Milchsuppe vor, weckten und wuschen danach den Onkel. Das Rosl ließen sie ausnahmsweise in seinem fensterlosen Verschlag unter der Treppe weiterschlafen.

Nachdem sie ohne ein einziges Wort zu wechseln die Suppe, in der gelbe Butterschlieren schwammen, ausgelöffelt hatten, schickte Vroni Josefa zum Holzhacken. Sie selbst setzte sich auf einen der vier Stühle, strickte und wartete.

Die Rückenlehnen dieser Stühle, in die die filigranen Profile zweier Gamsbockköpfe geschnitzt waren, rieb Vroni von Zeit zu Zeit mit Bienenwachs ein und wunderte sich, welcher Graseggerbauer so viel Sinn für Schönheit gehabt und vor allem dafür Geld ausgegeben hatte.

Im Gegensatz zu den meisten anderen Höfen war das gesamte Erdgeschoss des Wohnkopfes aus Bruchsteinen und großen Kieseln gemauert, die aus dem Flussbett der Isar stammten. Manche Loisbichler lästerten noch immer über das angeberische Steinhaus, das bereits ein Jahrhundert stand, nachdem ein Feuer das hölzerne Vorgängergebäude zerstört hatte. Der rückwärtige Teil des Hofes mit Stall, Scheune und Heuboden bestand ebenso wie das Dachgeschoss des Wohntraktes mit einem Balkon, den niemand mehr zu betreten wagte, aus geschälten Holzstämmen, die mittlerweile fast schwarz verwittert und spröde waren.

Die Zwischenräume der Stämme waren einst mit Moos und Flechten abgedichtet gewesen. Doch inzwischen war die Füllung so porös, dass Kälte, Wind, Insekten und auch

Marder nahezu ungehindert hineinschlüpften. Der größte Raum des Hofes war die Küche.

An zwei Seiten ließen je zwei Fenster, winzig, einigermaßen quadratisch und von Sprossen geviertelt, etwas Licht herein. Seit Wochen aber waren die Scheiben blind vor Eisblumen, und es herrschte auch morgens Düsternis in der Küche. Die Wände hätten dringend geweißelt und die runzeligen Fichtendielen abgezogen werden müssen. Die rechte hintere Ecke beherrschte ein klobiger Tisch, dessen Platte Vroni regelmäßig mit Sand scheuerte. Dahinter verlief über Eck eine Bank, davor standen die Stühle, aber so gut wie nie waren alle Plätze besetzt. Früher hatte es zusätzlich zu Josefa noch eine Stall- und eine Kuchlmagd gegeben, die der Bauer aber entlassen hatte, als wieder eine Bäuerin auf den Hof kam.

Der große gusseiserne Herd mit dem umlaufenden Gestänge knapp über Kopfhöhe befand sich gleich links von der Tür. Er war aber der Mittelpunkt des gesamten Hofes. Heißes Wasser im Schaff zum Waschen, Putzen und für den Kaffee, die Suppen, auf denen Fettaugen schwammen, die mit Haut überzogene Milch, das stundenlang einkochende Kraut, das man roch, sobald man die Kuppe des Geißschädels erreichte, Kartoffelspeisen in allen Varianten, hin und wieder Gesottenes oder ein Braten: alles kam vom Herd. Dazu unentwegt Fauchen und Prasseln, sodass die Wortkargheit auf dem Hof Vroni, wenn sie Teig knetete oder Löcher flickte, nicht ganz so schwer auf die Brust drückte.

An die Einzelheiten des Vormittags von Mariä Lichtmess erinnerte sich Vroni nicht mehr, während sie die Hände der zahllosen Trauergäste schüttelte, zu überwältigend war damals die Nachricht als solche gewesen. In dem Moment, in dem Korbinian mit schreckensweiten Augen in die Küche gestürzt war und herausgestoßen hatte, dass der Bauer steif und kalt unter einer Esche liege, hatte sie erst einmal nur ihren Strickstrumpf beiseitegelegt und die Hände flach auf die Tischplatte gedrückt. *Unter einer Esche! Esche, Esche, Esche.* Vroni konnte nichts sagen.

Sie hatte auch nichts gefühlt, in ihr war eine große Leere. Was sollte man auch sagen oder fühlen bei etwas, das so weit außerhalb des Vorstellbaren lag? Denn genauso gut hätte Korbinian behaupten können, das Karwendel wäre umgekippt. Der große Berg von der Welt verschwunden, von einem Moment zum anderen.

Stammelnd hatte Korbinian, sein altersloses Gesicht noch etwas spitzer als sonst, die Botschaft wiederholt: Nichts sei mehr zu machen gewesen, nur die Augen habe er dem Bauern zudrücken können. Jemand vom Hornsteinerhof müsse helfen, den Leichnam hochzutragen.

»Jemand vom Hornsteinerhof«, wiederholte Vroni. Tonlos und mechanisch kamen die vier Worte aus ihrem Mund, dabei starrte sie Korbinian weiterhin an, als ob sie ihn zum ersten Mal sah. *Wie konnte ein Mensch, der so laut und mächtig war wie der Bauer, plötzlich tot sein?* Sie hatte die Augen zusammengekniffen und die Verästelungen eines großen Schimmelflecks an der Küchenwand links vom Gekreuzigten studiert. Als Korbinian erneut losstürmte und die Küchentür krachend hinter ihm zufiel, war Vroni versteinert sitzen geblieben, nur ihr Kiefer lockerte sich und bewegte sich mahlend hin und her.

Im Herd prasselte und knisterte das Feuer so munter wie zuvor. Es roch nach dem Rest Graupensuppe mit Speckwürfeln, der noch vom Vortag auf dem Herd stand und zum Mittagessen aufgewärmt werden sollte. Irgendwann hatte Vroni mit tauben Fingern nach dem braunen Strumpf gegriffen, der für den Onkel bestimmt war, und mechanisch Runde für Runde weitergestrickt. Ganz langsam nur sickerte der Inhalt von Korbinians Mitteilung in sie ein. Erst als sie zwei Stunden später den Toten mit eigenen Augen sah und mit kratziger Stimme Korbinian und Sepp Ginger, den ersten Knecht vom Hornsteinerhof, anwies, den Bauern nicht ins warme Haus zu bringen, sondern ihn noch ein kleines Stück weiter zu tragen, realisierte Vroni, dass ihr dreiundzwanzigjähriges Leben eine entscheidende Wendung nahm.

An dem Tag ging auf dem Geißschädel ausnahmsweise kein Wind. Es war, als ob sogar die Natur die Luft anhielt. Der Wasserstrahl, der sonst unentwegt in den ausgehöhlten Baumstamm schoss, war zu einem klobigen Eiszapfen verstummt. Nur der Schnee knirschte unter den Stiefeln, und der Frost ließ die Äste des alten Bergahorns rechts vom Hofgebäude knarzen. Die trockene Kälte brannte auf der Gesichtshaut der Menschen und schnitt in ihre Nasenlöcher.

Trotzdem atmete Vroni tief in die Lungen ein. Sie schaute genau hin, als der brettharte Männerkörper, so nahe an ihr vorbeigeschleppt wurde, dass eines der Hosenbeine aus Lodenstoff ihren Rock berührte, weil Korbinian und Sepp Ginger dem Brunnen ausweichen mussten. Vroni glaubte, ein leises Kratzen zu hören. Seine Augenbrauen und der sorgfältig gestutzte Kinn- und Backenbart waren weiß gefroren. Sie zog ihr Wolltuch fester um die Schultern und atmete noch einmal die kalte Luft tief ein und stieß sie kräftig aus.

»Wohin?«, fragte Korbinian. Mit dem Kinn wies Vroni ihm den Ort, ging voran und schob den Riegel zurück. Mit Händeklatschen und schnellen Schritten trieb Vroni das Dutzend brauner, weißer und weißbraun geschoeckter Hühner und ihren Hahn aus ihrer Behausung und hinüber zum Stall. Dort warf sie ihnen eilig einem Haufen Heu hin, während die Kühe und die beiden Ochsen erschrocken glotzten. Das Hühnerhaus wurde jetzt dringend anderweitig gebraucht.

Stöhnend und nicht gerade sanft legten die beiden Männer ihre gefrorene Last auf der Einstreu ab, auf der gerade eben noch die Hühner aufgeplustert zusammengehockt hatten. Dort würde der Bauer bleiben, tot und in der Kälte bis auf Weiteres konserviert.

Reiner Zufall war es gewesen, dass in der Scheune eine Anzahl Eichenbretter trocknete, aus denen Korbinian in aller Eile einen Sarg zimmerte. Eigentlich waren die Bretter für einen Schrank bestimmt gewesen. Ludwig Grasegger wollte über den Türflügeln Tag, Monat und Jahr seiner Geburt einschnitzen lassen, so wie er es auf einer Abbildung in der mit Bier vollgesogenen Ausgabe der *Augsburger Allgemeinen Zeitung* gesehen hatte, die vermutlich einer der Jagdgäste des Herzogs von Nassau-Weilburg im Brückenwirt hatte liegen lassen. Sonst kam kaum jemand von draußen nach Loisbichl und schon gar nicht hoch zu dem einsamen Hof auf den Geißschädel.

Als der Bauer untergebracht und die Tür des Hühnerhauses wieder vorgeschoben worden war, verzog sich Korbinian augenblicklich. Sepp Ginger blieb noch vor der Bäuerin stehen, als ober er noch etwas Wichtiges sagen wollte. Er leckte sich dabei dauernd über die Lippen und schaute sie unverwandt an. Schließlich hielt es Vroni nicht mehr aus und streckte ihm die Hand hin.

»Vergelt' es dir Gott, Sepp, dass du geholfen hast. Jetzt wird es sicher Zeit, dass du zum Hof zurückgehst.«

»Das kann warten. Wenn du noch was brauchst ...«

»Nein, nein schon gut. Ich muss jetzt auch in die Küche ...«

Aber Vroni kehrte nicht in die Küche zurück. Sie blieb, als der Knecht vom nächsten Hof hinter dem Abhang abgetaucht war, neben dem Brunnen stehen. Die klare Luft war eine Wohltat. Vroni schaute hinüber zum Berg, und es war ihr, als blickte der Berg zu ihr zurück. Dass man auf dem

Geißschädel das Gefühl hatte, mit dem Karwendel auf Augenhöhe zu sein, hatte ihr von Anfang an gefallen.

Wie immer um diese Jahreszeit spitzte die Sonne in einzelnen Strahlen am östlichen Rand des Massivs hervor, stemmte sich dann aber innerhalb von Minuten gleißend zwischen Tiefkarspitze und Schönberg hoch. Das Licht von hinten ließ den gesamten Berg zart und schwerelos aussehen. Seine Rillen, weißen Kare und schneefreien Felsvorsprünge verschmolzen zu einem rauchigen Blau. Von einer Sekunde auf die andere funkelte die Kruste auf den Kuppen der eingeschneiten Buckelwiesen rund um den Hof. In den Mulden dagegen schimmerte es bläulich stumpf. Vroni schürzte eine Hand, um die Augen gegen das Winterlicht zu schützen.

»Minus 23 Grad«, hatte Korbinian mit einem triumphierenden Unterton verkündet, als er sich am Abend davor an den Küchentisch gesetzt hatte. Das Quecksilberthermometer kombiniert mit einem Barometer, das an der Fensterbank vor seiner Kammer im ersten Stock angebracht war, hatte der Knecht sich vor Jahren in Garmisch gekauft. Ein Fünftel seines damaligen Jahreslohns war für die Anschaffung draufgegangen.

Am Abend war Vroni immer noch taub im Kopf. Langsamer als sonst zog sie sich aus, hob den rechten Ellbogen und befingerte vorsichtig die lang gezogenen schorfigen Narben in ihrem Nacken. Die Striemen stammten von den ledernen Hosenträgern des Bauern, aber sie waren nicht allzu tief ins Fleisch gegangen. Die faustgroße Wunde an der linken Hüfte dagegen, die er ihr erst an Heilig Drei Könige mit einem Holzscheit geschlagen hatte, wollte sich partout nicht schließen. Eiter suppte heraus, rings um die Stelle fühlte es sich heiß an und das Gewebe pulste.

Dabei wusch Vroni die Wunde vor jedem Schlafengehen mit Kamillensud aus. Anschließend betupfte sie sie mit einer selbst hergestellten Tinktur aus drei Teilen Honig und einem Teil frisch geriebenem Meerrettich. Dennoch heilte sie nicht und schmerzte bei jedem Schritt.

Im Werdenfelser Land blieb es nach dem Tod des Bauern eisig kalt. Schneemassen knickten große Bäume um, Lawinen schoben sich grollend Berghänge hinunter und nahmen Felsbrocken, Jagdhütten und Menschen mit. Über dem Misthaufen hing monatelang eine zähe Dampfwolke. Es schneite zwischendurch immer wieder kräftig, und der Hof war komplett eingemauert. Nur noch einen Trampelpfad zum Brunnen schaufelte Korbinian jeden Tag frei, den zum Hühnerhaus konnte er sich sparen.

An Josefi fiel Korbinians Thermometer noch mehr. Sie mussten doppelt so viele Holzscheite in den Herd schieben wie an den Tagen davor, um die Küche warm zu halten. Häufig sahen sie jetzt Hirsche, die das Dickicht hinter dem Hof verließen und in kleinen Rudeln durch den Tiefschnee hinunter ins Tal zogen, wo sie entlang der Isar leichter Nahrung freischarren konnten. Der Ziehweg, der nach Loisbichl hinuntermäanderte, war in Schneewehen verschwunden, nur ein paar Holzstecken verrieten, wo er ungefähr verlief. Die Hofbewohner mussten mit dem auskommen, was sie vorrätig hatten und der Stall ihnen gab. In der Speisekammer gingen Zucker, Linsen, Pfeffer und Rosinen zur Neige. Salz, Graupen, Kartoffeln, Kaffee und das Petroleum für die Lampe über dem Küchentisch reichten zum Glück noch eine Weile. Der Umstand, dass sie gerade jetzt vom Rest der Welt abgeschnitten waren, hatte in Vronis Augen einen unschätzbaren Vorteil.

Die ganze Zeit über waren keine Besucher aufgetaucht, um von Ludwig Grasegger persönlich Abschied zu nehmen, der in seinem dreiundvierzigsten Lebensjahr so einsam gestorben war. Sonst hätte man den Toten noch aus dem Hühnerhaus holen und im offenen Sarg im Haus aufbahren müssen. Niemand konnte sich erinnern, dass ein Winter so weit bis nach Ostern angehalten hatte. Auch der Onkel nicht, der immerhin miterlebt hatte, wie anlässlich der Thronbesteigung von Ludwig I. auf dem Loisbichler Kirchplatz Freibier ausgeschenkt worden war.

Nach der Beerdigung hockten am Spätnachmittag noch immer fünf Männer beim Leichenschmaus in der großen Gaststube des Brückenwirts. Die Augen glasig, die Nasen knapp über den Bierkrügen. Mit einem Mal drückte der Jüngste von ihnen das Kinn abrupt auf die Brust und schnarchte geräuschvoll. Sein Banknachbar, dessen Schnurrbartenden kühn nach oben gezwirbelt waren, hatte eine Mordswut im Bauch, wusste aber nicht warum. Die anderen drei lachten und stritten abwechselnd, stolz darüber, dass ihre Frauen es nicht geschafft hatten, sie mit nach Hause zu zerren.

Die Luft war schwer und trüb vom Tabakrauch. Es roch nach verschüttetem Bier und Männerkörpern, die den Winter über kaum gewaschen worden waren. Darunter mischte sich Uringestank, wenn einer vergaß, die Tür zum fensterlosen Flur zu schließen, der zu den Aborten führte. Müde und ausgelaugt von dem langen Tag trat Vroni an den Tisch heran und klopfte, als die Männer nicht reagierten, mit den Knöcheln ihrer linken Hand auf die Tischplatte, dann gleich noch einmal energischer. Die leer gegessenen Teller, auf denen fahle Blaukrautreste in gestocktem Fett schwammen, vibrierten. Auch das störte die letzten Gäste nicht.

»Eine schöne Leich, so eine schöne Leich«, seufzte Josef Huber. Unendlich langsam hob er seinen Maßkrug und prostete Vroni zu. »Auf den Ludwig, Gott hab ihn selig. Du arme Frau, du arme Frau, so ganz allein jetzt.«

Aus seinem Bart tropften Bier und Tränen. Der Bauer, der im Gegensatz zu seiner Frau ein eher schlichtes Gemüt hatte, meinte sein Mitleid durch und durch aufrichtig. Übers Eck von ihm saß der Zweitreichste im Dorf, der Bauer vom Streunerhof, und lächelte die ganze Zeit über verliebt den ausgestopften Dachs an, der an der gegenüberliegenden Wand hing. Er hatte bereits zu viel Alkohol intus, um noch Worte oder gar Sätze formulieren zu können. Den Wirt fand Vroni schließlich im Nebenzimmer.

Er saß mit dem Rücken zu ihr am Tisch des herzoglichen Jagdaufsehers und anderer Honoratioren. Ihre Stimmen wogten laut und wichtig hin und her. Es ging um die Renovierungen des Schlosses in Vorderriß, die drohende Anhebung der Branntweinsteuer, den König, der sich immer seltener in der Öffentlichkeit sehen ließ und angeblich nur noch nachts durch seine Zimmer geisterte. Wie würde sich die Politik im Reich wenden, wenn der uralte Kaiser in Berlin starb? Vroni wartete und blickte gedankenlos durch alle hindurch. Schließlich stützte sie sich auf eine freie Stuhllehne. Sie hatte den Leichenschmaus nur mit drei Maß Bier durchgestanden.

Plötzlich spürte die junge Witwe ein Kitzeln am rechten Ohr. Sie riss den Kopf herum und bekam mit, wie ein Schrank von einem Mann, der mit dem Hirzinger im Erker saß, sie unverhohlen anstarrte. Kaum, dass er sich ertappt sah, wandte er sich ab und sprach auf seinen Tischgenossen ein. Der Schrank trug wie alle anderen Männer braungrünen Loden, war aber sofort als Städter erkennbar, unter anderem, weil er als Einziger in der Wirtschaft den Hut abgenommen hatte. Das dunkle Haar auf seinem viereckigen Schädel war dicht und über der Stirn wie mit dem Lineal geschnitten. Auch sein Bart war dunkel. *Ein Fremder in Loisbichl, das kommt selten vor.* Vroni fuhr sich mit der Zunge über die trockenen, rissigen Lippen. Rauch und Gestank ballten sich im Nebenzimmer noch dichter zusammen als im großen Gastraum.

Immer nur kleine Stücke schnitt der fremde Mann, der, so schätzte Vroni, mittleren Alters war, vom Fleisch ab, schob sie mit zerrupftem Knödel auf die Gabel und führte alles zusammen zu seinem im Bartdickicht versteckten Mund. Er saß kerzengerade da. Unter gesenkten Lidern bildete sich Vroni sekundenschnell ein Urteil: *Feine, ganz feine Tischmanieren.*

Plötzlich blickte der Hirzinger von seinem Bierkrug hoch, grinste und zwinkerte ihr anzüglich zu. Vronis Magen, in dem Schweinsbraten, Knödel und Blaukraut eben noch eine wohlige Schwere ergeben hatten, verkrampfte sich. Vor dem geilen Kerl hatte sie früher Angst gehabt. Seit sie mit dem Bauern verheiratet war, hatte er nicht mehr gewagt, ihr nachzustellen. An seinem Hut steckte ein Büschel Gamshaare, das Blut daran kaum getrocknet. Offensichtlich waren die Haare dem Bock erst vor Kurzem aus dem Rücken geschnitten worden. Eine einzige Provokation für den Jäger, der einen Tisch weiter saß, aber wieder mal nicht beweisen konnte, dass das gewilderte Tier aus dem Nassau-Weilheimer Revier stammte. Vroni holte so tief Luft, wie es inmitten des Qualms möglich war. Jetzt reichte es ihr. *Der Tag war lang genug.*

Energisch rüttelte sie von hinten die Schulter des Wirts. Umständlich schob der seinen Stuhl zurück, stand umständlich auf und ging in den großen Raum zur Schanktheke. Wieder spürte Vroni den seltsam bohrenden Blick des Fremden und den frech-herausfordernden des Hirzingers. Am liebsten hätte Vroni die Tischplatte, um die herum all die bräsigen Männer hockten, angehoben und Teller, Bierkrüge und Schnapsgläser zu Boden rauschen lassen.

Stattdessen blieb sie ausdruckslos stehen, nur die Furche an ihrer Nasenwurzel, die sich wegen des häufigen Augenzusammenzwickens gebildet hatte, wurde noch tiefer. Der Wirt kam zurück. Er brachte eine vollgekritzelte Schiefertafel mit und einen kleinen Tiegel, den Vroni wortlos entgegennahm und in ihrer Rocktasche verschwinden ließ. Sie nahm das Geschmiere und die Striche nicht einfach hin, sondern ließ sich genau aufsagen, wie viele Portionen Schweinsbraten verzehrt und wie viele Maß Bier getrunken worden waren. Zuerst zählte der Wirt zusammen, danach nahm Vroni ohne zu fragen seinen kurzen gelben Bleistift und schrieb ihrerseits auf einem Zettel Ziffern untereinander. Die Unterlippe zwischen den Schneidezähnen eingespannt fand und korrigierte sie schließlich drei Additionsfehler des Wirts. Einen zu ihren Lasten, zwei zu ihren Gunsten.

Sie handelte einen Nachlass von zwei Mark und sechzig Pfennig heraus und für das Rosl eine in Schmalz gebackene Auszogene. Ohne sich hetzen zu lassen, zählte Vroni das Rückgeld nach, wobei sie aus dem Augenwinkel mitbekam, dass der Stadtmensch seinen rechten Zeigefinger mit dem des Hirzinger verhakte. Der hochgekrempelte Hemdsärmel zeigte die Haut eines Menschen, der wohl niemals bei Wind und Wetter arbeitete.

Beide Männer zogen ihre Ellbogen zu sich hin, dabei blähte sich das Gesicht des Hirzingers in kurzer Zeit zu einem dunkelroten Ballon auf. *Geschieht dem Kerl ganz recht!* Zum zweiten Mal an diesem Tag verbiss sich Vroni ein Lachen, und ihre Sympathien kippten eindeutig in Richtung des Fremden. Scheinbar mühelos zog der seinen gekrümmten Finger samt Arm so weit zu sich her, dass der Oberkörper des Wilderers wie ein Fisch an der Angel in die Mitte der Tischplatte rutschte. Jetzt lachte Vroni dann doch. Laut genug, damit alle Männer die Köpfe drehten und über Bierkrüge und Rauchschwaden hinweg erschrocken und fasziniert zugleich die junge Witwe angafften.

Der Fremde ließ den besiegten Hirzinger los und musterte Vroni erneut. Aber anders, als sie es gewohnt war, von Männern angestarrt zu werden. Eher wie der Viehdoktor aus Garmisch vor über einem Jahr die Entzündung an Bertas Euter angeschaut hatte, ernst und klug zugleich. *Der will nichts von mir, und wenn doch, dann etwas anderes als sonst die Männer.* Erleichtert und mit durchgedrücktem Rücken verließ Vroni das Nebenzimmer, ohne sich noch einmal umzudrehen.

Das Rosl zu wecken, tat Vroni leid. Nach dem Essen hatte sich das Kind in klammen Kleidern auf der Holzbank zusammengerollt, die entlang der vier Wände des Gastraumes verlief. Es war immer wieder geschubst und gerüttelt worden, wenn einer der Erwachsenen aufstand und sich zum Abtritt durchquetschte. Jetzt wusste das Kind nicht mehr, wo es war. Vor Müdigkeit konnte es sich kaum auf den Beinen halten. Vroni band ihm das wollene Tuch um Schultern und Brust und verknotete die Zipfel im Rücken, dann schob sie das Kind vor sich her. Zum Glück war kein Malheur passiert, und die Strümpfe waren trocken geblieben. Im dämmrigen Flur stießen die beiden beinahe mit Annie zusammen.

Obwohl das Schankmädchen erst fünfzehn war, wurden seine Hüften jeden Monat, den sie beim Brückenwirt arbeitete, ausladender. Annie trug sechs frisch gespülte Bierkrüge gegen ihren Busen gedrückt, was sie auch schaffte, wenn die Krüge randvoll schäumten. Selbst im Dämmerlicht war nicht zu übersehen, dass die Augen des Mädchens vor Begeisterung glänzten.

»Der will unbedingt den Blasi malen. Unsern Blasi. Leibl heißt er, Wilhelm Leibl. Soll ein Kunstmaler sein, ein berühmter sogar, drinnen in München. Hat Goldmedaillen gekriegt in Paris. Und der Blasi ...«

Annies Stimme überschlug sich.

»Warum will er grad den Hirzinger malen? Einen ganz einfachen Menschen wie wir alle«, fragte Vroni unwirsch zurück. »Wahrscheinlich, weil der Blasi ein besonders fesches Mannsbild ist«, entgegnete Annie schnippisch. »Findest etwa nicht, Graseggerin?«

Die Dreistigkeit ignorierend griff Vroni fest nach Rosls Hand und überlegte, ob sie dem Schankmädchen, das über ein paar Ecken mit ihr verwandt war, verraten sollte, dass der Hirzinger einer Magd droben in Wamberg und einer anderen am Lautersee ein Kind gemacht hatte. Und das im selben Jahr. Aber stattdessen fragte sie: »Ist das überhaupt ein richtiger Beruf? Kunstmaler, meine ich. Kann man davon leben?« Bevor Annie antworten konnte, wurde die Tür aufgerissen, der Wirt steckte den Kopf herein und rief laut nach den Bierkrügen.

Draußen schlug ihnen feuchte Kälte ins Gesicht, sodass zumindest Vroni wieder wach wurde. Das Dorf war mittlerweile ausgestorben, und Dämmerung floss zwischen die eng stehenden Häuser, Schupfen und Heustadel. Vroni rieb die nach Bier stinkenden Haare ihrer Stieftochter mit dem Ärmel so gut es ging trocken und versprach dem erschöpften kleinen Mädchen die Auszogene, die zusammen mit dem Cremetiegel in ihrer tiefen Rocktasche steckte, als Belohnung, wenn sie zu Hause angekommen sein würden.

Als sie hinter dem Dorf auf den ausgewaschenen Ziehweg zum Geißschädel abbogen, fielen große, wässrige Schneeflocken, und sie senkten die Köpfe. In den buckeligen Wiesen um sie herum glucksten überall Rinnsale, und von den Tannen und Fichten, die vor allem an den Kurven zu kleinen Gehölzen zusammenwuchsen, tropfte es unablässig. Rosls Lippen färbten sich blau, wie so oft, wenn es sich anstrengte. Dies war Vroni aufgefallen, kurz nachdem sie auf den Hof gekommen war. Aber der Bauer hatte nur mit den Schultern gezuckt. Da sei nichts zu machen, das sei bei Idiotenkindern halt so. Immerhin hatte er, der sonst so ein jähzorniger Mensch war, das Kind nie geschlagen. Das rechnete Vroni ihm im Nachhinein an.

Als sie in der Ferne zwei kleine helle Rechtecke sahen und Vroni sich ärgerte, weil Josefa schon um diese Uhrzeit die Küchenlampe angemacht hatte, wurde das Schneetreiben dichter.

Kapitel 2

Der warme Wind war in einer mondlosen Nacht über den Nordkamm der Alpen gekommen. Er tollte über die Dächer des Hofes, der Heustadel und des Hühnerhauses, das der Hahn und seine Hennen wieder bezogen hatten, rüttelte an den Holzschindeln und riss mindestens ein Dutzend herunter.

Er kroch in die Ritzen zwischen den alten Balken und wirbelte die letzten Reste Heu hoch, die Ende April gut eingeteilt werden mussten. In den Kammern wischte der Italiener, den die Werdenfelser Sunnawind nannten, mutwillig durch die Haare und Herzen der Schlafenden. Bis diese wie von einem Gespenst geküsst aufschreckten und ihre wollüstigen Träume noch genau vor Augen hatten.

Der Onkel dachte wieder an die ledige Mutter aus Murnau, der er als junger Mann elf Sonntage hintereinander, einen wunderbar sonnigen Spätsommer und Herbst lang, auf dem Kirchplatz begegnet war, weil sie im Haushalt ihrer nach Loisbichl eingeheirateten kranken Schwester aushalf. Schlank und weiß bog sich ihr Hals, wenn sie ihrem kleinen Sohn die Nase putzte. An ihre Haar- und Augenfarbe erinnerte er sich dagegen nicht mehr. Ob sie eventuell sogar singen und ihn beim Zitherspiel begleiten konnte, sollte er damals nie herausfinden. Zu seinem lebenslangen Verdruss auch nicht, ob sie Ja gesagt hätte. Ein lediges Kind bringt sie mit, der Allmächtige steh uns bei, seine Mutter hätte getobt. So zog er später, als er zu alt fürs Arbeiten gewesen war, auf den Hof seiner inzwischen verstorbenen Schwester. Dass er diese Johanna aus Murnau nie gefragt hatte, quälte ihn bis heute.

Der Onkel stöhnte und drehte seinen langen mageren Körper zum wiederholten Mal im Bett herum. Seine Wirbelsäule krachte und schmerzte bei jeder Drehung, aber still liegen ging auch nicht. Im Stall hoben die Kühe die Köpfe und muhten ausdauernd wie sonst nur, wenn sie zum Stier wollten. Auch Josefa schlief schlecht. Sie setzte sich zweimal aufrecht hin und dachte an den Bauern, der sie regelmäßig in sein Bett geholt und rangenommen hatte, sodass sie schon gehofft hatte, selbst einmal Bäuerin zu werden. Bis dann die junge Schnalle ins Haus gekommen war. *Das hat er nun davon, der Idiot!*

Hektisch ließ Josefa den Rosenkranz durch die rissigen Finger gleiten. Als auch das nichts half, stand sie auf, stieg im Dunklen die Stiege hinunter und füllte der getigerten Katze, die in zehnter oder elfter Generation zum Hof gehörte, noch etwas Milch in die Schale vor der Tür.

Als der Tag im Osten grau anbrach, trieben Wolken über den Geißschädel. Als Korbinian kurz darauf den warmen Mist aus dem Stall fuhr und vom Schubkarren kippte, hatten sie sich aufgelöst, und der Himmel versprach klar und blau zu werden. Noch vor dem Waschen und Haareflechten zog Vroni das kleine Mädchen vor die Tür. Es war ausgerechnet der Tag des Heiligen Ludwig, der Namenspatron des toten Bauern, und es tropfte. Pling, plang, dong.

»Hörst du's Rosl, hörst du's?«

Das Rosl nickte. Auf dem kleinen flachen Antlitz erschien ein zutrauliches Lächeln, das Vroni von keinem anderen Gesicht kannte. Kinder wie das Rosl gab es in fast jedem der umliegenden Dörfer. Mal behandelte man sie besser, mal schlechter. Meistens starben sie, bevor sie erwachsen wurden.

»Schön, Rosl, gell!

»Arg schön.«

Obwohl es von unten kalt hochzog, setzten sich die beiden auf die Bank an der Hauswand. Aneinandergekuschelt lauschten sie mindestens eine Viertelstunde.

Pling, plang, dong.

Es tropfte vom Überstand des Schindeldaches. Es tropfte vom Balkon, der über ihren Köpfen so schief hing, dass eine Walnuss ohne menschliches Zutun von der einen zur anderen Seite gekullert wäre. Es tropfte von den mächtigen Ästen des Bergahorns, sogar von einem zerrupften Reisigbesen, der mit den Borsten nach oben gegen den Brunnen lehnte, tropfte es. Jeder Tropfen, der sich von den alten Schneemassen löste, zerplatzte auf der weichen Erde, einem Stein oder in einer Pfütze mit einem anderen jauchzenden Ton. Pling, plang, dong.

Vroni schloss die Augen. Was, wenn die genossenschaftliche Molkerei nicht genug bezahlte? Der Blitz in einen Heustadel schlug? Ein Stierkalb stand im Stall und musste verkauft werden. Wie viel konnte sie dafür von Johann Wackerle, dem Viehhändler verlangen? *Wie viel muss ich verlangen?* Überlegungen, die in den Winterwochen eingefroren gewesen waren, tauten jetzt ebenfalls auf. Vroni sinnierte und rechnete. Der Bauer hatte alles gewusst, aber mit seiner jungen Bäuerin nie besprochen.

Sonnenstrahlen legten sich auf Vronis Gesicht, das Rosl gähnte, und der Speichelfaden aus seinem Mund schuf einen nassen, nahezu kreisrunden Fleck auf dem Mieder seiner Stiefmutter. Mit anhaltenden heiseren Schreien flogen drei Krähen seitlich am Hof vorbei und ließen sich nieder. Im Tal herrschte bereits Frühling, auf dem Geißschädel begann er erst.

Niemand wusste, wann genau der Hof auf der Anhöhe ursprünglich gebaut worden war. Er war nach Süden ausgerichtet, zum Karwendel hin. Im Osten gingen die buckeligen Wiesen des Plateaus allmählich in ein mit scharfen rotbraunen Gräsern eingewachsenes Hochmoor über, im Westen und Norden schützte ein dunkles Dickicht aus Föhren, Fichten und vereinzelten Lärchen das Gehöft.

Die einzige Verbindung zur Außenwelt war ein mehr schlecht als recht befestigter Ziehweg, der in sanften Schwüngen hinunter in die Ebene des Isartals mäanderte und dann gleich wieder einen lächerlich kleinen Hügel hinauf, auf dem die Höfe, die Kirche und das Wirtshaus von Loisbichl beieinanderhockten. Nach Loisbichl war vor Kurzem eine richtige Straße gebaut worden. Sie verband das Dorf in der einen Richtung mit Krün und Wallgau und in der anderen mit Klais, wo sich die Straße gabelte und südwärts nach Mittenwald und Tirol führte und nördlich nach Partenkirchen, Garmisch, Murnau und weiter in die Residenzstadt des bayerischen Königreichs und von dort ins große deutsche Kaiserreich.

Wollten die Graseggerleute also in die Welt hinaus, mussten sie den beträchtlichen Umweg über Loisbichl nehmen, denn der direkte und viel kürzere Weg hinunter zum Wagenbruchsee und durch den Weiler Gerold nach Partenkirchen war vor Jahrzehnten vom Dickicht verschluckt worden. Warum man ihn nicht freigehalten hatte, wusste niemand mehr, nicht einmal der Onkel. Vronis Finger wanderten kraulend über Rosls Hinterkopf. *Wie um Himmels Willen soll ich den Wald am rentabelsten bewirtschaften?* Den Wald am Walchenseeufer hatte der Bauer von seinem Onkel gegen lebenslange Kost und Logis überschrieben bekommen. Vroni war nur ein einziges Mal mit dort gewesen, hatte sich aber nicht in die unbekannte Dämmerung hineingetraut, sondern nur am hellen Rand Totholz gesammelt, während die Männer Bäume fällten. *Wann genau soll ich mit der Heumahd beginnen?*

Vroni schlang ihre Arme fester um das kleine Wesen neben sich und wiegte es im Rhythmus der Tropfmusik. Jetzt hatte sie die alleinige Verantwortung für dieses Kind, den Onkel und das Vieh. Heimliches Glück und Sorge lagen auf einmal so dicht beieinander wie die bemoosten Steinbrocken auf den Schindeldächern.

Irgendwo im hintersten Winkel der Scheune schlug etwas metallisch. Die drei Krähen, die für eine Weile auf den noch braunen Buckelwiesen herumgepickt hatten, flogen hoch und zurück ins Dickicht.

Der Berg fläzte sich massig, grau und weiß gefleckt vor Vroni. Das Karwendel sei wie alle anderen Berge im Werdenfelser Land und die Erdkugel überhaupt vor sechstausend Jahren vom Herrgott erschaffen worden, predigte der Pfarrer drunten in Loisbichl. Korbinian behauptete allerdings, solchen Blödsinn verzapften heutzutage nur noch Pfaffen. »Unser Planet«, hatte er Vroni beiläufig mitgeteilt, kurz nachdem sie auf dem Hof eingezogen war, »unser Planeeet ist in Wahrheit älter. Sehr viel älter sogar, Millionen Jahre, der Berg auch.« Absichtlich hatte Korbinian das E am Ende des Wortes sehr hochdeutsch und sehr lang gezogen gesprochen, aber vor allem seine kornblumenblauen Augen, deren Iris von einem besonders klaren Weiß umgeben war, hatten Vroni mit ihrer Seelenruhe vom Wahrheitsgehalt der Behauptung überzeugt.

Es wird sich schon alles finden, sagte sich Vroni, auch der richtige Preis für Kälber und geschlagene Bäume. Noch einmal schloss sie genüsslich die Augen. *Wenn mich der Bauer bei so einer Faulenzerei ertappt hätte ...* Die Wärme auf dem Gesicht, die sich so viel besser anfühlte als die vom Herd und auch anders roch, wanderte hinunter in Vronis Bauch und breitete sich aus. Es überkam sie ein großes Verlangen, sich auf der Stelle auszuziehen und die nässende Wunde an der linken Hüfte von der Sonne bescheinen zu lassen. Vroni schlug die Augen wieder auf. Helle Punkte tanzten vor ihren Augen, und der Himmel erschien grellrosa. Erst dann bemerkte sie, dass das Rosl mittlerweile aufgestanden war und auf Zehenspitzen und mit ausgestreckter Zunge dort stand, wo der Dachüberstand am weitesten herunterragte. Plang, dong, pling.

Jeder zweite Tropfen wurde aufgefangen und verschluckt. Lachend schaute Vroni eine Weile zu und vergaß darüber all ihre Wunden und Schmerzen.

»Komm, Rosl, gehen wir jetzt rein und machen gescheit Brotzeit. Nicht nur Wasser.«

»Brot, Brot machen«, antwortete das Kind fröhlich. Aber so verschwommen, dass es außer Vroni niemand verstanden hätte. Weder der Bauer noch die anderen Bewohner hatten sich daran gestört, dass das Idiotenkind kaum sprechen konnte. Wozu auch? Der Hof, in den Vroni eingeheiratet hatte, war nahezu stumm. Manchmal auch taub.

Erschrocken hatte Rosl den Kopf herumgerissen, als die fremde Frau mit den dunklen Augen und den dicken schwarzen Haaren beim Kartoffelschälen ein Lied anstimmte. Töne sprangen gegen die Wand, von da zur Decke hoch, drangen in den Körper des kleinen Mädchens und wieder hinaus und hüpften weiter zur nächsten Wand. Bald war die Küche randvoll mit Liedern gefüllt wie zwei oder drei Mal im Jahr der große Holzzuber mit warmem Wasser, in den zuerst der Bauer, dann der Onkel und zuletzt Josefa stiegen.

So wohlig und warm wurde es dem Rosl, dass es zu summen begann. Die Kartoffelschalen in seiner Hand zappelten, und die Beine des Kindes hoben sich abwechselnd und stapften im Takt. Seitdem übte es regelmäßig mit seiner

Stiefmutter, die erste Strophe von der »Mond ist aufgegangen« zu singen. Zuerst einzelne Silben, mit der Zeit ganze Worte. Wenn die Bäuerin mit ihrem Stiefkind redete, ging sie fast jedes Mal in die Knie und sprach ihm die Sätze langsam und überdeutlich ins Gesicht.

Es tropfte schneller und stärker, die Tropfen wurden größer und lauter. Vroni nahm das Kind an der Hand, gemeinsam gingen sie zurück ins Haus. Bald würden ringsum Gräser und Blumen wachsen.

Bis dahin nutzte Vroni die Zeit. Zusammen mit Korbinian schob sie das schwere Ehebett beiseite, schleppte Eimer um Eimer vom Brunnen heran, erhitzte das Wasser, gab Seifenflocken dazu und schrubbte auf Knien in alle Winkel und Ritzen hinein. Ihre ohnehin abgearbeiteten Hände wurden noch röter und schrundiger, aber Vroni putzte mit ausdauerndem Vergnügen. Der Hirschhornknopf, den sie dabei fand, musste von einer Joppe oder Hose des Bauern abgesprungen sein, und obwohl er bestimmt einen halben Pfennig wert war, warf sie ihn später, als Josefa nicht hinsah, ins Herdfeuer. Es zersprang mit einem Knacken, das triumphierend klang. Schließlich riss Vroni die beiden Fenster neben dem Ehebett so weit auf, dass die Vorhänge an die Decke hochflatterten.

»Die ist jetzt ganz übergeschnappt«, maulte Josefa vor sich hin, während sie einen Eimer voll Milch aus dem Stall in die Kammer an der Nordseite trug, wo auch das Butterfass stand. Einen Moment warf sie durch die offen stehende Tür einen grantigen, aber zugleich forschenden Blick in die Kammer, in der sie früher hin und wieder übernachtet hatte.

»Die treibt es noch so weit, dass wir uns alle den Tod holen. Wahrscheinlich mit Absicht.«

Die Magd gab sich keine Mühe, leise zu sprechen, und einer ihrer Holzpantinen stieß sogar ein paar Mal gegen die Wand. Vroni aber jubelte wieder einmal still in sich hinein und verspritzte rund um das Bett und hinter die beiden Nachtkästchen reichlich von dem geweihten Wasser, das ihr der Pfarrer in einer ausgespülten Schnapsflasche aus Altötting mitgebracht hatte. Erst dann schloss sie die Fensterflügel heftiger als nötig. Klirrende Scheiben gehörten zu den gängigen Verständigungsmitteln auf dem Graseggerhof.

Als Nächstes holte sie Rosls Bettzeug aus dem fensterlosen Verschlag unter der Treppe. Sie schüttelte es und schnitt dabei solche Grimassen, dass Rosls Lachen Josefas Klappern in der Milchkammer übertönte. Schließlich klopfte Vroni das Kissen und die Decke ordentlich neben ihrem eigenen Bettzeug zurecht. Decke und Kissen des Bauern hatte bereits der Onkel zusätzlich zu seinen eigenen bekommen, denn er fröstelte, auch wenn es jetzt wärmer wurde.

Ab da sang Vroni jeden Abend ihr Stiefkind in den Schlaf und beobachtete, wie dessen Lider zur Ruhe kamen. Sie musste an die bezaubernden, speckfaltigen Engel auf den bemalten Mittenwalder und Wallgauer Hausfassaden denken, denen, wie sie fand, Rosl sehr ähnelte. Mit dem nächsten zarten Schnarchton öffneten sich die Lippen des kleinen Mädchens, schmatzten und verzogen sich schief. Vroni blies die Kerze aus, entkleidete sich im Dunkeln, freute sich auf den nächsten Tag, freute sich auf die gurgelnden Bäuche der Kühe, gegen die sie beim Melken für eine Weile ihre Stirn drückte und hineinhorchte.

Der Bauer war tot. Keiner schlug sie mehr, und sie hatte genug zum Essen.

An einem blitzblanken Tag Mitte Mai band Vroni nach dem Mittagessen zunächst das Kopftuch im Nacken fester und stemmte sich dann mit ihrem ganzen Gewicht von der Tischplatte ab.

»Ich geh jetzt und schau, wie's auf der steilen Wiese steht. Damit wir ungefähr wissen, wann wir anfangen können.«

Wie Eindringlinge aus einem fremden Dorf kreisten die Worte über den Köpfen der anderen. Augenblicklich schlug Josefa nach einer Mücke, die ebenfalls ihre Kreise zog, verbiss sich aber eine Bemerkung. Korbinian blinzelte ungläubig mit den Augenlidern und stand ebenfalls auf. Nur vom Onkel kam ein Laut. Er kicherte. So lange, bis er sich verschluckte, und Vroni ihm schnell ein Glas Wasser brachte. Tatsächlich hatte sie zum ersten Mal zum Ausdruck gebracht, dass sie jetzt das Kommando führte. Mit klopfendem Herzen ließ sie die Haustür hinter sich zuknallen und strebte mit weit ausholenden Schritten los.

Links von dem Dutzend verkrüppelter, mit Moos und Flechten überzogenen Apfelbäumen, das einst eine optimistische Graseggerbäuerin gepflanzt hatte, auf dem sich aber auch dieses Jahr wieder keine Blüten zeigten, und drei Schritte hinter dem Hühnerhaus fiel der Geißschädel in einem breiten Streifen nach Süden ab. Fast bis zum Hornsteinerhof reichte diese große Wiese und war nach derjenigen im Isartal die ertragreichste des Grasegger Besitzes.

Bemüht das Gleichgewicht zu halten, stieg Vroni in seitlichen Tritten ein Stück weit ab, bis sie zu einem etwas ebeneren Abschnitt kam und in die Hocke ging. Ihre flache Hand strich prüfend über das noch kurze, aber bereits dichte Grün. Der kräftige Geruch, den nur feuchte Erde ausströmt, angereichert mit einem Hauch des nahenden Überflusses an Düften, stieg Vroni in die Nase. Sie rieb die gefiederten Blätter einer Sterndolde zwischen den Fingern. Bis sie klein und helllila blühte, würde es noch dauern.

Ein fingernagelgroßer Käfer kroch, die Fühler hin und

her schwenkend, einen Halm hinauf. Samtig blaue Enzianblüten und dunkelrosa Mehlprimeln verwelkten bereits, über Vronis gebeugtem Kopf summte und brummte es. Der viele Schnee in diesem Winter hatte den Hang gut durchnässt. Das sorgte zusammen mit vielen Sonnenstunden dafür, dass das Gras dort früher als anderswo gemäht werden konnte und besonders gehaltvoll ausfiel. Erleichtert atmete Vroni durch. Sie erhob sich, schüttelte die Schürze aus und schaute geradeaus. Der Berg war und blieb ein rätselhafter Klumpen. Plötzlich tauchte links in ihrem Blickfeld ein weiterer Klumpen auf. Klein verglichen mit dem Berg, außerdem bewegte er sich.

Vroni kniff ihre Augen fest zusammen. Die frischen Spuren, die Füchse, Hirsche, Marder oder Hasen in der Nacht neben dem Brunnen im Schnee oder in der feuchten Erde hinterließen, sah sie deutlich wie die Kreuzstichmuster auf der Decke, die sie sonntags über den Küchentisch legte. Aber alles, was weiter weg war, verschwamm. Trotzdem strengte sich Vroni an, ihren Blick noch etwas mehr zu schärfen.

Ein Mensch, ja, es musste ein Mensch sein und kein törichtes Reh, das tagsüber aus der Deckung ging. *Wahrscheinlich ein Mann.* Der dunkle Fleck, der Klumpen von Mann, der mitten auf dem Hang stand, hätte der Loisbichler Schmied sein können. Der Schmied wäre aber nicht mitten am Tag durch die Gegend gelaufen und hätte dem Herrgott seine Zeit gestohlen. Auf einmal hörte Vroni ihren Herzschlag bis in die Ohren, scharf zog sie die bislang so friedvolle Frühlingsluft ein. *Was war das jetzt?* Erneut kniff sie die Augen zu Schlitzen zusammen, die Falte zwischen den Augenbrauen wurde steiler.

Der massige Körper klappte zusammen, gleichzeitig schossen seine Arme hoch und nach vorne. *Hat ihn der Schlag getrof-*

fen? Soll ich ihm helfen? Vroni war im Begriff loszueilen, da bäumte sich die verschwommene Gestalt wieder ruckartig auf, während beide Arme herunterfielen. Aber nur für einen Moment. Dann schossen sie erneut waagrecht vor und klappten wie Scherenhälften auseinander und zusammen. Gleichzeitig ging der Mensch in die Knie und gleich wieder hoch. Runter und rauf, runter und rauf. Vroni zählte mit und kam bis dreiundzwanzig. Maul- und Klauenseuche, das wusste sie, brachte Kühe dazu, sich zu verrenken und wild zu zucken. Mit dieser Krankheit hätte der Fremde es aber kaum auf den Geißschädel hinaufgeschafft, beruhigte sich Vroni. Oder war er aus einer geschlossenen Anstalt ausgebrochen? Am Ende war er verrückt wie der arme Prinz Otto, der jüngere Bruder des Königs? *Aber zumindest lebt er noch.* So schnell wollte sie das Hühnerhaus doch nicht wieder für einen Toten hergeben.

Der Fremde winkte. Er winkte eindeutig zu ihr herüber. Vroni bekam Angst.

Viel Gesindel sei unterwegs, diese Neuigkeit hatte der Bauer vor Weihnachten aus dem Wirtshaus mitgebracht. Hausierer, entlaufene Sträflinge, Diebe, von der anderen Seite des Brenners, aber vor allem aus München. Wo steckte eigentlich das Gewehr des Bauern? Bevor Vroni eine Antwort auf ihre eigene Frage fand, spürte sie einen Blick. Sie nahm ihn deutlich wahr, auch wenn sie das Gesicht, aus dem er kam, nur ahnte. *Den kenne ich.*

Die Umrisse eines bemerkenswert kantigen Schädels hoben sich auf einmal deutlicher vom blauen Himmel ab. Es musste der Städter sein, der Kunstmaler, von dessen angeblicher Berühmtheit Annie geschwafelt hatte. Der während des Leichenschmauses im Nebenzimmer des Brückenwirtes gesessen und den Hirzinger beim Fingerhakeln besiegt hatte. Der, der sie damals so seltsam prüfend angeschaut hatte. Vroni spürte, wie sich in ihrem Nacken Schweiß sammelte, obwohl sie gar nicht schwer arbeitete, und gleichzeitig der Knoten ihres Kopftuches aufging. Nervös nestelte sie an den Zipfeln herum. Der Städter winkte noch einmal, dann nahm er den Arm herunter, drehte sich und verschwand ruckzuck hinter der nächsten Kuppe.

Warum hatte der blödsinnig herumgehampelt, hier auf ihrer Wiese? Waren am Ende alle Städter so übergeschnappt? Leibl, genau, jetzt fiel ihr der Name wieder ein, Leibl. Bevor Vroni in die Küche zurückkehrte, riss sie im Vorbeigehen ein paar Büschel frisch aufgeblühten Enzian ab. Seit sie eingeheiratet hatte, steckte sie dem Gekreuzigten in der Ecke hinter dem Tisch regelmäßig ein wenig Schmuck an seine spindeldürren, durchbohrten Füße.

Mit den Zinnkrügen auf dem Bord der Kredenz mit ihren zwei Glastürchen, hinter denen das Porzellanservice der verstorbenen Bäuerin aufbewahrt wurde, war Vroni diese Küche sehr reich vorgekommen, als der Bauer sie das erste Mal hineingeführt hatte. Und erst recht hatte ihr später im Stall das Herz geklopft, und schneller, als der Bauer reden konnte, zählte sie die zwölf semmelgelben und fuchsroten Milchkühe zusammen, das Jungvieh, die zwei Ochsen und den fast schwarzen Stier, der am Nasenring festgebunden in einem Verschlag stand. Die angefütterte Sau, trächtig noch dazu, bemerkte Vroni erst am nächsten Tag. Da wusste sie allerdings bereits, was nachts auf dem Hof auf sie zukam.

Nachdem der Gekreuzigte versorgt war, tauchte Vroni einen Lappen in das lauwarme Wasser im Schaff auf dem Herd, setzte sich damit auf einen der schön geschnitzten Stühle und zog das Rosl zwischen die gespreizten Beine. Zuerst wischte sie dem Kind über das Kinn und in die Halsgrube, danach kamen die Ohren und Augenwinkel an die Reihe. Lachend drehte Vroni die mit ihren Armen rudernde und glucksende Kleine ein paar Mal im Kreis.

»Waschen. Das Rosl wird gewaschen. Komm, sag es mir nach: das Rosl ...«

»Wird, wird wa ...«, mühte sich das Mädchen. Dunkelrote Flecken flammten unter seinen Augen auf und waren ebenso wie blaue Lippen ein Zeichen, dass es etwas anstrengte.

»Waa ... sss ... en.«

Lächelnd stupste Vroni dem Kind auf die Nasenspitze. Sie zog die Lippen weit auseinander, sodass kräftige, lückenlose Zahnreihen zu sehen waren, und zischte übertrieben »schschsch«. Beim vierten oder fünften Versuch hörte es sich auch bei dem Rosl richtig an.

»Waschen, waschen, waschen.«

»Bravo«, keuchte eine dünne Stimme, und gleich noch etwas wackeliger: »Bravo, Rosl, bravo.«

»Onkel, du!«, rief Vroni überrascht und beugte sich seitlich vor. Der alte Mann saß in der Nische zwischen der Schmalseite des Herdes und der nächsten Wand, verdeckt durch herabhängende Strümpfe. Ein Besucher hätte ihn wahrscheinlich für eine wurmstichige, aus der Loisbichler Kirche ausgelagerte Heiligenfigur gehalten. Ausgemergelt und lang wie der Körper war auch das Gesicht, aus dem eine wuchtig gebogene Nase hervorsprang. Jeder auf dem Hof schüttelte den Kopf darüber, dass sich der Onkel nach wie vor täglich mit zittriger Hand glattrasierte. Wie fast immer hielt der alte Mann auch jetzt die Augen geschlossen.

»Hat dir Josefa deinen Kaffee gebracht?«, fragte Vroni und lächelte in seine Richtung. Er antwortete mit einem Brummen, das sie als Zustimmung interpretierte. Auch vom Onkel hörte man von Montag bis Sonntag selten mehr als zwanzig Sätze. Dass er allerdings von seinem Stück Hefezopf regelmäßig einen großen Brocken abbrach und dem Rosl zuschob, hatte ihr von Anfang an gefallen. Der Umstand, dass der Ludwig, sein Neffe, jetzt vor ihm gestorben war, noch dazu draußen in der Kälte wie ein Tier, nahm der alte Mann hin wie Hagel im Sommer oder Feuer in einem überhitzten Heustadel.

Bereitwillig ließ sich das Rosl mit einem Schürzenzipfel abtrocknen. Ohne dass es dazu aufgefordert wurde, drehte es sich und stellte sich mit dem Rücken zu seiner Stiefmutter. Mechanisch teilte Vroni das dünne glanzlose Haar in zwei Hälften und begann es zu flechten. Kein Wort fiel mehr. Auch Vroni selbst sprach inzwischen stundenweise nichts. Der Hof hatte sie angesteckt, nur dass es ihr nicht auffiel.

Der zweite Zopf war bis zur Hälfte stramm, als Vroni unbewusst aufhorchte. Das rhythmische Stampfen nebenan in der Milchkammer ging bereits eine geraume Weile. Rums, rums, rums. Josefa butterte den abgeschöpften Rahm, lange würde sie nicht mehr brauchen. Abrupt ließ die junge Bäuerin die Haarsträhnen fallen, machte Rosl ein überflüssiges Fingerzeichen, schweigsam zu sein, und verließ auf Zehenspitzen die Küche. In der Speisekammer hantierte sie rasch. Ein Messer zum Durchschneiden der Schnur hatte sie vorsorglich hinter dem Zwiebelkorb deponiert, sie brauchte nicht mehr als drei Atemzüge.

Kaum klemmte das Rosl wieder zwischen Vronis Knien, schlurfte auch schon die Magd in die Küche, eine Schüssel mit einem großen Klumpen frischer Butter in der Hand. Griesgram lag auf ihrem großflächigen Gesicht, das nicht hässlich und nicht alt war. Josefas Kieselaugen konnten blitzschnell alles und jeden abtasten. Von Anfang an hatte Vroni begriffen, dass die Magd selbst gern Bäuerin geworden wäre.

»Herrje, jetzt habe ich die Haarbänder in der Schlafkammer liegen lassen. Wie dumm von mir. Komm, Rosl, geh gleich mit, dann mache ich dich dort fertig«, rief Vroni mit einem auffällig demütigen Unterton. »Bääaaaa ... nder holen«, wiederholte das Rosl ein ums andere Mal, »Bäää ... nder holen.« »Bravo, bravo. Immer besser wird's«, schnaufte es von der anderen Seite hinter den langen Wollstrümpfen hervor. »Am Ende überlebt der auch dieses Jahr wieder und frisst uns die Haare vom Kopf«, zischte Josefa in den Rücken der jungen Bäuerin.

Vorsichtshalber verriegelte Vroni die Tür von Innen. Der Kleinen zublinzelnd klopfte sie mit der flachen Hand auf die Seite des Bettes, auf der sie schlief. Rosl setzte sich und blickte hoch, wie selbstverständlich legten sich seine Arme um den Hals der Stiefmutter. An solche Zärtlichkeiten war Vroni nicht gewohnt, am Anfang hatte sie sie abgewehrt, inzwischen genoss sie sie von Mal zu Mal mehr. Aus der Tiefe der Rocktasche stieg ein salziger Geruch hoch, Vroni zog ihren Schatz heraus und hielt ihn dem Rosl triumphierend vors Gesicht: nahezu schwarz vom Kaminrauch, dick wie ein Nudelholz und fast zwei Hände lang. Zuerst durfte das Kind abbeißen.

Obwohl Vroni nach dem Tod des Bauern das alleinige Sagen auf dem Hof zustand, traute sie sich unter den missbilligenden Blicken Josefas immer noch nicht, zwischen dem schnellen Mittagessen und dem kargen Mahl am Abend ein Stück Wurst zu essen. Umso glückseliger kaute sie mit vollen Backen im Geheimen.

Gehungert hatte sie als Kind genug. Oft unreife Haselnüsse zwischen den Backenzähnen zermalmt, damit sie einschlafen konnte, oder die Mutter hatte ihr einen nassen Lappen in den Mund gestopft. Dass sie sich auf dem Graseggerhof jeden Tag würde satt essen können, war sein

Versprechen gewesen. Deswegen hatte Vroni sofort eingewilligt, als der Bauer ihr am Rand der Fronleichnamsprozession einen Antrag gemacht hatte. Danach hatte er ihr im Brückenwirt die erste Schweinshaxe ihres Lebens spendiert. Ihr Teil des Handels war es, hart zu arbeiten und ein gesundes Kind, einen Hoferben, zu gebären.

Zweieinhalb Jahre war das jetzt her. *Keine lange Zeit, wenn man bedenkt, dass Gottes Mühlen fein, aber langsam mahlen.* Über solche Zusammenhänge dachte Vroni oft und gründlich nach, seitdem der Bauer kalt und steif im Hühnerhaus gelegen hatte. Und jedes Mal kam sie zu dem Schluss, dass sie Glück hatte, sehr viel Glück. Dass der Herrgott es gut mit ihr meinte, die Jungfrau Maria auch. Vroni wischte sich die fettigen Finger an der Schürze ab, machte sich erneut an Rosls zweitem Zopf zu schaffen und genoss dabei das wunderbare Gefühl, einen vollen Magen zu haben. Der pfeffrige Nachgeschmack geräucherter Wurst zwischen den Zähnen und auf der Zunge würde sie noch den ganzen Tag begleiten, das war, fand Vroni, das Beste.

Am darauffolgenden Sonntag gingen sie wie immer gleich nach der morgendlichen Stallarbeit im Gänsemarsch den Ziehweg hinunter. Vroni mit dem Rosl an der Hand an der Spitze, dann Korbinian und zum Schluss Josefa. Früher war der Bauer vorneweg gegangen und Vroni hinter ihm, obwohl leicht zwei nebeneinander Platz hatten. Bereits am Dorfeingang wurde die junge Witwe wortreich begrüßt. Der Hof ohne Bauer, was für ein Unglück, der gute Ludwig, so jung noch, das Leben war eine Mühsal und nicht gerecht. Mit Mitleid geizten die Loisbichler nicht. Vroni grüßte zurück, mal trostlos, mal tapfer, heftete den Blick zwischendurch auf umgekippte Eimer und in der Dorfstraße herumschnüffelnde Schweine.

»Ich bin sofort bei dir auf dem Hof, wenn's darauf ankommt. Mein Bauer hält mich gewiss nicht auf«, raunte Sepp Ginger kryptisch von der Seite, der erste Knecht vom Hornsteiner, und Vroni fragte sich, ob die vollen Lippen inmitten seines gepflegten Bartes schon immer so feucht geglänzt hatten. Auf dem Kirchplatz wurden sie und das Rosl sofort von der Gruppe der Hofbesitzer umringt. Korbinian und Josefa gesellten sich automatisch zu deren Gesinde. Mathilde Klotz und ihr Mann schüttelten ihr ausgiebig die Hand, ebenso der Gschwandner und die Gschwandnerin, der Bauer zum Schweb und seine Sippschaft. Bei jeder Begegnung strengte es Vroni mehr an, unglücklich dreinzublicken.

Aber erst das hinterlistige und vieldeutige Glitzern in zwei Stachelbeeraugen, das eindeutig für sie bestimmt war, forderte sie wirklich heraus. Denn zu gern hätte sie der Huberin zurückgezwinkert und mit ihr über die Predigt gespöttelt. Stattdessen wechselte Vroni belanglose Worte mit der Schwiegertochter und dem Huberbauern. Die Eisheiligen, der Milchpreis, der Regen, der bald kommen sollte.

Bis sie das mehrmalige Räuspern hörte.

»Ach Anton, du. Grüß dich. Hast dir ja schon wieder einen argen Sonnenbrand geholt.«

»Naja, nicht so schlimm.«

»Wird schlimmer werden, bei der Mahd.«

»Und dein Vieh? Alles gut im Stall?«

»Gut, alles gut.«

Der dritte Sohn der Huberin zog das Rosl sanft am Zopf und grinste ihm zu. Dann wusste er nicht mehr, wohin mit den Händen und überhaupt und zupfte deshalb an der Haut, die sich in Fetzen von seiner Nase löste.

»Komm, Rosl, sag schön auf Wiedersehen zum Anton. Wir müssen jetzt gehen. Der Onkel wartet.«

Anton Huber bohrte die Fäuste tief in die Taschen der seitlich bestickten Lederhose und trat wortlos einen Schritt zurück in den Pulk seiner Familie und unter die notorisch aufmerksamen Augen seiner Mutter. Das mittägliche Loisbichl war nahezu ausgestorben. Wer nicht auf dem Kirchplatz ratschte, saß schon im Wirtshaus oder stand am heimischen Herd. Hungrig und angespannt vom Prozedere während und nach der Messe trabte Vroni mit gesenktem Kopf, das Rosl hinter sich herziehend, die staubige, sanft abfallenden Straße zum Dorfausgang entlang. Korbinian und Josefa hatten bis zur abendlichen Stallarbeit frei. Kurz hob sie den Kopf und schaute in den Himmel, in dem hoch oben ein paar kleine Wolken saßen, von Regen war keine Spur. Schon erblickte Vroni das hellbraune, weil erst vor Kurzem frisch eingedeckte Schindeldach des Hofes zum Gruab, hinter dem rechts der Weg zum Geißschädel abbog, beinahe stolperte sie über eine Schubkarre.

Es geschah völlig unerwartet. Jugendliche Stimmen unterdrückten ein Gelächter, Bruchteile von Sekunden später zischte es, nahezu zeitgleich ein zweites Mal, dann schlug etwas dumpf auf. Im selben Moment zerriss Rosls Schrei die Mittagsstille.

Vronis Kopf flog zur Seite. Blut schoss aus der Stirn des Kindes, lief augenblicklich in einer hellroten Schliere ins rechte Auge. *Mein Gott, so viel Blut!*

»Idiotenbankert, Idiotenbankert, Idiotenbankert«, gellte eine Stimme, die sich von einem Bariton zu einer Mädchenstimme hochschraubte. Wieder flog Vronis Kopf herum. Aber sie sah niemanden. Dafür zwei faustgroße Steine im Dreck vor ihr, der eine blutig. *Dreckskerle!* Instinktiv ging sie in die Hocke, hob den Rock, lüpfte den Unterrock und presste dessen Saum fest gegen Rosls Stirn. Im Nu färbte sich der helle Stoff rot. Während ihre Augen fiebrig die Dorfstraße und die engen Winkel zwischen den Höfen und Schuppen absuchten, stammelte sie unzusammenhängende beruhigende Worte. Hastig zog sie die den Saum des Unterrocks zurück, sah, dass die Wunde in der zarten bleichen Haut tief war und die Blutung nicht nachließ. Vroni raffte ein frisches Stück Unterrock zusammen, presste es mit dem Handballen erneut gegen Rosls Stirn. Das Wimmern und Zittern des kleinen, gegen ihre Kniescheiben und ihre Brust gedrückten Körpers krampfte Vronis Herz zusammen.

»Idiotenbankert!«

Für einen Wimpernschlag bekam Vroni mit, wie ein Halbwüchsiger mit dunklem Haarschopf zwischen dem Roathof und dem Kirschterhof hervorsprang und auf der anderen Seite der Straße hinter einem Misthaufen verschwand. Ihm folgten zwei weitere Buben, ohne dass Vroni mit Gewissheit erkannte, wer sie waren. Zorn wallte in ihr auf, heiße Wut, die zuschlagen wollte. Aber sie zügelte sich, rannte nicht hinterher, sondern nahm Rosls kleinen Kopf fest zwischen die Hände, bewegte die Zunge im Mund, bis genügend Speichel beisammen war, und spuckte dann kräftig in die offene Wunde, deren Blutung immerhin zum Stillstand gekommen war.

Mit gerunzelter Stirn und innerlich bebend, aber mit ruhiger Hand tupfte Vroni als Nächstes die Erdkrümel und den Hühnerkot, die offensichtlich an dem Stein geklebt hatten, aus dem offenen Fleisch. Dann schlitzte sie den übel zugerichteten Saum weiter auf, trennte ihn ganz vom Unterrock und riss einen sauberen Streifen ab. Den wickelte sie schließlich in mehreren Bahnen um Rosls Stirn und Kopf. *Nur weil das Kind etwas anders ist.* Vronis Gedanken überschlugen sich. Das Rosl hätte blind sein können oder gleich tot. An wen konnte sie sich wenden? An den Bürgermeister, den Pfarrer? Vroni biss sich auf die Unterlippe. Schlagartig wurde ihr klar, dass niemand Interesse hatte, gegen die Söhne dreier Bauern vorzugehen, wenn es sich nur um ein Idiotenkind handelte.

»So, schau, jetzt binde ich dir noch eine Schleife. Schön, ganz schön siehst du damit aus. Das allerschönste Mädchen in Loisbichl bist du.«

»Bravo, bravo«, schniefte das Rosl, während auf seinen Wangen Tränen und Blutreste ineinanderliefen. Es schob seine klebrige Hand in die der Stiefmutter. Schon oft hatte Vroni über die erstaunliche Bereitschaft des Kindes gestaunt, Kummer schnell hinter sich zu lassen.

»Weißt was, Rosl, daheim essen wir gleich was von dem Rosinenzopf, den ich gestern gebacken habe.«

»Rosinenzopf mag ich.«

Schmerzverzerrt lächelte das kleine Mädchen.

Hand in Hand und langsam setzten die beiden ihren Heimweg fort. Bei jedem Schritt, den das Rosl tat, schlackerte die fadenscheinige weiße Schleife an seinem Köpfchen hin und her. *Ich werde dieses Kind mein Leben lang beschützen müssen.* Vroni schaute über die rechts und links vom Ziehweg wuchernden Blumen hinweg. Leuchtend gelber Hornklee, Hahnenfuß und Trollblumen, dazwischen Akelei in Blau- und Lilaschattierungen. Salbei und Wolfsmilch blühten ebenfalls schon und bewegten sich im Wind hin und her. Glockenblumen, Margeriten, Pechnelken neben Zittergras und fettem Klee, so weit das Auge reichte. Eine gute Mahd würde es werden, dachte Vroni und es fröstelte sie vor Sorge. Im Schatten eines Stadls nahe der Stelle, an der der Bauer erfroren war, machten die beiden Rast.

Dieses Mal spuckte Vroni in die eigene Hand und entfernte, so gut es ging, die rotzige und blutige Schmiere von

Rosls Gesicht. Sie wollte nicht, dass das Kind gebrandmarkt herumlief, auch wenn ihnen bis zum Hof kaum noch ein Mensch begegnen würde. Während vom Dach herunter Amseln laut tirilierten, gab sich Vroni alle Mühe, die Schleife sorgfältiger zu binden als beim ersten Mal, sodass die Enden zumindest gleich lang an Rosl linker Schläfe entlangbaumelten. Das Kind, das den gesamten Aufstieg über geschwiegen, aber auch nicht mehr geweint hatte, fragte unvermutet: »Idiotenban..., Idiotenban...? Was ist denn das?« Dabei hatte es einen so hilflosen Ausdruck auf seinem kleinen blassen Mondgesicht, dass Vroni Tränen in die Augen schossen.

»Nur ein Spiel, Rosl. Ein ganz saudummes Spiel.«

Der Hof mit seinen Tieren und Menschen schlief bereits fest, als Vroni die Kerze auf dem Nachtkästchen anzündete. Sie hantierte schnell. Auf den Fichtendielen kniend drehte sie den kleinen Schlüssel so behutsam um, dass er im Schloss nicht einmal knackte. Bislang hatte sie es nicht für nötig gehalten, sich an der Metallkassette des Bauern zu schaffen zu machen, obwohl ihr schon kurz nach der Hochzeit aufgegangen war, wo er sie versteckt hielt.

Vroni hob den Deckel an, hielt die Kerze schräg und leuchtete hinein.

Obenauf lagen vier Zwanzig-Mark-Goldmünzen. Vroni hatte bereits geahnt, dass die Rücklagen des Bauern nicht hoch waren. Als Nächstes fiel ihr ein zusammengerolltes Kropfband mit einer kleinen Perle an der Vorderseite in die Hände, das sie achtlos zurücklegte. Blieben nur noch zwei gefaltete Schriftstücke. Hastig strich sie das erste glatt und überflog es. Es war eine Abschrift vom Grundsteuerkataster und dokumentierte den Hofbesitz, die verschiedenen Wiesen, die dazugehörten. Als sie zu dem zweiten Papierbogen kam, er war vanillegelb und dicker, waren ihre nackten Füße kalt, die Zehen steif. Dieses Mal dauerte es, bis Vroni die volle Bedeutung des Inhaltes verstand. Ihre linke Hand fing an zu zittern, und ein Tropfen Wachs fiel mitten auf das Dokument.

Kapitel 3

Die hoch stehende Sonne brannte auf ihre brettharten Schulterblätter. Ihr rechter Arm flog weit und leicht aus, und es sah aus, als ob er eine Verlängerung des Holzrechens wäre. Ihre linke Hand zog den Stiel jedes Mal wieder zurück. Seit Stunden rechte Vroni frisch gemähtes Gras zu Schwaden zusammen. Von Sonnenaufgang bis Sonnenuntergang wurde gearbeitet.

Bereits kurz nach acht Uhr flirrten die Wiesen silbrig, und die Tautropfen an den Rispen trockneten beim Hinschauen. Kein einziger Fleck Schnee lag mehr in den Karen gegenüber, und der Berg war oberhalb der Baumgrenze zinngrau. Heiß war es und, was selten vorkam, windstill. Zu heiß. Man musste fürchten, dass aus Tirol, von den Zillertalern oder Ötztalern, Gewitter herüberzogen oder mit größerer Wahrscheinlichkeit dunkelviolett aus dem Garmischer Kessel hochwallten.

Dabei konnte der Onkel riechen, wie das Wetter wurde. Am Mittwoch trat seine Prognose haargenau ein: Temperaturen über dreißig Grad und ein Himmel wie dünne Milch. Für den Donnerstag hatte der Onkel auch recht, aber erst für den Donnerstag der darauffolgenden Woche. Oder der alte Mann vergaß, was er gerochen hatte, bevor er es Korbinian oder der Frau seines verstorbenen Neffen verraten konnte.

Also wurden jeden Tag mit zusammengepressten Mündern und entzündeten Augen im steten Rhythmus Sense,

Rechen und Heugabel geschwungen, als würde sich bereits in der nächsten Stunde der Himmel entladen. Vroni hatte zusätzlich einen zwölfjährigen Jungen aus Klais eingestellt, Schorsch mit der Hasenscharte. Aber der arbeitete langsam, noch dazu schlampig, sodass sie ihn am liebsten nach ein paar Stunden nach Hause geschickt hätte. Doch er tat ihr leid, mager und verdruckst wie der Junge war. Da, wo der Schorsch herkam, gab es nie genug Essen für alle Kinder.

Deshalb stellte sich Vroni noch einmal neben ihn und zeigte ihm, wie er den Rechen halten und vor allem wie er ihn ziehen musste. Damit er nicht aus dem Takt kam, sondern seine Arme sich noch im Halbschlaf gleichbleibend und ausdauernd bewegten, mit gerade genug Druck, um den ganzen Schnitt mitzunehmen, aber auch wieder nicht zu viel, damit die Zinken nicht in der Erde stecken blieben. Mit blinzelnden Augen nickte Schorsch und machte weiter wie bisher.

Bald lag auf Stirn und Wangen der Graseggerleute eine zähe Schicht aus Schweiß und Samenstaub, trotz Strohhüten und überstehenden Kopftüchern bräunten ihre Gesichter innerhalb kurzer Zeit, ihre Lippen rissen ein, die von Josefawarfen auch Blasen. Trotz ihrer langen Röcke juckten den Frauen unzählige Schnakenstiche an den Beinen bis hinauf zu den Schenkeln. Vroni presste die Lippen fester zusammen, verengte die Augen zu Schlitzen, es ging immer noch eine Spur härter. Hauptsache, das Heu kam bald unter ein Dach.

Um diese Zeit vor einem Jahr hatte zusätzlich zu Korbinian noch der Bauer gemäht und seine Sense nur so gesungen. Wenn er sie schwang, traten an der Innenseite seiner Unterarme die Adern blau und dick hervor, und unzählige Heuschrecken sprangen im hohen Bogen zur Seite. Wenn er mit seinem Hammer die Klinge gedengelt hatte, war nur ein feines TokTokTok zu hören gewesen. Korbinian brauchte doppelt so lange, trotzdem war seine Klinge am Ende nicht so scharf wie die des verstorbenen Bauern. Auf dessen Geheiß hatte Vroni einmal einen Faden aus ihrem Unterrock ziehen und auf die Schneidkante fallen lassen müssen. Durchgetrennt segelten zwei Teile ins Gras, und sie hatte applaudiert.

Woraufhin Ludwig Grasegger seine junge Frau gut gelaunt angelacht hatte und sein vorquellender Adamsapfel auf und ab gehüpft war. In der darauffolgenden Nacht prügelte er sie trotzdem.

Als der erste Tag der Heumahd ohne den Bauern vorbei war, schleppte sich Vroni zum Brunnen, riss sich im Gehen das Kopftuch herunter und beugte sich über den Trog. Minutenlang ließ sie den Wasserstrahl über Gesicht und Nacken laufen. Mit geschlossenen Augen spürte sie, wie die Kälte langsam wieder Leben in ihre tauben Gliedmaßen pumpte, schließlich schob sie noch ihre nassen Hände unter den Rock und die verschwitzten und zerbissenen Beine hoch. Zum Essen hatte sie keine Kraft mehr. Mit allem, was sie am Leib hatte, warf sich Vroni auf ihr Bett.

Das Rosl neben ihr behielt ebenfalls seine verschwitzten Kleider an, schaffte es aber noch »der Wald steht schwarz und schweiget und aus den Wiesen steiget« zu singen. Dabei zupfte es bedächtig Kletten und Disteln aus dem mehrmals um den Kopf ihrer Stiefmutter geschlungenen Zopf. Aber das bekam Vroni schon nicht mehr mit.

Am zweiten Tag schickte man vom Hornsteinerhof den zweiten Knecht herüber, das sei man dem Graseggerbauern, Gott hab ihn selig, schuldig. Hannes schielte, aber mähte akkurat und schuftete für zwei. Er lächelte Josefa sogar verstohlen zu, und sie grinste zurück. Als der Hannes sich auf den Heimweg machte, schenkte ihm Vroni ein fast noch neues Leinenhemd, das dem Bauern gehört hatte.

Am dritten Tag der Heumahd wurde der Knecht vom Hornsteinerhof nicht mehr herübergeschickt. Wie jeden Morgen, bevor sie loslegten, gruppierten sich die Graseggerleute um das Martel am westlichen Rande der Hangwiese. Der Gekreuzigte dort war bei Weitem nicht so ausgemergelt wie der in der Küche und hing vor enzianblauem Grund, gegen Regen und Schnee geschützt durch ein überstehendes rhombenförmige Holzhäuschen. Nahezu gleichzeitig schlugen Vroni, Korbinian, Josefa und der Junge mit der Hasenscharte ihr Kreuz. Danach plagten sie sich wieder nur zu viert auf der langen steilen Wiese. Nach wie vor war Schorsch keine große Hilfe.

Während der hastigen Brotzeit im Schatten eines Holunderbusches knurrte Josefa, dass sie die Schinderei nicht ewig mitmache und sich nächste Mariä Lichtmess eine neue Stelle suchen würde. Vroni hob kurz ihre dichten schwarzen Augenbrauen, schnitt für den Jungen eine zweite, ziemlich dicke Scheibe vom Brotlaib ab und sagte nichts.

Dass etwas passiert sein musste, zeichnete sich schlagartig auf Rosls kleinem Gesicht ab. Seine Zunge fand nicht mehr in den Mund zurück, und für einen Herzschlag sah die Graseggerin ihre Stieftochter so, wie die meisten Loisbichler das kleine Mädchen wahrnahmen und nicht als das liebste und süßeste Geschöpf, das der Himmel seit beinahe acht Jahren der Erde gönnte. Vroni ließ die Heugabel fallen und lief in großen Schritten.

»Es friert ganz arg, das Tierlein«, sagte das Rosl und atmete schwer. Normalerweise hätte Vroni sofort mit einem Schürzenzipfel den Speichel vom Kinn der Kleinen gewischt, stattdessen starrte sie auf das braune, mit hellen Flecken gesprenkelte Bündel Fell, das sich am Boden krümmte. Wie bei starkem Wind auf dem Wagenbruchsee drunten in Gerold liefen in kurzen Abständen Wellen über den kleinen hechelnden Tierkörper. Die Ohren waren ausgestellt, die ohnehin großen dunklen Augen vor Angst starr und geweitet.

Vroni ging in die Hocke, das Rosl blieb stehen. Unter dem Hecheln hörten die beiden hohe Schmerzenslaute. Dann erst entdeckte Vroni das Ästchen zwischen Kleebüscheln und Blumen, und es dauerte noch einmal ein paar Sekunden, bis sie begriff, dass es sich um ein Bein handelte. Aus Versehen von Korbinians Sense abgeschlagen, weil das Rehkitz von der Ricke in einer Kuhle im Gras zurückgelassen worden war. Rosl stieß einen gurgelnden Laut aus, wie immer, wenn es aufgeregt war.

Der verbliebene Stumpf des rechten Vorderbeines zuckte, die Schnittstelle war wässrig rot. Vroni schluckte. Dabei hatte sie selbst schon oft einem Huhn den Kopf abgehackt oder beim Schlachten das Blut der gerade noch strampelnden Sau in einer Schüssel aufgefangen. Zornig schlug sie nach den Schmeißfliegen, die das Rehkitz umkreisten.

»Rosl, weißt du was, wir nehmen es mit zu uns, das kleine Reh«, hörte Vroni sich leise sagen. Der Bauer hätte solch eine Sentimentalität nie und nimmer erlaubt. Allein für den Vorschlag hätte sie von ihm eine schallende Ohrfeige kassiert.

»Wenn wir es mit heimnehmen, dann kann es ja mein Kind sein. Und ich seine Mama«, frohlockte das Rosl und fuchtelte mit den kleinen Händen in der Luft. Wie so oft schlug bei dem Mädchen Kummer schlagartig in Freude um. Dafür wurden die Augen des Rehkitzes immer glasiger, und als Vroni seine Schnauze berührte, fühlte sie sich trocken an. Zwei, drei Wochen alt war das Tier, höchstens.

»Dann musst du aber dafür sorgen, dass es was trinkt.

Und du musst«, fügte Vroni hinzu, erfreut über ihren Einfall, »deinem Kind viele Geschichten erzählen.«

»Mach ich, mach ich«, versprach das Rosl.

»Also komm, hilf mir. Heb meine Schürze an beiden Zipfeln ein bisschen an, damit ich es reinlegen kann.«

Aber das Kind reagierte auf die Aufforderung nicht. Es starrte weiterhin auf das verletzte Tier.

»Und wenn seine Mutter es sucht? Seine echte Mutter.«

Die Augen des Kindes fixierten sie auf einmal so flehend, dass Vroni erschrak und den Blick zum Berg wandte, als ob sie dort etwas suchte. Schließlich leckte sie sich über die brennenden Lippen, fasste nach der Hand des kleinen Mädchens und sagte ohne Umschweife: »Die kommt nimmer. Und wenn sie es täte, könnte sie ihm auch nicht mehr helfen. Ein Kitz auf drei Beinen überlebt draußen nicht. Der Fuchs holt es sich.«

Rosls Augen blieben ernst, aber auf seinem Gesicht war jeder Ausdruck verschwunden. In solchen Momenten wusste Vroni nie, ob es nachdachte oder einfach nur abwesend war. »Mach jetzt, pack die Zipfel«, herrschte Vroni ihr Stiefkind an, setzte sich mit untergeschlagenen Beinen so flach wie möglich im Gras zurecht und lud behutsam das warme, zitternde Bündel auf ihre lange Schürze. Langsam packte das Rosl die Zipfel, raffte sie und hielt sie so hoch, dass Vroni sie übernehmen und das Kitz wie in einer Sänfte halten konnte. Ohne Josefa und Korbinian Bescheid zu geben, stapften die beiden mit ihrem Fund den Hang hinauf. Schwer war das Kitz zum Glück nicht, zudem war es Vroni gewohnt, viel zu schleppen. Rasch war die Flasche mit dem Sauger gefunden, mit der manchmal Kälber aufgezogen wurden, wenn die Kuh sie vom Euter wegstieß. Vorsichtshalber verdünnte Vroni die fette Milch, die am Morgen gemolken worden war, mit Brunnenwasser.

Drei Tage später, als die Graseggerleute sich auf den Weg hinunter zur Loisbichler Kirche machten, lebte das Rehkitz immer noch.

Sonst tanzte Rosl nie aus der Reihe. Aber an diesem Sonntagvormittag ließ das Kind, nachdem es den Platz neben seiner Stiefmutter auf der Frauenseite verlassen hatte, mitten auf dem Kirchplatz Vronis Hand los. Schnell wuselte es durch die palavernden und gestikulierenden Grüppchen und verschwand zwischen dunklen Röcken und schweren Lederhosen. Vroni wollte ihm nach, aber wie ein Baum versperrte ihr Mathilde Klotz den Weg, die hochgewachsene Bäuerin vom Blaserhof.

»Nichts hilft so gut gegen schleimige Bronchitis, das schwöre ich dir. Bei meinem Schwiegervater hat es nach Ostern so arg in der Brust gerasselt, dass er keine Nacht mehr durchschlafen konnte, bis ich ihm löffelweise den Sud eingeflößt habe.«

Die ohnehin strengen Gesichtszüge der Bäuerin, deren zu einer schmucklosen Nackenschnecke gewickeltes Haar seit ihren frühen zwanziger Jahren pfeffergrau war, nahmen einen Ausdruck an, als ob sie Loisbichl vor einer neuen Pestepidemie bewahren müsste.

»Du musst die Blüten nur rechtzeitig pflücken, hörst, bevor sie braun werden. Und auf keinen Fall in der Sonne trocknen. Auf keinen Fall! Am besten auf dem Dachboden auf einem sauberen Leinentuch ausbreiten.«

»Nur die Blüten, ich verstehe.«

Vroni nickte brav wie ein Schulkind. Die Innenseiten ihrer Hände erzeugten feuchte Ränder auf dem Gesangbuch, das sie gegen die Brust presste. Die Leute würden sich das Maul darüber zerreißen, dass sie das Kind nicht im Griff hatte. Und wenn sie schon das nicht schaffte, wie sollte ein junges, unerfahrenes Ding wie sie dann erst den Hof führen. In Vronis Ohren rauschte es. Sie las den Argwohn, der in Loisbichl wie junges Gras nach dem Winter aufkeimte, in den Augen der Umstehenden ab.

»Wenn du nicht genug Blüten zusammenbekommst, kannst du auch Blätter für den Tee hernehmen. Aber nur junge, nicht solche, die schon arg fleischig und flaumig sind.«

Mathilde Klotz' Augen nagelten Vroni fest, während sie mit einem ähnlichen Eifer wie der Pfarrer predigte, wenn er seine Loisbichler Schäfchen wieder einmal zum Widerstand gegen die liberale Regierung in München aufrief.

»Ganz, ganz wichtig ist, dass der Tee lange zieht, und fünf bis sechs Tassen am Tag muss man trinken, mindestens. Sonst stirbt es sich schneller, als man auf den Nachttopf kommt.«

Wieder nickte Vroni und suchte aus den Augenwinkeln fieberhaft das Menschengewühl nach dem Kind ab. Die Bäuerin, die fast so viel Autorität besaß wie der Bürgermeister, der Viehhändler und die Huberin, einfach stehen zu lassen, wagte sie nicht. In ihrem Magen gurgelte es nervös. Sie wusste, dass sie auf der Hut sein musste. Im Dorf war schon genug darüber gelästert worden, dass der Bauer ausgerechnet sie geheiratet hatte. Eine, die nichts mitgebracht hatte als die Kleider am Leib und einen Hut für die Kirche, eingewickelt in eine alte Zeitung. Andererseits standen um sie herum Bauern, deren Söhne Steine nach dem Rosl geworfen hatten. Auch vor denen musste sie auf der Hut sein.

Plötzlich bildete sich um Vroni und Mathilde Klotz herum ein Strudel: Hirschhornknöpfe rieben sich, Hände wurden geschüttelt, verliebte Blicke gewechselt. Die einen Loisbichler brachen auf zum Stammtisch, die anderen nach Hause an den Herd. Mittendrin tauchten wie vom Himmel gefallen zwei dünne, hellbraune Zöpfe und ein glückstrahlendes Mondgesichtchen auf. Vronis Herz machte einen Satz. *Aber warum zum Teufel an der Hand von Anton?* Der dritte Sohn der Huberin hielt seinen Kopf schräg zum Rosl hinuntergebeugt, und er redete dabei eifrig.

Vroni ergriff Mathildes große knochige Hand und sagte hastig: »Bäuerin, das alles werde ich genauso machen, wie du es mir gesagt hast. Gott vergelt's dir.« *Der Anton mit den rotblonden Haaren.* Das Rosl führte ihn ihr direkt vor die Füße, Vroni lächelte ihm zu, aber er wich ihrem Blick aus. Als Kinder waren sie in dem einzigen, schlecht beheizbaren Raum im Loisbichler Schulhaus gesessen, Vroni eine Bank vor ihm.

Anton hatte sie öfter von seinem Brot abbeißen lassen, das eine oder andere Mal ihr auch eine Kante Speck zugeschoben. Rechnen und Lesen lernte sie deutlich schneller als er. Ihr Magen knurre immer wie ein Bär, sodass er gar nicht auf den Lehrer aufpassen könne, raunte er ihr öfter von hinten zu. Was weißt du von Bären, blaffte sie zurück. Die sind im Werdenfelser Land längst alle tot geschossen. Daraufhin sagte Anton nichts mehr. An seinen Füßen trug er ab dem Herbst gute Stiefel. Ein richtiges Wunder, hatte Vroni damals oft gedacht, während sie bis in den Frost hinein barfuß Brennholz sammelte und im Schnee in alte Schuhe ihres Vaters, ausgestopft mit Lumpen, schlüpfte. *Schuhe und Speck für Kinder, was sich der Herrgott alles ausdachte.*

Wenn Vroni heute in ihrer eigenen Speisekammer zärtliche Blicke über die Käselaibe gleiten ließ, den randvollen Schmalztopf und vor allem über die dunklen Würste, die von der Decke baumelten, durchdrang sie jedes Mal eine warme Gewissheit: ja, es gab himmlische Wunder. Und sie geschahen jetzt ihr. Der Bauer war tot, sie war satt, und ihre Füße steckten in guten Lederschuhen. Das alles ging Vroni durch den Kopf, während Mathilde Klotz noch immer groß und wichtig vor ihr stand und keine Anstalten machte, sie zu entlassen. Das Rosl und der Anton tuschelten wieder miteinander.

»Vroni? Vroni! Hörst du mir zu?«

»Gegen Faulheit hilft der Sud aus Königskerzen auch?«, meinte Vroni leichthin und lachte. Die Anspannung über Rosls Verschwinden und die Erleichterung über sein Wiederauftauchen entluden sich, und sie lachte noch etwas lauter. Gamsbärte und schwere Sonntagsröcke, die bereits auseinanderstrebten, vibrierten, hielten inne und drehten sich empört herum. Eine Witwe, deren Mann gerade mal vier Monate tot war, hatte nicht zu lachen, zumindest nicht herzhaft. Selbst Mathilde Klotz' Gesicht lief flammend rot an, und sie wich abrupt von Vronis Seite.

»Grüß dich«, sagte der Anton und blickte Vroni nur sehr kurz an, blieb aber seitlich vor ihr stehen und beobachtete den dunkelbraunen Hirschkäfer auf einer von Vronis schwarzen Schuhkappen. »Grüß dich auch, Anton«, erwiderte Vroni kurz angebunden und beugte sich zum Rosl hinunter.

»Warum bist du weggelaufen? Mach das bloß nicht ...«

Die noch auf dem Kirchplatz verbliebenen Dorfbewohner beobachten die Witwe, die eben noch laut gelacht hatte, weiterhin mit angehaltenem Atem. Aus dem Pulk löste sich ein anderes Mitglied der Familie Huber. Der Bauer Cajetan Huber, dessen Beine knieabwärts dürr und nahezu unbehaart aus prächtigen hirschledernen Hosen ragten, trat langsam und gewichtig heran und begrüßte Vroni mit einem Lächeln, das nicht nur auf seinem Mund, sondern auch in seinen braunen Augen lag, die keiner seiner Söhne von ihm geerbt hatte.

»Heiß ist es, Graseggerin, und heiß bleibt es.«

»Du sagst es, du sagst es.«

»Hoffentlich gewittert es nicht so schnell.«

Cajetan Huber, der den größten Hof weit und breit besaß und gelegentlich als Herr Ökonomierat angesprochen wurde, streichelte unter den Augen von mindestens vierzig Loisbichlern den Kopf des Idiotenkindes vom Graseggerhof, das neben seinem Sohn stand. Das, was sie gerade beobachteten, würden die vierzig wieder mindestens vierzig anderen Leuten weitererzählen.

»Na, Rosl, du hast aber eine große Narbe auf der Stirn! Bist wohl arg schnell gerannt und dann hingepurzelt, gell.«

Anton schnaufte scharf auf und schaute seinen Vater mit stachelbeerhellen Augen ebenso scharf an, wie es sonst nur seine Mutter tat. Als Rosls Gesicht hell aufleuchtete und es eifrig nickte, weil das Kind sich freute, dass der Bauer glaubte, es sei schnell gerannt, senkte der Anton wieder seinen Blick und verfolgte die Exkursion des Hirschkäfers hinunter von Vronis Schuh in den Staub des Kirchplatzes.

»Kommst voran mit der Heumahd, Graseggerin?«

»Ja, passt schon. Solange das Wetter mitmacht.«

»Na dann! Schönen Sonntag noch. Komm, Anton, die Mutter wartet.«

Der Huberbauer bedachte Vroni und ihr Kind mit einem letzten demonstrativ freundlichen Blick, dann suchte der unscheinbare Mann Anschluss an seine Familie, die sich bereits samt Gesinde unter Führung der Bäuerin auf dem Heimweg befand. Anton, dem der Käfer längst abhandengekommen war, zwickte noch schnell das Rosl in die Nase und sagte Richtung Kirchturm: »Servus dann.« Er folgte in großen Schritten seinem Vater und ignorierte die spöttischen Bemerkungen der jungen Männer, die zu einer eigenen Gruppe beisammenstanden. Verwundert blickte Vroni den beiden Hubermännern nach, die nicht unterschiedlicher hätten sein können.

Wie immer stapften sie im Gänsemarsch den mäandernden Weg zum Hof hinauf. Vroni und das Rosl vorneweg, Korbinian und Josefa mit saurem Gesicht hinterher. Ebenfalls wie immer wurde kein Wort zu viel gewechselt. Der Magd war die ganze Situation auf dem bauernlosen Hof nicht geheuer und die junge Bäuerin in ihren Augen sowieso ein närrisches Huhn, das brachte sie auch wortlos sehr gut zum Ausdruck. Korbinian war alles recht, solange man ihn in Ruhe ließ.

Augenblicklich verschwand Vroni in der Schlafkammer, kam im grauen Arbeitsgewand heraus, das am Saum eingerissenen war, und eilte schnurstracks fort. Josefa ließ die Bodendielen unter ihren Sohlen knarzen und drückte dem Onkel eine Tasse mit brühendheißem Kaffee in die Hand, ohne wie sonst den Henkel mit einem Lappen zu umwickeln. Sofort schwappte braune Flüssigkeit auf seine Schenkel. Josefa ließ den erschrockenen alten Mann sitzen, schnitt sich stattdessen vom lauwarmen Strudel ein doppelt so großes Stück ab, wie ihr eigentlich zustand, und aß es im Stehen.

Noch kauend ging sie in den Stall, ignorierte Korbinian, der bereits ausmistete. Josefa setzte sich auf denjenigen der beiden dreibeinigen Schemel, der nach zehn Jahren auf dem Hof gemäß Gewohnheitsrecht ihr gehörte, und molk. Auch den Rahm schöpfte sie anschließend noch ab. Danach aber stieg sie sofort in ihre zugige Kammer im Dachgeschoss hoch, in der Generationen unverheirateter Mägde vor ihr geschlafen hatten. Sie fingerte ihren Rosenkranz vom Brett über dem Bett und ratterte los. Aber der Zorn in ihr war stärker.

Josefa warf den Rosenkranz auf seinen Platz zurück und legte sich ins Bett, obwohl es noch hell war. *Der Bauer.* Dass der so blöd gewesen war, einen Steinwurf von seinem eigenen Hof zu erfrieren. *Das verzeihe ich ihm nicht.* Und dann noch das ganze Getue, das die Bäuerin mit dem Kind machte, diesem nutzlosen Esser, das nie richtig mitarbeiten würde können. Zornig und bitter lag Josefa noch lange wach.

Dort angekommen, wo der Geißschädel hinter dem Hühnerhaus abfiel, stützte sich Vroni auf ihren Rechen und schaute. Sie schaute eine ganze Weile einfach nur, was sie im Beisein von Josefa und Korbinian nie gewagt hätte. Vor ihr lag das Heu, so wie sie es gestern am frühen Abend verlassen hatten, zusammengerauft zu fast schnurgeraden Reihen von Schwaden. Noch immer kreisten Bienen und Hummeln und tauchten brummend in die Fülle der geköpften Blüten ein. Es taumelten Schmetterlinge und Libellen, und ein Lüftchen raschelte genüsslich. Seit dem Morgen wälzte sich die Sonne über die Wiese, aber ihre Kraft bewirkte zu wenig.

Darum packte Vroni schließlich entschlossen ihren Rechen. Sie breitete die Schwaden aus, sodass sie sich wie fahle Schuppen an den Südhang schmiegten. Jetzt konnte die Sonne die strahlenden Farben der Blumen auslöschen, die Säfte aus den Stängeln und Blättern saugen, bis sie erschlafften, schrumpelten und eintrockneten. Stundenlang arbeitete Vroni vor sich hin, pfiff und sang abwechselnd, verfiel zwischendurch in frohes Schweigen. Hungrig war sie, durstig auch, denn sie hatte vergessen, sich Wasser mitzunehmen. Dafür schmerzten Rücken und Hüfte weniger als an den Tagen davor. Die anderthalb Stunden Schlaf während der Predigt am Morgen hatten ihr gutgetan. Sie rechte und rechte, obwohl es Gottes siebter Tag war.

Als die Dämmerung sich langsam senkte, das goldene Licht nur noch in den Wipfeln der einzelnen, wettergebeutelten Fichten hing und Vroni die aufsteigende Kühle roch, raufte sie das röscher gewordene Heu wieder ordentlich zu

Schwaden zusammen. So wurde es weniger vom Tau benetzt und blieb die Nacht über einigermaßen trocken.

Als sie alles geschafft hatte, was sie schaffen wollte, legte sich Vroni auf eine der Schwaden, nahm ihr Kopftuch ab und verschränkte die Arme unterm Kopf. Mehlprimeln, schwarze Kohlröschen, Trollblumen, senfgelbe Arnika, langstielige Enziane, wilder Thymian und blauroter Klee, Knabenkraut, Spitzwegerich und die zahllosen anderen blühenden Gräser, die Vroni weder alle unterscheiden noch benennen konnte, verströmten einen Duft, der am frühen Abend schärfer und würziger aufstieg als tagsüber. Samtflügelige Falter verfingen sich in Vronis Haar. Vögel hörten nach und nach auf zu singen, aber die Insekten neben ihren Ohren raschelten und knackten weiter.

Mit dem vagen Gefühl, sich etwas Besonderes zu gönnen, streckte Vroni ihre Beine weit von sich.

Das Nächste, was sie sah und hörte, war die große Nacht und die ohrenbetäubende Stille um sich herum. Das kalte Licht einer scharfkantigen schmalen Mondsichel nahm sie gefangen. *Daran könnte man sich schneiden.* Vroni zog ihren Rock bis über die Knie hoch, damit die Nachtluft die Mückenstiche und Ameisenbisse an ihren Beinen kühlte, und blieb reglos liegen. Sie erinnerte sich nicht, schon einmal so intensiv diesen Himmelskörper betrachtet zu haben, einfach nur so, des Mondes wegen. Wenn es dunkel wurde, schlief man, damit man tagsüber arbeiten konnte.

Vroni zwickte ihre Augen zusammen und verließ den Mond. In den Weiten des Himmels verschwamm alles. Obwohl sie wusste, dass es sich um eine Vielzahl einzelner Sterne handelte, sah es aus wie eine Lache verschütteter Milch. Vroni seufzte und ließ den Blick zum Berg hinuntergleiten. Dort war sie nie gewesen. Und auch nur wenige Männer aus den

Dörfern kannten sich dort aus. Neuerdings, so hatte sie gehört, kletterten Städter, die extra von weit anreisten, auf die Gipfel und stiegen die Grate entlang. Warum, das leuchtete ihr nicht ein, aber dieser Leibl lief ja auch ohne Sinn und Zweck die Wiesen rauf und runter. Hätte Vroni ihre Augen geschlossen, wäre ihr wahrscheinlich wieder das steife Papier in der versteckten Metallkassette des Bauern in den Sinn gekommen und sie hätte sich Sorgen gemacht. Deshalb hielt sie sie lieber weit offen und saugte sich wieder an der hellen Mondsichel fest.

So kam alles zur Ruhe. Das Universum löste bei Vroni weder fromme Gedanken aus noch schüchterte es sie ein. Der Mond und die Sonne hatten ihre Aufgaben, wie sie selbst auch ihre Pflichten und ihren Platz hatte. Hier, auf der Hangwiese gegenüber dem großen Berg, wo sie tagsüber schuftete und schwitzte, auf dem stummen Hof, in den sie eingeheiratet und anderthalb Jahre Prügel bezogen hatte. Im Bett neben dem Stiefkind, das sie beschützen musste. Tränen flossen und taten Vronis zerstochenem Gesicht gut.

Am darauffolgenden Nachmittag erschien Anton Huber auf dem Geißschädel, auf dem Kopf einen Strohhut mit extra breiter Krempe. Neben dem Hühnerhaus blieb er stehen, nahm die Hände aus den ausgebeulten Taschen seiner Lederhose, ließ sie neben den Oberschenkeln baumeln, schob sie nach einer Weile wieder zurück in die Hosentaschen, dabei knabberte er die ganze Zeit hektisch an einem Sauerampferstängel. Bis er die Graseggerleute weit unten am Hang entdeckte. Sie waren gerade dabei, die gut durchgetrocknete Ernte auf große Leinentücher zu raffen und deren Eckzipfel zu verschnüren, bevor die Ballen auf den Rücken hinaufgetragen wurden.

Korbinian bemerkte als Erster den Besucher und winkte zu ihm hoch, auch die beiden Frauen hielten in ihrer Arbeit inne. Anton spuckte den Sauerampfer aus und stieg zu der kleinen Gruppe hinab, wobei seine Hände noch ein paar Mal aus den Hosentaschen heraus- und wieder hineinwanderten. Bis sie schließlich auf der Höhe des Brustkorbs landeten und die Daumen sich in den Hosenträgern verhakten. Eine Heuschwade entfernt von Vroni kam er zum Stehen und grüßte sie aus dem sicheren Versteck seiner Hutkrempe.

»Anton, du! Grüß Gott, na so was. Dabei haben wir uns erst gestern gesehen. Was gibt's denn?«

Mit dem Handrücken wischte sich Vroni über die schweißnasse Stirn, keuchte leise, blinzelte gegen die Sonne.

»Wo habt ihr, äh, wo habt ihr denn das Rehkitz?«

Weil Antons Gesicht in einem langen Schatten lag, bekam niemand mit, wie unkontrolliert seine zartrosa Augenlider flatterten. Noch bevor Vroni antworten konnte, schnarrte das Rosl los: »In der Scheune ganz hinten liegt es, damit es seine Ruhe hat. Milch trinkt es viel, aus der Flasche.« Vor Aufregung verschluckte das Kind mehrere Silben, aber Anton schien es problemlos zu verstehen, denn er wiederholte: »Aha, in der Scheune ganz hinten. Fein, fein.« Unerwartet kam Leben in den dritten Hubersohn. Er packte das kleine Mädchen und warf es hoch in die Luft, sodass es hellauf jubelte und gluckste.

Unschlüssig schaute Vroni zu, klopfte dabei ihre Schürze aus, musste gegen ihren Willen schmunzeln. *Woher weiß der von unserm Kitz?* Korbinian arbeitete gleichmütig weiter, dafür popelte Josefa Rotz aus dem rechten Nasenloch und taxierte Anton scharf. Der wiederum widmete seine ganze Aufmerksamkeit dem kleinen Mädchen, ließ es immer verwegener fliegen, bis die beiden dünnen Zöpfe senkrecht in die Höhe standen. Damit wurde Anton die furchtbare Nervosität los, die ihm auf seinem Weg hoch zum Hof im Nacken gesessen hatte.

»Wieso willst du denn zum Kitz?«, rief Vroni schließlich in die auf dem Geißschädel so seltene Ausgelassenheit hinein. Es dauerte noch einen Moment, dann hielt Anton inne, schaute erschrocken und stellte das Kind behutsam zurück auf den Boden. Eine Antwort brachte er nicht heraus. Wieder kam ihm das Rosl zu Hilfe.

»Ich bring den Anton hin.«

Das kleine Mädchen, dessen sonst meist bleiche Wangen vom Spielen glühten, ergriff Antons Hand, der Speichelfaden tropfte. Aber selten, so fand Vroni, hatte das Rosl so hübsch ausgesehen.

»Gehen wir halt zusammen hinauf, wenn du schon mal da bist.«

In der muffig riechenden, aber angenehm kühlen Scheune zwängte sich Anton hinter Vroni und dem Kind am großen Leiterwagen vorbei, danach am Hornschlitten, auf dem der Bauer das letzte Mal vor über fünf Jahren ins Tal gesaust war. Er stieg über ein altes, zerbrochenes Sauerkrautfass, mehrere leere Weidenkörbe und stolperte über eine vor sich hin rostende Eisenkette. Ein Blick genügte, und Anton wusste, dass sie noch intakt und gut zu gebrauchen war. Während sich Spinnweben um seinen Hut wickelten, schlussfolgerte er, dass der Verhau aus der Zeit des Bauern stammen musste, Vroni und ihre zwei Leute schafften jetzt nur noch das Allernotwendigste. Der Boden müsste dringend ausgekehrt und das Wespennest über der Tür entfernt werden. Aber dann sagte sich Anton sofort, dass ihn das alles nichts anging.

Im hintersten Winkel schließlich lag auf einem Haufen alter Säcke ein gekrümmter Rücken, beides braun und kaum zu unterscheiden. Der Rücken bewegte sich, als Rosl ihm die Flasche hinhielt. Sofort hob das Kitz den Kopf und nuckelte gierig. Langsam und nahezu geräuschlos nahm Anton seinen

Rucksack ab, legte ihn ebenso langsam und bedächtig auf den staubigen Boden, darauf platzierte er seinen Strohhut, der auf keinen Fall schmutzig werden sollte, und ging in die Hocke.

Zuerst schaute er nur, ließ dem Tier Zeit, sich an ihn zu gewöhnen, nur einmal hob er abwehrend die Hand, als Vroni knirschend ein morsches Stück Holz zertrat. Vroni wiederum hat keine andere Wahl, als auf Antons lockigen Hinterkopf zu starren, gelegentlich auf sein Profil, das ihr zu ihrem Erstaunen besser gefiel als die Vollansicht, mit Wimpern dicht und lang ähnlich wie die von Schatza, ihrer liebsten Kuh.

Behutsam bewegte sich Antons Hand auf das Kitz zu. Die schräg stehenden Augen weiteten sich vor Furcht. Das Kitz ließ den Sauger los und rappelte sich auf seinen drei intakten Beinen hoch, sackte aber im nächsten Moment wieder zusammen. »Brav, brav, alles gut, alles gut«, brummelte Anton. »So ist's fein, so ist's fein.« Zu Vronis Erstaunen beruhigte die tiefe, gleichmäßige Stimme das Tier tatsächlich, denn es ließ sich von Anton berühren, ohne erneut flüchten zu wollen. Auf einmal entspannte sich auch Vronis, vom stundenlangen Arbeiten verhärteter Rücken. Das Rosl lehnte seinen Kopf gegen den Bauch seiner Stiefmutter und wurde gekrault. Schön ist es jetzt, dachte Vroni und lauschte dem sanften Hämmern, Schnitzen und Schrauben. Als das Kitz einmal kurz wimmerte, drückte sie das Rosl nur noch ein wenig fester an sich, aber es gab keinen Grund, Anton nicht zu vertrauen. Dazu kannte sie ihn zu gut. Auch wenn er zu denen gehörte, die für ihren Geschmack viel zu wenig den Mund aufmachten. Komisch. *Schon als Bub war er verstockt.* Wobei Vroni den eigentlichen Grund dafür nicht kannte.

Auf Antons elterlichem Hof war es einfach sinnlos den Mund aufzumachen, weil die Bäuerin unentwegt das Wort führte. Am liebsten kommentierte sie beim gemeinsamen Essen die Weltpolitik: das Kabinett in München, der König und seine Liebe für Wagners Musik, die ihm den Kopf verdreht und vom Heiraten abgebracht hatte. Reichskanzler Bismarck dagegen wurde von Afra Huber vergöttert, logischerweise hieß ihr erster Enkelsohn Otto. Für all das interessierten sich ihr Mann und ihre erwachsenen Söhne kaum, sie schaufelten stattdessen Kraut, Kartoffeln und Würste in sich hinein und überlegten, ob sie die Odelbrühe heute noch oder erst morgen ausbringen sollten oder wann der nächste Viehmarkt stattfand. Am meisten interessierte sich die Huberin für Erfindungen. Erst am gestrigen Nachmittag, als alle erschöpft von der schweren Predigt und dem ebensolchen Sonntagsbraten gewesen waren, hatte sie mit einem neuen Namen aufgetrumpft. *Benz! Carl Benz!* Als ob es sich, so klang es zumindest in Cajetan Hubers Ohren, um einen preisgekrönten Zuchtstier handelte.

Nur der jüngste Sohn, Luitpold, rollte hin und wieder frech die Augen, wenn seine Mutter all das referierte. Er war aber nur selten zu Hause, weil er ein Internat besuchte und Latein und Altgriechisch lernte. Neben dem Bürgermeister und dem Brückenwirt war die Huberin der einzige Mensch in Loisbichl, der eine Zeitung abonniert hatte. Aber nur sie las buchstäblich alles, auch die Stellen- und Heiratsanzeigen, die Berichte aus Übersee und vor allem den Börsenteil.

Seit sich der berühmte Kunstmaler aus München gelegentlich für ein paar Tage im Brückenwirt einquartierte, witterte die Huberin eine neue Nachrichtenquelle. Wenn Leibl da war, verließ sie regelmäßig am Vormittag die Küche und betrat ohne anzuklopfen das Nebenzimmer des Wirtshauses, wo Wilhelm Leibl seine Staffelei aufgestellt hatte und den Hirzinger porträtierte. Nur einen kurzen Moment wartete Afra Huber ab, den Bügel ihrer kleinen, kofferähnlichen

Handtasche, die sie nur als Staffage mitnahm, gegen den Bauch gedrückt, ihr Kropf schwer vor Wissensdurst. Dann trat sie an die Staffelei heran und beäugte das angefangene Bild.

»Hm, seit vorgestern haben Sie aber nur die linke Augenbraue geschafft, mehr nicht.«

»Ach, Sie sind es wieder. Hm. Ich mache meine Arbeit halt gründlich«, brummte Leibl ohne aufzublicken. Die Huberin interessierte sich nicht im Geringsten für Kunst. Ein paar Momente lang schaute sie auf Farbflecken, schnaufte wohlig durch und bombardierte dann den Maler mit Fragen nach den Münchner Preisen für Kaffee, und ob er die Minister Lutz und von Crailsheim persönlich kenne? Den zweiten hielt sie für klüger, obwohl er aus Franken stammte.

»Könnten Sie bitte einen Schritt weiter nach links machen. Sie nehmen mir sonst das ganze Licht.«

»Licht? Licht! Ach so, ja.«

Die Huberin bewegte ihren imposanten Körper tatsächlich so zur Seite, dass er nicht mehr länger das Fenster versperrte, murmelte dabei aber vorwurfsvoll: »Also, wenn die hier schneller mit der Elektrizität ...«.

»Drei Mark 75 das Kilo«, fiel ihr Leibl ins Wort, dabei mischte er Pigmente von Manganviolett mit Leinöl. Er gab sich Mühe, höflich zu klingen, denn er wusste längst, dass die Huberin Geld hatte und es sich leisten konnte, ein Porträt von sich in Auftrag zu geben. Wenig deutete allerdings noch darauf hin, dass Afra Huber, geborene Heinzeller, in ihrer Jugend eine Schönheit gewesen war, wegen der ein Innsbrucker Pferdehändler sich erschossen und der Sekretär des Herzogs von Nassau-Weilburg seitenlange Liebesgedichte verfasst hatte.

Leibl wiederum war fasziniert vom hinterfotzig guten Aussehen des jungen Mannes, der in einer provozierenden

Pose sein rechtes Bein mit nackter, nach außen gedrehter Wade auf einen Wirtshausstuhl gestellt hatte, obwohl nur sein Kopf gemalt wurde. Den Kontrast zwischen den fuchsartigen Gesichtszügen und den blasiert aufgeworfenen Lippen einzufangen, bildete eine enorme künstlerische Herausforderung. Gleichzeitig brodelte die Lava in Leibls Lenden von Pinselstrich zu Pinselstrich und Blick zu Blick mehr, und er bemerkte erst in letzter Sekunde, dass er zu viel von dem sündteuren, in England aus zerriebenen Mumien hergestellten Ägyptisch Braun für die rechte Augenbraue benutzte.

Fieberhaft überlegte Wilhelm Leibl, ob dieser Stenz für das Honorar, das er mit ihm ausgemacht hatte, noch mehr machen würde als Modellsitzen. *Wahrscheinlich will er dafür viel mehr Geld.* Leibl aber war nahezu pleite. Hirzinger spannte seine Wadenmuskulatur noch etwas mehr an und verzog seinen sinnlichen Mund. Unberührt von der in der Luft wabernden Erotik und zunehmenden Erregung um sie herum, begann Afra Huber, von einer mit einem Zweitaktmotor betriebenen Kutsche zu berichten.

»Was? Den Namen Benz haben Sie nie gehört?«

»Gnädige Frau Huber, das Licht kommt jetzt schräger, Sie müssten bitte noch weiter nach links treten. Ja, so passt es.«

Von derlei Dingen hatte Vroni nicht die geringste Ahnung, sie hatte immer nur Antons beständiges Schweigen im Ohr. Als er fertig war mit dem Kitz, packte er seine Werkzeuge zurück in den Rucksack, schnallte ihn sich ebenso langsam um, wie er ihn abgenommen hatte, zwängte sich hinter Vroni und dem Rosl den engen Pfad zurück über die Körbe, das kaputte Sauerkrautfass, die vernachlässigte Eisenkette. Im Tageslicht schaute er verblüfft auf den Strohhut in seinen Händen, setzte ihn aber nicht auf, sondern betrat noch einmal die Scheune und schlug vor Vronis Nase die Tür zu. Es ging sehr schnell. Als er zurück war, hielt er etwas fest in seinen Janker eingewickelt, aus dem es sehr zornig schwirrte und brummte. In großen Schritten lief Anton damit fort und schleuderte es den Hang hinunter.

Zurück bei Vroni und dem Rosl, die sich auf die Bank an der Hauswand gesetzt hatten, machte er endlich den Mund auf.

»Ich habe ihm was eingeschraubt, dem Kitz. Aus Holz, eine Prothese, wie bei den Amputierten, die aus dem 70er Krieg zurückgekommen sind. Wenn die drei anderen Beine wachsen, verlängere ich auch das hölzerne Bein.«

Ein langer Satz. Antons Finger seiner rechten Hand hatten dabei Hautfetzen von der Nase gezupft, die sich seit dem letzten Sonnenbrand lösten. »Da schau einer an«, meinte Vroni und schnalzte leichthin mit der Zunge. »Was du nicht alles kannst. Und sonst? Wie geht's bei euch denn so auf dem Hof? Und deine Brüder? Den kleinsten habe ich schon arg lange nicht mehr gesehen. Erzähl doch was!«

Augenblicklich bohrten sich Antons Hände tief in die Hosentaschen. Die weiße, von der Sonne verschonte Stelle an seinem Schlüsselbein färbte sich in der Farbe reifer Himbeeren. Das Rosl, das aufgestanden war und sich dicht neben ihn gestellt hatte, streichelte bewundernd die Stickereien an den Seitennähten seiner Lederhose. Zum Glück liefen die Hühner gackernd zwischen den Füßen der Menschen herum, sonst wäre Antons langes Zögern noch mehr aufgefallen.

»Der Luitpold, ja der. Der ist ziemlich gewachsen. Und ich, ich habe uns eine Kuh«, sagte er schließlich in Richtung eines braunen Huhns, »aus der Schweiz gekauft, zum Reinzüchten. Bessere Milchleistung.« Es folgte noch ein Räuspern. Noch bevor Vroni ihm aus der Küche ein Glas

Buttermilch oder Holundersaft holen konnte, eilte Anton davon. Sein Gruß zum Abschied ging im Krähen des Hahns unter.

Bei der Abzweigung zum Hornsteinerhof begann Anton so zu rennen, dass die Kiesel auf dem Ziehweg zur Seite spritzten. Denn auf den Wiesen bei ihm zu Hause war ebenfalls Heumahd. Auf keinen Fall durfte seine Mutter erfahren, dass er sich davongestohlen hatte. Und schon gar nicht, wohin.

Kapitel 4

AM PFINGSTMONTAG 1886 läuteten die Loisbichler Kirchenglocken Sturm. Ganz und gar außer der Reihe gegen vier Uhr nachmittags. So lang anhaltend und kräftig wurde geläutet, dass es ausnahmsweise auch auf dem Geißschädel zu hören war. Vroni und Josefa, die die getigerte Katze auf ihrem Schoß hatte, saßen auf der Bank vor dem Haus und flickten, die einzige Arbeit, die an dem Feiertag halbwegs schicklich war. Sie bekreuzigten sich gleichzeitig. Auch das Rosl spürte, dass etwas nicht stimmte, und seine kleinen Hände begannen in der Luft zu wirbeln, weshalb das Rehkitz, das neben dem Mädchen kauerte, sich erschrocken aufrappelte. Gestern hatte der Loisbichler Pfarrer eine Prozession hoch zur Sankt-Anna-Kirche in Wamberg angeführt, heute aber hatten die Leute ein Anrecht darauf, sich auszuruhen.

Bevor sich die beiden Frauen entscheiden konnten, wie sie außer dem Kreuzschlagen noch auf das höchst ungewöhnliche Läuten reagieren sollten, sahen sie den Hornsteinerbauern zusammen mit Sepp Ginger, seinem ersten Knecht, an der Kuppe auftauchen und am Hühnerhaus vorbeieilen. Der Bauer schwang ein Gewehr, Sepp eine Mistgabel. Zum ersten Mal war Vroni froh, wenigstens Josefa neben sich zu haben. Korbinian war seit geraumer Zeit verschwunden, wahrscheinlich lief er, so vermutete sie, mit seinem kostbaren

Thermometer vom Moor zum Dickicht und über die offenen Buckelwiesen zurück und wieder hoch zum Moor, um zu sehen, ob es da ein oder zwei Grad mehr anzeigte als dort.

Erst als die beiden Männer keuchend vor der Bank Halt machten, erhob Vroni sich, nahm eine kerzengerade Haltung ein und setzte eine Miene auf, von der sie annahm, sie passte zu einer Bäuerin in einer schwer einzuschätzenden Situation. Schweißtropfen glitzerten auf dem bis auf einen schmalen, sandfarbenen Haarkranz kahlen Schädel des Eigentümers des nächsten Gehöftes. Dass Josef Hornsteiner vergessen hatte, seinen Hut aufzusetzen, interpretierte Vroni ebenfalls als ein alarmierendes Zeichen.

»Was bringst uns, Nachbar? Was ist passiert?«, fragte sie mit einem Kratzen im Hals.

»Die Hundsföttigen, die Saubeutel...«

Josef Hornsteiner, Ende vierzig, rang nach Luft. Er hatte im Winter vor drei Jahren eine schwere Lungenentzündung durchgemacht und wandte seitdem viel Kraft auf, um seine angeschlagene Gesundheit zu verbergen. In seinem von Sonne, Frost und Wind braunrot gegerbten Gesicht zuckte es. Bis schließlich lautlos Tränen aus seinen Augen quollen, langsam über die Wangen liefen und in seinem schütteren, ebenfalls sandfarbenen Bart versickerten.

»Unser König. Zuerst abgesetzt. Einfach so, von dieser Bagage. Dann haben sie ihn gestern aus dem Würmsee gefischt, tot, mausetot. Der Ludwig...«, brach es stoßweise aus ihm heraus. Dann überwältigten ihn seine Gefühle wieder so sehr, dass er nicht weitersprechen konnte. »Der König tot! Herrgott im Himmel, stehe uns bei«, japste Vroni und ließ sich mit weichen Knien zurück auf die Bank neben Josefa fallen. Es ging also doch nicht um den steifen vanillefarbenen Bogen Papier in der Kassette des Bauern, dessen Inhalt sie seit Wochen zu vergessen versuchte. Trotz aller

Erleichterung fühlte sich Vroni wie betäubt, ein leichter Schwindel erfasste sie. *Der König tot. An so einem schönen Tag!* Sie zwang sich dazu, dem Hornsteinerbauern und seinem Knecht mit einer gewissen Strenge zuzunicken, damit sie ihren Bericht fortsetzten.

»Aus München kommen nur Gerüchte und verlogene Beschwichtigungen von der Regierung. Denen trauen wir aber nicht. Das gesamt Oberland ist deswegen in Aufruhr, die Leute wollen wissen, was wirklich mit dem König passiert ist.«

Hornsteiners Brustkorb hob und senkte sich wieder gleichmäßiger. Sepp Ginger schickte den Worten seines Bauern einen Schwall Flüche hinterher. Der breitschultrige junge Mann, der im Gegensatz zu seinem Bauern bereits eine komplette Glatze hatte, dafür seinen dichten dunklen Backen- und Schnurrbart wie ein Schoßhündchen kämmte und hätschelte, galt als gewieftester Kartenspieler im Brückenwirt. Zur Bekräftigung seiner Worte klopfte er mit den eisernen Zargen seiner Mistgabel gegen die Steinstufe vor der Haustür, verängstigt drückte sich das Kitz an Rosls Beine.

Plötzlich stand der Onkel in der offenen Haustür. Niemand hatte ihn heranschlurfen gehört. In den Knien gebeugt und zittrig hielt er sich an der Türklinke fest, aber seine Augen standen ungewohnt weit offen. Wasserblau und nüchtern musterten sie die Runde.

»Die werden unsern König ertränkt haben. Umgebracht ist er worden. Was sonst! Die Herrn Minister in München wollten ihn loshaben, weil er ihnen nicht mehr in den Kram gepasst hat, der Ludwig. Seinen Großvater, ich weiß es noch genau, haben sie auch abserviert. Aber da ging es um Weibergeschichten.«

Vroni erinnerte sich nicht, den Onkel schon einmal ähnlich ausführlich und vehement sprechen gehört zu haben. So unauffällig wie möglich rutschte sie von der Bank, stellte sich neben ihn und zog ihm von hinten seinen Hosenbund hoch. Sie wollte nicht, dass der alte Mann plötzlich in seinen geflickten Unterhosen dastand. In dem Moment bog Korbinian um die Hausecke, ließ ein funkelndes Glasröhrchen in seiner Hosentasche verschwinden und gesellte sich zu dem Grüppchen, ohne ein Wort zu sagen und ohne von den anderen Männern zur Kenntnis genommen zu werden. Nur Vroni bemerkte ihn. Aber sie war daran gewöhnt, dass sich Korbinian gern als Holzstapel oder Besen tarnte.

»Du sagst es. Die Hundsföttigen haben ihn umgebracht. Genau das vermute ich auch«, ergriff Josef Hornsteiner erneut das Wort, seine Augen noch rot und feucht, aber mit der linken Hand reckte er entschlossen sein Gewehr in den hellblauen, mit kleinen Wolken betupften Feiertagshimmel. Sepp, der die ganze Zeit darauf gebrannt hatte, etwas zu sagen, aber sich wohl oder übel den Bart kraulen musste, hielt es nicht mehr länger aus und fiel seinem Bauern resolut ins Wort: »Männer aus dem ganzen Gebirge wollten den König aus Schloss Berg befreien und nach Tirol in Sicherheit bringen. Das war der Plan.«

Dabei kratzte Sepps Mistgabel so hartnäckig über die Steinstufe, dass das Geräusch für ein paar Sekunden weit mehr schmerzte als der Tod des Königs.

»Dafür ist es jetzt wohl zu spät.«

Alle Köpfe drehten sich Josefa zu, die noch immer mit der Katze auf dem Schoß auf der Bank saß. Nicht wegen dem, was, sondern wie sie es gesagt hatte. Verächtlich und vorwurfsvoll, als ob sie den Männern, die zu lange gewartet hatten, die eigentliche Schuld am Tod des Königs gab.

Schweißtropfen prickelten in Vronis Nacken. In der vergangenen Viertelstunde, seit ihr Nachbar mit der Unglücksbotschaft eingetroffen war, hatte sich so viel verändert. Obwohl es noch heller Nachmittag war, glaubte sie weniger

Vogelstimmen zu hören, der Wind hatte sich gedreht und kam jetzt von Osten, was selten war. Aber letztlich überwog Vronis Vernunft. *Pfingstmontag hin und toter König her.* Bald war Stallzeit. Nur fünf Jungtiere waren auf der Alm, die Mutterkühe mussten gemolken und ausgemistet, die beiden Ochsen, die sich gern vollschissen, gestriegelt und gefüttert werden, ebenso der schwarze Stier. Sepp, der inzwischen seine Mistgabel neben sich ins Gras gerammt hatte, schaute Vroni so direkt und herausfordernd an, wie es einem Knecht gegenüber einer Bäuerin, auch einer sehr jungen, eigentlich nicht zustand.

»Gleich morgen bei Tagesanbruch fahren wir mit Fuhrwerken nach München und blasen der Regierung den Marsch. Ich habe bereits alles organisiert und alle zusammengetrommelt. In Loisbichl stehen fast dreißig Mann bereit, alte wie junge. Der Pfarrer wird sie heute Abend extra segnen. Auf dem Weg schließen wir uns mit den Männern aus Partenkirchen, Garmisch, Grainau und Oberau zusammen, jeder bringt Waffen mit. Die Krüner und Wallgauer fahren wahrscheinlich über Kochel.«

Der Knecht gab sich kaum noch Mühe, seinen triumphierenden Ton zu zügeln. Wie schon bei der Beerdigung fiel Vroni auf, dass seine Lippen immerzu feucht glänzten.

»Die Mittenwalder kommen natürlich auch. Wie viele, weiß ich nicht genau, aber vierhundert werden es bestimmt sein.«

Intelligenz und Willensstärke sprachen aus Sepp Gingers Augen. Auf seine Anweisungen hörten die anderen Dienstboten des Hornsteinerhofes inzwischen mehr als auf die des Bauern. Er plante, mit den angesparten Gewinnen aus dem Kartenspiel in absehbarer Zeit ein eigenes Gehöft zu kaufen. Oder in eines einzuheiraten. Beides trauten ihm die Loisbichler ohne Weiteres zu, auch wenn er ursprünglich aus

Tirol stammte. Sepp Ginger schob seinen Bart vor, dem die Spätnachmittagssonne zusätzlichen Glanz verlieh. Noch einmal feuchtete er seine Lippen an.

»Lässt du den Korbinian mitkommen, Bäuerin?«

Das Gerippe des Onkels mehr oder weniger im Arm lehnte Vroni gegen den Türstock. Mehrere Schwalben wippten vorbei, flogen elegante Schleifen, um dann in die unzähligen Nester zu schlüpfen, die unter dem Dachüberstand klebten. *Flogen die etwa tief, änderte sich das Wetter? Den Korbinian nach München lassen?* Vronis Magen krampfte sich zusammen. Was hätte der Bauer jetzt wohl geantwortet? Sie räusperte sich, war gerade dabei, ihren Mund zu öffnen, als ein gichtkrummer Finger an ihrer Nase vorbei in die Höhe fuhr.

»Nix da. Der Korbinian bleibt hier und arbeitet. Auf unserer Wiese drunten an der Isar muss ab morgen alles auf die Stangger.«

Dankbar drückte Vroni ihre flache Hand gegen den Rücken des Onkels und spürte durch seine Strickjacke hindurch, die er Sommer wie Winter trug, die spitzen Knorpel. Autoritär hatte der Onkel gesprochen, sehr autoritär. *Ich muss noch so viel lernen, wenn ich den Hof halten will.* Einen fürchterlichen Moment lang spielte Vroni den Gedanken durch, was ihrem Knecht, auf den immer Verlass war, in München alles passieren konnte. Die Bierschwemmen, wo lockere Weiber anständigen Männern das Geld aus der Tasche zogen; die Droschken, die in einem irren Tempo fuhren; überall Liberale und Sozis, die besonders schlimm sein mussten, weil der Loisbichler Pfarrer sie in einem Atemzug mit Lutheranern und Juden nannte. *Wenn schon ein König umgebracht wird, na dann gute Nacht.* Vroni kniff die Augen zusammen und sagte an Josef Hornsteiner gerichtet schärfer als beabsichtigt: »Es ist, wie der Onkel sagt. Korbinian kann nicht fort, jetzt mitten in der Heumahd. Außerdem, ohne meinen Bauern ...«

Absichtlich führte Vroni ihren Satz nicht zu Ende. Umso wirkungsvoller schwebte er in der lauen Luft über den blühenden Buckelwiesen. Betreten senkten der Hornsteinerbauer und sein Knecht die Blicke und inspizierten das noch nicht gemähte Gras.

»Auf jeden Fall werde ich eine Kerze für den König anzünden. Aber wo er doch schon tot ist ...«, Vroni räusperte sich, zog den wieder nach unten gerutschten Hosenbund so weit wie möglich hoch und verkündete entschieden: »Ich hol jetzt einen Schnaps.«

Während sie dem Bauern vom Nachbarhof, dem Onkel, dem Sepp, sich selbst und zuletzt Korbinian und Josefa die Gläser randvoll mit Tiroler Marillenschnaps füllte, fragte sie sich, woher der alte tattrige Mann Bescheid wusste, wo und wie weit sie gerade mit der Heumahd waren. Mit großem Ernst wurden die Gläser gehoben und geleert. Das anschließende Schweigen dauerte Minuten. Sepp Ginger brach es schließlich mit einem neuen Schwall Flüche, und die Augen des Hornsteiners liefen zum zweiten Mal vor Rührung und Wut über. Also zog Vroni ein zweites Mal den Korken aus der Flasche, das Brennen des Alkohols im Hals und die nachflutende Wärme in der Brust taten ihr und den anderen gut.

»Auf unseren König Ludwig«, krächzte der Onkel.

»Auf unseren König Ludwig«, wiederholte die Runde, und Vroni schenkte zum dritten Mal nach.

Am frühen Morgen nach der Unglücksbotschaft packte Vroni Hartkäse und einen Brotlaib in den Weidenkorb und stellte einen leeren Krug bereit. Wasser gab es im Tal genug. Eine Stunde nachdem der Hahn gekräht hatte und die Stallarbeit erledigt war, fuhren sie mit dem großen Leiterwagen los. Obwohl andere Kinder in seinem Alter längst die halbe Arbeit eines Erwachsenen bei der Heumahd verrichteten, blieb das Rosl beim Onkel. Es war zu ungeschickt, um einen Rechen zu halten, geschweige damit vernünftig umzugehen. Außerdem sollte es dem Kitz Geschichten erzählen. Auch diese neue Mode der Bäuerin fand Josefa ganz und gar unmöglich.

Während Korbinian das noch vom Tau benetzte Gras mit der Sense schnitt, rammten die beiden Frauen und Schorsch lange Rundhölzer, die Stangger, in den trockenen Boden. Knochenarbeit war das, eine Schinderei für Schultern und Oberarme. Jeder Stangger hatte drei Bohrlöcher, durch die kürzere Querhölzer geschoben wurden. Wenn das Gras erst mal auf den Gestellen hing, war das meiste geschafft, dann übernahmen Sonne und Wind die Arbeit. Im Gegensatz zur Bodentrocknung mit mehrmaligem Wenden, Ausbreiten und wieder zu Schwaden Zusammenrechen fielen so weniger Blüten und Samen aus, und die Graseggerleute mussten den weiten Weg nicht so oft zurücklegen. Die Ernte blieb auf den Stanggern, bis sie rösch getrocknet war, dann musste sie nur noch aufgeladen und Fuhre um Fuhre von den Ochsen zum Hof hochgezogen werden.

Am zweiten Tag auf der Wiese im Tal bemerkte Vroni plötzlich eine Wolke auf einem Abschnitt, den Korbinian noch nicht gemäht hatte. Sie war hell und bauschig.

Vroni nahm einen großen Schluck aus dem Krug, ließ das Wasser langsam die Kehle hinunterlaufen und schloss dabei die Augen. Als sie sie wieder öffnete, befand sich die Wolke noch immer auf der Wiese, war sogar größer und dichter geworden. »Heilige Maria, steh mir bei«, murmelte Vroni. Nahezu zeitgleich tönte eine weibliche Stimme aus der Wolke heraus, hoch und schrill, aber nicht unfreundlich.

»Sie Fräulein, ja, ja, genau Sie meine ich. Grüß Gott auch, könnten Sie uns bitte sagen ... ach, kommen Sie doch bitte schön etwas näher.«

Vroni umklammerte den irdenen Wasserkrug fest. Nein, so würde sich die Muttergottes ganz bestimmt nicht bemerkbar machen. Zügig ging Vroni in Richtung der Stimme. Worauf sich die Wolke in vier breiige Wesen teilte, die sich mit jedem weiteren Schritt zu zwei Damen und zwei Herren in perlmutt- und eierschalenfarbener Kleidung präzisierten. Dass es sich bei den Wolkenleuten um Städter handelte, war Vroni sofort klar, aber noch nie hatte sie so viele auf einem Haufen gesehen. Neugierig näherte sie sich so weit, dass auf dem grünen Streifen zwischen ihr und den Fremden allenfalls eine Schubkarre durchgepasst hätte.

»Hmm, grüß Gott.«

Vroni lächelte.

»Ganz reizend von Ihnen. Wissen Sie, wir wollten nicht weiter hinein in diese Wiese. Kurti meint, da könnten Schlangen drinnen sein.«

Die Spitze eines Sonnenschirms aus cremeheller Spitze bohrte sich in ein Büschel leuchtend gelber Trollblumen, während seine Besitzerin zirpte: »Mein Gott, Kurti, schau dir das an. Diese Augen und dieser Teint, wie eine Orientalin. Überraschung über Überraschung in diesem entlegenen Fleckchen Erde.« Trocken raschelte Musselin, ein tiefes gönnerhaftes Lachen wurde gelacht. »Angenehm, sehr angenehm, Ihre Bekanntschaft zu machen«, sagte der Herr namens Kurti. Kurz taxierte er Vroni mit dem Blick eines Connaisseurs, woraufhin er anerkennend und animiert zugleich die rechte Augenbraue hochzog.

»Grüß Gott, die Herrschaften«, sagte Vroni noch einmal, mehr nicht. Zu sehr beschäftigte sie das Studium der Details: Handschuhe bei der Hitze; weiße Schuhe, obwohl die Straße staubig und voller Pferdeäpfel war. Der beleibte Herr Kurti hüstelte. Er fuhr mit zusammengelegtem Zeige- und Mittelfinger den Rand seines Hutes entlang, der wiederum genau die Farbe des Hartkäses hatte, den Vroni in ein Leinentuch gewickelt und für die Brotzeit mitgenommen hatte.

»Liebes gnädiges Fräulein, geht es von hier aus links oder rechts nach Mittenwald? Der Wagen, der uns nämlich aus München hergebracht hat ...«, wieder hüstelte Kurti und hielt sich sofort seine behandschuhte Hand vor den Mund. »Pardon. Der Wagen steht nämlich nicht mehr da, wo er stehen sollte.«

Vroni streckte einen Arm aus.

»Frau. Frau Grasegger. Und nach Mittenwald geht's da lang, immer Richtung Karwendel. Das können Sie ja wohl nicht übersehen.«

Schallendes Gelächter.

Es kam von der nach Vronis Einschätzung jüngsten Person in der Gruppe. Vroni machte noch einen winzigen Schritt nach vorne, um den einzigen Farbfleck in der Städterwolke besser in Augenschein zu nehmen. Ein schmales kirschrotes Band. Es lief um den kreisrunden Strohhut der Person. Dieser Hut gefiel Vroni ungemein gut.

»Jetzt haben Sie es uns aber gegeben. Die Wahrheit ist, dass wir uns verlaufen haben, weil wir zu blöd waren, uns an dem zu orientieren, was um uns herum ist. Und das ist ja weiß Gott genug.«

Wieder lachte die Person unter dem kirschroten Hutband hellauf. Mit etwas Mühe erkannte Vroni helle Locken und einen ebenfalls hübschen roten Mund. Die Stimme mochte sie fast so sehr wie den Hut. »Meiner Vermutung nach verläuft vor dem Berg, diesem Karwendel, bereits die Staatsgrenze. Dahinter ...«, setzte Kurti die Unterhaltung fort, wurde aber vom roten Hutband unterbrochen.

»Bitte, könnten Sie mir schnell noch sagen, ich war nämlich noch nie im Werdenfelser Land, wo der König immer hinfuhr, wenn er München verließ ...? Gott hab ihn selig.«

Kurti hüstelte. Der zweite Herr, der bislang dürr, steif und desinteressiert hinter dem Hutband gestanden hatte, sagte mit gepresster Stimme: »Dieses Verbrennen von Steuergeldern für einen Wahnsinnigen. Ich wiederhole, was ich bereits auf der Herfahrt sagte, Monarchie hat sich überholt.« Kurtis Hüsteln kam im Stakkato, die Besitzerin des Sonnenschirms stöhnte, und Vroni ahnte, dass sie gerade etwas Ungeheuerliches und Unsagbares gehört hatte, deshalb ergriff sie betont munter und beschwingt das Wort: »Die Grenze verläuft hinter Mittenwald. Scharnitz gehört schon zu Österreich. Das Karwendel ist deshalb halb österreichisch, halb bayerisch. Und der König ist immer gern zum Schachen hinauf, dort drüben im Wetterstein. Er hat da ein Schloss, aber ein ganz kleines aus Holz. Er feiert dort immer seinen Geburtstag, feierte, meine ich. Und einmal ist er mit seiner Kutsche durch Loisbichl gefahren. Da war ich noch ein Kind, und er hat anhalten lassen und ...« Was daran so lustig war, dass die Stadtmenschen, auch der Dürre, schon wieder ihre Gesichter verzogen und mit den Köpfen wackelten, als ob sie bereits Stunden beim Kirchweihtanz gewesen wären, verstand Vroni nicht.

Auf einmal fühlte sich ihre Zunge trocken und klobig an, ihre Selbstsicherheit verflog. Sie wusste nicht mehr weiter, obwohl es gerade noch so herrlich gewesen war, mit diesen Leuten zu plaudern. Also tat Vroni das, was sie in den vergangenen Minuten gelernt hatte. Sie hüstelte, hielt den Kopf schräg, zuerst nach links, dann nach rechts und hüstelte noch einmal. Die vier hellen Wolkenmenschen stimmten sofort ein. Sie nickten Vroni und sich gegenseitig zu, das Hüsteln ging in gedämpftes Lachen über und gleich wieder in Hüsteln. Bis die Besitzerin des Sonnenschirms mit einem noch leidenschaftlicheren Stöhnen dieser unverfänglichen Konversation ein Ende bereitete.

»Mein Gott, Kurti, schau doch nur! Diese Bäume, diese Berge, der Himmel. Die ganze Allmacht der Natur, so rein und unschuldig.«

Der Busen der Dame hob sich. Sie atmete mit weit offenem Mund tief ein, was ihren Mann sichtlich nervös machte.

»Naja, heiß ist es hier. Deutlich heißer und staubiger als bei uns in der Theatinerstraße.«

»Kurti, ich schwöre dir, hier könnte ich gerettet werden. Der ganze Ballast der Zivilisation würde abfallen, ich würde Mensch werden. Wieder Weib werden.«

Wobei die drei letzten Worte fast wie ein Schrei ausgestoßen wurden.«

»Gisela, bitte. Wir sind hier nicht allein.«

»Aber in München kriege ich doch keine Luft mehr. Meine Migräne wird schlimmer, meine Unterleibsbeschwerden auch.«

»Gisela!«

Vroni empfand zunehmend Mitleid mit Gisela, schließlich hätte sie selbst auch nicht in München leben wollen. Deshalb deutete sie auf den Zwiebelkirchturm in der Ferne.

»Im Brückenwirt in Loisbichl wollen sie jetzt Zimmer herrichten für Gäste. Zimmer mit Frühstück.«

Ähnlich wie Korbinian jede alte Kuh, bevor der Viehhändler sie auf seinen Wagen zerrte und zum Schlachthof fuhr, tätschelte Kurti seiner Frau die Schulter.

»Da, da schau Gisela, unser Wagen, na endlich.«

Tatsächlich sprengten, eingehüllt in eine Staubwolke, zwei Pferde heran, einen Landauer hinter sich ziehend. Überschwänglich herzlich, aber hastig wurde Vroni verabschiedet, die ihre Augen so eng wie möglich zusammenkniff, um das fortfahrende rote Hutband noch möglichst lange zu sehen. Als es endgültig verschwunden war, ging sie zu ihren Leuten zurück und arbeitete weiter.

Drei Tage später sah Vroni kurz nach der Brotzeit wieder eine einzelne Wolke. Allerdings war die schwefelgelb und hing nicht sehr hoch über den Stanggern. Gleichzeitig frischte der Wind auf. Vroni bekam weiche Knie, bekreuzigte sich und versprach ihren Leuten zehn Pfennig extra. Sie arbeiteten im Wettlauf mit einem von Minute zu Minute näher kommenden grollenden Donner.

Bald klebten Wolken, fest wie Hefeteig am Himmel, aber erst als Blitze über ihren Köpfen zuckten, packten sie den Korb mit den Essensresten, warfen Rechen und Sense auf den Wagen und peitschten die Ochsen den Geißschädel hinauf. Knapp ein Fünftel des Grases stand noch, das allermeiste hing auf den Stanggern. Bis auf die Knochen durchnässt und mit Zorn im Bauch kamen sie am Hof an. Die Schwalben, sie waren doch niedrig geflogen, schoss es Vroni durch den Kopf, als sie vor der Haustür aus ihren Schuhen schlüpfte.

In der Nacht ließen die Gewitter nach. Der Regen hielt an, prasselte aufs Schindeldach, reinigte die staubige Luft, feuchtete die Haut von Kröten an, ließ Würmer aus der Erde kriechen, sickerte in die Böden und füllte das Hochmoor auf.

Es regnete ohne Unterlass. Stundenlang kauerte das Rosl mit einem Wolltuch um die Schultern in der Scheune neben dem Kitz. Es gab ihm die Flasche und streichelte es mit nicht nachlassender Hingabe. Es erzählte dem Tier weitschweifig von der Steckrübensuppe, die es zu Mittag gegeben hatte, vom Grab des Vaters mit dem geschmiedeten Kreuz und der neuen Pfeife, die der Onkel sich vom Kramer aus Mittenwald hatte kommen lassen. Hin und wieder ging Vroni in die Scheune und freute sich. Seit das Kitz da war, sprach das Rosl mehr und deutlicher. *Wenigstens das, wenigstens das.*

Später stand Vroni am Herd und grübelte von Dampfschwaden eingehüllt über den König nach. Sein Tod, freiwillig oder gewaltsam, hatte das Unwetter gebracht. Der Zusammenhang lag auf der Hand, davon war Vroni überzeugt. *Was für ein armer Kerl der König war.* Drangsaliert und eingesperrt von Hofschranzen und Ministern. Korbinian hatte im Wirtshaus viele Gerüchte aufgeschnappt, aber gab sie wenig detailliert und mit solch langen Pausen wieder, dass die Bäuerin ihrem Knecht am liebsten den Schöpflöffel gegen die Stirn geschlagen hätte, damit er schneller und mehr redete. So wie die vier Stadtmenschen mit ihr geredet hatten.

Denen hätte sie gern ihre eigene Geschichte zu Ende erzählt, wenn sie nur ein bisschen länger geblieben wären. Vroni hob ihren Kopf vom Topf mit Graupensuppe und blickte durch die winzigen Quadrate der Küchenfenster in ein verschmiertes Grau. Ließ der Regen nach oder wurde er wieder dichter? Sie konnte es nicht erkennen. Gedankenverloren rührte Vroni weiter, obwohl die Graupen längst weich waren.

Den hohen grünen Hut, an dem eine lang gebogene schwarze Feder steckte, hatte sie vor Augen, als ob es gestern gewesen wäre. Mit diesem Hut auf dem Kopf war Ludwig II. in einer offenen Kutsche durch Loisbichl gefahren, vierspännig und mit zwei Lakaien in Livree hinter ihm stehend. Neun Jahre alt musste sie gewesen sein, vielleicht auch schon zehn. Ganz sicher aber barfüßig und schmutzig wie immer im Sommer. Der König war auf dem Weg hinauf zum Soiernhaus, die Männer in Loisbichl zogen ihre Hüte, verbeugten sich, die Frauen knicksten tief.

Vroni stand einfach nur da und schaute gebannt. Ihre Majestät tippte mit dem Stockknauf dem Kutscher auf die Schulter, der brachte die Pferde so abrupt zum Stehen, dass ihnen der Rotz aus den Nüstern flog.

Mitten in Loisbichl ließ der König anhalten. Die Leute erschraken mehr, als sie sich freuten. Müde hatte er ausgeschaut, an seine traurigen Augen im käsigen Gesicht erinnerte sich Vroni ebenfalls noch. Dann war alles sehr schnell gegangen. Er beugte sich heraus und sagte etwas, mehr zur Luft über ihrem Kopf als zu ihr selbst. Der König drückte ihr eine Münze in die Hand. Ein paar Sekunden lang fühlte Vroni wieder das zarte Leder des königlichen Handschuhs. Loisbichl hielt die Luft an.

Erst nachdem die königliche Kutsche sich wieder in Bewegung gesetzt hatte, ging das Gejohle los. Die Münze umklammernd rannte Vroni davon. Die Burschen hinter ihr her, aber keiner erwischte sie, keiner. Die Mutter hatte auf die Münze gebissen. Echt. Echtes Gold. Im Verschlag der Kuh fand sich ein Versteck. Der Vater, der damals noch hin und wieder auftauchte, bekam die Goldmünze nie in die Finger. *Auch das war Glück gewesen, ein großes Glück.*

Während die Erinnerungen an ihr vorüberzogen, legte Vroni den Kochlöffel beiseite und trat vom Herd zurück. Resolut zog sie die Nadeln aus ihren hochgesteckten Zöpfen, die sofort schwer herunterplumpsten. Das Haar reichte ihr bis zur Hüfte, war verfilzt und roch ranzig. Vroni schob den Topf mit der fertigen Graupensuppe zur Seite und erhitzte in einem anderen Topf Wasser. Zeit hatte sie schließlich genug, verregnete, unnütze Zeit. Sie wusch ihr Haar lauwarm mit Seife und spülte es gründlich mit Kamillensud. Ein Luxus, den sie sich nur wenige Male im Jahr gestattete.

Eine Woche nach Fronleichnam regnete es immer noch. Der schon so lange verschwundene Berg blieb weiterhin verschwunden, die Prozession war ausgefallen. Mit dieser Botschaft hatte Hochwürden die Ministranten von Haustür zu Haustür geschickt. Vroni schenkte jedem der Buben eine Scheibe vom Rosinenzopf und ließ sie sich vor dem Herd aufwärmen.

An einem Nachmittag hielt sie es nicht mehr länger aus. Vroni hängte sich die Joppe des Bauern aus speckigem Hirschleder über den Kopf und lief durch die Regenwände talwärts. Sie war auf das Schlimmste gefasst. Aber dann schnürte es Vroni doch den Hals zu. Sie presste sich eine Hand auf den Mund und spürte dumpfe Schläge gegen den Bauch, dabei war der Bauer doch seit Monaten tot. Der kleine Rest Gras, der noch nicht gemäht worden war, lag mehr, als er stand.

Flach atmend ging sie von Stangger zu Stangger und fuhr mit der Hand hinein und zog einzelne Büschel heraus. Wieder Schläge gegen ihren Bauch, noch brutaler. Alles Heu war verschimmelt, alles. Vronis Augen fingen an zu brennen, obwohl die Luft gesättigt von Feuchtigkeit war. Sie stand noch lange auf der Wiese vor der verdorbenen Ernte.

Irgendwann presste sie Ober- und Unterkiefer aufeinander, schlug den klammen Kragen der Lederjoppe hoch und marschierte die aufgeweichte Straße entlang, auf der vor Kurzem noch die vier freundlichen Städter in einem offenen Landauer gefahren waren. Einem Impuls folgend, ohne genau zu wissen, was sie in Loisbichl sollte. Der Regen ließ nach, der Himmel wurde eine Spur heller, der Berg tauchte trotzdem nicht auf. Nur wenige Menschen waren vor ihren Höfen zu sehen, man grüßte sich mit wenigen Worten und verzweifelten Blicken. Einen Moment lang glaubte Vroni einen der Halbwüchsigen zu erkennen, die den Stein auf das Rosl geworfen hatten, aber sie war sich nicht sicher, deshalb hastete sie weiter.

Auf dem Friedhof bückte sie sich und riss zwei Büschel Unkraut aus der fetten schwarzen Erde des Grabes. *Was soll ich tun, Bauer? Herrgott noch mal, wie soll es jetzt weiter gehen?* flehte Vroni wortlos vor sich hin. In ihrer Verzweiflung keimte sogar der Wunsch auf, der Bauer wäre noch am Leben, und sie selbst hätte keine Verantwortung. Die Schläge würde sie durchstehen, aber ein Hof ohne Heu … Auf dem geschmiedeten Grabkreuz hockte eine einzelne aufgeplusterte Amsel und hielt ihren Kopf schräg. Aus ihren schwarzen Perlenaugen beobachtete sie die ganze Zeit über die gebückte junge Frau.

Die Glocken im Zwiebelturm fingen an, scheppernd zu läuten, zwei Uhr nachmittags war es, die Amsel flatterte vom Kreuz hoch und verschwand in der tropfenden Krone einer Ulme. Der Bauer, dämmerte es Vroni in dem Moment, wäre genauso im Elend gesteckt, ihm wäre auch das Heu verfault. Nur dass er höchstwahrscheinlich sein Unglück im Wirtshaus ertränkt und sie in der Nacht noch mehr geprügelt hätte. Vroni warf das Unkraut, das sie immer noch in der Hand hielt, neben die steinerne Grabeinfassung und wischte sich die Finger am Rock ab.

Als sie das Friedhofstörchen hinter sich geschlossen hatte und im Begriff war, den kurzen, aber abschüssigen und schmierigen Weg zum Kirchplatz hinunterzugehen, kam er ihr entgegen. Auf seiner Schulter lag ein langes hölzernes Gestell, nicht unähnlich den Stanggern, auf denen das verfaulte Heu hing. Der Fremde, Vroni fiel ein, dass er Wilhelm Leibl hieß, der am Tag der Beerdigung den Hirzinger beim Fingerhakeln über den Tisch gezogen und später sich oben auf dem Geißschädel die Glieder verrenkt hatte wie eine gerade abgestochene Sau.

Er lüftete seinen Hut und blickte Vroni mit einem Gesichtsausdruck an, als ob Kirchweih und Weihnachten auf einen Tag fielen. »Grüß Sie Gott«, sagte er beschwingt, als nur noch ein paar Schritte sie trennten. »Grüß Gott«, nuschelte Vroni in den Lederkragen hinein, bemüht diesen Herrn Kunstmaler zu ignorieren. Dass er regelmäßig im Brückenwirt logierte und den Hirzinger neuerdings malte, hatte sich zu ihr herumgesprochen. Auf das Ding mit den drei Beinen, das er mit sich herumschleppte, stellte er vermutlich das Bild. Vroni spürte, wie in ihrem Nacken Wassertropfen zusammenliefen und ihr Leibchen durchnässten.

»So ein Sommerregen ist doch eine feine Sache. Da bleibt der Staub liegen. Man kann gleich besser atmen.«

Der Mund im Bart des Fremden zog sich zu einem, wie Vroni fand, kindischen Grinsen auseinander. *Nicht nur verrückt, sondern dumm wie die Nacht, sonst wüsste er, was dieser Regen angerichtet hat.* Ohne etwas zu erwidern, streifte Vroni Leibl mit einem verächtlichen Blick und machte sich so schmal, dass sie aneinander vorbeikamen, ohne dass ihre Ärmel sich berührten. Sie lief aus dem Dorf hinaus, froh darüber, dass ihr niemand mehr begegnete. Es regnete wieder stärker. Dabei war Heumond, Juli.

Bäche, wo sonst keine gewesen waren, schossen zwischen ihren genagelten Stiefeln dahin, schwemmten den mühsam herangeschafften Schotter vom Ziehweg seitlich in die Wiesen. Krähen flatterten schreiend und mit schweren Flügelschlägen von Wipfel zu Wipfel. Mit eingezogenem Kopf marschierte Vroni an dem Martel vorbei, an dem sie sonst immer anhielt und ein Kreuz schlug, manchmal auch betete. Es kam ihr so vor, als ob der Gekreuzigte in seinem enzianblau ausgemalten Gehäuse fror, mitten im Sommer. Feuchte Haarsträhnen schlugen Vroni ins Gesicht, zornig schob sie sie zurück, bald klebten sie wieder an ihren Wangen.

Zu Hause kramte sie in der Truhe, die von der verstorbenen

Mutter des verstorbenen Bauern stammte. Alles, was ihr in die Hände kam, warf sie auf den Boden, bis sie den einzig passablen Stoff fand, den es zu finden gab. Fad dunkelbraun, aber ohne Mottenlöcher. Sie breitete ihn auf dem Küchentisch aus, strich ihn mit furiosen Bewegungen glatt, kramte Schere, Nadel und Faden zusammen. Das Rosl kniete auf der Bank und schaute aufmerksam zu, wie so oft spürte es auch jetzt die Stimmungsschwankungen in seiner Umgebung. Plötzlich beugte das Kind sich vor und drückte schmatzend einen feuchten Kuss auf Vronis braungebrannten Handrücken.

»Gut, dass ich nicht das Kitz bin. Meine Mutter bleibt.«

Jede Silbe war deutlich ausgesprochen, das Rosl blickte zu Vroni hoch, der Speichelfaden ließ sein Lächeln erst recht leuchten. *Das Kind ist ein Segen.* Zuerst legte Vroni die Schere auf den Tisch zurück, dann zog sie die Kleine fest in ihre Arme. Eine Welle von Zärtlichkeit, die sie bislang nicht gekannt hatte, schäumte in ihr auf, als sie die kleinen speckigen Wangen an ihrer Haut fühlte.

Wortlos und für ihre Verhältnisse erstaunlich geräuschlos stellte Josefa eine Tasse Kaffee auf den frisch gescheuerten Küchentisch. Vroni löste sich vom Rosl, zog kurz die Nase hoch, trank einen großen Schluck und noch einen. Das starke warme Getränk tat ihr gut, und sie schaffte es, kerzengerade durch den Stoff zu schneiden. Es wurde Zeit, dass das Rosl einen Rock bekam, der bis zu den Waden reichte. Ohne von ihrer Arbeit aufzuschauen, trank Vroni die Tasse leer.

»Danke dir für den Kaffee.«

»Hm.«

»Sag dem Korbinian, dass er auf seinem Thermometer nachschauen soll, wie viel Grad wir haben.«

»Mach ich gleich. Der Regen hat ganz aufgehört, schon seit einer halben Stunde.«

»Gott sei gelobt.«

»Soll ich die Hühner rauslassen?«

»Die Hühner? Lieber noch nicht. Aber gib ihnen Futter, und Josefa ...«

»Ja?«

»Danach setzen wir einen Hefeteig an.«

»Ist recht. Ach schau, der Berg kommt raus.«

»Wird auch Zeit.«

Das war die längste Unterhaltung, die Josefa und Vroni seit ihrer Einheirat auf dem Hof geführt hatten. Damit endete auch die längste Regenperiode mitten im Sommer, die es seit Menschengedenken, das heißt in der Erinnerung des Onkels, im Werdenfelser Land gegeben hatte.

KAPITEL 5

STEINPILZE, PFIFFERLINGE, Hexenröhrlinge mit filzigen Hüten, Maronen und pralle, leuchtend rote Hagebutten gab es reichlich. Körbeweise trug Vroni sie im September nach Hause. Die meisten Pilze wurden abgebürstet, halbiert, die größeren in Scheiben geschnitten, dann auf Schnüre gefädelt und die wiederum in einer leeren Dachkammer von Wand zu Wand gespannt.

Die Graseggerleute aßen jetzt jeden zweiten Tag ein Pilzgericht mit Kartoffeln oder Knödeln, das machte schnell satt. Bereits nach zwei, drei Stunden aber knurrten ihnen wieder die Mägen.

Von den Hagebutten zupften die Bäuerin und ihre Magd die Blütenansätze und Stiele, popelten die Samen aus dem Inneren. Die ließen sich als Tee aufbrühen, der Fieber senkte und auch gegen Blasenleiden half. Widerlich war nur das Abzupfen der mit Widerhaken besetzten Härchen, denn die Fingerkuppen der Frauen juckten und brannten nach kürzester Zeit. Auch dabei konnte das Rosl nicht helfen. Alles, was Fingerfertigkeit erforderte, schaffte es nicht. Später, als das Fruchtfleisch der Hagebutten zu zähem, bräunlichem Mus einkochte, und es bis zur Stalltür nach der klebrigen Süße roch, durfte das Kind auf einen Hocker steigen und in dem Topf rühren. Bis es solche Grimassen schnitt, mit den Händen herumruderte und der Holzlöffel in die blubbernde

Masse rutschte. In dem Moment kam das Kitz in die Küche. Das Rosl freute sich darüber so sehr, dass es vom Hocker gefallen wäre, wenn Josefa es nicht aufgefangen hätte.

Irgendwie hatte das Tier es geschafft, mit seinen drei eigenen Beinen und dem einen hölzernen die Steinstufen zur offen stehenden Haustür zu erklimmen. Großäugig schaute es sich um, seine feucht glänzende Nase schnupperte in alle Richtungen. Die Erwachsenen, auch Josefa, stimmten in Rosls Gelächter ein. Vroni lachte schließlich so hysterisch, dass sie einen Hustenanfall bekam.

»Das Kitz ist ganz schön schlau«, meinte Korbinian und strich übers Kinn, das er wie an jedem Tag fein säuberlich rasiert hatte. »Und zäh«, ergänzte Vroni, noch immer abwechselnd lachend und hustend. Den Anton hatte sie seit Wochen nicht mehr gesehen, fiel ihr dabei ein. Ihm war es schließlich zu verdanken, dass das verletzte Tier wieder herumlaufen konnte. Am vergangenen Sonntag vor und nach der Kirche war ihr sein inzwischen sicherlich von der Sonne verbranntes Gesicht jedenfalls nicht aufgefallen. Vroni nahm sich vor, ihm bei nächster Gelegenheit noch einmal für seine Hilfe zu danken. Sollte sie ihm vielleicht ein Glas selbst gemachten Tannenspitzensirup schenken? Vom vergangenen Herbst hatte sie noch einen kleinen Vorrat übrig. Aber vermutlich besaß seine Mutter eine Schublade voller Pulver und Fläschchen aus der Garmischer Apotheke. Während Vroni noch überlegte, schob sich das Bild von Antons Mutter vor ihr inneres Auge.

Die Huberin. Die sich während der Predigt oft so weit vorlehnte, um eine spöttische Bemerkung zu machen, dass ihre Hutkrempe gegen die Kopfbedeckung der Graseggerbäuerin in der Reihe davor stieß. In letzter Zeit spürte Vroni oft, wie die winzigen flinken Augen der Huberin sie verfolgten und taxierten. Das wäre unangenehm gewesen, hätte die Frau mit dem Kropf nicht eine Schläue ausgestrahlt, die Vroni imponierte. Bevor mehr solche, wie sie fand, überflüssigen Gedanken ihr Gehirn verstopften, fischte sie mit einer Gabel nach dem untergetauchten Löffel. Kaum hielt Vroni ihn zwischen zwei Fingern, ließ sie ihn, glitschig und heiß wie er war, fallen. Sie fluchte laut und derb, der Löffel hüpfte über die Dielenbretter. Sofort humpelte das Kitz heran und leckte die rotbraunen Spritzer auf.

Wieder lachten die Graseggerleute schallend. Zum ersten Mal seit dem Weltuntergangssommer lockerten sich ihre Kiefer und Gemüter, und sie lachten, bis sie sich erschöpft auf die Küchenstühle fallen ließen. »Dem Herrgott sei Dank, dass wir das Kitz haben. Es spart uns die Putzerei«, knurrte Josefa schließlich, und ihre Kieselsteinaugen wurden weich.

Ansonsten gab es an Michaeli wenig Anlass zum Danken. Stieg Vroni zum Heuboden hoch, dann konnte sie durchs Eulenloch am anderen Ende des Dachstuhls den Himmel sehen. Der harmlose Fetzen Blau oder Grau stieß ihr jedes Mal wie eine Heugabel ins Herz, trotzdem wiederholte Vroni den Test alle paar Tage, als ob sie hoffte, es handelte sich um eine Sinnestäuschung. Aber die Ernte türmte sich nicht wie in den Jahren davor bis knapp unter die Dachkehle, sondern gerade Mal zwei Meter hoch.

Als einziger ihrer Stadel war derjenige randvoll, der hinter dem Bergahorn Richtung Hochmoor stand. In allen anderen, egal ob auf dem Geißschädel, drunten auf der Isarwiese oder auf dem Plattele, lagerte kaum die Hälfte der vorjährigen Ernte. Wenn sie sicher war, dass niemand in der Nähe war, schlich Vroni in diesen Spätsommertagen an fremde Stadel heran, drückte eine Gesichtshälfte an die rissigen Balken und lugte mit angehaltenem Atem durch die Ritzen: Nur rieselnder Staub und silberne Spinnennetze, wo sonst um diese Zeit duftende Heumassen gewesen waren. Überall herrschte die gleiche Misere, aber das war kein Trost.

Auf den Wiesen im Werdenfelser Land war der erste Schnitt zum Großteil verfault und das Grummet, der zweite Schnitt, dürftiger als sonst ausgefallen, weil während der Regenwochen kaum Gras nachgewachsen war. Bauern, die genug auf der Bank hatten oder Pfandbriefe besaßen, kauften bereits Heu zu. Von drüben aus Tirol oder aus der Tölzer Gegend, wo sie mehr Glück mit dem Wetter gehabt hatten. Im Januar oder Februar, das konnte sich jeder im oberen Isartal an den zehn Fingern abzählen, würden Wucherpreise verlangt werden. Vroni löste ihr Gesicht von dem Heustadel, der zum Hornsteiner Besitz gehörte, drehte sich um und lehnte sich mit dem Rücken an die warmen Holzstämme.

Die Buckel und Mulden um sie herum schimmerten in einem herzerwärmenden goldenen Licht. Der Himmel war satt blau, als ob ein Anstreicher mehrere Schichten Farbe übereinander aufgetragen hätte. Dieses Wetter kam drei, vier Wochen zu spät. Vroni nagte an der Unterlippe, ihr Brustkorb hob und senkte sich schwer.

Die ganze Plackerei im Juni war umsonst gewesen, die erste Heumahd in ihrer Verantwortung ein Desaster. Leergepumpt und verzweifelt schloss Vroni die Augen.

Zum ersten Mal seit langer Zeit dachte sie an früher. An die kleinen Geschwister, deren Namen nur im Kirchenbuch überlebten. Nach jeder Geburt und jedem Tod war die Mutter äußerlich und innerlich knochiger geworden, trotzdem hatte sie es immer geschafft, morgens eine warme Milchsuppe mit Brotbrocken in den Teller zu füllen. Vroni sah den blauen irdenen Teller mit einem Sprung mittendurch deutlich vor sich.

Die eine Kuh, die die Mutter in dem Verschlag gleich neben

der einen Bettstatt, in der sie zusammen schliefen, gehalten hatte, versorgte sie damals zuverlässig mit Milch. So eine rahmige Milch hatte Vroni seitdem nie mehr getrunken. Die Kuh, deren linkes Horn länger gewesen war als das rechte, wurde von der Mutter im Sommer zum Fressen zu den sumpfigen Stellen geführt, die die reichen Bauern nicht mähten, und zu den Grasstreifen in den Wegen. Mit geschlossenen Augen streckte Vroni ihr Gesicht in die Sonne, für eine Weile der trostlosen Gegenwart entflohen. Die Bilder kreisten, waren mal grellrosa, mal grün. Die Mutter, der blaue Teller, der Verschlag neben dem Bett. Die Erinnerungen kamen so intensiv hoch, dass Vroni in dem Moment auch wieder das bohrende Hungergefühl in der Magengrube spürte, das ihre gesamte Kindheit begleitet hatte.

Mit was zum Teufel aber hatte die Mutter die Kuh im Winter gefüttert? Schließlich besaßen sie nicht das kleinste Stück Wiese, logischerweise auch kein Heu.

Vroni schlug die Augen auf, holte tief Luft. Sie stemmte sich von der Wand des fremden Stadels ab, rannte los. Rannte so schnell sie konnte zwischen windzerzausten Kiefern und vereinzelten Felsbrocken die Buckelwiesen zu dem Hof hinauf, der seit über einem halben Jahr ihr gehörte.

Keuchend und heiß im Gesicht schrie sie schon von Weitem nach Korbinian. Sie rannte einmal um den ganzen Hof herum und herrschte den Knecht an, als der endlich seinen kleinen Kopf aus der Scheunentür steckte: »Such sofort die zwei besten Fuchsschwänze, die wir haben. Sieh zu, dass sie scharf sind. Beeil dich, hörst du, beeil dich. Und ein Beil brauchen wir für alle Fälle auch.«

Das Blitzen in den schwarzen Augen seiner Bäuerin gefiel Korbinian nicht.

»Ja, ja. Schon gut«, brummte er zurück, hob die Schultern und zog den Hals so weit wie möglich in den Hemdkragen zurück. So war Korbinian auch beim Bauern am besten durchgekommen. Vroni wischte sich mit dem Handrücken die Schweißperlen von der Oberlippe, nestelte an ihrem Kopftuch, allmählich ließ ihre Erregung nach. Dass sie Korbinian angefaucht hatte, tat ihr leid. Erstens war er ein guter Kerl, zweitens brauchte sie ihn dringender denn je. Vroni legte ihre rechte Hand auf seine Schulter, eine vertrauliche Geste, dazu der seidige Schimmer in ihren nahezu schwarzen Augen. Seine Bäuerin wurde Korbinian wieder einmal unheimlich.

»Und dann spannst du gleich die Ochsen an, ich packe uns derweil Brotzeit ein. In einer Viertelstunde fahren wir mit den beiden Sägen los. Und dem Beil. Hast mich verstanden?«

Bei den letzten drei Worten senkte Vroni ihre Stimme, obwohl weit und breit kein Mensch zuhörte. Korbinian nickte andächtig. Seine Bäuerin stob bereits um die Hausecke, als er ihr nachrief: »Wo geht's denn eigentlich hin?«

Die Straße von Wallgau nach Einsiedl am Walchensee verlief in vielen spitzen Kehren abschüssig, weshalb Korbinian die Ochsen sehr langsam laufen ließ. Als sie am Wald des Onkels ankamen, der unmittelbar neben der Uferstraße begann und sich steil den Berg hinaufzog, hatte die Sonne ihren Zenit längst überschritten. Vroni erklärte Korbinian in knappen Worten, was er tun sollte, und ohne lästige Rückfragen legte der Knecht los.

Er setzte seine Handsäge an den untersten Ast einer großen Blutbuche an, danach an einer Esche. Jedes Mal rauschten die Blätter schwer und satt, wenn die Äste zu Boden krachten. Ein Geräusch, das Vroni von Mal zu Mal besser gefiel. Das Laub war noch grün und voller Saft, weil es bisher nachts nicht gefroren hatte und die lange Regenzeit den Bäumen gutgetan hatte. Aus purer Neugier ließ Vroni ihren

Knecht alleine zurück und stapfte ein Stück in den Wald hinein. Vermoderte Blätter vom Vorjahr und Moos federten unter ihren Sohlen, die Sonne warf fleckige Schattenmuster, kam aber mit jedem Schritt weniger durch die Kronen.

Noch nie war Vroni allein im Wald unterwegs gewesen. Normale Menschen taten das prinzipiell nicht, nur Jäger, Holzknechte oder Kerle wie der Hirzinger. Neuerdings streiften allerdings Städter querfeldein oder tief in den Wald hinein, hatte Vroni gehört, zum Zeitvertreib, wie sie es nannten. Oder wegen der Atmung, wie Gisela, die liebenswürdige Dame aus der weißen Wolke, die sie an einem der letzten unbeschwerten Tage kennengelernt hatte.

Diese Absonderlichkeiten summten in Vronis Kopf, während sie sich einen Weg bahnte. Es roch modrig, aber auch nach Pilzen. Zahllose Rinnsale plätscherten Richtung See, und in der Ferne hörte sie einen Wasserfall. Hüfthohe, an den Spitzen eingerollte Farne streiften Vronis Rock, und graue, von den Bäumen hängende Flechten wischten ihr ins Gesicht. Sie musste ihre Augen mehr als sonst zusammenkneifen, um zwischen den Stämmen noch den schmalen türkisgrünen Streifen zu erkennen. Plötzlich fühlte sich Vroni wie damals in der Loisbichler Kirche, ganz für sich.

An einem Werktag war sie zur Mittagszeit hineingeschlüpft und hatte sich direkt vor den Altar auf den Steinboden gekniet. Die Stille um sie herum war riesengroß gewesen, und sie hatte die Blicke von gemarterten Heiligen und dick herausgefutterten Putten auf sich gespürt. Zum Glück war seit dem Sonntag der Weihrauchgestank verflogen, sodass sie nicht husten musste. Die Zeit reichte Vroni gerade aus, um der Muttergottes eine Kerze zu stiften. Als Dank dafür, dass der Graseggerbauer sie zur Frau nahm. Zuerst hatte der Docht nicht richtig brennen wollen. Mit angehaltenem

Atem hatte Vroni gewartet, bis die zitternde Flamme sich beruhigte und ein schönes gelbes Licht verbreitete. Zwei Wochen später war sie auf den Geißschädel gezogen.

Ziellos streifte Vroni im Zickzack weiter, schaute von Zeit zu Zeit an gewaltigen Stämmen hoch. An manchen wuchsen Zunderschwämme wie die Stufen von Himmelsleitern, an anderen quoll Harz in Gebilden ähnlich dem Kropf der Huberin heraus. Die unbekannte Umgebung mit ihren fremden Gerüchen machte Vronis Kopf frei, und zum ersten Mal nach dem langen Regen ließ der Druck in ihrer Brust etwas nach. Unter einem Ahorn nahm sie schließlich den Lederbeutel von der Schulter und holte die zweite kurze Säge heraus, die sie mitgenommen hatten. Die Steigung des Waldes kam ihr entgegen. Mit der linken Hand stützte sie sich an einem schrundigen grauen Stamm ab und erreichte mit der Säge problemlos die weiter unten schräg abstehenden Äste. Vronis Arme waren vom Sommer noch muskulös, und die ungewohnte Tätigkeit fiel ihr nicht schwer.

Auf eine unausgesprochene Verabredung hin schafften Korbinian und Vroni das geschnittene Laub jede volle Stunde zum Leiterwagen und luden es auf. Einmal würgten sie im Stehen eine Kante Brot und ein paar Bissen Käse hinunter. Nach einem tiefen Schluck aus dem Wasserkrug lächelte Korbinian scheu und tippte mit Zeige- und Mittelfinger kurz an seine Stirn. Vronis Blick fiel auf seine Fingernägel, die braun und geriffelt wie Walnussschalen waren. In dieser kleinen Geste lag Korbinians größtes Lob.

Ein Schwall Wärme flutete Vroni. In der Lederjoppe des Bauern, die ihr bis zu den Oberschenkeln reichte, war ihr trotz der Arbeit die ganze Zeit über kühl gewesen. Vroni zog sie aus und schob sie zusammengerollt auf den Wagen.

Als sie mit ihrer hoch aufgetürmten Fracht durch Wallgau und anschließend durch Krün ruckelten, war die Sonne ein dunkelroter Ball knapp über dem Horizont. Ein Dachs rannte vor dem Fuhrwerk über die Straße, die weiße Zeichnung seines Felles leuchtete in der Dämmerung auf. In Loisbichl war die Sonne bereits verschwunden. Durch die Fensterscheiben des Brückenwirts fiel buttriges Licht auf die Straße, und Vroni glaubte, den großen Kopf und die breiten Schultern des närrischen Herrn Kunstmalers beim Kartenspielen zu erkennen.

Gleich nach der Stallarbeit am nächsten Morgen rupften die Graseggerleute kleine Zweige und stopften sie in große Leinentücher. Auf dem Rücken trugen Josefa, Korbinian und Vroni einen Ballen nach dem anderen auf den Heuboden hinauf. Die nackten Äste wurden zum Trocknen und Zersägen aufgeschichtet.

Bis weit in die zweite Oktoberhälfte fuhren Vroni und ihr Knecht täglich zum Schneiteln an den Walchensee. Besonders auf Eschen mit ihren gefiederten und Ahornbäume mit ihren fünflappigen Blättern waren sie aus. Vroni liebte diese Tage im Wald. Manchmal sah Korbinian sie lange nicht, er hörte nur Äste brechen und dumpf fallen. Und von Zeit zu Zeit drang ihre Stimme zu ihm durch. Dann senkte der Knecht die Säge und lauschte. Kirchenlieder, Frühlingslieder, Tanzlieder. Vroni sang, was ihr gerade einfiel. Korbinian, der ein feines Gehör hatte, verzog hin und wieder das Gesicht. Zu tief, zu schrill, jeder dritte Ton falsch getroffen, aber fröhlich und aus ganzem Herzen sang sie. Korbinian hatte den Bauern auch nicht gemocht.

Die regelmäßigen Fahrten fielen auf. Die Loisbichler gafften und schüttelten die Köpfe, wenn das Grasegger Ochsengespann feuchte Kuhfladen zur Seite spritzend durchs Dorf fuhr. Korbinian blickte geradeaus zwischen den Hörnern der Ochsen hindurch und tat, als ob es ihn nicht gäbe.

Vroni neben ihm grüßte nach rechts und links. Das Einzige, was zählte war, dass weitere Ballen mit nahrhaftem und gut verdaulichem Futter den Dachboden und die Stadel füllten.

Auf die letzte Fahrt nahm Vroni zwei Eimer mit. Während Korbinian weitere Äste einlud, rupfte sie in Windeseile am Waldrand Holunderbeeren. Später presste sie die Oberschenkel fest um einen der vollen Eimer, den anderen hielt sie mit schwarz eingefärbten Händen auf dem Schoss. *Was für ein Glück!* Die Früchte des Hollerbusches neben dem Scheunentor des Hofes ergaben immer nur so viel Gelee, dass es bis Heiligdreikönig reichte. Jetzt würden sie bis weit ins Frühjahr Ersatz für frische Früchte haben. »Was für ein Glück«, murmelte Vroni vor sich hin, dabei wurde sie ordentlich durchgeschüttelt, als die Ochsen die Steigung hinaufzuckelten. Am nächsten Morgen war durch das Eulenloch kein Himmel mehr zu sehen, weder ein blauer noch ein wolkenverhangener.

Das Rosl weinte und schlug um sich, weil es von einem Tag zum anderen lange Strümpfe anziehen musste. Sie reichten über die Knie, waren aus grauer Wolle und kratzten so lange, bis das Kind sich daran gewöhnt hatte. Zwei Tage vor Kirchweih, dem dritten Sonntag im Oktober, hustete das Rosl und hatte bereits am Vormittag eine heiße Stirn.

Vroni tauchte Tücher in eiskaltes Essigwasser und wickelte sie fest um die Waden der Kleinen. Bis spät in den Abend wechselte sie die Umschläge und rupfte nebenbei die Gans fürs Kirchweihessen. Rosls Fieber blieb hoch, der Latschenkiefersirup half nicht gegen die Hustenkrämpfe. Bei weit geöffneter Küchen- und Kammertür, damit sie das Kind hören konnte, buk Vroni Kurchda-Nudeln in schwimmendem Schmalz heraus.

Am Sonntag, als in Loisbichl bis tief in die Nacht gegessen, gesoffen, geschlägert, geschäkert, geschmust und getanzt wurde, die Schützen um schön bemalte Scheiben wetteiferten, und ein paar Männer ihre langen Peitschen knallen ließen, blieb Vroni zurück auf dem Hof. Weiterhin kühlte sie stündlich Rosls Beine und Stirn, dazwischen betete sie mit vor Müdigkeit schweren Augenlidern vor dem Gekreuzigten. An diesem sorgenvollen, zähen Tag stieg sie auch wieder auf den Heuboden, um sich zu vergewissern. *Ja, er ist voll.*

Vom Kirchweihfest brachte Josefa ein Stoffsäckchen mit, das ihr Mathilde Klotz zugesteckt hatte. Eine Handvoll getrockneter Blätter der Königskerze wurde sofort mit kochendem Wasser übergossen und ziehen gelassen. Schluck für Schluck bekam das erschöpfte Rosl den Sud eingeflößt, gleich darauf noch eine zweite Tasse. Wieder verbrachte Vroni eine schlaflose Nacht. Am Montag war das Rosl fieberfrei.

Es begann eine gute Zeit.

Im späten Oktober, in dem die Nächte von jedem Tag ein Stück mehr schluckten, fühlten sich die Bewohner des Hofes wacher als in den hellen Monaten davor. Sie bekamen Lust, den nächstbesten Besucher zu küssen, sich die Haare anders aufzustecken oder auf einen der gichtkrummen Apfelbäume zu klettern. Besucher tauchten auf dem Geißschädel keine auf. Die Äpfel fielen noch winziger und saurer aus. Wer hineinbiss, riskierte außerdem einen Zahn. Vroni entschied, dass es nicht der Mühe wert war, aus den Äpfeln Most zu machen. Vielleicht nächstes Jahr wieder.

Josefa murmelte etwas von Verschwendung, rollte ihren hellbraunen Zopf aber nicht wie üblich am Hinterkopf zusammen, sondern legte ihn einmal ganz um den Kopf herum, sodass er ihre Stirn höher erscheinen ließ. Zum Befestigen brauchte sie allerdings drei zusätzliche Nadeln. Die neue Frisur stand Josefa gut, aber niemand sagte es ihr.

Weil die Luft so köstlich war und Vroni sie am liebsten getrunken hätte, holten sie und das Rosl den Onkel an einem wie Messing glänzenden Mittag aus seinem Versteck hinterm Ofen hervor und hakten ihn unter. Die zwei glatten Steinstufen schaffte er nicht mehr so leicht wie im Sommer, aber schließlich plumpste er doch auf die Bank an der Hauswand. Der alte Mann seufzte, stöhnte und furzte ein paar Mal genüsslich. Dann stopfte er mit knotigen Fingern routiniert seine Pfeife und zündete sie an. Das Rosl setzte sich dicht daneben, seine grau bestrumpften Beine hingen schlaff von der Bank. »Der Berg macht heute ein liebes Gesicht«, sagte es und klatschte dazu in die Hände, »ein so liebes Gesicht.«

»Das ist nur ein Haufen Felsen«, krächzte der Onkel zusammen mit dem Rauch heraus. »»Steine, sonst nix.« »Da die Nase, der Mund«, rief das Rosl und bohrte den kleinen Zeigefinger schräg in die Luft, »Ohren sehe ich auch.« »Herrje, ein Elend ist das«, raunte der alte Mann und zog dann lange an seiner Pfeife. Vroni, die still dagestanden und zugehört hatte, nahm auf der anderen Seite des Onkels Platz. Wie an dem Tag, als der Hornsteiner mit der Nachricht vom Tod des Königs gekommen war, schob sie ihre linke Hand flach hinter den klapprigen Rücken und drückte sie gegen die spitzen Wirbel. »Nein, ein Glück ist es mit dem Kind«, zischte sie ihm ins Ohr. Zum ersten Mal, seit sie auf dem Hof war, ohne Demut vor seinem Alter. Dann beugte sie sich vor und forderte das Rosl auf: »Erzähl weiter, was siehst du noch alles drüben im Berg?«

Der Enzian verwelkte. Kurz danach lagen auch die Herbstzeitlosen bräunlich am Boden, und die Sonnenstrahlen dünnten von Tag zu Tag mehr aus. Aber die Silberdisteln öffneten noch immer für zwei, drei Stunden ihre strohigen Blütenblätter. Mit gebeugtem Rücken streifte Vroni über die Buckelwiesen rund um den Hof. Wenn sie eine besonders große Distel entdeckte, kniete sie sich hin, schnitt die Blume samt den stacheligen Blättern ab und legte sie behutsam zur Seite. Dann stach sie dicht neben dem gekappten Stängel ein spitzes Messer ins Erdreich.

Wenn keine Steine im Weg waren, bohrte Vroni so tief wie möglich, drehte die Klinge ein paar Mal und versuchte, die Pfahlwurzel möglichst vollständig herauszubekommen. Aus deren bitteren Saft wollte sie einen neuen Vorrat schweißtreibender Medizin anlegen, für den Fall, dass das Rosl wieder Fieber bekam. Während sie entlang einer besonders langen Wurzel grub, fiel Vroni ein, dass ihre Mutter hin und wieder eine Handvoll zerkleinerter und angebräunter Böden solcher Silberdisteln in den blauen Teller gelegt hatte. Schlecht hatte es nicht geschmeckt. Aber was schmeckte schon schlecht, wenn man hungerte.

Vroni war so in ihre Arbeit vertieft, dass sie erschrocken aufschrie, als sich plötzlich ein Schatten über sie legte. Zwei braune Schuhe standen vor ihr, Haferlschuhe, seitlich geschnürt, vor allem aber riesig. Hastig rappelte sie sich hoch.

»Grüß Gott, Frau Grasegger.«

»Was zum Teufel treiben...«

»Gestatten Sie«, wurde Vroni unterbrochen. »Ich habe mich bei Ihnen, soviel ich weiß, noch nicht offiziell vorgestellt. Leibl ist mein Name, Wilhelm Leibl.«

Dass dieser Schrank von einem Mann eine hohe Stimme hatte, was zusammen mit seinem singenden rheinländischen Dialekt ziemlich kurios klang, war Vroni bei dem Lärm im Brückenwirt gar nicht aufgefallen, auch nicht auf dem Weg zurück vom Friedhof. Damals war sie zu aufgebracht gewesen.

Leibl streckte eine kräftige Rechte vor, und Vroni spürte ihre Hand in Muskelpaketen verschwinden. Sie spannte an, drückte so fest wie sonst nur beim Auswringen der Wäsche. Überrascht hob Leibl eine Augenbraue. So viel Kraft hätte er in dieser jungen biegsamen Person nicht vermutet.

»Angenehm, sehr angenehm«, erwiderte Vroni, wie sie es den Herrn Kurti auf der Wiese im Tal hatte sagen hören, und vergaß, dass sie auf den Verrückten wütend war, der zum zweiten Mal ungefragt auf ihrem Grund und Boden herumspazierte. Es lag wohl an seinem Blick. Der Fremde schaute sie ähnlich sachlich an, wie ein Bauer auf dem Viehmarkt Hufe, Wamme und Euter einer Kuh begutachtet. Nicht gierig wie der Hirzinger, bei dem Vroni manchmal fürchtete, er würde sie gleich gegen eine Wand drücken und ihr den Rock hochschieben.

Leibl teilte Vronis Gesicht in Licht- und Schattenflächen ein und mischte im Geist die Pigmente dafür. Das Gesicht dieser jungen Bäuerin, das hatte er bereits an jenem Nachmittag im Brückenwirt erkannt, war eine Rarität. Theatralisch schwarze Augenbrauen, eine Nase so lang und gerade, dass man sie klassisch römisch nennen musste, ein gut geschnittenes Kinn. Leibl sog die Herbstluft ein. Es waren nicht die perfekten Proportionen, die ihn faszinierten, sondern die Widersprüche und der Trotz im Ausdruck dieser Frau Grasegger.

»Aber jetzt will ich schon wissen, was Sie hier oben zu suchen haben? Beim letzten Mal habe ich gedacht, der Schlag hätte Sie getroffen, so haben Sie gezappelt.«

Vroni ließ ihre Stimme bewusst harsch klingen.

»Stimmt, stimmt, jetzt fällt es mir ein«, brummte Leibl und ließ seinen Blick von der für das jugendliche Alter ungewöhnlichen Falte über der Nasenwurzel zu den rissigen Lippen gleiten.

»Ich war mal hier oben, als der Schnee so lange lag und es bitterkalt war. Wann war das noch mal?«

Leibls geschulter Blick entdeckte allererste Abdrücke von Mühsal und körperlicher Erschöpfung. Vronis Gesicht erregte ihn in dem Moment mehr als der hübsche Lackel, den er kürzlich in einer Münchner Wirtschaft aufgegabelt hatte, oder dieser schneidige Hirzinger, mit dem er sich wegen des Honorars überworfen hatte.

»Anfang März. Der Bauer war noch nicht lange tot.«

»Ihr Mann?«

Vroni nickte. In ihren Augen blitzte etwas auf, sehr kurz, aber verräterisch. Leibl hatte genug Damen der Gesellschaft, Unternehmer auf dem Höhepunkt ihres Erfolgs und abgezehrte alte Häuslerinnen porträtiert, dabei über Wochen deren Seelenlandschaften studiert und in akribisch gemalten Augenschatten und Fleischwülsten beschrieben. Geheimnisse sah er so deutlich wie Muttermale oder verkniffene Mundwinkel. Er unterließ es, Vroni zu kondolieren. Stattdessen holte der Kunstmaler ein großes Taschentuch hervor, schnäuzte sich, faltete das Tuch wieder sorgfältig, bevor er höhnisch trompete: »Schlag getroffen, mich! Wie kommen Sie darauf? Ich bin pumperlgesund, die Gesundheit quasi in Person.«

Mit beiden Fäusten trommelte Leibl gegen seinen vorgestreckten Brustkorb, die Augen sprühten. »So sehr kann mich die Kunsthändler- und Galeristenmischpoche gar nicht ärgern, dass mich der Schlag trifft. Den Gefallen tue ich denen nicht. Ganz bestimmt nicht«, schnaubte er.

Vroni horchte auf. Sie hatte nicht die geringste Ahnung, was Galeristen, und nur eine vage, was Kunsthändler waren. Bevor sie nachfragen konnte, schnappte sich Leibl flinker, als sie es ihm zugetraut hätte, von den Silberdisteln, die sich mittlerweile zusammen mit ihren Wurzeln in einem zerschlissenen Kopfkissenbezug angesammelt hatten, eine Handvoll und ließ sie hinter seinem Rücken verschwinden. Vroni blieben die Worte im Hals stecken. Breit grinsend bewegte sich Leibl auf seinen im Vergleich zu dem Schrankkörper merkwürdig kurzen Beinen rückwärts von ihr fort. Nach sechs, sieben Metern blieb er breit stehen, sein rechter Arm schoss ruckartig vor, sodass Vroni fürchtete, er würde wieder mit dem Gezappel beginnen.

»Wie viele sind das?«

Leibls hohe Stimme verlor sich auf der windigen Anhöhe.

»Was meinen Sie?«, tönte Vroni zurück. »Liebe Frau Grasegger, wie viele Silberdisteln halte ich gerade hoch«, flötete der Kunstmaler. Automatisch kniff Vroni die Augen zusammen.

»Was soll der Schmarrn? Und überhaupt, es sind meine Silberdisteln, von meinem Grund und Boden!«

»Gerade dann sollten Sie wissen, wie viele es sind.«

Nervös bliesen sich ihre Backen auf. *Warum mache ich diesen Schmarrn mit?* Vroni stieß die Luft aus.

»Es ist grad so diesig. Das Wetter schlägt nämlich um, sagt der Onkel. Acht sind es. Genau, Sie halten acht hoch. Nein, halt, vier sind es. Von MEINEN Silberdisteln, von MEINER Wiese. Oder sechs? Sechs!«

Ein kurzes ironisches Lachen, der Arm fiel herunter, und mit den gleichen, weit ausholenden Schritten, mit denen er sich entfernt hatte, bewegte sich Leibl wieder auf Vroni zu.

»Dachte ich es mir doch.«

Leibls durchdringender Künstlerblick war verschwunden. Während er Vroni den Packen Silberdisteln gegen die Brust drückte, ruhten seine blauen Augen warmherzig und mit einem Anflug von Mitleid auf ihr. Noch immer von der obskuren Prozedur verwirrt blieb Vroni nichts anderes übrig, als die Haarsträhnen, die sich unter ihrem Kopftuch gelöst hatten, aus dem Gesicht zu blasen und sich Vorwürfe zu machen. In der Zeit, in der sie mit dem Verrückten sinnlose Spiele getrieben hatte, hätte sie Teig kneten, Onkels Socken stopfen oder endlich dem Rosl das Schreiben beibringen können. Trotzdem blieb sie weiterhin stehen, auch Leibl rührte sich nicht vom Fleck.

»Ach, jetzt fällt mir ein, was Sie vorhin meinten, Frau Grasegger. Damals im März, arschkalt war es. Ich habe meine Leibesübungen gemacht, fünfzig Kniebeugen hintereinander. Das muss sein, um den Körper beweglich zu halten.«

Leibl lachte rau auf. Dabei zog er an den Fingern seiner linken Hand, dass sie knackten wie nasse Holzspäne im Feuer. Das gleiche wiederholte er mit den Fingern der rechten Hand.

»Am besten ist, wenn ich meine Leibesübungen dort mache, wo die Natur so ist wie am ersten Tag nach der Schöpfung. Und nirgendwo ist es so herrlich wie bei Ihnen hier oben, darum komme ich auf Ihre Wiese. Ich bin ein rheinländischer Katholik, in die Kirche gehe ich zwar nie, aber hier«, kurz streckte Leibl seine Arme in beide Richtungen, »bin ich Gott recht nahe.«

Vom Hof her drangen rasselnde Geräusche, ganz entfernt auch Josefas Stimme, dazu muhten einzelne Kühe. Dass sie gemolken werden mussten, wusste Vroni. Aber sie blieb weiterhin stehen, aufgewühlt von dem, was dieser Herr Leibl gerade gesagt hatte. *Nirgendwo so herrlich wie bei Ihnen hier oben.*

Ohne Hemmungen griff Leibl nach Vronis Kinn und bog es zur Seite, seine Augen musterten sie erneut scharf und emotionslos. Diesen Ausdruck müsste ich festhalten, überlegte er, wie Maria bei der Verkündigung, so müsste ich sie malen. Oder doch lieber im Profil …?

Der Kunstmaler schnaufte hörbar und überlegte. Was Vroni

nutzte, um ihr Kinn mit einem Ruck zu befreien. Leibl trat einen Schritt zurück und fiel zurück in einen Plauderton.

»Übriges war ich vor ein paar Jahren mal im Athletenclub in Wien. Die gesamte Aristokratenclique, müssen Sie wissen, verkehrt dort, das heißt, turnt herum. So ein Barönchen hat behauptet, er könne zwölf Zentner mit zwei Händen heben, und wettete mit mir, dass er mich mit einem Finger über den Tisch zieht. Na, dem habe ich es gezeigt.«

Selbstverliebt kraulte Leibl seinen Bart, dann höhnte er weiter: »Den Finger habe ich ihm beinahe ausgerupft und den ganzen hochadeligen Kerl über den Tisch fliegen lassen.«

Leibl feuchtete seine Lippen an.

»Dabei war ich damals nicht so in Form, wie ich es heute bin. Seit ich meine Leibesübungen mache, habe ich Kraft für zwei. Na, Sie wissen schon, nur in einem gesunden Körper steckt auch ein gesunder Geist.«

»Dann sind wir Bauern wohl besonders hell im Kopf, weil wir den ganzen Tag Leibesübungen machen.«

Vronis Mundwinkel kräuselten sich spöttisch. Gleichzeitig ließ sie die Silberdisteln, die sie die ganze Zeit über gegen ihre Brust gedrückt hatte, zurück zu den anderen in den Kopfkissenbezug purzeln.

»Also dann, Herr Leibl, leben Sie wohl.«

»Frau Grasegger, noch auf ein Wort.«

Leibl drückte mit seiner Zunge an die Innenwand seiner linken Wange, bis es aus ihm herausplatzte: »Ich möchte Sie malen. Ich muss Sie malen.«

Vroni bückte sich, raffte die vier Zipfel zusammen und hob den Kopfkissenbezug an. Als sie sich wieder erhob, hatten sich ihre Augenbrauen zu einem finsteren Gebüsch zusammengezogen.

»Dass Sie spinnen, habe ich von Anfang an gewusst.«

Damit drehte Vroni sich um und eilte mit ihrem Bündel zurück zum Hof. Gebannt schaute Wilhelm Leibl der schmalen, federnden Gestalt nach, wägte ab und kam zu dem Schluss, dass er für ihr Gesicht vor allem Aureolin, Kölner Braun und Manganviolett brauchen würde.

Drei Tage vor Sankt Cäcilia fiel der erste Schnee in wässrigen Flocken. Mit viel Trara besuchte Prinzregent Luitpold die Marktgemeinde Mittenwald. Jeder, der den leutselig winkenden Onkel des toten Königs zu Gesicht bekam, meinte hinterher, der könne es nicht mit Ludwigs Noblesse aufnehmen, nie und nimmer. Gegen Mittag war die dünne Schneedecke rund um den Hof geschmolzen, aber dass der Winter auf der Türschwelle stand, war allen auf dem Geißschädel klar. Korbinian musste deutlich mehr Holz heranschleppen und nachlegen, damit die Küche warm wurde.

Vroni drückte dem Onkel gerade eine mit einem Lappen umwickelte Tasse mit heißem Kaffee in die Hand und schaute mit einem Auge nach dem Rosl, das auf der Bank kniend an den Rand einer alten Zeitung den Buchstaben R so formte, dass er einem Schneckenhaus glich, als es klopfte. Schneller als sie Herein rufen konnte, wurde die Tür aufgerissen. Die alten Dielen ächzten unter seinen ausholenden Schritten.

Der Onkel ließ sich von dem unbekannten Besuch nicht aus der Ruhe bringen, sondern schlürfte in vorsichtigen Schlucken weiter seinen Kaffee. Wilhelm Leibl grüßte nach allen Seiten, auch das Rosl. Wassertropfen glitzerten in seinem dunklen Bart und auf seinem Filzhut. Auf dem Gesicht des knapp über vierzigjährigen Mannes lag eine breite, jungenhafte Freude.

»So eine Überraschung«, sagte Vroni überrumpelt und auch ein wenig verlegen. Leibl nahm nicht einmal den Hut ab, sondern zog gleich drei längliche Etuis aus den tiefen Taschen seiner grünbraunen Lodenjacke und legte sie akkurat nebeneinander auf den Küchentisch. Mit offenem Mund verfolgte das Rosl jede Geste des fremden Mannes und bohrte dabei in der Nase. Dass dieser Stadtmensch sich nicht mit dem kleinsten Zucken ein Befremden über das Idiotenkind am Tisch anmerken ließ, rechnete Vroni ihm augenblicklich hoch an.

»Jetzt stehen Sie mal bitte ganz still, Frau Grasegger«, befahl Leibl, und seine hohe, eckige Stirn glänzte vor Erregung. »Am besten, Sie schließen Ihre Augen.«

Im nächsten Moment spürte Vroni kühlen Draht auf ihrer Nase. Sie atmete nur noch flach. Mit vielen »ähm« und »sooo« wurde an ihren Ohren herumgenestelt und zurechtgebogen.

»So, jetzt Augen auf!«

Vroni blinzelte, stutzte, blinzelte ungläubig noch einmal: Wieso war der Brustkorb des Gekreuzigten plötzlich so wurmstichig? Hatte sein Lendentuch schon immer so viele Falten geworfen? Ein kleiner, japsender Laut entwischte ihr. Wieder flatterten ihre Lider, als ob ihr ein Staubkorn oder eine Mücke ins Auge geflogen wäre.

»Fünf. Ich sehe fünf Silberdisteln.«

Vronis Stimme triumphierte.

»Bravo, bravo«, stöhnte es hinterm Herd, das Rosl klatschte unvermittelt. Tatsächlich steckten fünf getrocknete Blüten an den Füßen des Gekreuzigten.

»Na, das ist doch was. Dass Sie ziemlich kurzsichtig sind, ist mir übrigens aufgefallen, als Sie mir in Loisbichl im Regen beinahe vor die Füße gefallen sind. Dabei hatte ich Sie schon von Weitem auf dem Friedhof gesehen, Sie mich aber nicht.«

Leibl machte sich an einem der beiden anderen Etuis zu schaffen, holte ein zweites Brillengestell aus Draht heraus und tauschte es gegen das, das Vroni auf der Nase hatte.

»Sapperlot!«, rief Vroni so laut aus, dass der Onkel seinen Kopf hob und das Rosl seinen Mund zuklappte. »Jetzt sehe ich sogar die Nägel.«

»Das ist ja auch das Modell mit den stärksten Gläsern. Sie sehen wirklich schlecht auf die Entfernung, Frau Grasegger. Ist Ihnen das nie aufgefallen?«

Vroni zuckte mit den Schultern und sagte nichts. Wozu auch. Der Mann aus der Welt draußen hätte doch nicht verstanden, warum es nichts brachte, etwas zu sagen, egal ob man von Jahr zu Jahr schlechter sah oder der Bauer einen grün und blau schlug. Behutsam tasteten Vronis Fingerkuppen über die runden Gläser. Der Pfarrer besaß eine Brille. Auch die Huberin, so erzählte man sich, hatte neuerdings eine, die sie allerdings nur aufsetzte, wenn sie ihre Zeitung las. »Ich glaube tatsächlich, dass die die beste für Sie ist«, hörte sie Leibl sagen, aber für Vroni zählten nur die winzigen Holznägel, die schon immer in den mageren Händen des Gekreuzigten gesteckt haben mussten. Jetzt sah sie sie deutlich.

»Beim dritten Exemplar sind die Gläser am wenigsten geschliffen. Ich habe es mir extra auf dem Etui vermerken lassen, die brauchen Sie dann gar nicht erst auszuprobieren. Also bleibt es bei der Brille, die Sie gerade aufhaben. Die beiden anderen bringe ich dem Optiker demnächst wieder zurück.«

Plötzlich hob sich seine Stimme, so begeistert war Leibl über seinen Einfall: »Schnell, schnell, nehmen Sie sich einen Schal, jetzt gehen wir zusammen raus.«

Ehe Vroni zur Besinnung kam, stand sie neben Leibl auf der Steinstufe vor dem Haus, und ein kalter, trockener Wind zerrte an ihrem aufgesteckten Zopf.

»Mariaundjosef, der Berg!«

Der Berg, der schon immer da gewesen war. Seit sechstausend Jahren, wie der Pfarrer behauptete, womöglich noch viel, viel länger. Den sie täglich vom Aufstehen bis zur Schlafenszeit vor sich hatte, außer er verkroch sich hinter Wolken. Vroni musste nach Leibls Hand greifen, sonst hätte sie es nicht ausgehalten. Der Berg war viel näher und viel größer, als sie geahnt hatte. Und er hatte so viele Furchen und Kare, in denen jetzt blütenweißer Neuschnee lag, Vorsprünge, krumme Zähne und Zinnen, dass sie mit dem Zählen nicht mehr nachkam. Ewig konnte man mit den Augen in den Spalten wandern und etwas Neues entdecken. Streng schaute der Berg herüber zu ihr. Und sehr, sehr schön.

»Hier oben leben zu dürfen, muss eine große Freude sein, ich beneide Sie darum, Frau Grasegger.«

Leibl drückte Vronis Hand, und seine weißen Atemwolken vermischten sich mit ihren, flogen Richtung Berg und lösten sich auf. Vroni stand einfach nur da und begriff die Schönheit um sich herum. Ohne das kostbare Gestell abzunehmen, fuhr sie vorsichtig mit dem rechten Zeigefinger unter die Gläser und wischte sich die Augen trocken. Zum Dank für das Geschenk, denn Leibl weigerte sich, Geld anzunehmen, lud sie ihn für Sonntag zum Mittagessen ein.

»Und danach, wenn Sie es einrichten können, jeden Sonntag den ganzen Winter über. Saures Lüngerl mit Semmelknödel gibt's übermorgen. Mögen Sie das?«, rief Vroni ihm aus der offenen Haustür nach. Der Kunstmaler hob nur seinen rechten Arm, als wollte er wieder mit Leibesübungen beginnen, Vroni interpretierte es aber als Zustimmung. Danach verschwand sein Hut schnell hinter der Kuppe.

Vroni zog ihr Wolltuch enger um die Schultern und schaute sich satt an der Schönheit des Berges. Nur weil ihre Beine taub wurden vor Kälte, ging sie schließlich nach drinnen. In der Kammer gab sie acht, dass das Rosl nicht aufwachte. Erst als sie ihr Nachthemd schon übergestreift hatte, nahm sie die Brille so vorsichtig wie möglich ab und deponierte sie auf dem Nachtkästchen. Vroni war sich nicht wirklich sicher, ob sie am Morgen noch da liegen würde. Aber wenn, dann wäre auch das wieder ein Wunder.

Kapitel 6

An einem nebelverhangenen Morgen, zwei Tage nach Ablauf des Trauerjahres, saß Vroni am Tisch und schnitt schmale Stoffstreifen zurecht. Aus zwei unendlich oft gestopften, gewaschenen und vergrauten Unterröcken, einer rot geblümten Schürze, die dem Rosl viel zu klein geworden war, sowie einem blauen Arbeitshemd von Korbinian, das so dünn und löchrig war, dass die Zinnkrüge auf der Kredenz durchschienen, wenn sie es sich vors Gesicht hielt.

Der Tag hatte gut begonnen. Der mit Holzscheiten gefüllte Herd grunzte vor sich hin, Josefa war irgendwo, aber nicht in der Küche, es roch nach vor sich hin köchelndem Sauerkraut und schwächer, aber köstlicher, nach Kuchen im Rohr. Während Vronis Hände mechanisch hantierten, schweiften ihre Gedanken zu dem Menschen ab, der das neue Sehen in ihr Leben gebracht hatte. Der Herr Leibl. Sie seufzte ein paar Mal genüsslich und schob gerade mehrere Streifen zu einem kleinen Hügel zusammen, als vor der Haustür ein Umhang ausgeschüttelt wurde.

Einen Moment lang hüpfte Vronis Herz vor Freude, weil sie dachte, der Kunstmaler käme endlich wieder vorbei, nachdem er bereits zwei Sonntage hintereinander nicht zum Mittagessen erschienen war. Schon legte sie die Schere zur Seite. Aber dann folgten auf das Abklopfen von Stiefeln solch eindeutige Laute, dass sie erstarrte. »Muttergottes, steh mir bei...«, murmelte Vroni und erschrak über den verkniffenen Mund, der sich im Metall des Scherenblattes spiegelte. Es war dasselbe Fiepen, das Hochwürden jeden Sonntag beim Austeilen der Hostien erzeugte, wenn er die Luft durch die Zwischenräume seiner ungewöhnlich langen, gelben Schneidezähne blies. Insgeheim hatte Vroni schon früher mit seinem Besuch gerechnet.

Blitzschnell schob sie das farbenfrohe Gewirr an den Rand des Tisches. Eigentlich hatte sie die Streifen bis zum Stallgang noch verknoten und später aus dem langen Band einen Vorleger für Rosls Bettseite nähen wollen, einen, auf den der Bauer noch nie seine Füße gestellt hatte. Den alten hatte Vroni längst heimlich verbrannt. Es blieb ihr gerade noch Zeit, mit einem Schürzenzipfel ihre Brillengläser und Rosls Kinn zu putzen, da stand Hochwürden bereits neben dem Herd und rieb sich die Hände.

Der Saum seiner schwarzen, knöchellangen Soutane triefte vor Nässe, ebenso das Birett mit den vier seitlichen Hörnern und der Quaste oben in der Mitte. In dem Gesicht darunter war alles spitz: die Nase, das Kinn, selbst an den Wangenknochen hätte man Gras zum Trocknen aufhängen können. Säuerlich lächelnd überreichte Hochwürden dem Rosl ein Bildchen des Heiligen Antonius in brauner Mönchskutte. Vroni bot ihm Kaffee an.

Während sie die Bohnen mahlte und das Pulver anschließend mit kochendem Wasser übergoss, versuchte sie sich für das zu wappnen, was ihr bevorstand. Schweigend setzte sie sich zu ihrem Besuch und schenkte ihm ein.

Der Geistliche, dem die Loisbichler im November zu seinem achtundfünfzigsten Geburtstag eine neue Altardecke geschenkt hatten, trank langsam. Umso schneller verschlang er die mit Hagebuttenmus gefüllte Rohrnudel. Wortlos holte Vroni aus der Vorratskammer ein Stück Geräuchertes, legte es zusammen mit einem Messer auf ein kleines Holzbrett. Wieder aß Hochwürden mit großem Appetit und vermied es, seiner Gastgeberin in die Augen zu schauen. Seine Mission bereitete ihm große Verlegenheit. Außerdem hatte er während des Aufstiegs durch den zwar nicht hohen, aber pappigen Schnee deutlich die Qualen des Herrn auf dem Weg nach Golgatha gefühlt. Seine Gelenke schmerzten Hochwürden inzwischen so sehr, als ob er selbst bereits an ein Kreuz geschlagen worden wäre.

Seit ihm das Seelenheil der Loisbichler anvertraut war, litt er an Rheuma. Wenn er samstagnachmittags seine Predigt fertig geschrieben hatte, krümmten sich seine Finger und ließen sich kaum wieder öffnen. Auch deshalb war Hochwürden sonntags auf der Kanzel nie so recht bei der Sache. Jeder in Loisbichl wusste Bescheid. »Ist wohl wieder arg feucht im Pfarrhaus«, lenkte Vroni deshalb, als kein Geräuchertes und nur noch ein kleines Stück Brot übrig waren, das Gespräch in eine, wie sie hoffte, fruchtbare Richtung.

»Furchtbar, Graseggerin, furchtbar. Die Nässe sitzt in den Grundmauern. Meine gesamte Bettwäsche hat Stockflecken, die neue Altardecke übrigens auch schon. Und so viel Brennholz bekomme ich gar nicht bewilligt, dass es je richtig warm wird.«

»Schrecklich, ganz schrecklich.«

»Zwei Mal habe ich deswegen schon an das erzbischöfliche Sekretariat nach Freising geschrieben«, jammerte Hochwürden weiter.

»Und?«

Aber Hochwürden reagierte auf Vronis Empathie nur mit einer wegwerfenden Handbewegung und verfiel dann in bitteres Schweigen. Eine Weile war nur noch der Herd zu hören. Und das Geräusch, das entstand, indem das Rosl dem Heiligen Antonius Schuhe an die nackten Füße strichelte. Neben der Feuchtigkeit im Pfarrhaus war der Liberalismus der größte Kummer des Priesters. Die Städter, die bislang nur in Garmisch und Partenkirchen eingefallen waren, hatten im vergangenen Sommer ihre lockeren Sitten und Weltanschauungen erstmals auch nach Loisbichl gebracht. Und dann noch dieser vermaledeite Bismarck, der Reichskanzler, der der katholischen Kirche die Luft abdrückte. Nur die Zivilehe sollte im Deutschen Reich noch gelten, wozu zu Hochwürdens Bedauern auch Bayern gehörte. Er spürte ein Gurgeln in der unteren Bauchgegend, was ihn in dem Moment mehr beunruhigte als das Reißen in den Gelenken. Ein Rülpsen entwischte ihm, Vroni schenkte Kaffee nach.

Oft hatte er nachts an seinem Schlafzimmerfenster gestanden und zum Brückenwirt hinübergeschaut. Die Schatten, die hinter den Vorhängen der Fremdenzimmer im ersten Stock auf- und abtanzten, würden über kurz oder lang auch seine Loisbichler moralisch korrumpieren. In wenigen Monaten würde die sündhafte Bagage wieder aufkreuzen. Genau deshalb musste er jetzt und hier seines Amtes walten. Bei jedem neuen Geräusch aus den Gedärmen des Besuchs blickte das Rosl vom Heiligen Antonius auf und lachte herzlich, bis ein langer Speichelfaden auf das Bildchen tropfte.

»Dein Bauer, Graseggerin, ist jetzt über ein Jahr tot ...«,

»Gott hab ihn selig«, Vroni schlug ein Kreuz vor der Brust und sagte im selben Atemzug: »Rosl, zeig doch Hochwürden deine Blätter. Damit er sieht, was du schon alles schreiben kannst.«

»Rosl und Grasegger«, sagte das Kind mit tiefem Ernst, legte den Heiligen Antonius auf das fettige Brotzeitbrettchen und zog ein paar, in der oberen rechten Ecke durchbohrte und mit einem Wollfaden zusammengebundene Blätter über die Tischplatte.

»So, so, brav, brav.«

Flüchtig beugte sich die Nasenspitze über die Schriftzeichen, die den Spuren von schwarz eingefärbten Vogelkrallen glichen, die zufällig über Papier gelaufen waren.

»Wirklich sehr brav. Aber, hm, warum diese, hm, Mühe, Graseggerin, mit, äh, einem solchen Kind?«

Vroni streichelte über Rosls stumpfes Haar, dann noch sorgfältiger über die Buchstaben, die das kleine Mädchen in den vergangenen Wochen mit großer Mühe und Freude geschrieben hatte. *Du Hundsfott, du elender.* Mit einem sanftmütigen Augenaufschlag wandte sie sich Hochwürden zu.

»Damit das Kind seinen Taufspruch schreiben und die Texte im Gesangbuch lesen kann.«

Bei sich dachte Vroni, dass es schön wäre, wenn das Rosl irgendwann täglich wie die Huberin die Zeitung lesen oder eine Nachricht auf einen Zettel schreiben könnte, an wen auch immer. Dann wäre es vielleicht etwas besser gewappnet gegen böse Blicke und Steinwürfe. Hochwürden öffnete den Mund, sodass Vroni auf die großen gelben Zähne schauen musste. Schließlich haspelte er: »Ach ja, das ist auch wieder wahr. Dann kommt's in den Himmel, das Kind. Das ist gut, Graseggerin, mach weiter so.«

Die Stille, die danach eintrat, war gefährlich. Das Rosl griff nach dem mittlerweile zerknautschten und fettverschmierten Antonius und übermalte seinen Heiligenschein mit einem Hut mit Gamsbart. Das Kratzen des Stiftes ließ das Schweigen der Anwesenden noch lauter tönen. Vroni wünschte, die hübsche Frau mit dem kirschroten Hutband säße übers Eck mit ihr und würde nuancenreich kichern, vornehm hüsteln und dazwischen viele Worte kullern lassen. Über die Schlechtigkeit der Welt im Allgemeinen und die skandalöse Ignoranz des Erzbistums von München und Freising angesichts der Feuchtigkeit im Loisbichler

Pfarrhaus im Besonderen, damit würde sie den Pfarrer ablenken. Vronis Zunge lag klobig und trocken im Mund.

»Ein Schnaps, Hochwürden?«, stieß sie schließlich heraus. »Als Vorbeugung gegen Influenza.« Ohne auf eine Antwort zu warten, schnellte Vroni hoch, sodass der Tisch wackelte. Mit großen Schritten eilte sie zur Kredenz.

»Ach, wenn du meinst, Graseggerin, dass es gegen Influenza ...«

Schon hielt Vroni ihm ein randvolles Schnapsglas hin.

»Gegen Rheuma auch.«

Hochwürden nahm das Glas, leerte es in einem Zug, aber ohne Genuss. Als sich seine in schattigen Höhlen zu beiden Seiten der spitzen Nase liegenden Augen wieder auf Vroni hefteten, wusste sie, dass sie einen großen Fehler begangen hatte.

»Du musst wieder heiraten, Graseggerin! Und zwar so bald wie möglich! Eine junge Frau wie du, noch keine fünfundzwanzig, braucht einen Bauern hier oben auf dem Berg. Es ist nicht gut, dass der Mensch allein ist.«

»Mose zwei, Vers achtzehn.«

Das Kinn wurde angehoben, die Nasenspitze zuckte, als ob sie nicht sicher war, ob sie Weihrauch oder Schwefel erschnüffelte.

»Ja genau, Mose zwei. Was ich meine ist, dass die Ehe gottgewollt ist und ein Hof ohne Bauer ein Unding. Die Leute warten darauf, Graseggerin, dass du wieder heiratest. Und Männer gibt's genug.«

Offenbar wirkte Schnaps bei Hochwürden agitierend und nicht entspannend, schlussfolgerte Vroni. Sie selbst hielt sich ein paar lange Sekunden an ihrem Schnapsglas fest, stierte auf die Stoffstreifen, die sich lustig ineinander kringelten und an denen sie vor einer halben Stunde noch frohen Mutes gearbeitet hatte. Dann stellte sie das Glas nahezu geräuschlos auf der Tischplatte ab, sagte aber weiterhin nichts. Das Rosl, das ein feines Gespür für Vibrationen im Raum hatte, vergaß die weitere Ausstaffierung des Heiligen. Stattdessen ließ es seine Augen ängstlich zwischen seiner Stiefmutter und dem Pfarrer hin und her wandern.

»Ich trauere halt noch immer um meinen Bauern. Der Herrgott versteht das, die Jungfrau Maria auch.«

Mit einer sehr langsamen, sehr bedeutungsschwangeren Handbewegung bekreuzigte sich Vroni.

»Ich habe ein Gelübde abgelegt.«

»Die lügt wie gedruckt«, zischte Josefa, die im eiskalten Flur hinter der Küchentür gelauscht hatte, kurz darauf Korbinian zu, als sie in die Holzpantinen für die Stallarbeit schlüpfte. Energisch band sie die Bändel ihrer Schürze zusammen und fügte hinzu: »Aber sie lügt gut, das muss man ihr lassen.« Wie immer tat Korbinian so, als ob ihn alles nichts anginge. Erst eine halbe Stunde später, er schaffte bereits den Mist nach draußen auf den dampfenden Haufen, streifte sein Oberarm das Hinterteil der Kuh, die Josefa gerade molk.

»Da hast du sogar mal recht gehabt, die Bäuerin ist ganz schön ausgefuchst. Aber die Pfaffen glauben auch allen Schmarrn, denen gehört es nicht anders.«

Zur gleichen Zeit verabschiedete sich Hochwürden in der Küche. Er segnete noch rasch das Rosl, entblößte seine Schneidezähne mit den breiten Lücken, weil er in Gedanken bereits bei dem Kreuz war, das er wieder hinunter ins Tal und in dieser modernen Welt überhaupt zu schleppen hatte. Sein Fiepen hörte sogar der Onkel hinter dem Herd.

Am Sonntag darauf zündete Vroni zwei Kerzen vor dem Bild der Muttergottes im kornblumenblauen Mantel mit dem blondgelockten Jesuskind auf dem Schoß an und bat sie um Vergebung für die Lüge. Später standen sie und das

Rosl draußen auf dem Kirchplatz zunächst mit dem Hornsteiner Bauern und seiner Frau zusammen, die wegen einem eitrigen Zahn eine stark angeschwollene Backe hatte. Nach einer Viertelstunde kamen die Gschwandnerbäuerin und ihre beiden hochschwangeren Töchter dazu.

Der Schnee war knöchelhoch aufgeweicht, die Kälte stieg unter den Röcken hoch, die Lippen der meisten Frauen wurden blau. Außerdem zerrte ein kalter Wind an Wolltüchern und Hüten. Nur Anton Huber schien gegen diese Widrigkeiten gefeit. Zusammen mit seinem älteren Bruder und dessen Frau, einer Nichte der Gschwandnerin, gesellte er sich zu dem Grüppchen und berichtete von der Kuh, die er kürzlich ersteigert hatte. Eine, die mehr Milch gab als alle anderen im Stall. Die Umstehenden hörten Anton aufmerksam zu, der mit allen Augenkontakt suchte und hielt, außer mit Vroni.

Bei seiner Beschreibung des fuchsroten Tieres mit einer mondsichelförmigen Blässe auf der Stirn sprach er in längeren zusammenhängenden Sätzen, ohne dass hektische Flecken über sein winterhelles Gesicht hüpften. Der Begriff »gezielte Tierzucht« fiel. In Vronis Ohren klang das neu und verwirrend, aber je länger sie Anton lauschte, desto mehr Sinn ergaben seine Erläuterungen. Der Wind drehte sich, wurde böiger. Auf dem ausladenden Kropf der Huberin bildete sich eine Gänsehaut, woraufhin sie ihren Leuten ein Zeichen zum Aufbruch gab. Anton errötete dann doch. Dieses Mal vor Ärger, weil er gern ein paar Minuten länger über die neue fuchsrote Kuh gesprochen hätte. Vor allem aber, weil er Vronis Interesse gespürt hatte.

Als die Graseggerleute kurz vor Mittag das Plateau des Geißschädels erreichten, war Wilhelm Leibl bereits da. Trotz der Kälte saß er auf der Bank an der Hauswand und streichelte die in seinem Schoß winzig wirkende getigerte Katze.

Dass der Kunstmaler endlich wieder aufgetaucht war, nahm Vroni als eindeutiges Zeichen: Die Muttergottes hatte ihr verziehen.

Mit Leibl hielt wortreiche Herzlichkeit Einzug in die Küche. Er lobte und dankte der Bäuerin für alles, was sie dampfend und brutzelnd vor ihn hinstellte. Zum Beispiel Buchteln aus dem Rohr mit dem letzten Rest Hagebuttengelee, der im Glas noch übrig war, und Bratkartoffeln mit reichlich gebräunten Speckwürfeln. Dank war ganz neu für Vroni. Gelobt hatte man sie bislang selten, zwei, drei Mal in der Schule für ihr schnelles und fehlerfreies Kopfrechnen.

Vroni grinste in sich hinein, weil Leibl sich Mühe gab, so zu tun, als ob er prinzipiell vor jeder Mahlzeit seinen viereckigen Schädel senken und ein Gebet murmeln würde. Aus den Augenwinkeln beobachtete sie seine feinen Tischmanieren und versuchte sie nachzuahmen. Dem Rosl hatte er einen Stift mitgebracht, mit dem es eine grüne Sonne in die rechte Ecke über dem Heiligen Antonius malte. »Der frisst für drei«, lästerte Josefa zwar deutlich hörbar beim Abräumen, brachte Leibl aber als Erstem Kaffee und verzog den Mund so, dass man es als Lächeln deuten konnte.

Es war nicht zu eisig, hatte nicht zu viel Schnee, zwischendurch schien sogar öfter die Sonne. Es machte Vroni jeden Morgen große Freude, zum Brunnen zu stapfen und den Berg zu betrachten, hinter dem sich die Finger der Wintersonne bewegten. Kein Lawinenabgang, kein schroff herausragender Felsen, nicht einmal die frisch eingeschneiten Wipfel des Bergwaldes entgingen ihren bebrillten Augen. Während sie länger als nötig mit vollem Eimer dastand, schützte eine große Zufriedenheit sie gegen die zugige Kälte. Das Heu und das getrocknete Laub würden bis zum ersten Gras reichen, da war sich Vroni sicher. Denn an Mariä Lichtmess, dem

Stichtag für die Überprüfung, waren die Vorräte erst zur Hälfte aufgebraucht. Dementsprechend leicht ging ihr alles von der Hand. Vroni summte vage Melodien, wenn sie molk oder die kotbespritzten Hinterbacken der Kühe putzte. Beim Melken, Teigkneten oder Tischscheuern schmetterte sie die Kirchenlieder, Tanz- und Frühlingslieder, die sie im Herbst auch beim Schneiteln im Wald gesungen hatte.

Rechtzeitig vor der Fastenzeit wurde eine Sau geschlachtet. Noch am selben Tag gab es reichlich frische Blut- und Leberwürste zum Kraut, sodass ausnahmsweise auch Josefa zufrieden mit ihrem Dasein auf dem Hof war. Am darauffolgenden Sonntag holte Vroni Schweinshaxen mit dicken Fettkrusten aus dem Rohr. Der Rest der Sau wurde zu Würsten verarbeitet, die zum Räuchern in den Kamin gehängt wurden und danach lange hielten. In der Dunkelheit der Schlafkammer, wenn Vroni ihre Brille sorgsam abgenommen und auf dem Nachtkästchen zur Ruhe gelegt hatte, zog sie das Rosl an die Brust und kraulte es im Nacken, noch lange nachdem es eingeschlafen war. Die Zärtlichkeit für das Idiotenkind wuchs von Nacht zu Nacht, manchmal spürte Vroni dieses Gefühl bis hinunter in die Zehenspitzen. Es machte sie ähnlich satt wie eine speckige Wurst oder neuerdings der grandiose Anblick der Flanke des Wörner.

Gegen Ende des Winters war Vroni rundum glücklich. Es gelang ihr, den Inhalt der Kassette und den Besuch von Hochwürden mitsamt seiner unterschwelligen Drohung zu verdrängen. Sogar die Erinnerungen an das, was der Bauer noch im vergangenen Winter mit ihr nachts angestellt hatte, taten weniger weh.

Als sie die Überreste eines Schweinsbratens mit mehr Kartoffeln als Fleisch in der angeschwitzten Sauce aßen, bat Leibl völlig aus dem Blauen heraus den Onkel, ihm Modell zu sitzen. Er wolle sich im Brückenwirt einquartieren und täglich zum Malen heraufkommen.

Der alte Mann zog nur kurz eine, kaum noch behaarte Augenbraue hoch, gab aber, ohne auch nur eine Frage zu stellen, sein Einverständnis. Solange er dabei auf seinem Stuhl am Herd sitzen bleiben konnte, war dem Onkel alles recht. Die Staffelei, die Vroni ursprünglich für eine Art Stangger gehalten hatte, schleppte der Maler selbst den Geißschädel hoch. Den schweren Koffer mit allen Utensilien ließ er von einem Jungen tragen, der sich für die zehn Pfennige Trinkgeld mit einem tiefen Diener bedankte.

Das Leinöl, mit dem die Farben gebunden wurden, verbreitete in der Küche den Geruch nach Hochsommer, während sich draußen die Buckelwiesen braun und abgestorben krümmten. Er überdeckte den Stallgeruch und die zähen Ausdünstungen des köchelnden Krauts. Laut zählte Leibl die Namen der Pigmente auf: Kobaltblau, Ägyptisch Braun, Grünspan. Während der wuchtige Mann vor der Staffelei stand und Farben mischte, den Onkel fixierte, die Paste auf die Leinwand auftrug, einen Schritt zurücktrat, wieder den Pinsel aufdrückte, sprach er so gut wie nichts. Dafür begann Vroni in seiner Gegenwart zu erzählen. Denn jemand hörte ihr zu.

Berta habe vor Kurzem gekalbt. Von Mitternacht bis zwei Uhr morgens waren in immer kürzeren Abständen Schmerzen durch den schweren Leib gelaufen. Bei der Erinnerung an die Nacht, in der sie so tief in die Kuh mit den höckerigen Hinterbacken hineingegriffen hatte, dass ihr rechter Arm bis zum Ellenbogen verschwunden war, lachte Vroni auf und formte aus einer Masse geriebener Kartoffeln vierzehn gleich große Knödel. Als endlich zwei kleine Hufe herausschauten, hatte Korbinian einen Strick um das kurze Stück verschmierter Hinterbeine gebunden. Gemeinsam zogen sie daran. An der Stelle brummte Leibl anerkennend, sein Pinsel schmatzte, gleich darauf sackte der dürre, faltige Hals des Onkels nach vorne. Das Modell war eingeschlafen, Leibl musste notgedrungen eine Pause einlegen. Wie viele Monate war eine Kuh überhaupt trächtig? Wie lange lebte sie im Schnitt, welche Tiere verbrachten den Sommer auf der Alm und welche nicht? Vroni biss sich auf die Lippen. Dass Leibl nicht einmal diese simplen Sachen wusste! Dabei schwärmte der Herr Kunstmaler doch von seinen Aufenthalten in Dörfern und Bekanntschaften mit Bauern. Trotzdem beantwortete Vroni geduldig und ausführlich alle seine Fragen, allein schon, weil sie es genoss, Gespräche zu führen. Wie viel Reichsmark bekam man für ein Stierkalb?

»Das kommt ganz darauf an, welchen Tag der Wackerle hat, und wie gut ich feilsche.«

»Wackerle?«

»Na, der Viehhändler aus Partenkirchen!«

»Aha.«

Für eine Weile war wieder nur das Schnarchen des Onkels zu hören. Vroni überlegte, was sie mit dem Erlös für Bertas Stierkalb, das drüben im Stall stand und an den Zitzen saugte, kaufen würde können. Der Vorrat an Zucker, Salz, Pfeffer, Rosinen, Mehl, Paraffin und Graupen musste aufgestockt werden. Laut sagte sie: »Das Rosl braucht dringend ein Paar neue Stiefel.« Vroni stockte und beugte ihren Kopf tiefer über den Topf, in dem sie bislang nur beiläufig gerührt hatte. »Dabei wächst es viel langsamer als andere Kinder. Das ist Ihnen doch sicherlich aufgefallen, Herr Leibl.«

Der Kopf des Onkels hob sich wieder, Leibl verlagerte das Gewicht von einem seiner kurzen Beine auf das andere, sodass die Dielen wohlig stöhnten, malte weiter und sagte ganz ruhig: »Doch, natürlich ist mir das aufgefallen, Frau Grasegger. Das Rosl ist kleinwüchsig, unter anderem. Es ist behindert.«

Der Maler räusperte sich, die Suppe im Topf blubberte. Hoch konzentriert hörte Vroni zu.

»In München gibt es auch solche Kinder, in Köln, wo ich herstamme, ebenfalls. Viele haben es dort nicht so gut wie das Rosl bei Ihnen hier oben. Das ist Ihr Verdienst«.

Eilig schob Vroni die Pfanne, in der sie nebenbei Speck anbräunte, von links nach rechts. Nie zuvor hatte sie mit jemandem ein Wort über Rosls Zustand gewechselt, nie zuvor war jemand auf ihre Sorgen eingegangen.

Mitte Februar an einem mondlosen Abend wurde der Hof urplötzlich von einem Getöse heimgesucht, wie man es noch nie auf der Anhöhe gehört hatte.

Es schepperte und knatterte höllisch, dazwischen gellten Stimmen, die nichts Menschliches an sich hatten. Josefa, die augenblicklich ans Jüngste Gericht dachte, sank drei Schritte vor dem Herd auf die Knie und ließ einen nicht vorhandenen Rosenkranz durch ihre Finger perlen. Vroni stürzte zur Haustür, die nie von innen verschlossen wurde, drehte ruckartig den Schlüssel um, dann rannten sie und Korbinian in den Stall und holten Mistgabeln. Der Onkel stopfte unbeirrt seine Pfeife, das Rosl schlief zum Glück bereits einen tiefen Kinderschlaf.

Gegen die kleinen Küchenfenster drückte Dunkelheit. Aber dann schob sich der Mond aus dem wolkenverhangenen Himmel heraus, und Vroni nahm im Schnee die Umrisse unförmiger Gestalten wahr. Sie hatten Fackeln dabei, entfernten sich, sprangen in die Luft, tauchten wieder wie aus dem Nichts auf, Holz klopfte drohend gegen Holz. In Vronis Hals pulste es, als ob ihr Herz hochgerutscht wäre und feststeckte. Durch die Wand spürte sie, wie die Kühe erschrocken die Köpfe hochrissen. Die Not der Tiere nahm Vroni nahezu alle Luft, reglos klammerte sie sich an die

Mistgabel. Immerhin war ihr bewusst, dass sie in der erleuchteten Küche von draußen viel deutlicher zu erkennen war, als sie selbst das Treiben in der Dunkelheit sehen und einschätzen konnte. Erneut schwoll der Lärm an.

Vroni umklammerte den Stiel der Mistgabel fester, im Rücken hörte sie Josefas geflüsterte Stoßgebete. Mit aller Kraft kämpfte sie dagegen an, sich von der Angst überwältigen zu lassen. Sie versuchte, sich auf die unregelmäßigen Fußtritte und Stimmen zu konzentrieren. Fünf, sechs Männer, vielleicht einer mehr oder weniger. Sollte sie die Deckenlampe löschen? Sich zu Josefa auf den Boden kauern, hoffen, dass der Spuk irgendwann vorbei war? »Und wenn die Feuer legen?«, raunte Korbinian, dessen Anwesenheit Vroni fast vergessen hatte. *Dann muss ich als Erstes das Rosl rausbringen.* Dann den Onkel, die Tiere, den Gekreuzigten. Eine eiserne Faust presste ihr Herz zusammen, presste und presste.

Bis Vroni ein Mal und noch ein zweites Mal tief Luft holte. »Komm«, flüsterte sie Korbinian zu. »Bleib aber ganz dicht hinter mir.« Mit einer schnellen Bewegung nahm sie eine kleine Petroleumleuchte von einem Brett am Herd. Obwohl die Lampe schon lange nicht mehr benutzt worden war, enthielt sie noch genügend Öl, sodass es Vroni gelang, sie mit zittrigen Fingern zum Brennen zu bringen. Geduckt, die Mistgabeln an der Seite, schlichen die beiden aus der Küche.

An der Haustür hielt Vroni inne. Das Geschrei und Gerassel tönten von weiter weg. Etwa vom Hühnerhaus? Mit einem Ruck drehte sie den Schlüssel im Schloss, das sie erst vor einer knappen Viertelstunde verriegelt hatte. Mit dem Fuß stieß sie die Tür sperrangelweit auf und stellte sich in den Rahmen, die Lampe in der einen, die Mistgabel in der anderen Hand.

Die Wolken hatten sich fast verzogen, aber der an seinem rechten Rand eingedellte Mond schwamm in einem milchigen

Hof und spendete nur dürftiges Licht. Die Luft war trocken, das Brunnenwasser rauschte gleichmäßig, die Umgebung des Hofes schien auf den ersten Blick unverändert. Vroni hob die Lampe auf Gesichtshöhe: Vom Hühnerhaus sah sie nur den Umriss des Dachgiebels, armdicke Schneewülste auf den Apfelbäumen schimmerten aus der Dunkelheit, ebenso die weißen Flanken und Kare gegenüber. Der Berg schien hellwach.

Drei, vier tiefe Kraft spendende Atemzüge, dann näherte sich das Getöse erneut. Vroni hatte sich geirrt, es war an der östlichen Längsseite des Hofes gewesen und bog von dort um die Hausecke. »Was wollt ihr? Wer seid ihr?«, rief sie in die große kalte Nacht hinaus. Die Stille, die danach eintrat, war fast unheimlicher als das ohrenbetäubende Rasseln eine Sekunde zuvor. »Was wollt ihr?«, wiederholte sie lauter und bestimmter.

Aus der tintenblauen Finsternis schälten sich unförmige Gestalten heraus. Fratzengesichter mit bösen Augenlöchern. Über den Holzmasken tanzten die Fackeln, das wilde Heer. »Der Bärentreiber und dort der Jacklschutzen«, raunte Korbinian in Vronis Nacken.

»Die Maschkera aus Mittenwald.«

»Mein Gott, heute ist ja Gumpadn Pfingsta, närrischer Donnerstag.«

Eine von oben bis unten mit Flicken besetzte Figur näherte sich mit tapsigen Bewegungen der Haustür. Auf ihrem Rücken trug sie eine überdimensionale Kuhglocke, etwas wurde in die Luft geschleudert. Vroni verspürte ein großes Bedürfnis, das Brillengestell zurechtzurücken, aber sie brauchte die Hände für die Lampe und die Mistgabel. Als das Etwas Richtung Erde fiel, begriff sie, was es war: ein Balg aus Sackleinen. Eine nahezu lebensgroße, prall ausgestopfte Puppe mit dicken Brüsten und einem Rock über einem ebenfalls monströsen Hintern. Um den Kopf wanden sich schlangenartig schwarze Wollhaare.

In Vronis Magen ballte sich Übelkeit zu einer Faust. Sie öffnete kurz den Mund, brachte aber keinen Laut heraus. *Das soll ich sein, die Puppe bin ich.* Zwei grob aufgestickte Augen starrten Vroni für den Bruchteil einer Sekunde dreist an, der Balg drehte sich um die eigene Achse, plumpste mit dem Kopf voran in ein gespanntes Tuch. Begleitet von Gejohle und Glockengeläut wurde die Puppe erneut hochgeschleudert. Der Rock stülpte sich um, die Beine spreizten sich obszön breit in den Himmel. Beschienen vom Mond, vor den sich keine mitleidige Wolke mehr schob. »Graseggerin, das machen wir mit dir, wenn du keinen von uns nimmst«, tönte es dumpf unter einer der Masken hervor.

»Graseggerin, Graseggerin. Heiraten musst. Heiraten musst.«

Die Männerstimmen schwollen an. Plötzlich entblößte eine der vermummten Gestalten, an der Vroni eine schiefe Schulter auffiel, sein Geschlechtsteil und pinkelte in hohem Bogen in den Schnee vor ihrer Haustür.

»Es reicht, verschwindet jetzt. Lasst uns in Ruhe!«

Korbinian, der die ganze Zeit dicht hinter Vroni in der offenen Tür gestanden hatte, flehte regelrecht.

»Halt›s Maul, Knecht. Wenn ich Bauer bin, verschwindest du eh von hier.«

Die Flickengestalt, die gebrüllt hatte, stand breit und bedrohlich vor den beiden ausgetretenen Steinstufen.

Vroni stieß zu.

Ein gellender Schrei übertönte das Scheppern der Kuhglocken. Der Verkleidete taumelte zurück, griff sich dabei in den Schritt. Unter einer Holzmaske blökte es hervor: »Die will dich nicht.«

»So eine dreckige Fotze!«

»Ausg'schamtes Weibsbild.«

Noch rasselte und schepperte es, aber hörbar zogen sich die Maschkera zurück, noch ein paar Momente, dann hatte die Dunkelheit sie verschluckt. Nur sechs brennende Fackeln bewegten sich im Zickzack durch die Nacht. Es wurde wieder so still auf dem Geißschädel, dass Vroni und Korbinian nur ihre Atemgeräusche hörten. Noch einmal wurde die Lampe im Halbkreis geschwenkt, dann die Mistgabel mit Erleichterung an die Hauswand gelehnt. Endlich konnte Vroni die Brille zurück auf die Nase schieben, sie wünschte Korbinian eine gute Nacht und schickte ihn ins Bett.

Der Berg schimmerte metallisch herüber. Er ist da, und ich bin da, dachte Vroni, während das Mondlicht sich in Kuhlen legte, und die Spitzen des Wörners die Dreiviertelscheibe berührten. Die Graseggerbäuerin richtete ihren Blick steil in den Sternennebel. Da, der Große Wagen inmitten der namenlosen goldenen Knöpfe. In der Nacht im Sommer war er so weit entfernt gewesen, jetzt rieb er fast an ihren Brillengläsern.

Dass sie die Pracht deutlich erkennen konnte, durchflutete Vroni mit Stolz. Gerade jetzt. Nachdem sie die Kerle vertrieben hatte, stand sie in der Kälte in ihrer Haustür und freute sich über ihre neuen Fähigkeiten. Bis zum Melken blieben Vroni noch fünf Stunden.

Leibl erzählte sie nichts von dem nächtlichen Vorfall, als er das nächste Mal kam und eine warme Fleischbrühe mit einem großen Leberknödel gegessen hatte. Danach begann er sofort mit dem Mischen der Farben.

Vroni legte vier Holzscheite nach. Bevor das Knacken und Prasseln im Herd nachließen, fragte sie wie nebenbei, ob er meine, dass sie das Rosl zu einem Doktor bringen solle? Und was so ein Besuch wohl kostete? Vroni setzte einen Topf mit Wasser und Kartoffeln auf. Sie erinnerte sich, dass der Bauer nur mit der Schulter gezuckt hatte, als sie ihm einmal vorgeschlagen hatte, mit seiner Tochter den Arzt in Garmisch zu konsultieren. Wozu? Idiotenkinder waren, so wie sie waren, und starben früh.

»Manchmal bekommt das Rosl schwer Luft und schafft kaum den Weg zu uns herauf.«

Leibl kratzte sich ausgiebig an der Stelle am Hals, wo ihn sein Hemdkragen oft scheuerte, aber längst hatte er die obersten Knöpfe wegen der Hitze des Herdes geöffnet.

»Ich werde mich umhören in München. Ich glaube, ich habe am elften Oktober so einen Professor kennengelernt«, presste er zwischen seine Zähne hindurch, ohne an der Staffelei vorbei zu Vroni zu blicken.

»Elfter Oktober? Was war da denn?«

Probehalber stieß Vroni mit einer Gabel in eine Kartoffel. Aber sie war noch zu hart.

»Da wurde ich als Ehrenmitglied in der Akademie der Bildenden Künste München aufgenommen.«

Langsam schraubte Leibl das Fläschchen Leinöl zu.

»Dann sind Sie ja wirklich ein ganz Berühmter, Herr Leibl«, frohlockte Vroni. Und wunderte sich einmal mehr, warum ihr Besuch so oft so traurig in sich hineinschaute. Außer einem Brummen gab Leibl nichts mehr von sich. Nur die Dielenbretter knarrten rhythmisch.

Das Porträt war fast fertig. Nachdem Vroni es lange und gründlich betrachtet hatte, kam sie zu dem Schluss, dass sie es scheußlich, weil unehrlich fand. Das Gesicht des Onkels glich einem Geröllfeld mit schmutzigen Schneeresten unter den Augen, eingemauert von einem durchgängig schwarzen Hintergrund.

»Alles in allem das Resümee eines abgearbeiteten und entbehrungsreichen Daseins.«

Leibl dozierte im ähnlich selbstgefälligen Tonfall wie Hochwürden, Vroni stellte die Teller geräuschvoll auf den Tisch.

»So ein Schmarrn. Dem Onkel fehlen alle Backenzähne, da ist es doch nur logisch, dass er hohlwangig ist.«

Sie legte die größte Scheibe Schweineleber auf Leibls Teller, vergaß zu Josefas Entrüstung das Tischgebet und redete hartnäckig weiter auf den Maler ein. Er habe einfach das Gemüt des Onkels nicht erkannt, heiter wie Lindenblütentee sei es. Vroni rührte ihr Essen nicht an.

»Sie sehen schwarz und Sie malen schwarz. Aber der Onkel ist so nicht.«

Vroni fuchtelte mit der Gabel durch die Luft.

»Bravo, bravo«, sagte der Onkel, und sein Gesicht ähnelte mehr denn je einem geschnitzten Heiligen. »Die redet, als ob sie dafür bezahlt wird«, raunte Josefa zwischen zwei Bissen Korbinian zu und verdrehte theatralisch die Augen. Wortlos schaufelte der Knecht weiter das Essen in sich hinein, dabei grübelte er über das nach, was er am Tag davor, als er mit dem Ochsengespann in Mittenwald gewesen war, auf der Titelseite einer Zeitung unter der Abbildung zweier Totenschädel gelesen hatte: »Abstammung des Menschen vom Affen zweifelsfrei bewiesen.« Korbinian schien das absolut logisch. Aber er beschloss, weder seine Überzeugung noch den Zeitungsartikel drunten im Brückenwirt zu erwähnen. Unvermittelt beugte sich das Rosl zur Seite und zupfte Leibl zärtlich am Bart. Ein Lächeln stahl sich auf dessen Gesicht und er streichelte kurz den kleinen Kopf.

»Ich bin halt ein Progressiver, Frau Grasegger. Ein Vertreter des ungeschminkten Realismus. Keine Schöntuer, wie Lenbach und Defregger es sind. Die umschmeicheln ihre Kundschaft mit zuckersüßen Porträts und kassieren kräftig ab.«

Auf Leibls Stirn glitzerten Schweißtropfen.

»Wollen Sie noch Bratkartoffeln?«, fragte Vroni, der die Namen, die er genannt hatte, nichts sagten.

»Bratkartoffeln?«

Aufgeschreckt blickte Leibl die junge Frau an, die über Eck von ihm saß.

»Ja, gern. Danke. Danke sehr, und wenn ich noch etwas von Ihrer vorzüglichen Soße haben könnte.«

Mit den Kartoffeln landete ein weiteres Stück Leber auf Leibls Teller, missbilligend zog Josefa die Nase hoch.

»Die Händler trauen sich nicht mehr, in ihren Galerien etwas Modernes und Ehrliches zu zeigen, so wie ich es male.«

»Galerien?«

»Naja, der Gurlitt in Berlin zum Beispiel. Der hängt in seinen Räumen Bilder auf, damit die Leute sie anschauen und kaufen.«

Mit Furor kaute Leibl ein Stück Fleisch, sprach dabei, schmatzte sogar. Vroni erschrak. Wenn ein Stadtmensch wie der Herr Leibl seine guten Manieren vergaß, stand es wirklich schlecht um ihn. Genau in dem Moment hob Josefa den Kopf vom Teller, ihre Kieselsteinaugen schimmerten dunkler, als sie tatsächlich waren.

»Und wer kauft Ihre Bilder?

»Niemand. Niemand kauft derzeit meine Bilder.«

Es war Ende März, und der Berg steckte hinter einer trüben Wolkenwand. Obwohl Korbinians Thermometer Plusgrade zeigte, fühlte sich die Welt noch immer kalt an. Die Buckelwiesen blieben feucht, braun und welk. Die Hühner legten innerhalb von drei Tagen nur insgesamt fünf Eier. Der Onkel roch wieder Schnee, der aber ausblieb.

Jeden Morgen stapfte Wilhelm Leibl vom Brückenwirt hoch zum Geißschädel und stellte sich hinter seine Staffelei. Jeden Tag presste er Farbflächen in das Gesicht des Onkels, die düsterer und härter waren als die am Tag zuvor. Bei den Mahlzeiten verschlang er Unmengen und brütete vor sich hin.

»Herr Leibl, eine Bitte.«

»Hm, ja. Was denn?«

»Der Korbinian hat heute so ein Reißen im rechten Arm, könnten Sie wohl zwei Körbe Holzscheite für uns hacken?«

Die Lüge kam Vroni problemlos über die Lippen. Betont bekümmert blinzelte sie den kräftigen Mann an, der zögerlich seine Palette zur Seite legte.

Sie ging mit ihm zur Scheune und zeigte ihm, wie man die Rollen, die aus einem Fichtenstamm gesägt worden waren, auf den Klotz legte. Mit kräftigen Hieben wurden die Scheite gespalten. Nach drei, vier Versuchen hatte Leibl heraus, wie es ging. Vroni ließ ihn allein zurück, um nach einem Malheur das Bett des Onkels frisch zu beziehen. Die nächsten Stunden hallte es von den Leibesübungen weit über den Geißschädel. An den folgenden Tagen hackte Leibl so viel, dass der Vorrat bis in die warme Jahreszeit reichte.

Als kein Holz zum Spalten mehr da war, nahm Leibl das fertige, aber noch nicht gefirnisste Porträt des Onkels von der Staffelei mit in die Scheune. Er stellte es aufrecht auf den Klotz und zerhackte es. Zu Mittag aßen sie mit gutem Appetit in Butterschmalz angebräunte Knödelscheiben mit Sauerkraut.

Kapitel 7

Der Sommer 1887 begann kühl. Es regnete manchmal, aber immer nur kurz.

Die Heumahd in umgekehrter Reihenfolge durchzuführen als seit Menschengedenken auf dem Graseggerhof üblich, hatte die Bäuerin spontan entschieden. Einfach so bei der Milchsuppe vor dem Melken. Mit einem Stück aufgeweichtem Brot im Mund teilte sie es Korbinian und Josefa nuschelnd mit. Bevor die etwas dazu sagen konnten, legte Vroni ihren Löffel beiseite und stand auf. Schließlich musste jemand das Rosl anziehen und waschen. Obwohl mittlerweile acht Jahre alt, schaffte das Kind das immer noch nicht alleine.

Es war einfach vernünftiger, mit der größten und ertragsreichsten Wiese anzufangen, nämlich der drunten an der Isar. Danach sollten sie sich den steilen Südhang hinter dem Hühnerhaus vornehmen, anschließend die Wiese am Plattele, wo das Gras eh langsamer wuchs. Und ganz zum Schluss sollten die Buckel rund um das Hofgebäude an die Reihe kommen. Vernunft hin oder her, für so viel Eigenwilligkeit hätte der Bauer dem jungen Ding eine Tracht Prügel verpasst. Zu Recht! Dieser Gedanke war zusammen mit zahllosen aufgekratzten Mückenstichen gut sichtbar auf Josefas Gesicht, als sie an einem späten Nachmittag auf dem Leiterwagen saß, der den steilen Weg hinauf zum Geißschädel ruckelte.

Dort angekommen brodelten Missgunst und Gram wieder einmal so heftig in der Magd, dass sie ihren Blick in den Boden bohrte, als ob sie ihn umgraben wollte, und nicht mitbekam, wie sich die gesamte Karwendelwand mit einer gleichmäßigen Schicht Rostrot überzog.

Der Berg hatte sein Aussehen seit Tagesanbruch, als die Graseggerleute Heugabeln, Rechen und Proviant auf den Leiterwagen geladen hatten, vollkommen gewandelt. Vroni registrierte zwar die Veränderung, schleppte sich aber teilnahmslos zum Brunnen. Ihre Gliedmaßen und vor allem die Schulterblätter brannten vor Schmerz. Sie hielt ihren geöffneten Mund in den Strahl, trank gierig und hastig. Vronis ebenfalls mit Stichen und kleinen Schürfwunden übersäte Arme sackten bis zu den Ellenbogen ins Brunnenwasser, Haarsträhnen klebten ihr im erhitzten Gesicht, andere hatten sich im Brillengestell verheddert.

»Dein Verehrer war wieder da, Bäuerin.«

Josefas Stimme kreischte. Gern hätte Vroni sich noch ein wenig länger abgekühlt, so aber zog sie mit einem Ruck ihre Unterarme aus dem Trog. In den auseinanderfliegenden Wassertropfen brachen sich vielfarbig die Strahlen der bereits weit im Westen stehenden Sonne. Vroni staunte. Wie sie über vieles staunte, von dessen Existenz sie ohne Leibls Brille keine Ahnung gehabt hatte. Mit zusammengepressten Lippen legte Vroni das kurze Stück zum Haus zurück, dabei schob sie unwillkürlich das Drahtgestell auf die Nase zurück.

Zwei noch nicht abgezogene Hasen hingen an den Hinterläufen zusammengebunden über der Türklinke. In einem der braungrauen Löffel steckte ein Büschel langer Haare vom Rücken eines Gamsbockes, Hirzingers Erkennungszeichen. Vor einer knappen Woche war es eine prächtige Hirschkeule gewesen, davor eine Schulter von der Gams. Vronis

Brauen zogen sich zu einem dunklen Dickicht zusammen. Auf einmal pulste es wieder in ihrer linken Hüfte, der alte Schmerz. Seltsam, dachte Vroni, denn dank der Ringelblumensalbe, die Mathilde Klotz ihr am Tag der Beerdigung heimlich hatte zukommen lassen, war die schwärende Wunde inzwischen gut abgeheilt. Entschlossen löste sie die Hasen von der Türklinke.

In dem Moment schlurfte Korbinian mit gesenktem Kopf vorbei. Die beiden Ochsen waren abgeschirrt, trockengerieben und standen mit Futter und Wasser versorgt im Stall.

»Korbinian, warte mal ...«

»Hm, ja.«

Vroni hob den Strick, der die Hinterläufe von Hirzingers Geschenk zusammenschnürte, an und drückte es gegen die Brust ihres Knechts.

»Ich weiß, du hast heute wieder für zwei gearbeitet.«

Vronis Augen wurden größer und dunkler.

»Aber du musst noch mal runter. Die beiden da bringst zur buckligen Ursel, die hat in dem Jahr bestimmt noch kein Fleisch zwischen den Zähnen gehabt.«

Notgedrungen umklammerte Korbinian die toten Hasen, aber in seinem sonst so gleichmütigen Gesicht zuckte es.

»Die geben zwei schöne Braten, Bäuerin. Täten sicher auch dem Herrn Kunstmaler schmecken.«

»Aber mir nicht.«

Damit war für Vroni die Sache erledigt. Sie wollte so schnell wie möglich die gewilderten Tiere vom Hof haben, lieber fehlte Korbinian die nächsten zwei Stunden bei der Arbeit. Resoluter als sie es sich sonst traute, rief sie Josefa, die sich offenbar in die Küche oder an einen anderen Ort davongestohlen hatte. Dann hob Vroni ihren staubigen Rock an und lud die Rechen vom Wagen.

Korbinian tat, was ihm angeschafft worden war. Seit dem Tod des Bauern hatte er aufgegeben, sich über die Geschehnisse auf dem Hof zu wundern. Er trank noch einen Becher Wasser, dann ging er los. Auf seinem Rücken baumelten die langen Ohren der verschmähten Liebesgabe hin und her, während er mit großen Schritten talabwärts in den hellen Abend ging, dieselbe Strecke, die er erst eine halbe Stunde vorher hochgefahren war.

Währenddessen balancierte Vroni breitbeinig auf der hoch aufgetürmten Ladung, stach mit der Heugabel ein ums andere Mal zu und ließ ballenweise Heu in die auf dem Boden ausgebreiteten großen Leinentücher plumpsen. Der Hirzinger war schon immer scharf auf sie gewesen. Mehr als einmal hatte er bei einer Kirchweih versucht, ihr seine Zunge in den Mund zu drücken und die Hand unters Mieder zu schieben. Jetzt witterte er auch noch eine Chance, sich den Hof unter den Nagel zu reißen. Nur deswegen schickte er ihr das Fleisch. *Wo steckt bloß Josefa?* Keuchend hielt Vroni inne und rief noch einmal nach der Magd, dann stach sie wieder zu. Hustend und würgend spuckte Vroni einen Käfer aus, der ihr in den Mund geflogen war. Mit dem Hirzinger würde es unten herum genauso höllisch schmerzen wie mit dem Bauern.

»Na endlich!«, raunzte sie, als Josefa heranschlurfte, aber keine Anstalten machte, mit anzupacken. Vroni sprang vom Heuwagen und landete knapp vor den Zehenspitzen der Magd. Worte brauchte es keine mehr.

Josefa verengte Augen und Mund zu Schlitzen und schulterte ein zusammengebundenes Tuch voll mit Heu, sodass Nacken und Rücken nahezu eine Ebene bildeten. Mit gebeugten Knien lief sie durch das offen stehende Scheunentor, ohne den Kopf zu heben, stieg die schwingende Leiter zum Heuboden hoch. In kurzem Abstand folgte Vroni, ebenfalls beladen mit einem schweren Bündel. Elf Stunden waren die beiden bereits auf den Füßen, Josefa hatte zudem ihre Tage. An den Innenseiten der Beine lief Blut herunter, weil sie nicht dazu kam, die Lumpen zu wechseln.

Zwischendurch setzte Regen ein. Er fiel in einzelnen, weichen Tropfen. Vroni wischte nicht einmal die Brillengläser trocken, sondern schleppte weiter. Als sie wieder einen Ballen nach oben gewuchtet hatte und zurück zum Leiterwagen kam, waren die Wolken vor dem Berg verschwunden. Die Abendsonne kam heraus und leckte über die grauen, regennassen Felswände. Der Himmel war mittlerweile violett. Ohne einen Blick oder ein Wort zu wechseln, traten Vroni und Josefa zum Brunnen und schöpften nacheinander mit der hohlen Hand Wasser.

Von einem Moment zum anderen nahm das obere Drittel der Felswände die Farbe von Malven an. Vroni erinnerte sich, dass solche Blumen im Garten von Mathilde Klotz direkt neben den Buschbohnen wuchsen. Zart und leicht wie der flatternde Unterrock eines jungen Mädchens auf der Wäscheleine kam ihr der Berg auf einmal vor. Obwohl sie nicht mehr durstig war, führte Vroni weiterhin Wasser zum Mund, nur um vor Josefa einen Grund zu haben, länger stehen zu bleiben. Es war das erste Mal, dass sie dieses Schauspiel, von dem sie immer nur andere hatte reden hören, deutlich mit eigenen Augen sah.

Das rauchige Lila ging in mattes, dann brennendes Purpurrot über. Die Felsen glühten. Sie wurden größer und größer und rückten näher an den Geißschädel, den Hof und Vroni heran. In immer kürzeren Abständen wechselten und mischten sich die Farben, die die tiefen Sonnenstrahlen auf die Kalksteinwände projizierten. Während der Bergwald, die Kare und unteren Flanken längst stumpf abgedunkelt waren. Unter Vronis Leibchen stachen und juckten Grassamen und Disteln. Ohne den Blick vom Berg loszulassen, benetzte sie mit der flachen Hand Schlüsselbein und Nacken. Die Mühsal des langen Tages fühlte sich auf einmal gering und nebensächlich an.

Vroni schaute und schaute. Als der Mond aufgegangen war, züngelten die allerobersten westlichen Spitzen des Karwendels noch orange und feuerrot. Ob die Leute in der Stadt, die kränkelnde Frau Gisela, der Herr Kurti und das Fräulein mit dem schönen Hut je so etwas erlebten? Mit klopfendem Herzen überlegte Vroni die Worte, mit denen sie Leibl bei seinem nächsten Besuch das Gemälde am Berg beschreiben wollte.

In der Nacht fing es wieder an zu regnen, und am nächsten Morgen erschien die Welt so, als ob es nie einen großen Berg gegenüber dem Geißschädel gegeben hätte. Das Föhrendickicht hinter dem Hof war ebenfalls im Nebel verschwunden, und von Zeit zu Zeit zogen zwischen dem Brunnen und dem Hühnerhaus dicke hellgraue Schwaden durch. Josefa nutzte die Zeit zum Buttern, Vroni entschloss sich, einen Hefezopf zu backen. Am meisten freute sich Korbinian über die Unterbrechung der Heumahd. Gleich nach der Stallarbeit verzog er sich mit der Sense in die Scheune und setzte sich hinter den aus einem Holzklotz gefertigten Amboss.

Sein Kopf war noch etwas schwer, weil er, nachdem er die beiden Hasen der verdutzten Häuslerin übergeben hatte, sich noch für eine Weile in den Brückenwirt gesetzt hatte. Rhythmisch schlug Korbinian mit dem Dengelhammer auf das Sensenblatt ein, das etliche Zähne aufwies, und trieb das Eisen so weit aus, dass die Schneidekante wieder scharf wurde. Bei dieser Beschäftigung hatte Korbinian seine Ruhe und hielt die beiden Frauen auf Abstand.

Der Hefezopf sollte gerade ins Rohr geschoben werden,

als die Hühner, die Vroni trotz des Regens ins Freie gelassen hatte, aufgeregt gackerten. Sie schaute durchs Fenster und sah, wie der erste Knecht vom Hornsteinerhof mit hochgezogenen Schultern forsch durch die nervöse braune Schar schritt.

In der Küche setzte Sepp Ginger eine feierliche Miene auf. Kurz angebunden schickte Vroni Josefa, die soeben einen Teller voller frischer Butter gebracht hatte, zurück in die Milchkammer. Dass die Magd die Tür hinter sich nicht ins Schloss zog, sondern nur anlehnte, registrierte Vroni ebenso wie die Blicke, mit denen der Besuch die verrußten Wände und die abgetretenen Bodendielen musterte. Den ihm angebotenen Stuhl drehte Sepp etwas zur Seite, sodass, als er sich hinsetzte, seine nur mit gestrickten Wadenwärmern bekleideten Beine besonders gut zur Geltung kamen.

Der eigentlich Stolz von Sepp Ginger aber waren sein Kinn- und Schnurrbart. Beide brachte er einmal die Woche mit einer Nagelschere penibel in Form. Außerdem massierte er Wundercremes für üppiges Wachstum und Dichte ein, die er sich gerüchteweise per Post aus München schicken ließ. Manche Loisbichler mutmaßten sogar, dass Sepp Ginger *Eau de Cologne* verwendete. Dass der Hinterkopf des knapp Dreißigjährigen bereits kahl war, fiel kaum auf. Wie alle Männer im Werdenfelser Land nahm er seinen Filzhut nur nachts und während des sonntäglichen Gottesdienstes ab.

Dass Sepp Ginger außerdem klüger war als sein Bauer und viel Gespartes auf der Bank hatte, summierte sich mit den beiden und dem Bartwuchs zu einem nahezu unwiderlegbaren Argument. Außerdem war er alles andere als maulfaul.

»Die Dächer der Hotels, die sie gerade in Garmisch bauen,

sind ganz aus Kupfer. Stell dir das mal vor, Bäuerin, Kupfer! Und Telefone werden sie haben. Du weißt schon, die Apparate, über die man mit Leuten reden kann, die gar nicht im selben Raum sind. Nicht einmal im selben Ort.«

Begeistert vollführte Sepp Ginger mit dem rechten, ebenfalls kräftigen und dicht behaarten Unterarm eine Kurbelbewegung und erklärte nebenbei den Mechanismus des Telefonierens. Unwillkürlich ließ sich Vroni von seinem Enthusiasmus anstecken, lächelte ihm gegen ihren Willen sogar einmal zu. Es war schon enorm, was der Sepp Ginger alles wusste. Manche sagten sogar, er höre alle Schnurrbärte im Dorf wachsen. Auch die der Frauen.

»Und der Bahnhof, wo soll der jetzt hin?«

»Die Garmischer haben das Rennen gemacht. Dort soll er hin und nicht nach Partenkirchen. Jedenfalls werden täglich vier Züge nach München fahren. Logischerweise auch zurück.«

Vielsagend hob Sepp Ginger beide Augenbrauen. Bis hinunter zu seinen braunen Rindslederschuhen, die er vor der Tür angespuckt und abgerieben hatte, strotzte er vor Optimismus. Vroni legte ihren Kopf mal schräg nach links, mal schräg nach rechts und nickte dem auf und ab wippenden Prachtbart zu. Mit Bedacht zupfte sie einen nichtexistierenden losen Faden von ihrer Schürze. Der Boden, auf dem sein rechter Fuß stand, das linke Bein hatte er inzwischen salopp über das andere Knie gelegt, ließ sich, so schätzte Sepp Ginger, schnell abziehen, oder am besten gleich durch neue Dielen ersetzen. Die Wände waren in einem Tag geweißelt. Und die uralte, wackelige Kredenz? Raus damit! Eine größere musste her, mit geschliffenen Glastürchen, ganz modern. Zwischen dem Schnurrbart und dem ebenfalls dunkel behaarten Kinn blitzten gepflegte, weiße Zähne auf.

»Na, was meinst, Graseggerin? Wollen wir unser Zeug zusammenlegen? Ich würde unter Umständen«, Sepp Ginger zwinkerte vielsagend, »ich würde dann gar nicht mehr die Heumahd beim Hornsteiner weitermachen, sondern ...«

Ohne seinen Satz zu beenden, streckte er ihr schwungvoll seine Hand entgegen.

»Schlag ein, Vroni.«

»Du machst mich jetzt ganz verlegen, Sepp.«

Als ob sie ein ganz junges, unerfahrenes Ding wäre, starrte Vroni auf ihre schmutzigen, eingerissenen Fingernägel. Dem Sepp Ginger brauchte sie nicht mit einem Gelübde zu kommen, dazu war er wirklich zu schlau. Bei ihm blieb nichts anderes übrig, als auf Zeit zu spielen. Vroni schaute hoch und brachte tatsächlich ein verlegenes Mädchenlächeln zustande.

»Ich denke darüber nach«, flüsterte sie schließlich und fügte mit belegter Stimme hinzu: »Mit dem Onkel muss ich mich auf jeden Fall darüber besprechen, der hat ja Nießbrauch hier und ist überhaupt mein ältester Verwandter.«

»Dann komme ich bald wieder, Graseggerin. Und frage nach. Lass es dir gut gehen bis dahin. Auch bei deiner Heumahd.«

Obwohl sein Ton überaus jovial war, und seine feuchten Lippen schmatzten, hörten sich seine Worte in Vronis Ohren wie eine Drohung an.

Als Stunden später das Gebet gebetet, danach eine dünne Grießsuppe gelöffelt war, das Rosl schlief, und auch der Onkel und Korbinian in ihren Kammern verschwunden waren, schaute Vroni wie immer noch einmal nach dem verglimmenden Herdfeuer. Josefa war dabei, ebenfalls wie jeden Abend vor dem Schlafengehen, die Schale mit Milch hinaus zu tragen und auf die oberste Steinstufe zu stellen. Nachdem sie ein paar Mal nach der Katze gerufen, sich dabei vergewissert hatte, dass der Mond zunahm, schloss sie die Haustür. Das Klappern ihrer Holzpantinen hallte durch den Flur.

Vor der offenen Tür zur Küche blieb die Magd noch einmal stehen. Tonlos, aber laut genug, damit sie beim Herd verstanden wurde, sagte sie: »Nix für ungut, aber der Sepp, der langt auch zu. Die Friedl, die jüngste Stallmagd drüben, hat er grün und blau geschlagen, bloß weil sie ... Naja, mir ist es wurscht.« Die Holzpantinen entfernten sich, erreichten die Treppe, stiegen müde die ersten beiden Stufen hoch. Erst dann rief Vroni dem Rücken der Magd ein einziges Wort nach. Es hörte sich wie »Danke« an.

Es folgte ein trockener, warmer Tag. Und gleich nach Sonnenaufgang machten sie mit der Heumahd weiter. Wenn noch Tau auf dem Gras lag, mähte es sich am besten. Danach wurde für viele Stunden gerecht und aufgehängt. Die Hände, Gesichter und Hälse der Graseggerleute umgab bald eine braungelbe Panade aus Schweiß und Blütenstaub, als ob sie gleich in Schweineschmalz herausgebraten werden sollten, und eine Fuhre Heu nach der anderen erreichte den Geißschädel.

Im Hof schwoll der prickelnde Duft gedörrter Kräuter und Blumen an. Er kroch in die kahlen Kammern, fläzte sich in die Betten und zwischen die Kissen. Er bescherte dem Onkel glückliche Begegnungen mit der ledigen Mutter aus Murnau, deren Hals nie so schön weiß und biegsam geblieben wäre, wenn er ihr tatsächlich einen Antrag gemacht hätte. Auf jeden Fall verlor der Gestank nach altem Fett und wintermuffigen Kleidern für die nächsten Monate den Kampf um die Oberhoheit. Nur je nach Windrichtung wurde der Heugeruch von den Ausdünstungen der Kuhfladen und der Odelbrühe überlagert.

Im zweiten Sommer nach dem Tod des Bauern roch Vroni nichts mehr von seiner biersauren Wut, seinen Samenergüssen und Fürzen. Was jetzt unter den niedrigen Kammerdecken hing, mischte sich einschließlich Josefas Hinterfotzigkeit in Vronis Nase zu einer guten Verlässlichkeit, die sie sofort vermisste, wenn sie drunten in Loisbichl war oder hin und wieder nach Krün und Wallgau kam.

»Heimat riecht, irgendwie.«

So formulierte es Vroni zögerlich und skeptisch gegenüber den eigenen Worten, als sie an einem Sonntagnachmittag neben Wilhelm Leibl auf der Bank an der Hauswand saß. Beiden lag das Geselchte, das es zu Mittag gegeben hatte, schwer im Magen.

»Ich verstehe, was Sie meinen. Ich würde auch gern so etwas riechen.«

Dann sprachen sie über etwas Unverfänglicheres. Darüber, dass Vroni, Sonntag hin oder her, noch die hinteren Klauen von drei Kühen feilen musste, weil die Rückenlinie der Tiere über den Winter schief geworden war.

»Haben die keine, äh, Eisen an den Hufen?«

Vroni schlug sich auf die Knie. Sie lachte ihr tiefes kehliges Lachen, das manchen Leuten gefiel, andere irritierte.

»Herr Leibl, ich glaube es nicht. Sie malen den Onkel, den Hirzinger und sonst welche Leute aus dem Oberland, aber haben keine Ahnung, wie es hier ist. Kommen Sie mal mit.«

So kam es, dass das Ehrenmitglied der Münchner Akademie der Bildenden Künste seinen Kopf einzog und den düsteren, niedrigen Stall betrat. Er bekam die Aufgabe, zunächst das linke, dann das rechte Hinterbein von Liesl, Emmi und schließlich von Leni fest zwischen seine Knie zu spannen. Vroni stellte sich daneben und schabte die Klauen der Tiere so zurecht, dass sie wieder gerade stehen konnten und nicht

Gefahr liefen, lahm zu werden. Während ihr Zeigefinger in den Spalt zwischen den beiden Klauen kroch und sie sich konzentrierte, studierte Leibl ungeniert das Gesicht der jungen Frau.

Die Tage waren lang und hell. Im Monat Juli, im Heumond, musste am meisten geschafft werden. Mit Mühe löste Vroni die Schürzenbänder und drückte mit hornhäutigen Fingern Knöpfe durch Löcher. Der Rock fiel auf den Boden, dann das Leibchen, nur das Brennen im Kreuz fiel nicht ab. Wenigstens fächelte die Abendluft, die durch das geöffnete Kammerfenster kam, angenehm in ihre Achselhöhlen. Vroni schlüpfte in ihr Nachthemd und rieb sich Melkfett ins Gesicht. Auch ohne Spiegel wusste sie, dass die Haut auf ihren Wangenknochen schorfig war. Die zweite Heumahd unter ihrer Regie lief bislang gut. Blätter würde sie dieses Jahr jedenfalls nicht schneiteln müssen.

Zu müde für die wenigen Schritte zum Bett, blieb sie am Fenster stehen, als sich plötzlich etwas in ihren Augenwinkeln bewegte. Mit beiden Händen stützte sich Vroni auf das Fensterbrett: die Fähe, deutlich sichtbar im kalten Mondlicht. Mit der langen spitzen Schnauze knapp über dem Boden, die Ohren nach vorne gestellt, lief sie lautlos Richtung Apfelbäume. Das Hühnerhaus? Eine heiße Welle flutete Vroni. Gleichzeitig blieb das Tier stehen, die weiße Kehle leuchtete aus der Dunkelheit heraus. Als die Schnauze den großen Hof des fast vollen Mondes berührte, fiel Vroni ein, dass sie selbst vor dem Abendessen den Riegel vorgeschoben hatte.

Sie kannte diese Fähe.

Hatte ihre Schnur oft im Schnee bemerkt und die lang gezogenen, einsilbigen Schreie gehört, mit denen sie Ende Januar ein Männchen zur Paarung angelockt hatte. Aber erst dank Leibls Brille sah Vroni, wie elegant und geschmeidig diese Füchsin war. Der buschige Schwanz, der zwei Drittel der Körperlänge ausmachte, endete in einer dunklen Spitze. Das Sommerfell hatte bislang erst die Beine erreicht, alles andere war noch wollig. Vroni zog die Schultern hoch, rührte sich aber nicht von der Stelle.

Aus einem Spalt in dem breiten und hoch aufgeschichteten Holzstoß an der dem Föhrendickicht zugewandten Rückseite des Hofgebäudes hatte Vroni vor knapp zwei Wochen das typische Bellen gehört, mit dem die Welpen gewarnt wurden. Außerdem stank es dort stark nach dem Urin der Tiere. Sieben Tage nach Fronleichnam hatte Korbinian vor dem Bau ein Holzstöckchen mit den Spuren spitzer Zähne gefunden und ein Stück hellbraunes Fell, an dem noch Fleischreste hingen. Das war kurz nachdem Anton dem Kitz eine neue Prothese geschnitzt hatte. Genau angepasst an die Länge der drei gewachsenen Beine. Der Anton. Vroni behielt die Fähe weiterhin im Auge, die gerade am Fuß eines Apfelbaums schnupperte.

Verglichen mit Sepp Ginger war der Anton ein Langweiler, der keine Geschichten zu erzählen wusste, der weder von großen Hotels noch von Telefonen eine Ahnung hatte. Dem Rosl hatten die Erwachsenen nichts von den Überresten vor dem Fuchsbau gesagt, sondern ihm mit scheinheiligen Mienen eingeredet, dass das Kitz jetzt bei seiner Mutter im Bergwald wohne. Ohne das Kitz würde der Anton wohl nicht mehr zum Geißschädel hochkommen, überlegte Vroni. Wozu auch? Wegen dem Kitz war Vroni der Fähe nicht böse. Schließlich mussten zwei, drei, vielleicht sogar mehr Welpen durchgebracht werden. *So ein Leben ist nicht das schlechteste, so ganz ohne Kerl.* Behutsam, um das Rosl nicht zu wecken, schloss Vroni die Fensterflügel. Die Füchsin war längst im Föhrendickicht verschwunden, und ohne sie war der Mond nur ein alter, angeschnittener Käselaib.

Am nächsten Tag fingen sie mit der Heumahd auf der steilen Wiese hinter dem Hühnerhaus an. Diese zog sich weit hinunter bis zum Besitz des Hornsteinerbauern, der Ziehweg mäanderte durch sie hindurch. Deshalb hörte Vroni die schlecht geölten Räder eines Fuhrwerks, das zum Hof hinauffuhr.

Johann Wackerles Kaltblüter stand bereits neben dem Brunnen. Gerade als Vroni und das Rosl das Hühnerhaus erreicht hatten, sprang der Mann trotz seines beachtlichen Bauches leichtfüßig vom Kutschbock und hängte dem Pferd ein Hafersäckchen um. Er begrüßte die Bäuerin mit einem breiten Lächeln auf seinem ebenmäßigen, allerdings vom Südtiroler aufgeschwemmten Gesicht. Beim Händeschütteln erreichten seine Mundwinkel fast die Ohrläppchen.

Mit diesem angenagelten Grinsen sei der Viehhändler aus Partenkirchen bereits aus dem Bauch seiner Mutter geschlüpft, lästerten die Leute. Aber sie grinsten automatisch zurück, besonders die alten Frauen ruckelten mit den Köpfen und kicherten, wenn er ihnen zuzwinkerte. Johann Wackerle stand im Ruf, erstens ein großer Charmeur zu sein, und zweitens seine Kundschaft so zu behandeln, dass die bei jedem dritten Geschäft auch einen Profit machte. Der Viehhändler war auf diese Weise zu einem der einflussreichsten Männer im ganzen Werdenfelser Land geworden.

»Grüß Gott, Grüß Gott. Ihr kommt wohl gut voran bei der Heumahd, Graseggerin. Kein einziges Wölkchen am Himmel.«

»So Gott will, hoffentlich besser als im letzten Jahr.«

Die Daumen in den Westentaschen eingehakt, sodass die goldene Uhrkette über seinem Bauch zur Geltung kam, breitbeinig, die Spitzen seiner Schuhe nach außen gedreht, verkörperte Wackerle das Versprechen eines außerordentlich heiteren Tages. Er leckte sich über seine dunkelroten Lippen, die Zungenspitze erreichte sogar den gezwirbelten Schnurrbart.

»Ach schau einer an, da ist ja auch das Rosl. Und so eine feine Schürze hat es heute um. Komm doch mal her ...«

Wie Schwalben flogen unverständliche, aber freudige Laute aus dem Mund des kleinen Mädchens, das den Viehhändler von früheren Besuchen kannte. Im Gegenzug wanderte aus Wackerles Westentasche ein violettes Lutschbonbon, das erste in Rosls Leben, in dessen Mund. Ängstlich beäugt von Vroni, die sich nicht sicher war, ob die träge Zunge mit solch einem großen, kugelrunden Ding umgehen konnte.

»Wenn mich nicht alles täuscht, Graseggerin, hast du ein entwöhntes Stierkalb im Stall stehen. Ein besonders stämmiges. Die Münchner Metzger wollen immer mehr Fleisch. Helles Fleisch für die verwöhnte Kundschaft«, sagte Wackerle und rollte mit den Augen. »Weißwürste schon zum Frühstück, geschmorte Kalbshaxe zum Mittagessen, Kalbsschwanzsuppe, Kalbslüngerl, Ragout vom Kalb für Pasteten, Kalbsleber zum Abendessen. Die Städter fressen, was das Zeug hält.«

»Mehr als wir?«

»Zum Glück. Für mich und für dich.«

Der Viehhändler lächelte jetzt so genüsslich, dass Vroni trotz der Brille seine Augen nicht mehr sah, weil sie hinter Backenwülsten verschwanden. Sie legte ihren Arm um Rosls Schultern und lachte lauthals und herzhaft. Wackerle schenkte dem Rosl ein zweites Bonbon. Er war sich sicher, die Graseggerbäuerin bald dort zu haben, wo er sie hinhaben wollte.

Der Handel im Stall war schnell erledigt, ein Handschlag genügte. Vroni selbst führte das Stierkalb am Strick heraus, sah zu, wie es auf die Ladefläche des Wagens bugsiert wurde. Drei Zehn-Mark-Reichsgoldmünzen zogen ihre Schürzentasche nach unten. Deutlich mehr Geld, als sie erwartet hatte, denn so stämmig war Bertas Kalb auch wieder nicht.

Erneut drehte der Viehhändler seine Schuhspitzen nach außen. Lächelte das Rosl an, lächelte den Hof an, den scharfkantigen, silbergrauen Berg und immer wieder die Bäuerin. Auch wenn die hässlich wie die Nacht gewesen wäre, hätte Wackerle sie angeschmachtet. Seine goldene Uhrkette blitzte im Sonnenlicht. Aus dem Stall wehte Bertas lang gezogenes klagendes Muhen herüber. Vroni konnte nicht nur die Zitzen, sondern auch die Stimmen ihrer Kühe unterscheiden.

»Weil's mir grad so durch den Kopf geht, Graseggerin ...«
»Was denn?«

Froh über das gute Geschäft geizte Vroni ebenfalls nicht mit Lächeln.

»Gestern war ich beim Max Singhammer in Schlattan. Nur wegen einer alten Kuh, naja, Suppenfleisch wollen die Städter auch. Es machen ja auch immer mehr Wirtschaften auf, in München. Was wollte ich sagen? Ach ja, genau, sein Schwager war nämlich gerade da, der Schwager vom Max Singhammer, und hat bei der Mahd geholfen.«

Mitten im Satz legte der Viehhändler eine Pause ein und schob den Hut zurück, sodass Vroni die Schweißperlen auf seiner Stirn sehen konnte.

»Arme hat der, Graseggerin, unbeschreiblich. Die Sense hat der geschwungen, ich sag's dir! Naja, kein Wunder, er ist schließlich Flößer, unterwegs von der Jachenau nach Lenggries. Dannerer, Michael Dannerer.«

»Kenne ich nicht.«

Vroni stemmte die Hände so in die Hüften, dass die Fingerspitzen die drei schweren Münzen in der Schürzentasche tasteten. Warum also nicht noch ein bisschen mit dem Viehhändler ratschen? So lustig wie der Wackerle waren nicht viele. »Wie ein junger Gott mäht der«, fuhr Wackerle fort, wobei er sich anhörte, als ob er gerade ein besonders feines Kalbsbries verspeiste.

»Hat er denn ein eigenes Gespann, dein Flößer?«

Wackerle schaute, als ob er intensiv nachdachte.

»Eigenes Gespann? Da müsste ich mich noch mal erkundigen. Aber das tue ich gern für dich, Graseggerin.«

Vroni nickte ihm aufmunternd zu, während das Rosl neben ihr krachend das zweite Bonbon zerbiss. Von dem Geld in der Schürze würde sie dem Kind beim Schuster in Mittenwald neue Stiefel machen lassen, vielleicht eine Anzahlung für einen Arzt leisten können.

»Dannerer, hast du gesagt? Michael Dannerer, aus der Jachenau. War da nicht mal was mit einer Rauferei und einem Toten?«

»Graseggerin, du hörst das Gras wachsen. Außerdem«, Wackerle neigte seinen Kopf schmeichelnd zur Seite, »ein bisschen heißes Blut in einem Mann, das mögen doch die Frauen, nicht wahr!«

Vroni nahm ihre Brille ab und putzte die Gläser gründlich mit einem Schürzenzipfel. Bertas Muhen wurde dringlicher, das Stierkalb stakste unruhig hinter dem umlaufenden Geländer und antwortete mit hohen Lauten.

»Ein Flößer aus Wolfratshausen, Vater von drei Kindern, ist damals ums Leben gekommen. Vier Jahre Zuchthaus hat er deswegen gekriegt, der Dannerer.«

Eilig wanderte ein drittes Bonbon aus der Westentasche in Rosls Mund.

»Nichts für ungut, Graseggerin. Du bist halt nicht nur eine besonders fesche, sondern auch eine besonders gescheite Person. Ja, ja, stimmt schon, was willst du mit einem Vorbestraften! Aber seine Schwester hat ihn mir halt ans Herz gelegt. Und was kann ich einer Frau schon abschlagen.«

Vronis rechte Hand schoss nach vorne, aber der Viehhändler ignorierte sie.

»Ein ganz anderes Kaliber ist dagegen der Sailer. Zinngießer, eigenes Haus am Untermarkt in Mittenwald. Seine erste Frau war eine Cousine meiner Holden aus Grainau, die zweite stammte aus Kaltenbrunn, von ihr besitzt er eine Wiese dort. Die ist verpachtet, die Wiese, an die Jochers in Gerold.«

Wackerle zwirbelte seinen Schnurrbart und redete sich erneut warm. Obwohl Vroni längst wieder zurück auf die Hangwiese wollte, blieb sie stehen und hörte dem Viehhändler zu.

»Für den Sailer verbürgt sich jeder Mittenwalder. Und du bist dem Rosl doch so eine gute Mutter, da kannst du seine fünf armen Würmer auch unter deine Fittiche nehmen. Stallarbeit gibt's beim Zinngießer natürlich keine, höchstens in der Werkstatt müsstest du mithelfen.«

»Und mein Hof?«, schnarrte Vroni, sodass das Rosl zusammenzuckte.

»Naja, der Sailer wird schon entscheiden, was er damit macht.«

Wackerle räusperte sich und blinzelte an Vroni vorbei dem Berg zu.

»Hauptsache, du kommst zu einem passablen Ehemann.«

In dem Moment bellte das Rosl. Bellte wie ein junger Hund. Sein Gesichtchen lief dunkelrot an. Je mehr es hustete und würgte, desto heftiger schüttelte sich sein kleiner Körper. »Spuck's aus, Rosl!«, schrie Vroni und klopfte wenig sanft auf den Rücken des Kindes. »Spuck es aus!«

Endlich fiel der fast noch kirschgroße Zuckerklumpen, der nur seine violette Farbe eingebüßt hatte, aus Rosls Mund und glitschte zwischen die Schuhspitzen des Viehhändlers. Wackerle lächelte weiter. Die Schweißperlen auf seiner Stirn bildeten inzwischen eine Lache. Aus dem Stall rief Berta so verzweifelt, wie Vroni gerade noch das Rosl angeschrien hatte. Dass Tiere auf dem Hof waren, um gemolken, geschlachtet, gerupft oder gehäutet und dann zu Mahlzeiten verarbeitet wurden, verstand sich wie die Notwendigkeit von Regen, Wind und Sonne.

Trotzdem hätte Vroni am liebsten auf der Stelle das Gatter heruntergeklappt, das Stierkalb vom Wagen springen lassen und zurück zu Berta geführt. Aber sie brauchte das Geld. Dreißig Reichsmark in Gold, auf die man beißen konnte. Vroni bog das schmerzende Rückgrat durch und schob das Kinn vor.

»Du bist so ein grandioser Schmuser, Wackerle, da findest du bestimmt einen für mich ohne einen Rattenschwanz Kinder. Einen, der arbeiten kann für zwei, der möglichst so reich ist wie der Apotheker in Garmisch und, bitte schön, vor allem nichts auf dem Kerbholz hat. Wenn du den hast, dann kannst du gern...«

In kleinen Schritten bewegte sich Johann Wackerle rückwärts zu seinem Wagen. Sein Geschäftserfolg und seine Autorität beruhten darauf, dass er Schlachtvieh und Ehen mit demselben Elan vermittelte, meist in einem Aufwasch. Hätte er dem Mittenwalder Zinngießer die Graseggerin und ihren Hof zugeschanzt, dann wäre die Provision so ausgefallen, dass die Großzügigkeit beim Ankauf des Stierkalbes dem Trinkgeld entsprochen hätte, dass er regelmäßig dem süßen Schankmädchen im Partenkirchner Gasthaus »Zum Pischl« zusteckte. So aber zahlte er drauf. Trotzdem ließ sich Wackerle seine Enttäuschung nicht anmerken.

»Der Sailer wäre wirklich eine gute Partie. Aber nichts für ungut, Graseggerin. Ich schau mich also um, nach so einem Wunderexemplar, was du suchst.«

Weniger schwungvoll als er heruntergekommen war, stieg

er auf seinen Wagen und setzte sich auf das Kissen, das ihm seine Frau mit Edelweiß bestickt hatte. Wackerle schnalzte mit der Zunge, damit sich sein Kaltblüter in Bewegung setzte, noch an der Abzweigung zum Hornsteinerhof schüttelte er innerlich ein ums andere Mal den Kopf. Aber fesch war die Graseggerin, sehr fesch, das musste man ihr lassen. Vroni holte noch schnell einen der kaputten Weidenkörbe aus der Scheune und füllte alle Äpfel hinein, die das Pferd während der Verhandlungen fallen gelassen hatte. Sie trug sie zur Südwand des Hühnerhauses und breitete sie am Boden rings um die bereits hochgeschossenen Königskerzen aus. Mit den Hacken trat sie den kostbaren Dünger fest. Dann ging Vroni zurück zum Rosl, wischte ihm mit dem Handrücken das speichelnasse Kinn ab, stimmte ein Lied an und ging langsam, damit das Kind mitkam, auf die Hangwiese und zu ihrer Heugabel zurück.

Der Wackerle kam von Hof zu Hof, von Stammtisch zu Stammtisch, er tratschte. Die Blicke sonntags nach der Messe würden noch bohrender werden. Selbst Mathilde Klotz hatte kürzlich nur knapp über Brennnesselsud referiert und dann weitschweifig und streng darüber, dass alles im Leben seine Zeit habe. Das Heiraten, Kinderkriegen, die Schwangerschaften sowieso, und vor allem das Witwendasein. Mit den siebengescheiten Sätzen der Bäuerin vom Blaserhof im Kopf machte sich Vroni wieder daran, Heu zu wenden.

Zum Glück blieb das Wetter die nächsten Tage stabil. Kleine bauschige, aber blütenweiße Wolken trieben stetig dahin. Während der ganzen Zeit auf der steilen Wiese mussten sie mit dem bergseitigen Bein ins Knie gehen, um das Gleichgewicht zu halten. Nach drei, vier Stunden hatte Vroni das Gefühl, dass ihr jemand ein Messer in die Hüfte gesteckt hatte. Trotzdem arbeitete sie schneller und gründlicher als Josefa und Korbinian und legte keine Pause mehr ein.

Die Graseggerleute befanden sich auf dem letzten unteren Drittel des Hangs, als weit oben ein weißes Tuch geschwenkt wurde.

»Friede, Friede!«, rief lachend eine bekannte Stimme.

»Der Herr Leibl ist es«, sagte Josefa mit ausgetrockneter Kehle. Wie in Trance schaute Vroni hoch. »Der Leibl«, wiederholte Korbinian. Auch Vroni wischte sich den Schweiß von der Stirn. Die brennenden und geröteten Augen hinter den Brillengläsern blinzelten. *Der Leibl.* Tatsächlich, die vertraute Schrankgestalt des Kunstmalers bewegte sich in kleinen Serpentinen hangabwärts. Vronis Herz jubelte. Sie formte die Hände zu einem Trichter.

»Herr Leibl, was sind das für lahmarschige Leibesübungen? Jetzt machen's aber schneller! Was sagen sonst die im Athletenclub!«

Mit einem breiten Lächeln stand sie da und sah zu, wie der Freund näher kam. Die Reste ihrer Flechtfrisur lösten sich, dunkel und schwer hing ihr verschwitztes Haar herunter. Erst als Wilhelm Leibl süffisant grinsend Vroni das verloren gegangene Kopftuch in die Hand drückte, trat aus seinem Rücken eine schmale, unscheinbare Gestalt heraus.

»Darf ich vorstellen.«

Leibl drehte sich seinem Begleiter zu, kam dabei ins Taumeln und hielt sich an der Schulter des jungen Mannes fest. Dabei kicherte er, wie Vroni fand, regelrecht närrisch. Ein Name wurde genannt, so lang und so fremdländisch, dass sich Vroni keine Silbe merkte. Aber dass es ein Mister war.

»Ich habe Ihnen doch einen Mediziner versprochen. Jetzt kommt er sogar aus England. Und vor allem weiß er, meine Bilder zu schätzen.«

Leibls junger Begleiter war ähnlich makellos hell gekleidet wie die Städter, die Vroni im vergangenen Sommer kennengelernt hatte. Er verbeugte sich, zog mit einer höflichen und zugleich ungemein lässigen Bewegung seinen Hut. Vronis Blick blieb an der blasslila Kuhschelle hängen, die der Fremde in einem Knopfloch seines Jacketts stecken hatte. Als der englische Herr seinen Kopf, auf dem sich das hübsch gewellte hellbraune Haar bereits etwas lichtete, wieder bedeckte, sagte er, Wort für Wort einzeln betonend: »Es freut mich ganz außerordentlich, Sie kennenzulernen.«

Ein Deutsch wie gestanztes Kupfer. Die Stimme so sanft. Nacheinander streckte er Vroni, Josefa und Korbinian die in einem weichen, nahezu weißen Glacéhandschuh steckende Rechte entgegen. Seine auffallend schönen, gesprenkelten rehbraunen Augen lächelten jeden an, egal ob Magd, Bäuerin oder Knecht. Ein Glas Buttermilch? Am besten eine Suppe! Eine kräftige Suppe nach der langen Anreise aus München, gleich würde sie warm sein. Vroni drehte ihr Kopftuch mit den Händen, sprach hastiger als gewöhnlich.

»Ich habe Sie gar nicht kommen sehen.«

Mit dem Kinn deutete Vroni zu dem Ziehweg.

»Wir sind auch nicht über Loisbichl hochgekommen«, antwortete Leibl, wobei sein rheinländischer Singsang mehr wippte als sonst. »Sondern haben uns bis Gerold fahren lassen und sind dann dort noch im Wagenbruchsee geschwommen.«

Vroni kannte niemanden, der schwimmen konnte, geschweige denn es auch tat. Unruhig knetete sie ihr Kopftuch, beobachtet von den gesprenkelten Augen. »Danach haben wir uns einen Weg durch das Dickicht gebahnt und sind direkt hinter Ihrem Hof herausgekommen. Der Mensch muss immer mal was Neues wagen«, fuhr Leibl fort und warf dem Engländer einen ebenfalls unruhigen Blick zu. Der hatte sich gebückt und eine Arnikablüte gepflückt, die er sich gerade ins Knopfloch steckte. Die lila Küchenschelle wurde achtlos beiseite geworfen.

So kam es, dass Vroni kurz nach vier Uhr und bei bestem Wetter die Heumahd für beendet erklärte. Ihr Kopftuch achtlos in der Hand und die Haare offen erklomm sie eilig den Hang, um als Erste in der Küche zu sein. Josefa beeilte sich ebenfalls und schulterte sogar noch den Rechen der Bäuerin.

Das war an dem Tag bei Weitem nicht das Seltsamste.

Kapitel 8

Der Onkel wurde aus seinem Bett in der Kammer in die Küche gezerrt. Das Rosl, das neben ihm gesessen und seine Hand gehalten hatte, bekam eine saubere Schürze umgebunden. Der Topf mit der fetten Hühnersuppe wurde erhitzt, Brot aus dem Schrank geholt und geschnitten. Alles im Stechschritt. Dass Decke und Wände verrußt waren, und überall Stockflecken in verwegenen Mustern blühten, versetzte Vroni zum ersten Mal einen Stich. Und wo war der siebte Löffel?

»Es fehlt ein Löffel, Josefa. Es fehlt ein Suppenlöffel.«

»Wir haben nur die, die da sind«, blaffte Josefa schadenfroh zurück. »Sind halt Blechlöffel, Bäuerin. Da wird wohl mal einer zerbrochen sein.«

»Halt's Maul«, zischte Vroni die Magd an. Haarscharf an Josefa vorbeihastend, riss die Bäuerin eines der Fenster auf. Wie immer im Sommer schwirrten in der Küche Kampfgeschwader von Fliegen und attackierten die Scheiben. Dann stürmte sie in ihre Kammer, zog sich die noch verbliebenen Haarnadeln heraus, spuckte kräftig in beide Hände, strich über die dicken Strähnen, flocht sie in Windeseile wieder zusammen und steckte sie hoch. Dabei hörte sie bereits die Männerstimmen in der Küche und stürmte ihnen entgegen.

Beinahe hätte Vroni ihn mit dem Türblatt umgeschubst, denn der englische Mister befand sich in der Hocke. Gesicht zu Gesicht mit dem Rosl in ein Gespräch vertieft.

Am Brillengestell nestelnd blieb Vroni zwei Schritte hinter dem Rücken des Fremden stehen, und ihr Herz krampfte sich zusammen.

Das liebste Engelskind bot keinen schönen Anblick: Aus seinem offenen Mund lief unaufhörlich ein Speichelfaden, und seine Augäpfel quollen hervor. Seltsamerweise zeigte das kleine Mädchen keinerlei Scheu vor dem Fremden. Idiotenkind, Idiotenkind, raunten Stimmen in Vronis Ohren. Erst als der Mister sich wieder aufrichtete, sprach er lauter, aber immer noch so gleichförmig beruhigend wie kurz davor zu dem Kind.

»Ein Mitglied der großen mongolischen Familie, würde mein Vater sagen.«

Entsetzen flammte über Vroni Gesicht. »Wir sind allesamt von hier, keiner aus der Mongolei. Die Familie meines verstorbenen Mannes, Rosls leibliche Mutter. Alle aus dem Werdenfelser Land, alle«, rief sie aufgebracht und eilte um den Gast herum zu ihrer Stieftochter. Fast grob packte sie das Mädchen an den Schultern und presste es an sich, als ob es in Gefahr wäre.

»Gnädige Frau, verzeihen Sie, ich weiß ein wenig Bescheid.«

Ebenso sanft wie er lächelte, klang auch jedes Wort der an einer exzellenten Privatschule erlernten deutschen Sprache, dazu hob er beschwichtigend die manikürten Hände. *Gnädige Frau.* Wollte der Fremde sich über sie lustig machen? Irritiert suchte Vroni über Rosls Kopf hinweg Leibls Blick.

»Mein Vater ist Spezialist für Menschen wie das, wie das ...«

»Rosl. Rosl heißt es.«

Jetzt schaute Vroni dem jungen englischen Herrn direkt in die Augen. So viele grüne Einsprengsel und gleichzeitig ein Gesicht ernsthaft und harmlos wie das eines Schulbuben. Sie schluckte. Nein, unverschämt hatte er es wohl nicht gemeint.

»Mein Vater hat viele Menschen so wie das Rooosl diagnostiziert.«

»Untersucht und die Krankheit benannt, meint Reginald«, fiel Leibl seinem jungen Begleiter ins Wort, und Vroni fing einen Namen auf, der leichter zu merken war als der Bandwurm von Nachnamen, mit dem er sich vorgestellt hatte.

»Ich habe Ihnen doch versprochen, Frau Grasegger, dass ich Ihnen jemanden herschaffe, der sich auskennt. Reginald hat gerade sein Medizinexamen abgelegt. Und sein Vater ist in England eine Kapazität für Rosls Krankheit.«

Leibl, der mittlerweile auf der Eckbank Platz genommen hatte, überzog Reginald mit stolzen Blicken.

»Nein, nein, keine Krankheit, auch kein Gebrechen!«

Zum ersten Mal wurde die Stimme des jungen Mannes regelrecht scharf.

»Menschen wie das, äh, Rooosl, sind nicht krank im eigentlichen Sinn. Nur anders.«

Er beugte sich erneut zu dem Kind herunter, griff behutsam nach einem der plumpen Händchen und fragte nahezu respektvoll: »Das Rehkind, von dem du mir vorhin erzählt hast, was hast du dem zu fressen gegeben?« Während das Rosl abgehackt, aber verständlich berichtete, studierte Reginald dessen Handinnenseite. Anschließend bat er das Kind, sich auch seine Füße anschauen zu dürfen. Vroni atmete flach. Sie schämte sich zwar für die schmutzigen Zehen, die hervorgestreckt wurden, staunte aber gleichzeitig, wie ruhig und sachkundig dieser Mann Rosls Gliedmaßen betastete. Ähnlich war Anton mit dem Kitz umgegangen.

Reginald ließ sich Zeit. Als er sich von dem kleinen Mädchen abwandte, blieb in seinem Gesicht der beherrschte Ausdruck, den er zusammen mit seinen Manieren von klein auf eingeübt hatte, sodass daraus so etwas wie Charaktereigenschaften geworden waren.

»Schlaffer Gaumen, Kleinwüchsigkeit, flacher Hinterkopf, schräg stehende Augen mit einer Falte im inneren Augenwinkel, verkürzte Linie in der Handfläche, größerer Abstand als normal zwischen großem Zeh und dem nächstfolgenden. Und dann die Schwachsinnigkeit.«

Rosls nackte Füße schabten auf den Dielen. Und jedes Mal, wenn der Speichelfaden riss und auf den Boden fiel, hörte es sich ähnlich an, wie wenn im März die Eiszapfen an den Dachüberständen tauten. Plang, dong, pling. Auf dem kleinen Mondgesicht breitete sich ein glückliches Lächeln aus. Wie selbstverständlich ergriff das Mädchen Reginalds Hand und schwenkte sie rhythmisch hin und her. *Sie mag ihn, diesen Reginald.* Vroni fühlte sich wie betrunken von der Fülle der Informationen und Beurteilungen, die sich in den vergangenen Minuten über sie ergossen hatten.

»Alles Merkmale, gnädige Frau, die das Kind als ein Mitglied der, wie ich schon sagte, großen mongolischen Familie ausweisen. Solche Menschen gibt es überall auf der Welt. Im Institut meines Vaters in Earlswood werden derzeit fast achtzig Menschen wie das Rosl therapiert.«

Reginalds Blick umkurvte das Oval von Vronis Gesicht und ruhte sich für einen Moment auf dem schmalen Sattel ihrer Nase aus. Die tanzenden grünen Einsprengsel in seinen Augen ließen etwas von emotionaler Erregung vermuten, bevor er fortfuhr: »Einige von ihnen laufen übrigens vorzüglich Rollschuh oder spielen Trompete.« »Oh«, sagte Vroni überwältigt. Sie strich dem Rosl über die Haare und weiter über das feuchte Kinn und fragte erst nach einer Weile mit kratziger Stimme: »Lesen und Schreiben vielleicht auch?« »Aber ja! Nicht alle, aber einige. Mary zum Bespiel. Sie hat es für ihre Verhältnisse zu einer regelrechten Meisterschaft gebracht.«

Während das Rosl weiterhin den Arm des Fremden wie einen Brunnenschwengel auf und ab führte, stampfte es plötzlich mit einem Fuß auf, dann mit dem anderen. Offensichtlich suchte es Reginalds volle Aufmerksamkeit. Aber der konzentrierte sich ganz auf Vroni und berichtete mit unverhohlenem Stolz: »Mary schreibt meinem Vater, wenn er nicht in Earlswood ist, hübsche Briefe. Außerdem spielt sie kleine Stücke auswendig auf dem Klavier. Sie wird allerdings schon über zwanzig Jahre nach Vaters Anweisungen geschult.«

Überwältigt presste Vroni zwei Finger auf den Mund. Eine Mary, die Briefe schrieb, Klavier spielte und schon zwanzig Jahre unterwiesen wurde, während in den Dörfern ringsum Menschen wie Rosl in aller Regel starben, bevor sie überhaupt zwanzig Jahre alt wurden. Stumm starrte Vroni auf Rosls braunes Haar, das, so oft es auch gebürstet wurde, nie glänzte. Auch Reginald schwieg. Routiniert im Goutieren von ästhetischen Delikatessen, nutzte er die Gelegenheit, das Profil der jungen Bäuerin zu studieren. Eine Trouvaille, dachte er, diese bäuerliche Schönheit. In ihre jeweiligen Gedanken vertieft standen die beiden mitten in der Küche, bis Josefas Geklapper und Leibls hartnäckiges Räuspern nicht mehr zu überhören waren.

Beim Essen lobte Leibl die Suppe überschwänglich, und sein Begleiter tat es ihm sofort nach. Vroni hielt den Kopf tief über dem Teller, auch weil es nicht einfach war, mit einem Kaffeelöffel die groben Fleischbrocken aus der Brühe zu fischen. Auf die Blicke des Engländers, die sie von Zeit zu Zeit spürte, reagierte sie nicht. Als Leibl und sein Begleiter sich nach einer knappen halben Stunde und unter vielen Danksagungen vom Tisch erhoben, begleitete sie die beiden Männer wortlos nach draußen. Froh darüber, dass Josefa in der Küche zurückblieb, um heimlich den Rest aus dem Suppentopf auszulöffeln. Beim Brunnen blieben sie stehen. Dort begann der von Generationen ausgetretene und vielen Regengüssen ausgespülte Ziehweg ins Tal.

»Mein junger Freund logiert ebenfalls im Brückenwirt, sehr moderne Fremdenzimmer haben die jetzt. Aber Reginald will ja noch höher hinauf.«

Ironisch verdrehte Leibl die Augen.

»Mit Steigeisen und allem Drum und Dran. Einen Führer hat er sich auch schon engagiert. Einen ganz drahtigen, wie ich gehört habe.«

Es folgte polterndes Gelächter. Wieder beschlich Vroni ein ungutes Gefühl. Der Freund verhielt sich in Gegenwart dieses Reginalds seltsam gekünstelt und gleichzeitig so aufgekratzt, wie sie ihn noch nie erlebt hatte. Der Engländer schien weder Leibls Getue noch die unterschwellige Spannung wahrzunehmen. Munter streckte er den rechten Zeigefinger in die warme Luft des späten Nachmittags Richtung der verkrüppelten Apfelbäume und sagte, als ob er nur von seiner Lust auf ein Butterbrot spräche: »Ich will in den nächsten Tagen auf die Birkkarspitze. Den höchsten Gipfel des Karwendels. Auf der Zugspitze war ich bereits vergangene Woche.«

»Da schau einer an«, murmelte Vroni, schaute rüber zum Berg, presste die noch fettigen Lippen aufeinander und konnte es nicht fassen: Schwimmen und Gipfelerklimmen. So ein mutiger Mensch. Dabei war er so schmal, dieser Reginald, manche im Dorf würden ihn ein Krischperl nennen.

Der Italiener war wieder umgegangen. In kürzester Zeit hatte er die allerletzten grauen Schneereste aus den schattigen Rändern der Kare gefressen. Breit wie eine aufgezogene Ziehharmonika streckte sich das Karwendelmassiv vor Vronis Augen, hell und schroff seine Vorsprünge und Grate. Der Berg wirkte, so fand sie, funkelnagelneu, wie gerade geschaffen. Hirnrissig, da hinauf zu wollen, bloß um dann wieder hinunterzugehen. Es schüttelte Vroni innerlich bei der Vorstellung, dass dieser kluge, freundliche Mensch sich freiwillig einer derartigen Gefahr aussetzen wollte. Noch dazu nachdem mit ihm eine Art himmlische Hilfe auf den Geißschädel gekommen war. Vroni leckte sich über die Lippen, schmeckte dem Hühnerfleisch nach und wagte dann die Frage zu stellen, die ihr lange vor dem Schwachsinn mit der Birkkarspitze auf der Zunge gelegen hatte: »Diese Mary, von der Sie erzählt haben, die Ihr Vater zwanzig Jahre behandelt hat. Wie alt ist die überhaupt?«

Reginald spürte das große Anliegen der Bäuerin mit dem Gesicht einer römischen Patrizierin und gab sich Mühe ehrlich nachzurechnen.

»Warten Sie mal, ... also, ich würde sagen, sie ist jetzt Mitte vierzig. Und wie gesagt, sehr aktiv. Mary braucht viel Anregung, dann geht es ihr blendend. Wenn ich mich recht erinnere, hat Vater mit ihr am Anfang viele Zungenübungen gemacht, damit sie deutlicher sprach. Ja genau, damit fing alles an.«

»Aha.«

Verführerisch wisperte der Sunnawind durch die Grasbüschel, wellte die Wasseroberfläche im Brunnentrog und ließ die Krone des Bergahorns wie das Mittelmeer rauschen. Selbst unter dem Mieder und in den Schläfenhaaren spürte Vroni den heiteren Mutwillen des Italieners. Nur Leibl trat ungeduldig von einem Bein auf das andere.

»Frau Grasegger ...«

»Ja?«

»Ich muss sowieso noch mal zurück nach München in das Hotel, wo ich mein großes Gepäck deponiert habe. Dann könnte ich auch mein Stethoskop mitbringen.«

Leibl legte eine Hand auf Reginalds Schulter.

»Damit kann ich Rooosls Herz und Lunge abhorchen, dann wissen wir, wie es organisch um das Kind steht.«

Langsam lüftete der junge Mann den Hut, den er sofort nach Verlassen der Küche aufgesetzt hatte, sodass Leibl seine Hand notgedrungen von dessen Schulter zurückziehen musste. Vroni schaute auf die gelbe Arnika, die mittlerweile schlaff im Knopfloch baumelte. Im nächsten Moment blendete sie die Sonne so sehr, dass sie nur noch die flackernden Umrisse der beiden Männer vor grellweißem Hintergrund sah. Bemerkte dieser Reginald, dass sie nickte? Dass sie alles großartig fand, was er vorschlug?

»Also dann, leben Sie wohl!«

»Sie auch.«

Erschrocken stoben zwei Hühner auseinander und brachten sich vor ihrer mehrmals um die eigene Achse drehenden Besitzerin in Sicherheit. Japsend und taumelnd bückte sich Vroni nach ein paar verloren gegangen Federn und steckte sie in die Schürzentasche. Zu irgendwas würde sie die schon brauchen können. Und wenn nur zur Erinnerung.

Am Sonntag vor Johannis betraten die Graseggerleute ein verändertes Dorf. An fast jedem zweiten Loisbichler Haus reckten sich vor den Fenstern grellrote Büschel in schmalen Holzkästen und bildeten einen seltsamen Kontrast zum wurmstichigen Holz oder bröckelnden Putz der Fassaden. »Neue Kartoffelsorte?«, rätselte Josefa. Wichtigtuerisch riss sie zwischen dem fetten Rot ein grünes Blatt heraus, schob es sich in den Mund und kaute darauf herum. Korbinian und Vroni beobachteten sie mit einem gewissen Respekt. Bis Josefa den grünen Brei in hohem Bogen ausspuckte.

Woraufhin Vroni die Nase in die Gewächse steckte, aber gleich wieder enttäuscht zurückzog. Was sollten Blumen, die nach nichts rochen? Aber möglicherweise ließ sich daraus eine Salbe oder Tinktur gewinnen? Zu irgendwas mussten sie nutzen, sonst hätten die Loisbichler sie nicht massenhaft vor ihre Fenster gepflanzt. Dann kamen ihnen auch schon aus der Dorfmitte die Bläser entgegen.

Die Augen starr geradeaus, ihre Blechinstrumente wie Waffen gezückt marschierten der Schmied, dessen Spucke in alle Richtungen stob, der Bauer vom Schweb, der mittlere Sohn des Bauern vom Gstoager mit Ohren abstehend wie die Henkel eines Bierkruges und vier weitere Loisbichler Männer. Lauter würde auch nicht zum Jüngsten Gericht geblasen werden, vermutete Vroni und rettete sich und das Rosl in den Winkel zwischen zwei Höfen. Noch nie hatten sich gleichzeitig so viele Menschen in Loisbichl aufgehalten wie an diesem Junitag.

Den vielen Fremden gefiel der Radau ganz offensichtlich, sie störten sich auch nicht am Staub, den die Bläser aufwirbelten, und den frischen Kuhfladen auf der Dorfstraße. Ihre in dünnes Leder oder Spitze verpackten Hände applaudierten enthusiastisch. Ein ums andere Mal wurden die Musikanten mit Bravorufen angefeuert, sodass diese noch vehementer in ihre Trompeten, Posaunen und die Tuba bliesen. Misthaufen, barfüßige schmutzige Kinder, herumstehende Schubkarren und die Sonntagsgewänder der Loisbichler entzückten die Städter gleichermaßen. Je mehr sich Vroni und ihre Leute dem Kirchplatz näherten, desto schwieriger wurde es, zwischen den schräg gestellten Sonnenschirmen, wagenradgroßen Hüten und wuchtigen Ferngläsern, durch die die Herren abwechselnd den Berg, die Kirchturmspitze und den Busen der Tochter vom Schoggl inspizierten, vorwärtszukommen. Ungezwungen tauschten die Städter ihre Eindrücke über »reizende Einheimische« oder »diese braven Menschen hier« aus. Vroni war sich nicht sicher, ob sie das ganze Gebaren seltsam finden sollte oder ob sie mitlachen wollte. Unbewusst hielt sie Ausschau nach einem kreisrunden Strohhut mit kirschrotem Band, aber auch nach einem schmalschulterigen jungen Mann in heller Kleidung inmitten von nahezu ausnahmslos hell gekleideten Fremden.

Obwohl es noch nicht Mittag war, saßen auf der erst vor wenigen Tagen fertig gezimmerten Holzveranda des Brückenwirts bereits Herren und Damen, verspeisten Würste und tranken Bier dazu. Während Vroni mit dem aufgeregten, sich nach allen Seiten drehenden Rosl nur in kleinen Schritten vorwärtskam, sah sie plötzlich eine vertraute schrankförmige Gestalt. Sie trat gerade auf die Veranda und mischte sich unter die übrigen Gäste. Leibl trug keinen Hut, und sein Haar sah aus, als ob er gerade aus dem Bett käme. Sein Hemdkragen war verknautscht.

In solch einer Verfassung hatte Vroni ihren Freund, und es war ihr Freund, noch nie erlebt. Sie ließ sich nichts anmerken, winkte ihm freundlich zu, steuerte mit ihren Leuten im Schlepptau unbeirrt der Kirchentür zu. Aus dem Augenwinkel sah sie Sepp Ginger heranstreben Aber auf einmal stand Anton da, mitten vor ihr, der linkische Anton. *Herrgottseidank, Mariaundjosefauch.*

»Ja, ja, bei uns läuft die Heumahd auch gut«, presste er heraus. Seine Hände suchten hektisch Zuflucht in den Hosentaschen, wo es entweder höllisch heiß war oder Glasscherben steckten, denn nach kürzester Zeit flüchteten sie zurück ins Freie. »Ob die heute Abend alle wieder zurück nach München fahren, was meinst?« Die Antwort auf ihre Frage war Vroni im Grunde egal, aber irgendwie musste ein Gespräch ja am Leben gehalten werden. Über das Kitz konnten sie nicht mehr sprechen, seine Erwähnung verbot sich in Rosls Nähe. Vronis Blick schweifte zum Friedhof, der vor Urzeiten links von der Kirche angelegt worden war, an der höchsten Stelle des Loisbichler Hügels. Das niedere Wäldchen geschmiedeter Kreuze, das normalerweise herüberblinkte, verdeckten jetzt Hosenbeine und bauschige Röcke. Sommerfrischler trippelten zwischen den Gräbern, beugten sich hinunter, entzifferten die Inschriften und die Namen von Geschlechtern und Höfen, die ihnen nichts sagten. Der Nagel von Antons rechtem Zeigefinger kratzte an der schönen Blumenstickerei seines ledernen Brustlatzes.

»Die meisten fahren sicher nach München zurück, im Brückenwirt können ja nur ein paar übernachten. Und der Herr Akademiemaler und dieser, dieser Engländer logieren dort ja wohl für länger ... habe ich gehört.«

Anton räusperte sich, schluckte, räusperte sich erneut, schaute ebenfalls hinüber zum Friedhof und legte die Hände auf Rosls Schultern. Zu Vronis Verwunderung setzte er aber zu einem neuen Satz an: »Die Mutter überlegt, ob sie auch Fremdenzimmer einrichtet im ersten Stock.«

»Da schau einer an! Die ist aber geschäftstüchtig.«

Zum ersten Mal fiel Vroni auf, dass Antons Augen zwar ähnlich hell waren wie die seiner Mutter und seiner Brüder, aber nicht so klein und auch weniger eng zusammenstanden. Eine dunkle Röte flutete sein langes Gesicht, was im Schatten des Hutes aber kaum auffiel.

»Ach, ihr geht es dabei weniger ums Geld als um die Neuigkeiten, die sie dabei aufschnappen kann. Jeder, der sich bei uns einquartiert, muss mit Mutter garantiert eine Stunde über den Reichskanzler oder über diesen Erfinder debattieren, Berz, Bent oder so ähnlich.«

Gerade so weit, damit Augenkontakt möglich war, schob Anton seinen Hut zurück. Seine linke Hand hielt sich jetzt an Rosls verschwitzter kleiner Hand fest. Vroni kicherte, ihre schwarzen Augen blitzten. So viel Witz hatte sie Anton nicht zugetraut. Gerade in dem Moment, in dem Anton der Graseggerbäuerin anvertrauen wollte, dass er es jetzt endlich durchgesetzt hatte, dass in seinem elterlichen Stall eine bestimmte Kuh nur noch von einem bestimmten Stier bestiegen wurde, weil ihm aufgefallen war, dass deren Kälber besonders fleischig waren, gesellte sich breit grinsend sein

Freund Luitpold aus Bärnbichl mit seiner Verlobten dazu. Dann gleich auch noch die Huberin, gefolgt von der gesamten Huberfamilie. Vroni nickte, grüßte, lächelte und legte instinktiv den Arm um das Rosl.

Hatte Wackerle bereits etwas von den diversen Heiraten getratscht, die er für sie in petto hatte? Und dass sie alle Kandidaten, und zwar kategorisch, abgelehnt hatte? Dass der Viehhändler und die Huberin regelmäßig den Lauf der Welt besprachen, war bekannt. Vroni wagte einen vorsichtigen Blick auf die üppige, von der Sonne beschienene Fleischmasse unterhalb des Kinns. Aber der Kropf lag friedlich wie ein gut aufgegangener Hefeteig da. Die Huberin schüttelte Vroni kräftig die Hand und ließ sie nicht mehr los, als sie sagte: »Graseggerin, wie schön, dass ich dich sehe. Das Rosl, immer dabei. Naja, warum auch nicht. Weißt was, am 7. August ist mein Namenstag. Den will ich dieses Jahr feiern, weil er gerade so schön auf einen Sonntag fällt.«

Der Kropf fing an, leicht zu schwingen.

»Der Tag der Heiligen Afra, jawohl.«

Demütig schwiegen die Söhne, die Schwiegertöchter sowieso. Nur Cajetan Huber konnte ein gewisses Erstaunen nicht verbergen, denn es war das erste Mal, dass seine Frau Wert auf ihren Namenstag legte, geschweige denn ihn feiern wollte.

»Ich lade dich also hiermit herzlich dazu ein, Graseggerin. Gleich nach der Kirche kommst du zu uns. Mittagessen und hinterher Kuchen und Kaffee.«

Honigsüß und unerbittlich zugleich redete die Huberin auf Vroni ein. Als die nicht sofort antwortete, schob sie hinterher: »Das Rosl bringst mit. Ja selbstverständlich, wir sind da nicht so wie andere. Also abgemacht. Ach schau, drüben beim Brückenwirt sitzt ja der Herr Kunstmaler. Ich muss ihn sofort was fragen.«

Der Kropf wurde endgültig aus seiner Ruhe gerissen und schwenkte zur Seite. Zusätzlich klimperten die zahlreichen Silberketten, mit denen das Mieder der Huberin über die Brust geschnürt war. »Herr Leibl, grüß Gott, ja, ja, ich meine Sie!«, rief die Huberbäuerin quer über den Kirchplatz. »Haben Sie schon gelesen ...?« »Die Kirche beginnt gleich«, fiel der Huberbauer seiner Frau ins Wort. Aber schneller als es ihre Körperfülle vermuten ließ, sprengte sie den Cordon um sich herum, legte im Stechschritt die wenigen Meter zur Wirtschaft zurück und erklomm, ohne sich um belustigte oder verblüffte Blicke zu scheren, die inzwischen voll besetzte Veranda. Anstandshalber erhob sich Wilhelm Leibl. Er hatte inzwischen so viel Bier getrunken, dass sich sein Bart zutraulich dem Kropf näherte, und er sich in ein Gespräch über den Gesundheitszustand des Kaisers verwickeln ließ, der im März neunzig Jahre geworden war.

Die Loisbichler Ministranten hatten das Weihrauchgefäß länger nicht mehr in Sodawasser ausgekocht und geschrubbt, weswegen die Löcher verstopft waren. Der Rauch der verbrennenden Körner waberte weniger penetrant als sonst. So konnte Vroni in aller Ruhe nachdenken. Dreißig Reichsmark in Gold für Bertas Kalb lagen jetzt zusätzlich in der Kassette. Zucker ging bald aus, für drei Kilo musste sie mit einer Reichsmark und dreißig rechnen. Dann der Lohn für Josefa und Korbinian, und der Onkel brauchte bald wieder Tabak. Ohne ihre Kopfrechnungen zu unterbrechen, bewegte die Graseggerbäuerin die Lippen. »Du bist gebenedeit unter den Weibern.« Sie sang mit, betete mit, kniete nieder, stand wieder auf.

Irgendwann im Verlauf der Messe schwenkten die Ministranten das Weihrauchfass aus poliertem Messing heftiger, sodass schließlich doch reichlich Rauch ausströmte und in

Vronis Schleimhäute biss. Sie krächzte zunächst nur, ihre Augen tränten. Beim nächsten Niederknien schüttelte sie ein Hustenreiz. Die Huberin in der Reihe davor drehte den Kopf um, und die winzigen, hellen Augen signalisierten Komplizenschaft.

Vroni rieb sich die juckenden Augenwinkel, als sie das schlaftrunkene Rosl hinter sich herziehend endlich wieder frische Luft schnappen konnte. Auf der Veranda des Wirtshauses ging es mittlerweile hoch her, aufgedrehtes Stimmengewirr wehte über den Kirchplatz. In Windeseile grasten Vronis Augen die Hüte, Bärte und Rücken ab, aber sie wurde enttäuscht. Nur Leibl entdeckte sie inmitten all der Fremden. Sein Gesicht war inzwischen so rot wie die neumodischen Blumen. »Jungfrau Maria, ich bitte dich, mach, dass einer von denen ihm ein Bild abkauft«, betete Vroni hastig in sich hinein. Aber schon beim »Amen« war ihr klar, dass die Leute, die hierherkamen, um den Berg anzuschauen und zur Blasmusik Bier zu trinken, sich keine Elendsgesichter mit schwarzem Hintergrund an die Wand hängen wollten.

Auf dem Nachhauseweg war sie wütend, wusste aber nicht, warum. Schon gar nicht, auf wen. Grob rupfte sie büschelweise Kamillenblüten und stieg forscher als sonst die Anhöhe hoch. Korbinian und Josefa stumm auf den Fersen. Sie hatten bereits über die Hälfte geschafft, als Vroni bemerkte, dass Rosls Lippen die Farbe von Glockenblumen angenommen hatten. Das Kind atmete schwer. Vroni zwang sich, langsamer zu gehen. Hinter dem Berg färbte sich der Himmel pudrigrosa. Die Vögel tirilierten ausgelassen, aber Vroni wusste immer noch nicht, warum sie wütend war.

Zurück auf dem Hof wurde das Kind mit einem Kissen unter dem Kopf auf die Küchenbank gelegt und schlief sofort ein. Josefa musste alleine mit den Schupfnudeln fürs Mittagessen zurechtkommen und Speck fürs Kraut anbräunen. In einer Abseite im ersten Stock breitete Vroni in Windeseile vergilbte Zeitungen auf den Bretterboden. Dann kniete sie sich hin und köpfte die Kamillen. Wenn beim Kalben etwas einriss, was nicht selten passierte, halfen Spülungen mit Kamillensud bei der Heilung. Vroni rupfte und zupfte und hatte noch immer ihren guten Sonntagshut auf. Als sie nach einer halben Stunde die Tür hinter dem weißgelben Teppich schloss, atmete sie ruhiger. Den Hut hängte sie an seinen Nagel in der Schlafkammer. *Wahrscheinlich kommt er gar nicht mehr aus München zurück.*

Den Würsten in der Speisekammer widerstand sie. Stattdessen zog Vroni hinter einem großen Tiegel voller Schmalz einen mittelgroßen, grau glasierten hervor, hob den Deckel und schaute hinein. Anfang Juni hatte sie die ersten Ringelblumenblüten, die auf dem Schutthaufen hinter der Scheune wuchsen, hineingestopft und bis zum Rand mit Speiseöl übergossen. Auch wenn sich die gelbbraune Schlacke kaum verändert hatte, wusste Vroni, dass jetzt die richtige Zeit war. Behutsam kippte sie den Inhalt des Tiegels in ein feines Sieb und sah mit wachsender Befriedigung zu, wie in den Topf darunter frisches Ringelblumenöl sickerte. Danach blieb ihr nichts anderes übrig, als doch hinüber in die Küche zu gehen und sich Rock an Rock mit Josefa an den Herd zu stellen.

»Muss das gerade jetzt sein, während ich hier Essen koche?«
»Ja«, raunzte Vroni zurück, »gerade jetzt« und passte höllisch auf, dass zwei Messerspitzen Bienenwachs, nicht mehr und auch nicht weniger, in das Ringelblumenöl plumpsten. Josefas Hüfte wich zwar eine Handbreite zur Seite, dafür scherte ihr rechter Ellenbogen aus. Vroni biss sich auf die Lippen, füllte Wasser in einen größeren Topf, stellte den kleineren hinein und schob beide zusammen geräuschvoll auf die heiße Herdplatte. Im Wasserbad schmolz das Wachs und

dickte das Öl ein. *Oder bringt er doch das Dings zum Abhören zu uns hoch?*

Der Vorrat an Ringelblumensalbe war schon seit Monaten aufgebraucht, und Vroni wollte Mathilde nicht erneut um eine der kleinen Portionen bitten, die sie für Frauen nach Entbindungen bereithielt. Die tiefe Wunde an ihrer linken Hüfte war längst verheilt. Aber es gab eine andere, eine geheimere Stelle an ihrem Körper, die Vroni von Zeit zu Zeit eincremte.

In aller Herrgottsfrühe legte Korbinian als Erster den Löffel zur Seite und wischte Reste der Milchsuppe vom Kinn. Kurz darauf war das Geräusch des Dengelhammers zu hören. Es kündigte an, dass Korbinians Sensenblatt durchs Gras wie ein warmes Messer durch Butter schneiden würde. Es war so weit, die Mahd am Plattele begann. Die Ochsen wurden vor den Leiterwagen gespannt, die Rechen aufgeladen. Vroni wickelte noch zwei Stück Hartkäse fest in Tücher ein, dabei sprach sie sich Mut zu: Alles lief gut, die Heumahd würde dieses Jahr klappen. Außerdem schien das heikle Thema ihrer Wiederverheiratung im Dorf abzuflauen.

Zwar hatte der erste Knecht vom Hornsteiner sie mit Blicken durchbohrt, während sie mit Anton und dessen Mutter vor der Kirche geredet hatte. Aber er hatte keine Gelegenheit mehr gefunden, sie wegen einer Antwort auf seinen Antrag zu bedrängen. Und der Hirzinger hatte seit den beiden Hasen kein gewildertes Souvenir mehr hinterlassen. Schließlich schnitt Vroni noch einen frischen, nach Kümmel duftenden Laib Brot in der Mitte durch und legte beide Hälften ebenfalls in den Korb. Zum Plattele führte der Weg über Loisbichl zunächst in die Welt hinaus, in Klais bogen sie rechts Richtung Partenkirchen. An der Anhöhe kurz hinter dem Weiler Gerold hielten sie an.

Auf der Nachbarwiese mähten bereits der Bauer und der Jungbauer aus der großen Familie der Simons. Die beiden hielten inne und riefen Grüße, Vroni hob die Hand. Vier starke Arme, zwei Sensen, dazu noch die Bäuerin und eine Magd. Zwei Jungen, Zwillinge um die zehn Jahre mit flachsblonden Köpfen, arbeiteten bereits tüchtig mit. Ein drittes, ebenfalls sehr hellhaariges Kind, ein Mädchen etwa in Rosls Alter, raffte Gras zusammen, machte zwischendurch aber oft Jagd auf Heuschrecken. Vroni kannte die Gerolder Bauern von Kirchweihen und Beerdigungen, auch ihre auffallend schönen und gesunden Kinder.

Das Rosl starrte zu diesen Kindern hinüber mit einem verzückten und zugleich sehnsüchtigen Ausdruck. Das kleine Mondgesicht glänzte speckig rot und musste allen, die es nicht liebten, absonderlich vorkommen. Vroni presste den Kiefer zusammen und griff nach einem weiteren der langen Rundhölzer, die Korbinian vom Wagen herunterreichte.

Die junge Simonsbäuerin, so wurde getratscht, hatte vor über einer Woche ihr viertes Kind zur Welt gebracht und seitdem das Bett nicht mehr verlassen. Als Vroni eine weitere Stange an den Wiesenrand legte, spürte sie einen Spreißel im rechten Handballen, aber schon streckte sich ihr der nächste grau ausgebleichte Holzpfahl entgegen. Die Jungbäuerin blieb einfach faul liegen, mitten in der Heumahd. Sie wäre vom Bauern da längst mit einem Holzscheit aus dem Bett getrieben worden, Neugeborenes hin oder her. Zum x-ten Mal schob Vroni ihre Brille auf der schweißnassen Nase zurück.

Die Hänge des Plattele waren flach, aber besonders kleinbuckelig und nach Osten ausgerichtet. Deshalb hängten seit Jahrhunderten die jeweiligen Besitzer der Wiesen auf dem Plattele das geschnittene Gras auf Stangger. Nur so trocknete es gut durch. Der Bauer hatte die genaue Anzahl der

Pfähle im Kopf gehabt, die sie dafür aus der Scheune mitnehmen mussten. Korbinian wusste sie nicht. Dass sie viele, sehr viele brauchten, ahnte Vroni und hatte den Leiterwagen vollladen lassen. Sie zog ihr Kopftuch zwei Fingerbreit tiefer in die Stirn und lugte zur Seite: Nebenan war bereits ein halbes Dutzend Stangger dick behängt. Sie standen wie füllige Männchen in ordentlichen Reihen. Mit trockener Kehle herrschte Vroni den Knecht an, schneller abzuladen.

Die nächsten Stunden zerschnitt das rhythmische Zischen des Sensenblattes das monotone Insektensurren. Am Waldrand wetteiferten Spechte mit den Hammerschlägen auf der Wiese. Vroni und Josefa trieben ein langes Rundholz nach dem anderen in den Boden und schoben durch Bohrlöcher jeweils drei dünnere und kürzere Querstäbe. Seit der Ankunft stand das Rosl reglos mit hängenden Armen da und ließ die Kinder auf der Nachbarwiese, vor allem das Mädchen, nicht aus den Augen.

Bald juckte Vroni der Schweiß zwischen Schulterblättern, Brüsten und im Nacken, aber sie schlug weiter verbissen mit dem Hammer zu. Beinahe hätte sie das Gelege in einer Mulde übersehen. Im letzten Moment sprang sie zur Seite, sodass die vier Eier unversehrt blieben. *Was für ein Segen, dass ich die Brille habe.* Für eine halbe Minute erlaubte sie es sich, sich zu bücken und die Schalen zu studieren, die auf den ersten Blick einheitlich graubraun waren. Bei genauerem Hinsehen aber konnte Vroni feine Sprengsel und Tupfer unterscheiden, auf jedem Ei ein ganz eigenes Muster. Sie wischte die Tropfen ab, die sich in der Kerbe zwischen Nase und Oberlippe angesammelt hatten. Stammten die Eier von einem Kiebitz? Oder einer Lerche? Als Vroni sich wieder streckte und den Kopf hob, sah sie gerade noch zwei gespreizte Kinderhände und eine weit herausgestreckte Zunge.

Unbeirrt von dessen gemeinem Benehmen himmelte das Rosl weiterhin das Mädchen auf der Nachbarwiese an. Ohne einen Ausdruck von Schuld oder Scham ignorierte das hellblonde Geschöpf den wütenden Blick der Graseggerbäuerin, senkte nur provozierend langsam die Hände und schloss den hübschen Mund. Dann fing es einen Schmetterling, der gerade um seinen Kopf segelte, und zerrieb ihn.

Vronis Kiefer arbeitete. Aber was sollte sie machen? Außerdem drängte die Zeit. Es blieb ihr nichts anderes übrig, als dem Rosl über den verschwitzten Kopf zu streichen. Im selben Moment wunderte sie sich, warum ihr Knecht plötzlich innehielt und die Sense sich nicht mehr bewegte.

Bevor seine Bäuerin ihre Brille bekommen hatte, war Korbinian derjenige gewesen, der den Habicht hoch am Himmel rütteln sah, sodass die Hühner schnell in Sicherheit gebracht werden mussten. Jetzt holte er bedächtig den Wetzstein aus seiner Hosentasche, begann das Sensenblatt zu bearbeiten und rief wie nebenbei: »Da vorne! Schaut's, der Leibl und sein Mister kommen.«

Die Simons hoben ihre Köpfe und schauten neugierig. Auf der Nachbarwiese legten zwei Städter ihre feinen Jacketts ab, rollten die blütenweißen Hemdsärmel hoch und hämmerten drauf los, als ob es um eine Wirtshauswette ginge. Immer schneller stand ein Stangger nach dem anderen da und wurde von Vroni und Josefa behängt. Das schüchterte selbst das flachsblonde Mädchen ein.

Als die Sonne am höchsten stand, setzten sich die Graseggerleute und ihr Besuch am Waldrand in den Schatten einer Buche auf die knisternden braunen Blätter vom vergangenen Jahr. Die Lichtstrahlen, die durch die Krone fielen, verteilten ein fleckiges Muster auf die so unterschiedlichen Menschen. Während Vroni nacheinander alle Vorräte aus dem Korb holte, wunderte sie sich gleich wieder. Das Rosl hatte sich dicht neben dem Mann einen Platz gesucht. Dieses Mal steckte keine Blume an Reginalds Revers.

Fester als nötig drückte Vroni eine der beiden Brothälften gegen ihre Brust. Josefa entging nicht, dass die Hand der Bäuerin leicht zitterte, als sie das Messer ansetzte. Trotzdem säbelte Vroni akkurate Scheiben ab und gab sich ebensolche Mühe beim Käse. Froh darüber, dass Leibl alle Aufmerksamkeit auf sich zog. Er schwadronierte in Gesellschaft des jungen Engländers noch aufgeblasener als beim vergangenen Besuch.

»Käuze von der allerreichsten Sorte sind die Pallenbergs. Den alten Pallenberg habe ich im Sommer einundsiebzig gemalt, jetzt will sein Sohn mich nach Köln locken. Ein großer Auftrag, bestimmt.«

Hastig schob Leibl ein Stück Käse in den Mund, legte dann die Hand in einer besitzergreifenden Geste seinem jungen Begleiter auf die Schulter.

»Diese Herrschaften sollen mir in ihrem Haus gefälligst ein Atelier einrichten. Sonst läuft bei mir gar nichts. Dass ich jetzt Ehrenmitglied der Münchner Akademie der Bildenden Künste bin, dürfte sich wohl bis nach Köln herumgesprochen haben.«

Beifall heischend blickte Leibl in die Runde. Immerhin rülpste Korbinian leise, und Josefa gönnte ihm schmatzend ein »jawohl gefälligst«. Reginald, der mit geradem Rücken und tadellos gestreckten Beinen dasaß, beugte sich zur Seite, um Rosls Nase zu kitzeln. Dabei entzog er seine Schulter Leibls Hand. Er lächelte in das dichte grüne Laub über sich und lauschte mit Genuss dem Fächeln des Windes. Ihm gefielen Leibls frühe Bilder sehr, *Mina Gedon* oder die *Drei Frauen in der Kirche* waren ausgesprochen modern und kraftvoll. Attraktionen in den besten Galerien überall in Europa.

Den neuen Bildern dagegen, die ihm Leibl kürzlich gezeigt hatte, fehlte der Esprit. Sie langweilten ihn ebenso wie ihn Leibls Aufschneiderei und Zudringlichkeit zunehmend auf die Nerven gingen.

Reginald wandte sich von Rosl ab und sprach Vroni an, die schräg gegenüber von ihm mit verrutschtem Kopftuch hockte:

»Ich habe noch nie solch ein köstliches Brot gegessen, Frau Grasegger.«

»Josefa hat den Teig zubereitet, sie müssen Sie loben.«

Trotzdem wurde Vroni rot vor Freude und schnitt eine weitere dicke Scheibe ab, die Leibl sofort ergriff, hineinbiss und dabei weiterpalaverte. Ich müsste mit ihm allein sein, dann bräuchte er nicht so großspurig tun, und ich bekäme vielleicht heraus, was wirklich mit ihm los ist, dachte Vroni und setzte den Wasserkrug an die Lippen. Mit halb geschlossenen Augen trank sie, reichte dann den Krug an das Rosl weiter, hielt ihn aber vorsichtshalber fest, während das Kind trank. Eine Feldlerche, gestreift die Brust, weiß der Bauch, flog trillernd und zirpend heran, setzte sich auf einen tiefen Ast der Buche. Die aufgestellte Haube sagte Vroni, dass es sich um ein Männchen handelte. *Vielleicht mag auch Reginald Vögel?* In ihren Gedanken nannte sie ihn längst beim Vornamen.

»Habe ich dir eigentlich schon mein *Mädchen mit dem Inntaler Hut* gezeigt? Kniestück, fast fertig.«

Leibl stocherte mit einem Zweig in den mürben Blättern zwischen seinen kurzen, angewinkelten Beinen.

»Inntaler Hut? Doch, hast du«, antwortete Reginald zerstreut. Die Lerche legte ihr Köpfchen zur Seite, und Vroni kam es vor, als ob die schwarzen Vogelaugen spöttisch schauten. Reginald griff nach dem Krug und nahm einen großen Schluck, dann fuhr er in seinem geschliffenen Deutsch fort:

»Der Hut ist perfekt. Aber das Mädchen scheint mir, nun ja, irgendwie leblos.«

Vor Mitleid wurde es Vroni eng ums Herz. Gleichzeitig schoss ihr aber eine Erkenntnis durch den Kopf: Aufrichtig ist er, dieser Reginald, ein aufrichtiger Mensch. Dann stimmt es auch, was er mir über das Institut seines Vaters und diese Mary gesagt hat. Was wiederum bedeutete, dass auch das Rosl geschult werden kann. Zum ersten Mal schätzte Vroni die Vorzüge eines Kopftuches über den Schutz vor Staub und Sonne hinaus: Es versteckte ihr vor Freude glühendes Gesicht.

Das war der Moment, in dem Rosl aufstand. Den langen Buntstift, den Leibl ihm aus München mitgebracht hatte, in der Hand. Das Kind streckte seine sonst so schwerfällige Zunge weit heraus, so wie es es bei dem Mädchen auf der Wiese nebenan gesehen hatte, bis sie an der blauen Spitze des Stiftes leckte. »Schmeckt gut«, gluckste das Rosl.

Alle Erwachsenen brachen in Gelächter aus. Kurz darauf nahm Korbinian seine Sense wieder aus der Astgabel und trabte los. Schwerfällig und als letzter rappelte sich Leibl auf. Reginald wartete, bis sich Josefa und Vroni weit genug entfernt hatten, und wählte dann seine Worte wie immer sorgfältig: »Du solltest sie porträtieren, die Frau Grasegger. Mit dem hellen Kopftuch. Das wäre ein interessantes Motiv.« »Ha, ha«, grunzte Leibl. »Die will das nicht! Die hat fürs Modellsitzen keine Zeit.«

Dann ging die Arbeit auf dem Plattele weiter. Korbinian mähte, Leibl und Reginald trieben die Pfähle in den Boden, die beiden Frauen rechten und beluden die Stangger. Wind und Sonne glitten darüber.

Kapitel 9

Es war kurz nach Tagesanbruch. Schwerer als sonst drückte Vroni mit der Stirn gegen Schatzas warme linke Bauchseite. Zwischendurch nickte sie ein, schreckte aber jedes Mal hoch, wenn es in den Mägen der Kuh besonders heftig rumpelte. Dabei streiften ihre Finger pausenlos und rhythmisch die Zitzen aus. Melken gehörte zu Vronis Pflichten, lange bevor sie einen langen Rock getragen hatte. Der dreibeinige Schemel, auf dem sie saß, kippelte an diesem Morgen etwas. Vroni rückte ihn zurecht, molk weiter, träumte weiter. Sie konnte sich nicht mehr erinnern, wann sie zum Rosl ins Bett gekrochen war.

Vier Flaschen Rotwein hatten Leibl und der Mister in Partenkirchen gekauft und in den Rucksäcken hochgeschleppt. Er war warm und durchgeschüttelt gewesen, als er endlich den Hof erreicht hatte. Vroni zog die Schultern hoch und gähnte laut. Ihr Kopf war schwer und ihre Zunge pelzig. An Wein war sie ebenso wenig gewöhnt wie an das viele Schwatzen und ausgelassene Lachen unterm Sternenhimmel. Die Fähe, unterwegs auf Beutefang, hatte irritiert die Ohren gestellt und die spitze Schnauze in den Wind gehoben, so ungewohnt war es in der Dunkelheit auf dem Geißschädel zugegangen.

Geräuschvoll spritzte die Milch in den Eimer. Allmählich drang mehr Licht durch die winzigen schmutzigen Stallfenster. Vroni nahm das gar nicht wahr, denn beim Melken hielt sie die Augen immer geschlossen.

»Das Rosl sollte seine Zunge so kräftig und weit nach vorne strecken, wie vorhin, als es am Stift geleckt hat. Das wäre eine der Übungen, die ich für Ihre Stieftochter empfehle.«

Ganz beiläufig hatte Reginald das gesagt, als sie nach getaner Arbeit alle eng zusammen auf dem Leiterwagen sitzend vom Plattele abgefahren waren. Die Erinnerung an den Satz verscheuchte einen Teil von Vronis Müdigkeit. Mit einem Seufzer stieß sie den Atem gegen Schatzas rotbraunes Fell. Angeschaut hatte er sie nicht, als er das sagte. Aber als in der nächsten Kurve der Wagen etwas in die Schräglage geriet, kippte auch der Engländer zur Seite und berührte Vronis Schulter mit seiner. Sie selbst hatte das erhitzte Gesicht weiter geradeaus in den Fahrtwind gehalten. Erst nach einer Weile hatte sie sich ein wenig zu ihm hingedreht und lakonisch gesagt: »Ach was, Stieftochter. Das Rosl ist längst mein Kind, übrigens auch von Amts wegen.«

Auf seinen Vorschlag mit den Zungenübungen war Vroni vorerst nicht eingegangen. *Übungen, auch so ein Wort der Stadtmenschen, Übungen.* Allerdings dachte sie seitdem viel darüber nach.

Das Kratzen der Mistgabelzinken auf dem Stallboden schmerzte bis in Vronis unausgeschlafene Knochen. Während sie und Josefa molken, schaffte Korbinian bereits die schmutzige Einstreu hinaus auf den Misthaufen. Die Milchkühe, die nicht auf der Alm standen, sondern rings um den Hof grasten, abends in den Stall zu holen und dort zu melken, war auch eine von Vronis Neuerungen. Sie bedeutete Mehrarbeit für alle.

Aber im Frühherbst war eine Kuh, die bald kalben sollte,

aus unerfindlichen Gründen draußen in der Dunkelheit auf die steile Hangwiese geraten, gestürzt und hatte sich ein Bein gebrochen. Es blieb nur eine Notschlachtung übrig. Solch einen Verlust wollte Vroni nicht mehr riskieren. Während die Finger unentwegt Milch aus den Zitzen pressten, als ob sie nicht zu dem schlaftrunkenen Körper der Bäuerin gehörten, schleuderte Schatzas Schwanz plötzlich herum und traf Vroni am Kopf. Mit einem Griff, der ihr noch als uralte Frau gelingen würde, fing sie ihn ein und klemmte sein klobiges Ende zwischen ihre Stirn und den Bauch der Kuh.

Melken hatte für Vroni schon immer den Vorteil gehabt, dass sie ihren Gedanken nachhängen konnte und dabei in Ruhe gelassen wurde, von der Mutter, den Bäuerinnen, für die sie in Lohn und Brot gestanden hatte, zum Schluss vom Bauern. Melken war eine Angelegenheit allein zwischen ihr und der Kuh. Jede hatte vier Zitzen, aber jedes Euter war anders. Die von Irmi waren delikat und empfindlich wie Säuglingsfinger, bei anderen musste Vroni den Ring aus Zeigefinger und Daumen fest schließen und kräftig drücken, damit überhaupt Milch floss.

Schatza, die älteste Kuh im Stall, reagierte sehr unwirsch, wenn ihr Euter gewaschen wurde. Sie schlug dann gern aus, einmal hatte sie Josefas linken Unterarm mit ihren Hörnern aufgeschlitzt. Die Narbe war bis heute zu sehen. Aber das Euter wurde weiterhin gesäubert, denn Schatza beschmutzte sich regelmäßig. Mehr jedenfalls als Irmi mit dem nahezu blonden Fell und der langen, baumelnden Wamme, mehr als Liesl, die die meiste Milch von allen gab, oder Berta, die sich am schwersten beim Kalben tat. So störrisch und unberechenbar sie manchmal sein konnte, war Schatza das einzige Wesen auf der Welt, bei dem Vroni ihren Gefühlen freien Lauf ließ.

Am zweiten Morgen nach ihrer Hochzeit hatten geräuschlose Tränen das rotbraune Fell dunkel gefärbt. Vroni hatte nicht nur die Stirn, sondern abwechselnd auch die linke und rechte Gesichtshälfte an Schatza gepresst und auf das Glucksen und gelegentliche Pfeifen in dem behäbigen Bauch gehorcht. Bis sie sich wieder unter Kontrolle gehabt hatte, und das Gefühl der Verlorenheit und bodenlosen Traurigkeit nachließ. Immer, wenn der Bauer ihr nachts Gewalt angetan hatte, und sie glaubte, nicht mehr durchhalten zu können, suchte und fand Vroni am nächsten Morgen Trost bei dieser einen Kuh. Dabei hatte sie pausenlos Milch ausgestrichen. Denn ohne das helle Geräusch, mit dem der Strahl in den Eimer schoss, wären der Bauer und Josefa schnell misstrauisch geworden. Seitdem brachte Vroni, wenn sie in den Stall ging, oft eine harte Brotkante oder eine Handvoll Kartoffelschalen für Schatza mit.

Über das Wesen der einzelnen Kühe dachte Vroni oft nach, wenn sie den Fußboden scheuerte oder nicht gleich einschlafen konnte. Die Beschaffenheit der einzelnen Euter kannte sie mittlerweile besser als die eigenen Brüste oder das struppige schwarze Haarbüschel zwischen den Beinen. Was sich dahinter auftat, war sowieso verhext, seit der Bauer sein Ding zum ersten Mal hineingestoßen hatte. Warum aber drifteten gerade jetzt beim Melken ihre Gedanken zu diesen Körperregionen und mischten sich mit den Erinnerungen an den gestrigen Abend?

Verwirrung und Scham gärten in Vroni ähnlich wie Grünfutter in den Kühen. Abrupt stand sie auf, packte mit der einen Hand den vollen Eimer, mit der anderen den Melkschemel und stieg mit einem großen Schritt über zwei frische, dunkelgrün glänzende Fladen. Den Schemel stellte sie an die linke Seite von Berta, die den Kopf bereits wartend der Bäuerin zugewandt hatte. Mittlerweile war es im Stall hell genug, dass die beiden großen Zinkkannen neben der Tür zum Wohntrakt zu sehen waren. In die rechte kippte Vroni den Inhalt des Eimers.

Die Kühe urinierten, muhten leise und furzten. Durch die offene Tür zum Misthaufen flogen bereits Schwalben zwitschernd ein und aus, Korbinian, der ebenfalls noch müde war, schlurfte vorbei. Vroni tätschelte Bertas Hinterbacken, die bei dieser Kuh auffallend höckerig waren. Dann setzte sie sich wieder, spreizte die Knie, presste die Innenkanten der Füße gegen den Eimer, molk. Wenn der einsame Hof gegenüber dem Berg Vronis Heimat geworden war, dann war der niedrige Stall mit seiner dämpfigen Luft der Ort der Welt, wo sie sich am wohlsten fühlte. Die Geräusche wiederholten sich täglich, morgens wie abends, auch die Gerüche waren verlässlich.

Es war Leibls Idee gewesen, sich nach dem Abendessen noch draußen an die warme Hauswand zu setzen. Die vier Weinflaschen hatte er gleich bei der Rückkehr vom Plattele ins kühle Brunnenwasser gelegt. Vroni stimmte sofort zu und erhob sich ebenso rasch vom Tisch, Hauptsache, Leibls frohe Stimmung hielt an. Die schwere körperliche Arbeit bei der Heumahd munterte den Freund ganz offensichtlich auf. Sie bat ihn, dem Onkel über die Türschwellen hinaus ins Freie zu helfen, und band sich schnell die fleckige Schürze ab.

»Diese Sache mit der Zunge. Diese, äh, Übung, von der Sie auf der Fahrt gesprochen haben, wie oft müsste das Rosl die machen?«, raunte Vroni dem englischen Gast zu, der mit jeder Hand einen der kunstvoll geschnitzten Stühle anhob. »Möglichst täglich«, antwortete Reginald mit ebenso gedämpfter, fast schon komplizenhafter Stimme. »Und mindestens eine Viertelstunde, besser eine halbe.« An der Haustür wurde es eng für Reginald mit den beiden Stühlen und die Bäuerin, die ein Kissen für den Onkel gegen die Brust gedrückt hielt.

Sie lachten verlegen, wobei Vronis Blick sich wieder einmal auf das Knopfloch konzentrierte, in dem vor Wochen eine Küchenschelle und danach eine Arnikablüte gesteckt hatten. »Entschuldigung, Entschuldigung«, wiederholte Reginald ein ums andere Mal, als ob er gerade diese Vokabel neu einübte. Sie traten beide auf der Stelle und hätten wahrscheinlich noch länger den Ausgang blockiert, hätte Korbinian, den Stuhl, den er trug, nicht in Vronis Kniebeugen gerammt.

Draußen blieben die Bäuerin und der Engländer erneut unschlüssig stehen. Für Reginald war die Entscheidung, wo genau er die beiden Stühle hinstellen sollte, ähnlich schwierig, wie wenn es darum gegangen wäre, ob er als Nächstes den Kilimandscharo oder lieber den Cotopaxi besteigen sollte. Vroni hielt sich weiterhin an dem Kissen für den Onkel fest. Die Härchen in ihrem Nacken stellten sich auf, als Reginald dicht neben ihr flüsterte: »Ich könnte die Übungen fürs Erste übernehmen, wenn Sie wollen. Und Sie dabei anleiten, wie man sie durchführt.«

Währenddessen lud Leibl den Onkel wie einen Koffer auf der Bank ab, zog die erste Flasche aus dem Brunnentrog und trieb mit verzerrtem Gesicht einen Korkenzieher hinein. »Würde Rosls Zunge dann nicht mehr so arg und oft raushängen und die Sabberei hätte ein Ende?«, fragte Vroni leise. Weil sich Reginalds Augen enthusiastisch weiteten, erschienen ihr die grünen Einsprengsel in der hellbraunen Iris noch schöner und ungewöhnlicher.

»Auf jeden Fall würde es weniger werden. Sie müssen wissen, die Zunge ist ein Muskel, den man trainieren kann. Wenn er kräftiger ist, lässt er sich viel besser im Zaum halten.«

Reginald lächelte sein sanftes Lächeln.

»Verstehe. Dann würden die Leute vielleicht aufhören, das Rosl anzugaffen, als ob es ein Kalb mit zwei Köpfen wäre.«

Vroni vergaß, leise zu sprechen, als sie hinzufügte: »Das habe ich übrigens tatsächlich schon mal gesehen. Ein Kalb mit zwei Köpfen.«

Der weit gereiste junge Mann staunte erneut darüber, dass eine oberbayerische Bäuerin mit Schmutz unter den Fingernägeln und einem zerstochenen Gesicht den Frauen auf den antiken Mosaiken, die er im Britischen Museum bewundert hatte, derart glich. Er nickte ihr zu.

»Das Rosl würde auch deutlicher sprechen, wenn seine Zunge kräftiger und wendiger wäre.«

»Wirklich?«

Vroni zählte die grünen Einsprengsel.

»Ja, ganz bestimmt. Ich habe das oft genug bei Vaters Patienten erlebt. Und wenn das Rosl zudem die Finger trainiert, fällt ihm das Schreiben leichter. Danach könnte es Lesen lernen ...«

Die Stühle in Reginalds Armen wurden immer schwerer.

»Wo bleibt mein Kissen?«, rief es zittrig von der Bank her.

»Stellen Sie den dahin, den anderen dorthin«, murmelte Vroni zerstreut, so sehr beschäftigte sie das, was sie soeben erfahren hatte. Das Rosl mochte als Idiotenkind zur Welt gekommen sein, aber es konnte trotzdem ein gutes, frohes Leben führen. Wie diese Mary in England. Dann würde auch niemand mehr Steine auf das Kind werfen und ihr hinterfotzig die Zunge herausstrecken. Der vom Himmel gefallene Mister würde ihr helfen, das Rosl lebenstüchtig zu machen. Dann konnte es sich sicher auf dem Hof und bei der Heumahd nützlich machen. Bei dieser Vorstellung durchfuhr Vroni ein heftiges Gefühl von Freude und Zuversicht. *Auch wenn das, was er von der großen mongolischen Familie erzählt hat, zu der Rosl gehören soll, ein Schmarrn ist.*

Mit klopfendem Herzen setzte Vroni sich neben den Onkel auf die Bank, stopfte ihm das Kissen in den Rücken und streichelte, weil ihr so sehr danach war, und sie das Rosl nicht in ihrer Nähe hatte, seine eingefallene, papiertrockene Wange. Das Kind war gerade auf den Schoß des Misters geklettert.

Langsam wickelte sich die Dämmerung um den Geißschädel und schärfte andere Sinne als tagsüber nötig waren. Nahezu lautlos schwärmten Fledermäuse zur Nahrungssuche aus. Sie gehörten zu der kleinen Kolonie, die zusammen mit der weißgesichtigen Eule auf dem Heuboden wohnte. Noch konnte jeder in der Runde die Gesichter der anderen erkennen. Josefa kam mit den Gläsern aus dem Haus und drückte jedem eines in die Hand. Bei der Bäuerin angelangt zogen sich ihre Mundwinkel nach unten. *Was hat die denn schon wieder? Zum* Glück stellte sich Leibl groß und breit vor Vroni. Über den Freund konnte man sich wundern, sich um ihn sorgen, aber er beunruhigte einen niemals.

Sie lächelte zu ihm hoch, ließ sich dunkelroten Südtiroler einschenken, dabei verhakten sich ihre Blicke. Aufrichtiger als es zwischen Männern und Frauen üblich war. Das Ehrenmitglied der Münchner Akademie der Bildenden Künste hob sein Glas und prostete allen zu. Vroni trank den ersten Schluck Rotwein ihres Lebens und wusste nicht, ob er ihr schmeckte oder nicht.

Tief in der Tasche ihres hellblauen Rockes steckte ein Zettel, den sie bei der Rückkehr gefunden hatte. Jemand hatte ihn unter der Haustür durchgeschoben. Ohne Anrede und Unterschrift, aber eindeutig von der Huberin. Wer sonst würde an ein Namenstagsessen am übernächsten Sonntag erinnern? Vermutlich hatte Anton die Botschaft seiner Mutter gebracht, während die Graseggerleute drüben am Plattele gearbeitet hatten und der Onkel wie immer in seinem Stuhl in der Küche geschlafen hatte. Vroni nahm einen großen zweiten Schluck. Einen Moment ließ sie den Wein auf der Zunge einwirken. Jetzt schmeckte er ihr, und gleich trank sie noch einmal. Die Vorstellung, dass Anton ohne ein Glas Buttermilch und ein Stück Brot den Weg zurück nach Loisbichl hatte antreten müssen, gefiel Vroni nicht. Wieder hob Leibl das Glas, in dem die Flüssigkeit nahezu schwarz hin und her schwappte und prostete allen zu.

Mit halbem Ohr hörte Vroni zu, wie Korbinian sich mit dem Mister, der das schlafende Rosl behutsam im Arm hielt, über das tatsächliche Alter »unseres Planeeeten« unterhielt. Im Dämmerlicht konnte sie gerade noch sehen, dass die kornblumenblauen Augen des Knechts glänzten wie die eines jungen Burschen, der von seinem ersten selbst gefällten Baum sprach. Mit den Sternen tauchte die getigerte Katze auf und wand sich um Josefas Beine. Die Magd beugte sich und streichelte das Tier, was sie nicht davon abhielt, die kleine Gesellschaft misstrauisch zu beobachten.

Auch Wilhelm Leibl, der sich breitbeinig auf einen Stuhl direkt gegenüber von Vroni hatte fallen lassen, bekam trotz des zügigen Alkoholkonsums noch viel mit. Dass der Kiefer der jungen Bäuerin nicht mehr so hart zusammengepresst war wie sonst, sah er sofort. Ein zweiter Blick sagte ihm, dass ihre ebenmäßigen Partien auf einmal abenteuerlich verrutscht waren. Ihr Gesicht fing an, ihr Innerstes zu verraten. *Jetzt müsste ich sie malen, genauso, wie sie jetzt ist.* Leibl schenkte sich ein drittes Glas ein, trank gierig. Endlich spürte er die Wirkung. Der Alkohol hobelte die Ecken und Kanten seiner Sorgen und Gelüste ab. Aber könnte er es auch? Realistisch und unsentimental diesen Gesichtsausdruck porträtieren, der die Kombination aus selten geglückter Anatomie und eines Leids war, das, so vermutete Leibl, ihr der Scheißkerl von Bauer zugefügt hatte? Vronis Stolz und unbändigen Lebensmut einfangen und gleichzeitig das Neue, das weiblich Wilde, das sich jetzt einschlich? Das wäre Kunst, große Kunst, dachte er bei sich. Die Flasche war leer. Leise fluchend ließ Leibl sie ins Gras fallen und Richtung Hühnerhaus kullern. Schwerfällig erhob er sich, stapfte zum Brunnen und zog die zweite Flasche aus dem Wasser.

Als auch die ausgetrunken war, verwarf Leibl die Idee, die Graseggerin zu malen, komplett. *Ich bin nicht mehr gut genug, nicht mehr gut genug.* Mit beiden Händen umschloss er sein Glas und brütete vor sich hin, während Reginald Geschichten aus London, dem Rheinland und München zum Besten gab, bei denen die anderen, und sogar der Onkel, abwechselnd wiehernd lachten und perplex die Augenbrauen hochzogen. Zwischen ihm und Reginald saß der Knecht, aber der war klein und Leibl so groß, dass er die glatten Wangen und den hübschen Mund des Engländers sehen und sich daran fast genauso schnell wie am Südtiroler Wein besaufen konnte. Natürlich war es nicht gut, dass er sich in den Jungen verliebt hatte. Seine Lage war saudumm genug. Die Schulden häuften sich, und Gurlitt, sein Berliner Galerist, ließ ihn am ausgestreckten Arm verhungern.

»Da, schaut's, der Große Wagen«, meldete sich Korbinian unvermittelt zu Wort. Sein rechter Arm zeigte steil in den Himmel und versperrte Leibl den Blick. Leibl leerte sein Glas in einem Zug. Er litt schon nachts genug, wenn er im Brückenwirt getrennt nur durch eine dünne Wand hörte, wie Reginald sich im Bett umdrehte, Wasser in die Schüssel goss und sich höchstwahrscheinlich nackt wusch. »Ja, ja, der Große Wagen. Taucht pünktlicher auf als die Postkutsche zwischen Partenkirchen und dem Murnauer Bahnhof«, höhnte Josefa, die noch nie im Leben in Murnau gewesen war.

»Hier bei Ihnen könnte man wunderbar ein Teleskop aufstellen, Frau Grasegger«, sagte Reginald und hielt den Kopf etwas schräg. Dabei blickte er keineswegs zu den Sternen, sondern auf das im schwachen Licht der Stalllaterne, die im Laufe des Abends auf eines der Fensterbretter gestellt worden war, schimmernde Brillengestell der Hofbesitzerin. Vroni tat so, als ob sie angestrengt einem kleinen pelzigen Wesen nachsah, das mit ausgespannten Flughäuten zum Ahorn zischte, dessen Krone mittlerweile ein schwarzer Schwamm war. »Ach ja, meinen Sie«, murmelte sie und rückte die Brille zurecht. Was ein Teleskop war, wusste sie von der Huberin, die vor einem Jahr einen Zeitungsartikel über das neueste Fernrohr in der Wiener Sternwarte ausgeschnitten und vor der Messe herumgereicht hatte.

Obwohl sie den ganzen Tag schwer geschuftet hatte, war Josefa plötzlich hellwach. Sie hob sich die getigerte Katze in den Schoß und fragte sich, warum die Bäuerin ständig haarscharf an dem Mister vorbeischaute, wenn sie mit ihm redete? Diese Frage ließ die Magd zusammen mit dem nächsten Schluck Wein genüsslich in sich wirken. Allmählich stieg es vom Boden kühl auf. Igel liefen durchs Gras Richtung Moor, wo es viele Schnecken gab. Der Duft, den die Buckelwiesen verströmten, wurde intensiver als tagsüber. Die süßen Aromen mischten sich mit schärferen und leicht bitteren wie denen von Rosmarin, Sauerampfer, Beifuß, Minze, wildem Thymian und Pimpernelle. Diese Düfte legten sich den Menschen auf die Haut, drangen in die Herzen und verstärkten ihre Freuden, Enttäuschungen und Begierden. Nur das Rosl und Korbinian beeinflusste das nicht.

Als Leibl mit Mühe den Korkenzieher auf die vierte Flasche setzte und Korbinian ihm schließlich helfen musste, sie zu öffnen, lenkte Vroni die Unterhaltung nach Paris. Zwar hatte sie von dieser Stadt ebenso wie von München nur schemenhafte Vorstellungen, aber Paris taugte, weil Leibl dort erfolgreich gewesen war. Das wusste Vroni aus vielen seiner Erzählungen. Es genügte deshalb, dass sie das Wort Goldmedaille in die Sommernacht hinausschickte, um den Freund aus seiner unglücklichen Brüterei zu holen. »Und jetzt dieser gigantische Turm«, posaunte Leibl bereitwillig. »Die Franzosen trauen sich halt was.« Mit der linken Hand klatschte er aufs Knie, sodass das Glas in seiner rechten zitterte. Ein dunkler Fleck bildete sich auf seiner hellen Leinenhose.

Bei meiner Rückreise nach London will ich Station in Paris machen und mir anschauen, wie weit die Konstruktion fortgeschritten ist. Bis zur Eröffnung der Weltausstellung sind es ja nur noch zwei Jahre.«

So wie die Fledermäuse die Insekten blitzschnell und doch en passant verfolgten, bemühte sich Reginald, Vronis Blick zu erhaschen. »350 Meter will Gustave Eiffel ihn hochziehen, ganz aus Eisenträgern«, brummte Leibl, dabei starrte er auf den Rotweinfleck auf seiner Hose, dessen Pigmente ihm gefielen. »Wie heißt denn die Kirche, zu der dieser Turm gehört?«, fragte Vroni und gähnte. »Kirche? Kirche?«, johlte Leibl. »Meine liebe Frau Grasegger, die Menschheit baut heute ganz andere Kathedralen. Hochöfen und Chemielabore sind die Gotteshäuser des Industriezeitalters.«

Seine Zunge war schwer, seine Worte fransten aus. Aber er kam in Fahrt. »Frau Grasegger, stellen Sie sich vor, in den großen Städten brennen die Straßenlaternen bis Mitternacht, eigentlich wird es dort nie dunkel.«

»Und wann schlafen dort die Leute?«

»Ach, schlafen …«

Der Maler machte eine wegwerfende Handbewegung. Zwischen seinen gespreizten Schenkeln tropfte Wein in die Erde des Geißschädels. Je dichter die Glühwürmchen ihre eckigen

Figuren zogen, desto mehr verstand Vroni, warum so viele Fremde nach Loisbichl strömten. Die wollten alle raus aus ihren engen, verrußten Städten. Der Wein und Leibls Worte machten Vroni zunehmend schwindelig. Sie schloss hinter den Brillengläsern die Augen. »23 Grad, 1,0207 Bar«, tönte aus der Dunkelheit Korbinians Stimme.

An jedem der folgenden fünf Tage erschienen Wilhelm Leibl und Reginald am Plattele. Allerdings immer erst am späten Vormittag, weil der junge Engländer gern ausgiebig frühstückte. Annie und die anderen Dienstmädchen im Brückenwirt wetteiferten darum, nach seinen Vorgaben Speckstreifen kross zu braten und sie adrett neben zwei Spiegeleiern anzurichten. Über seine langen Augenaufschläge freuten sie sich ebenso wie über die üppigen Trinkgelder.

Jedes Mal zog sich Reginald sofort mit dem Rosl unter die schattenspendende Buche zurück. Erleichtert darüber, dass er Leibl fürs Erste loshatte, amüsierte er sich noch ein paar Minuten über dessen stets gleiches Ritual: Der Maler nahm den Hut ab, fuhr sich mit gespreizten Fingern durchs kurze Haar, setzte den Hut wieder auf, spuckte kräftig in die Hände, ganz so, wie er es sich beim Bauern auf der Nachbarwiese abgeschaut hatte. Erst dann griff Leibl nach dem Rechen, den Josefa ihm grinsend hinhielt. Reginalds Lippen dagegen kräuselten sich nur ironisch. Über den volkstümelnden Leibl, über die kuriose Situation auf dieser Wiese in diesem kuriosen Bayern. Vor allem aber über sich selbst.

Weil er hier saß und sich mit einem Idiotenkind abgab, was er im Institut seines Vaters auch täglich haben konnte. Auch dass er nicht wie geplant bei Sonnenaufgang aufgebrochen war und über Steige und durch Kare kletterte, widersprach aller Vernunft. Ausgebreitet auf seinem Bett im Brückenwirt lag eine maßstabsgetreue Karte und auf dem

Nachtkästchen Hermann von Barths großartiges Buch über die nördliche Alpenkette. In dem Moment blies ihm ein Windstoß den feschen Strohhut vom Kopf. Solch eine Thermik gibt es in England nicht, dachte Reginald, warm wie in Italien, aber ungestümer. Auch das gefiel ihm an diesem Werdenfelser Land. Den Blick auf das weiße Kopftuch geheftet schlang er beide Arme um die angezogenen Knie. *Wie biegsam und zugleich kräftig sie ist.* Reginald setzte den Hut wieder auf und bog die Krempe so, dass niemand außer dem Rosl mitbekam, wie intensiv er Vroni beobachtete.

Die Alpen waren der Grund, warum er nach München gekommen war. Wegen der Kunst und der Museen war er länger als beabsichtigt dort hängen geblieben, hatte Wilhelm Leibl kennengelernt, sich mit ihm angefreundet. Mit dem Maler verknüpfte sich das eine mit dem anderen Interesse, denn auch ihn zog es in die Berge. Wobei Reginald, der den Kontinent mehrmals bereist hatte, das Gefühl hatte, mit dem Werdenfelser Land einen Flecken der Welt betreten zu haben, der ähnlich exotisch und aufregend war, wie es die Südseeinseln zu Zeiten Captain Cooks gewesen sein mussten.

Seine Ausrüstung samt Steigeisen, Seil und Pickel war vom Feinsten. Die Stiefel standen eingefettet neben der Tür. Seinen Führer, einen versierten jungen Burschen aus Mittenwald, hatte Reginald für zwei Gipfel im Voraus bezahlt, Ödkarspitze und Dreikarspitze. Auch dafür, dass der ihm seine Fotoausrüstung hochschleppte. Mit den Aufnahmen von sich unter dem jeweiligen Gipfelkreuz würde er in seinem Club mächtig Eindruck schinden können. Nichts galt derzeit in London als so modisch und prestigeträchtig wie der Alpinismus. Vronis sich ununterbrochen abmühende Gestalt vor Augen träumte Reginald weiter. Bis ihn ein Quieken aufschreckte.

Das Gesicht des Kindes, das die ganze Zeit neben ihm im Gras gesessen und mit großer Ernsthaftigkeit Blütenblätter von Gänseblümchen abgezupft hatte, war jetzt rot und zornig verzogen. Weinte das Rosl etwa? Reginald, der so gut wie nie die Fassung verlor, wurde es an diesem ohnehin warmen oberbayerischen Mittag plötzlich unangenehm heiß. Beinahe hatte er das Kind und sein Versprechen vergessen. Hastig beugte er sich vor und kommandierte, wenn auch mit schmeichelnder Stimme: »Zunge rausstrecken Rosl. Das Spiel kennst du doch. Du hast es gestern doch so schön gemacht.« »Spiel. Zunge. Geschenk fürs Rosl«, brabbelte das Mädchen.

»Zunge, Rosl, erst die Zunge herausstrecken.«

»Geschenk. Geschenk fürs Rosl.«

Zum zweiten Mal innerhalb einer halben Stunde lächelte Reginald ironisch. Dieses Kind ist viel intelligenter, als ich vermutet habe, dachte er. Und entgegen der pädagogischen Grundsätze, die im Institut seines Vaters galten, griff er in seine Hosentasche. Augenblicklich glätteten sich Rosls Gesichtszüge. Die tränenfeuchten Augen strahlten, als ihm eine rubinrote Murmel hingehalten wurde.

Sie stammte aus einem Samtbeutel mit zwei Dutzend weiteren Glaskugeln, den Reginald kurzerhand für viel zu viel Geld einem sommerfrischelnden Brauereibesitzer-Ehepaar aus Nürnberg abgekauft hatte, das mit zwei übergewichtigen Kindern und einer Zofe ebenfalls im Brückenwirt logierte. Die Familie hatte am Morgen mit ihm auf der Terrasse gefrühstückt, als zwei Handwerker ein nach frischem Lack riechendes Schild über dem Eingang des Wirtshauses angebracht hatten. Links und rechts rahmte ein dilettantisch gemalter Hirsch eine Beschriftung ein: *Hotel zum Brückenwirt*. Mit derselben Fuhre waren aus Partenkirchen zwanzig weitere Geranienstöcke nach Loisbichl gebracht worden.

Eingespannt zwischen Daumen und Zeigefinger, hielt Reginald die Murmel in einen durch die Buchenblätter fallenden Sonnenstrahl, sodass die ganze Glitzerpracht zur Wirkung kam. Wie ein unbehaartes Wiesel schnellte Rosls Zunge heraus und hielt sich so lange straff in der Luft, bis Reginald zufrieden nickte.

Als Nächstes fasste Reginald das Mädchen an den Händen, zog es hoch und begann auf einem Bein zu hüpfen. Kurz machte das Rosl mit, sank aber bald erschöpft zu Boden, erneut kullerten Tränen. Mit einem raschen Blick auf die Frauengestalt, die zum Glück unbeirrt frisch gemähtes Gras auf die Stangger hängte, strich Reginald das Hüpfen aus seinem Programm. Leichter fiel es dem Kind, die Finger weit zu spreizen und vorüberfliegenden Vögeln zuzuwinken. Diese Übung wurde ein ums andere Mal wiederholt, ebenso diejenige zur Stärkung der Zunge. Als die Sonne tief im Westen stand und Vroni das Zeichen zum Aufbruch gab, war das Rosl Besitzerin von acht Glasmurmeln verschiedener Farben.

Zum Nachtmahl bereitete Vroni Hober zu. Sie entfernte die Triebe der mittlerweile weichen Kartoffeln vom vergangenen Jahr, rieb die Feldfrüchte so klein wie möglich und schwitzte alles mit reichlich Mehl in der Pfanne an. Dazu gab es Sauerkraut und einen Klecks Schmand. Sowohl Leibl als auch der englische Gast vergaßen für drei Lidschläge ihre guten Manieren. Misstrauisch beäugten sie den braunen bröseligen Haufen, den Vroni vor sie hingestellt hatte. Eine Viertelstunde später wischte sich Reginald mit dem Handrücken über die fettigen Lippen. »So etwas Köstliches habe ich selten gegessen«, sagte er.

Dabei schaffte er es, Vronis Blick länger als nötig zu halten. Sollte er Stoffservietten aus London hierherschicken lassen? Als er die nächste Gabel Hober zum Mund führte, verwarf Reginald diese Idee als überaus lächerlich. »Ich habe zu danken«, erwiderte Vroni feierlich. »Für Ihre Mühe mit dem Kind.« Dabei schaute sie vom Teller hoch und bereits zum zweiten Mal an dem Tag direkt in Reginalds Augen. Auch Korbinian und der Onkel unterbrachen ihr Schmatzen, nickten anerkennend und lächelten Reginald scheu zu.

An dem Abend gingen sie so selbstverständlich mit den Gläsern nach draußen, als ob das schon immer gute Tradition war. Entlang der obersten Zacken des Berges hing schnurgerade ein lachsrosa Wolkenband. Es zog sich vom Osten über das gesamte Massiv und franste im Westen in einer Farbe aus, die Vroni an Schatzas empfindliche Zitzen erinnerte. Es sah so wunderschön aus, dass ihre Kehle trocken wurde und sie sich abwenden musste, weil sonst womöglich die Brillengläser verschmiert worden wären. Dass ihr Leben so schön wie der einmalige Berg sein konnte, hatte Vroni nicht geahnt. Wie immer nahm sie auf der Bank rechts vom Onkel Platz, dessen Oberkörper bereits fünf Minuten später gegen ihre Schulter fiel. Im Schoß hielt sie eine Schüssel mit gedörrten Apfelringen. Auf dem Geißschädel herrschte, was selten vorkam, Windstille. Der Himmel war noch so hell, dass man Zeitung lesen oder Strümpfe hätte stopfen können.

Das Rosl kletterte auf die Bank und kuschelte sich in die Lücke zwischen seiner Mutter und dem dösenden alten Mann. Mit Bedacht platzierte Reginald erst jetzt seinen Stuhl, und zwar so, dass er schräg gegenüber der Graseggerbäuerin saß, aber jederzeit auch das Kind ansprechen konnte. Dicht neben ihm stand Korbinians Stuhl, ein Stück weiter Josefas. Leibl quetschte sich dieses Mal links neben den Onkel und betrank sich noch schneller als an den Abenden davor.

Korbinian zog sich die Hosenträger von den Schultern und ließ sie links und rechts am Boden schleifen. Seine Temperatur- und Luftdruckinformation wurde enthusiastisch aufgenommen. Obwohl die Werte sich kaum von denen des vorigen Abends unterschieden, applaudierten Reginalds helle gepflegte Hände. Vroni konnte den Blick nicht mehr von diesen Händen lösen und ließ ihren Fantasien freien Lauf. Das Rosl fing an zu klatschen, als Reginald bereits damit aufgehört hatte, sodass alle zusammen gutmütig lachten. Leibl erzählte weitschweifig und wie immer ins Prahlen geratend von den Bordeaux-Weinen, die er mit seinem französischen Malerfreund Gustave Courbet regelmäßig in den Lokalen des Montmartre getrunken hatte.

In der nächsten halben Stunde löste sich das lachsrosa Band, der Berg verwandelte sich in einen Haufen Hober. Ohne dass sie dazu aufgefordert wurde, stellte Josefa ihr halb ausgetrunkenes Glas ins Gras, stand auf, schleuderte einen scharfen Blick in Richtung Bäuerin, schlurfte dann, die Hände kräftig zusammenschlagend umher, bis das gesamte Federvieh in sein Haus geflüchtet war. Als der Riegel vorgeschoben war, fühlte sich Josefa plötzlich sehr wichtig.

Die eckigen Schultern hebend kehrte sie in die Runde und zu ihrem Stuhl zurück. Dass dieser Mister, den sie persönlich nicht übel fand, sich unentwegt vorlehnte und sich aus der Schüssel bediente, nur um noch näher an die Bäuerin heranzukommen, sah ein Blinder mit Krückstock. Vroni wiederum nutzte Reginalds Apfelringekonsum, um seine Hand noch genauer zu betrachten, wenn sie sich ihrem Schoß näherte. Niemand hier hatte solche Hände ohne Spuren von Arbeit, nicht einmal Hochwürden. Was, wenn sich diese Hände flach auf ihre verbrannte Stirn legten oder ihre müden Hüften berührten? Oder den Weg zu ganz anderen Stellen ihres Körpers finden würden? In dem Moment wurde das Gestrüpp zwischen ihren Beinen feucht, obwohl es bis zu ihrer Regelblutung noch gut Zeit hatte. Erschrocken über diese Regung schob sich Vroni selbst eine Handvoll Apfelringe in den Mund.

»Rosl, komm doch mal her. Für dich habe ich heute noch was ganz Besonderes dabei!«

Auf Reginalds gleichbleibend ruhige Stimme reagierte das Kind inzwischen auch im Halbschlaf. Es rollte sich aus der warmen Höhle zwischen seiner Mutter und dem Onkel, rieb sich die Augen, glitt von der Bank, gähnte und taumelte gegen Reginalds linkes Bein. Nur Korbinian war aufgefallen, dass der Engländer an diesem Tag einen Rucksack, in dem etwas ungewöhnlich Sperriges steckte, mitgebracht und unter seinem Stuhl deponiert hatte. Den Gegenstand hielten die Graseggerleute im ersten Moment für ein Blasinstrument. Zielsicher tropfte der Speichelfaden auf den dünnen, in Manchester gewebten Hosenstoff. »Damit, Rosl«, erklärte Reginald und hielt dem Kind, das sich an sein Knie lehnte, ein im Wesentlichen aus einem unterarmlangen hölzernen Trichter bestehendes Gerät vor die Nase, aus dem zwei dünne Schläuche herausgingen, »kann ich hören, was für schöne Musik in dir drinnen gemacht wird.«

»Wie bei der Kirchweih?«

»Noch viel schöner. Darum will ich deine Musik ja auch hören.«

Rosls Zunge hing schlaff über die Unterlippe, aber Reginald verbiss sich eine Ermahnung. Es war jetzt wichtiger, das Kind bei Laune zu halten. Während er die knopfähnlichen Enden der Schläuche in seine zierlichen Ohren steckte, suchte er über Rosls Kopf hinweg dringender denn je Vronis Blick.

»Durch die Kleidung hindurch geht es leider nicht.«

Entschuldigend räusperte sich Reginald.

»Das Rosl müsste sich oben herum frei machen.«

Vronis Lippen öffneten sich. Sie wollte protestieren, dann durchzuckte sie eine Ahnung, und wortlos signalisierte sie ihr Einverständnis. Damit es alle verstanden, verkündete Reginald lauter als sonst: »Das ist das beste Stethoskop, das es derzeit auf der Welt gibt. Aurelio Bianchi, ein Medizinprofessor aus Florenz, hat das Modell entwickelt. Ich konnte es in München einem durchreisenden, sich in Geldschwierigkeiten steckenden italienischen Kollegen abkaufen. Mein Vater wird es in seinem Institut gut einsetzen können.« Reginalds zuckende Augenlider verrieten, dass auch er aufgeregt war. Hastig fügte er hinzu: »Es verfügt über eine Hartgummimembran. So werden im Resonanzraum die Töne verstärkt werden, die ich jetzt gleich höre, wenn ich Rosls Herz auskultiere, will sagen, behorche.«

Alle Umsitzenden glotzten ihn stumm an. Schließlich straffte Vroni den Oberkörper und richtete sich auf der Bank sehr gerade auf, wodurch der Onkel schräg in die Lücke kippte, in der vorher das Kind gesessen hatte.

»Da schau her, Rosl, hast du das gehört. Das ist was ganz Gescheites, was der Mister vorhat.«

Neugierig betaste das kleine Mädchen einen der dünnen Schläuche.

»Du zeigst uns jetzt, dass du Knöpfe inzwischen ganz allein aufmachen kannst.«

Folgsam machte sich das Rosl am obersten Knopf des Mieders zu schaffen. Josefa zog so scharf die Nase hoch, dass der Onkel erschrocken den Kopf hob, während Korbinian sich hinter seinem Weinglas versteckte. Das Rosl blies so lange beide Backen auf und stieß die Luft wieder aus, bis das Mieder vorne offenstand. Der Onkel rief: »Bravo, bravo.«

»Bravo, bravo«, wiederholte das Rosl. Mit Vronis Hilfe schälte es sich vollständig aus dem Oberteil. Im Rücken des kleinen Mädchens stand riesig und plötzlich wieder sehr schroff und kantig der Berg. Seine Spitzen von der untergehenden Sonne messerscharf konturiert. Das Rosl streckte den nackten Oberkörper vor, und das kleine Mondgesicht glänzte vor Stolz über die Aufmerksamkeit. Behutsam setzte Reginald die Öffnung des Trichters auf die zarte weiße Haut.

»Da drinnen musizieren Engel«, flüsterte er dem Rosl zu, das weiterhin kerzengerade und reglos dastand. Nur die Zunge hatte mittlerweile den Mund verlassen. Das Stethoskop wanderte um die winzigen Brustwarzen herum, dabei war Reginalds Blick vollkommen nach innen gerichtet, seine Konzentration spielte sich in den Ohren ab. Er ließ sich Zeit. Sodass Vroni das Gefühl hatte, in derselben Zeit könnten alle Schwaden auf der Hangwiese gewendet werden. Keine Vogelstimmen, kein Windrauschen, nur das übliche leise Stöhnen des Onkels war zu hören. Leibl umklammerte sein Glas, trank aber nicht. Auch der Berg schien die Luft anzuhalten. So ruhig wie er es aufgesetzt hatte, so ruhig löste Reginald das Stethoskop auch wieder von Rosls Brust. Fast genau so viel Zeit verwandte er darauf, den Rücken abzuhorchen. Bis er den Trichter senkte und langsam die Schläuche aus den Ohren zog.

»Sehr gut, Rosl, sehr gut. Danke dir sehr.«

Reginald streichelte dem sichtlich erschöpften Kind über den Kopf und im nächsten Moment kam die größte Murmel zum Vorschein, die er bislang je hergezaubert hatte. Smaragdgrün und groß wie die Hagelkörner, die vor drei Jahren auf dem Geißschädel gefallen waren, die schwersten seit Menschengedenken. Daran erinnerte Josefa mit unheilschwangerem Unterton, dann leckte sie sich Weintropfen aus den Mundwinkeln. Halb ausgezogen wie es bereits war und seinen neuen Schatz in der rechten Faust, wurde das

Mädchen ins Haus und dann in die Schlafkammer geschoben. Mit klopfendem Herzen kehrte Vroni bald zurück auf die Bank und zu Reginalds Berührungen, die sie drinnen neben der Bettstatt mehr denn je ersehnt hatte.

Das Stethoskop verschwand wieder im Rucksack. Zu Josefas Erstaunen sprang die getigerte Katze auf Reginalds Schoß und rollte sich schnurrend zusammen. Leibl drückte Vroni ihr frisch gefülltes Glas in die Hand. Eine Fledermaus segelte vorbei, gleich eine zweite und eine dritte. »Und?«, piepste der Onkel und reckte den Kopf aus dem zu weit gewordenen Hemdkragen. »Was ist jetzt los mit dem Rosl? Spucken Sie es endlich aus!«

Seit dem Tag, an dem der Hornsteinerbauer und sein Knecht die Nachricht vom Tod des Königs gebracht hatten, hatte der Onkel keinen so langen Satz mehr gesprochen. Reginald spitzte die Lippen, glättete sie wieder, streichelte den Kopf der Katze und sagte schließlich: »Es ist so: Es gibt einen Defekt im Herzen. Höchstwahrscheinlich hat das Kind ihn von Geburt an.«

Reginald hörte auf, die Katze zu streicheln. Seine schöne Hand ruhte aber weiterhin zärtlich auf dem Tier.

»Dieser, äh, Defekt, wirkt sich so aus, dass das Blutvolumen in Rosls rechter Herzkammer übermäßig ansteigt. Das überschüssige Blut wird in die Lunge gepumpt und von dort kommt logischerweise auch wieder mehr Blut in die linke Kammer. Rosls Herzwand ist deswegen über die Jahre dicker geworden, das Herz hat sich überhaupt erweitert.«

Reginald fiel es zunehmend leichter zu sagen, was zu sagen war.

»Deswegen hat das Kind manchmal Atemnot, ist schnell erschöpft, bekommt blaue Lippen. Deswegen wächst es auch nicht so gut.«

Vronis Blick ruhte weiterhin auf der Hand, die auf dem

Rücken der schlafenden Katze lag. »Aber das Gute ist«, fuhr Reginald fort und hob die Stimme ein wenig. »Dass es viel besser um Rosls Herz bestellt ist, als ich ursprünglich dachte. Leber und Milz sind zum Glück überhaupt nicht vergrößert. Und hier, in der guten Luft, kriegt das Kind auch keinen Lungeninfekt. Das Rosl, Frau Grasegger, hat also gute Chancen, noch viele Jahre zu leben.«

Drunten in Loisbichl war an diesem lauen Abend im Juli 1887 die Hölle los. Vor dem Brückenwirt standen Sommerfrischler und Einheimische in Grüppchen zusammen, gelegentlich mischten sie sich sogar. Einige Menschen schüttelten nur wortlos die Köpfe, viele redeten durcheinander, einzelne trumpften lautstark mit Verschwörungstheorien auf. Die Juden, die Marxisten, möglicherweise steckten auch der Papst und Bismarck gemeinsam dahinter.

Auf den Tischen im Wirtshaus wurden Zeitungen glattgestrichen und die neue Sitzverteilung im bayerischen Landtag vorgelesen. Im feuchten Pfarrhaus schräg gegenüber schrieb Hochwürden die nächste Predigt ein ums andere Mal um. Keine Formulierung war ihm drastisch genug, um den Weltuntergang zu beschreiben. Denn die Sozialdemokraten hatten 2,1 Prozent der Wählerstimmen erhalten.

Das Ergebnis der Landtagswahlen hatte es noch nicht auf den Geißschädel hinaufgeschafft und hätte dort vermutlich auch niemanden interessiert. Alle Tiere waren gesund, in der Vorratskammer lagerten reichlich Würste, Käselaibe und Schmalz. Mit Hilfe der beiden Männer aus der Stadt war fast das ganze rösche Heu auf den Dachboden und in die Stadel geschafft worden.

Jeder dieser arbeitsreichen Tage ging in einen wunderbar samtigen Abend über. Es wurde viel gelacht, getrunken und ein paar Mal auch laut und falsch gesungen. Dem Onkel wurde die Zither aus der Kammer geholt, und seine klammen Finger zupften Melodien, so gut sie es noch konnten. Vroni und Reginald tauschten von Abend zu Abend tiefere und längere Blicke aus. Wie scheinbar zufällig berührte seine Hand immer öfter ihren Ellenbogen oder ihre Schulter. Einmal, als er den heruntergefallenen Korkenzieher aus dem Gras aufhob, umfasste er kurz den Knöchel ihres linken Fußes.

Wieso sich Vroni gegen Ende des Heumondes sicher war, dass es in ihrem Leben nicht mehr schöner werden würde, wusste sie nicht. Aber sie war sich absolut sicher, dass es so war.

Kapitel 10

»Wenn Sie wollen, lasse ich mich vom Herrn Leibl für Sie malen«, sagte Vroni leichthin in die Pfanne hinein, in der sie vom Vortag übrig gebliebene Knödel in Butterschmalz anröstete. Es war ihr nicht anzuhören, dass sie diese Entscheidung in den vergangenen Tagen und Nächten wie eine dampfend heiße Kartoffel beim Schälen fortwährend von einer Hand in die andere geworfen hatte.

»Das wäre, das wäre fantastisch, Frau Grasegger. Wirklich fantastisch«, entgegnete Reginald, wobei es ihm ausnahmsweise schwerfiel, seine Freude zu zügeln und gelassen zu bleiben.

»Am besten, er fängt damit bald an. Gleich dieser Tage. Bevor es bei uns mit dem Grummet drunten an der Isar losgeht.«

Vroni hob beide Arme. Die Ellenbogen nach vorne angewinkelt, die Hände im Nacken, um die Zipfel des Kopftuches fester zu knoten. Eine Bewegung, die sie zigmal am Tag wiederholte, und die jedes Mal Reginalds Herzschlag beschleunigte, auch wenn er wie jetzt in ihrem Rücken am Tisch saß und mit dem Rosl übte. Energisch schob Vroni einen großen Topf mit Wasser auf der Herdplatte von einer Ecke Richtung Mitte und die Pfanne etwas zur Seite. Alles war gesagt, und trotzdem so gut wie nichts.

Reginald hatte nicht die geringste Ahnung, was Grummet bedeutete, aber er hütete sich nachzufragen, um auf keinen Fall die kostbare Zusage zu gefährden.

»Wann immer es Ihnen am besten passt. Herr Leibl hat ja genug Zeit. Außerdem ...«

Reginald führte eine Hand zum Kopf und strich sich hastiger, als es seine Art war, durch das schütter werdende hellbraune gewellte Haar. »Ich habe dem Herrn Demmel, Robert Demmel, Bescheid gegeben, dass wir übermorgen die Birkkarspitze von Scharnitz aus angehen. Und wenn ich erstmal aus dem Weg bin«, sagte er und lachte leise, aber unmissverständlich ironisch, »kann unser Freund sich viel besser aufs Malen konzentrieren.«

»Übermorgen, haben Sie gesagt ... na dann.«

Vroni kratzte mit einem Schaber angebackene Knödelscheiben vom Pfannenboden. Wie der kalte Nebel, der manchmal urplötzlich vom Hochmoor zum Hof herüberzog, sackte Enttäuschung in sie ein. Die Bergtour mit dem Demmel drüben auf der Tiroler Seite bedeutete, dass Reginald drei, vielleicht sogar vier Tage fortblieb. Nicht mehr Rosl Zunge ansporne, damit sie kräftiger wurde, nicht mehr abends an der Hauswand ihr gegenübersaß, nicht mehr ... Vehement wendete Vroni den Inhalt der Pfanne. Und nach der Birkkarspitze? Würde dann alles so weitergehen, wie es fast diesen ganzen Heumond über gewesen war? Vroni zerrte an einem Topflappen. Aber anstatt sich vom Nagel zu lösen, riss der runzelig gestrickte Lumpen ein.

»Jetzt müssen Sie aus dem Weg gehen, ich komme gleich mit kochend heißem Wasser«, zischte sie. Dabei wusste sie, dass Reginald ebenso wie das Rosl sich auf der Bank in Sicherheit befanden. Mit kurzen schnellen Schritten trug Vroni den Topf quer durch die Küche. Auf dem Tisch wartete bereits der Holzbottich mit schmutziger Wäsche und

Leinensäckchen gefüllt mit Holzasche. Die Art und Weise, wie er gerade über Leibl geredet hatte, gefiel Vroni nicht. Sie kippte den Topf, und dampfend sickerte das Wasser in die Wäsche. Innerhalb von Sekunden verwandelten sich ihre Brillengläser in milchige Wände.

»Das gute Wetter schlägt möglicherweise gegen Ende der Woche um. Regen, meint Ihr Herr Onkel. Ich muss mich also beeilen.«

Reginalds Stimme hörte sich schon entfernt an, als ob er bereits zu dem Berg aufgebrochen wäre.

»Ja, wenn der Onkel das meint. Er ist allerdings etwas verschnupft. Wenn ich mit dem Waschen fertig bin, koche ich ihm Tee mit Tannenspitzensirup.«

Mit großen Bewegungen rührte Vroni mit dem langstieligen Holzlöffel in der Lauge herum. »Mit der Kleinen«, beeilte sich Reginald zu sagen, »machen Sie einfach so weiter, Frau Grasegger, wie ich es Ihnen gezeigt habe. Immer wieder die Zunge, die muss straff gestreckt und dann im Kreis geführt werden. Danach die Finger, damit sie ihre Geschicklichkeit verbessern.« Vroni entgegnete nichts. Gesicht und Kopftuch waren mittlerweile feucht. Ihr sorgsam gehütetes Inneres drohte aufzuweichen und zu Tage zu treten. Sie stocherte weiter im Waschwasser, die Augen hielt sie geschlossen, geschützt von den beschlagenen Brillengläsern.

Eine halbe Stunde später stand der Bottich neben dem ausgehöhlten Baumstamm. Vroni zog einen Unterrock aus der scharfen Lauge und tauchte ihn schnell ins klare Brunnenwasser. Im Ahorn rauschte es, zwei seiner dicken Äste rieben quietschend gegeneinander. Gut, dachte Vroni, Wind ist da. Wind war immer gut am Waschtag. *Habe ich wirklich geglaubt, er bleibt? Nur weil London so rußig und nebelig und das Werdenfelser Land so schön ist?* Als Nächstes spülte Vroni ein Männerhemd, wrang es aus und schlug es schließlich kräftig gegen den Brunnenrand. Die Haut ihrer Hände war mittlerweile aufgequollen und dunkelrot.

Dass Reginald sie beobachte, nahm sie gar nicht wahr. Er war ihr nach draußen gefolgt und stand inmitten der unentwegt scharrenden und pickenden Hühner, die Arme entspannt an den Seiten seiner hellen Hose. Der Wind von der Alpensüdseite wirbelte seine feinen Haare auf, ohne Hut sah er noch schmächtiger aus. Gebannt folgten seine Augen den kraftvollen Bewegungen der Graseggerbäuerin. *Ihr Profil, ihr voller Mund. Es wird Zeit, ich muss hier fort, sonst vergesse ich mich.* Um seine Gedanken zu verscheuchen, rief er laut durch das Gackern und Blätterrauschen zum Brunnen hin: »Übrigens sind die Finger von Rosls linker Hand deutlich geschickter als die seiner rechten. Erlauben Sie dem Kind also ruhig, mit links zu schreiben.«

Vronis Oberkörper schnellte so abrupt hoch, dass sich das Kopftuch löste und zu Boden segelte.

»Dafür gibt's in der Loisbichler Schule Stockschläge. Bis das Blut kommt.«

»In England auch.«

Vroni lachte kurz auf. Es klang wie Husten. Ein Stück Stoff blähte sich im Wasser, Seifenblasen schillerten bunt und zerplatzten gleich wieder. Ein Huhn zog zwischen Vronis Holzpantinen einen Wurm aus der Erde.

»Naja, das Rosl wird sowieso nie in die Schule dürfen. Dann kann es ruhig alles mit der Linken erledigen.«

Es hätte noch viel zu sagen gegeben, was nichts mit dem Rosl oder den Übungen zu tun hatte. Begriff er denn gar nicht, warum sie zugestimmt hatte, sich malen zu lassen? Wieder beugte sich Vroni über den ausgehöhlten Baumstamm und spülte einen weiteren Unterrock in dem silbernen Wasserstrahl. Auch der wurde erbarmungslos ausgewrungen und gegen den Brunnenrand geklatscht. Ohne noch einmal aufzuschauen, legte Vroni ihn auf das am Vortag von Korbinian kurz gemähte Gras gleich neben dem Trog. Unschlüssig sah Reginald ihr auch dabei zu. Froh darüber, dass das Brunnenwasser plätscherte, die Hühner gackerten und die an- und abfliegenden Schwalben sich die Seele aus dem Leib zwitscherten. Es ersparte ihm, Konversation zu betreiben.

Ohne dass sie gerufen worden war, schlurfte Josefa aus dem Nirgendwo heran. In ihrem flächigen Gesicht hockte Neugier so angespannt wie sonst nur die getigerte Katze vor einem Mauseloch. Wortlos wies Vroni die Magd an. Gemeinsam breiteten die Frauen ein nasses Wäschestück nach dem anderen aus. Dass die Hühner kreuz und quer darüber rannten, störte niemanden. Reginald drehte sich vom Brunnen ab, schaute auf seine goldene Uhr, ließ sie zurück in die Westentasche gleiten und vertiefte sich dann in den Anblick des Berges.

In großer Eile trieben dünne Wolken über den Himmel, verdeckten in unregelmäßigen Abständen die Felswände, zogen fahrig weiter. Angenehm war es. Nicht zu heiß und vor allem sah es bislang nicht nach Regen aus. Drunten im Brückenwirt war alles gepackt, Demmel würde die Ausrüstung und das Stativ tragen. Reginald schnaufte tief und genüsslich. Diese Luft hier! Erdig und scharf, mit einer Nuance Süße. *Opium für uns Stadtmenschen.* Er atmete durch den geöffneten Mund. Fotografische Aufnahmen von sich neben dem Gipfelkreuz der Birkkarspitze, den erst vergangene Woche erworbenen Werdenfelser Trachtenhut auf dem Kopf, über der Schulter dekorativ das Seil. Dazu noch Leibls Ölgemälde von diesem exotischen Geschöpf. Diese doppelte Ausbeute würde die peinlichen Bitten um einen weiteren Scheck bei seinem Vater wettmachen.

Wie aufregend die Welt doch war. Mit dem nächsten

Atemzug spürte Reginald ein jähes Gefühl des Glücks und vor allem des Stolzes. Im nächsten Sommer dann das Matterhorn, oder gleich die Anden. Und zwischendurch sein Londoner Club. Und gepflegte Bordelle, wo die Damen nicht nur alle möglichen sexuellen Kunststücke beherrschten, sondern gegen Extrageld auch Cancan tanzten und französische Chansons trällerten. Die Wolken lösten sich auf, und die Sonne brannte auf den Geißschädel, sodass die Wäsche vor dem abendlichen Melken trocken war.

Das Stillsitzen war eine Qual. Anstrengender als das Schneiteln im Wald am Walchensee oder das Zusammenrechen des Heus auf der steilen Hangwiese. Bereits nach der ersten Stunde hatte Vroni Kreuzschmerzen, zudem juckte es sie unter den aufgesteckten Zöpfen, als ob sie Läuse hätte. Aber Leibl hatte verlangt, dass sie das Kopftuch ganz straff nach hinten band. Keine einzige Haarsträhne durfte hervorschauen. Ein paar Mal fingerte Vroni unter den Stoff, um sich zu kratzen. Jedes Mal blaffte Leibl, sie solle verdammt noch mal keine Miene verziehen und schon gar nicht den Arm bewegen. Vroni streckte ihm die Zunge raus.

Im Stall, wo er Vroni am liebsten porträtiert hätte, war es zu dunkel. Draußen an der Hauswand ging zu viel Wind, außerdem störten die Hühner. So blieb nur die Küche. Der Maler hatte einen Stuhl ganz nah an eines der den ganzen Sommer über nicht geputzten Fenster gestellt, Vroni an beiden Schultern gefasst und auf die Sitzfläche gedrückt, als ob er sie festschrauben wollte. In dem Moment veränderte sich ihre Freundschaft. Vroni wurde sein Modell, sie hatte zu gehorchen. Wilhelm Leibl drehte ihr Kinn hin und her, bis ihm der Winkel passte. Dann befahl er ihr, so scharf wie möglich nach rechts zu schauen.

»Das ist nämlich ganz typisch für Sie.«

Er murmelte noch etwas Unverständliches in den Bart, bearbeitete aber bereits mit schnellen Handbewegungen, die Vroni ihm nie zugetraut hätte, die Holztafel. Sie war jetzt dazu verdammt, auf einen Schimmelfleck zu starren, der sich über die Wand rechts vom Herd fraß. Manchmal leistete ihr das Rosl Gesellschaft. Es kniete sich auf den rissigen Boden und verrenkte den Hals, damit es Blickkontakt hatte. Aber weil Vroni den Mund nicht aufmachen durfte, stand das Kind bald wieder auf, rannte draußen den Hühnern nach oder blieb bei Korbinian, der auf der Rückseite des Hofes mähte. Dort, wo das Föhrendickicht in die Buckelwiesen hineinwucherte.

Zu den Kreuzschmerzen kamen noch die Gedanken, die Vroni überfielen, wenn sie so ganz ohne Arbeit dasaß. Die Blaserbäuerin hatte ihr verraten, dass man in Loisbichl über das Getue mit dem Idiotenkind redete. Übungen mit der Zunge, was sollte das? Ein neuer Bauer würde ihr die Faxen schon austreiben. Auch über die häufigen Besuche der beiden Städter auf dem Geißschädel wurden am Stammtisch und beim Melken getratscht. Zwar mochte man den Herrn Kunstmaler, ebenso die Trinkgelder, die der Mister verteilte. Aber dieser Herrenbesuch gehörte sich einfach nicht für eine Witwe! Diese Meinung vertrat auch Mathilde Klotz. Vroni rutschte fünf Zentimeter Richtung Stuhlkante. Leibl stöhnte laut, sagte aber nichts.

Die Kartoffeln müssen geschält, die Hefe angesetzt werden. Und wo trieb sich Josefa schon wieder um? Am schlimmsten war es, wenn die Geschichte mit dem missgestalteten Kalb auf vielen winzigen Tausendfüßlerbeinen in Vronis Kopf herumkrabbelte, während sie zum Stillsitzen verdammt war. Einen Monat zu früh war es herausgeplumpst. Sie spürte ein Ziehen im Brustkorb, harrte aber weiterhin kerzengerade aus, und nur das Schaben und Schmatzen des Pinsels war zu hören. Tot und von Schmeißfliegen umschwirrt hatte es unter den Apfelbäumen gelegen. Die brave blonde Irmi stand daneben und leckte es hilflos ab. Das Geld vom Wackerle für das Kalb hatte Vroni bereits ins Budget für den Winter eingeplant. Schon einmal hatte Irmi ein solches lebensunfähiges Ding geboren. Kurz nach Vronis Einheirat, was Josefa sofort als unheilbringenden Stern der neuen Bäuerin gedeutet hatte. *Vielleicht soll ich deswegen den Anton fragen? Wenn sich einer mit Vieh auskennt, dann er.* Der Namenstag seiner Mutter stand ja an, da ergab sich sicher eine Gelegenheit.

Unter dem langen Rock presste Vroni die Beine zusammen. Eine Viertelstunde noch, länger konnte es nicht mehr dauern. Leibls Augenbrauen zuckten, während der Maler vor sich hin murmelte: »Der Lichtwert von Ocker, der Lichtwert von … nicht bewegen, Frau Grasegger, jetzt bloß nicht bewegen. Gleich habe ich Ihre Konturen.«

»Ich muss mal.«

»Müssen? Sie müssen nur stillhalten.«

»Doch, ich muss. Dringend.«

Mit einem entgeisterten Gesichtsausdruck lugte Wilhelm Leibl an der Staffelei vorbei.

»Dringend was? Wohin?«

»Ach, Herr Leibl, ich habe halt, bevor wir angefangen haben, noch schnell ein Glas Buttermilch getrunken …«

»Ich male. Sie sitzen. Basta.«

Zusätzlich zu den Beinen presste Vroni noch den Kiefer zusammen. Reichte der Kaffee noch für zwei Wochen? Würde es genügend Regen und Sonnenschein im Wechsel geben, damit in den nächsten Wochen das Gras ordentlich nachwuchs und es ein gutes Grummet gab? Sie strengte sich an, damit ihre Gedanken um diese Fragen kreisten und nicht in Richtung des missgestalteten Kalbes oder, schlimmer noch, zur Birkkarspitze streunten.

Ein Kratzen schreckte Vroni auf. Leibl hatte die Holztafel von der Staffelei genommen und bearbeitete die Fläche, die er eben noch bemalt hatte, mit einem Gegenstand.

»Himmelherrgott, Herr Leibl, was machen's da?«

»Ich reibe mit dem Bimsstein die Vormalerei ab, damit ich nur noch die Umrisse habe. Jetzt geht's erst richtig los, schnell, schnell, damit Ihre Gesichtslandschaft lebt. Unter Ihrer Haut brodelt es nämlich gerade ganz gewaltig.«

Leibl lachte leise.

»Sind Sie besoffen, Herr Leibl?«

»Frau Grasegger, Ihre Grobheit. Die male ich auch mit hinein!«

»Ach, halten's doch Ihr Maul.«

Am zweiten Tag als Malermodell hatte Vroni eine Eingebung. Sie rührte wahrscheinlich von dem Mohnöl her, mit dem Leibl die Pigmente mischte und in kreisenden Bewegungen verrieb. Mohnöl hielt die Farben länger weich als andere Öle, hatte er ihr erklärt, und Vroni vergaß seinen Befehl, flach zu atmen. Denn das Mohnöl roch nussig und wunderbar rein, was in der verrußten und verschimmelten Küche einer Offenbarung gleichkam.

»Korbinian, komm rein. Ich brauch dich«, schrie Vroni durch ein einen Spalt weit geöffnetes Fenster. Leibls Augenbrauen drohten. Aber als Korbinian vor ihr stand, hielt Vroni das Kinn unbewegt.

»Weißt was, wir weißeln. Die Küche.«

»Hm.«

Korbinian schabte mit dem linken Daumennagel, der ebenso wie der rechte senfgelb und stark gerillt war, an seinem spitz zulaufenden Kinn. Die kornblumenblauen Augen blinzelten, als ob sie die Wirklichkeit und damit auch die ständig tatendurstige Bäuerin wegzaubern wollten.

»Heute noch holst in Mittenwald die Farbe, dann räumst aus. Morgen legst los.«

Vroni spürte, wie ihr Hitze ins Gesicht schoss. Es musste etwas bewerkstelligt werden. Diese dunkle, schmutzige Küche musste renoviert werden, sonst schämte man sich zu Tode. Sonst hielt sie die Warterei nicht aus, auch nicht das Schlangennest im Kopf. »Das wäre glatte Sabotage«, rief Leibl belustigt. Sein Pinsel zögerte kurz vor der Staffelei. Noch dachte der Maler, es handelte sich um einen Scherz, weil Frauen halt gern Scherze machten. Auch so durch und durch vernünftige Frauen wie die Graseggerin.

Zuerst wurden die Vorhänge abgenommen, das Porzellan und das Zinn ausgeräumt und draußen auf der Bank deponiert. Unter Ächzen und Stöhnen schoben Leibl und der Knecht die Kredenz und den klobigen Tisch in die Mitte des Raums. Vroni zupfte schlaffes Knabenkraut aus dem kleinen Wasserbehälter zu Füßen des Gekreuzigten.

Korbinian hatte ein ungutes Gefühl dabei, die ausgemergelte Lindenholzgestalt um ihren wohlverdienten ewigen Schlaf zu bringen. Obwohl er, seit er über das Alter des Planeeeten und die Abstammungstheorie des Herrn Darwin gelesen hatte, an kaum noch etwas in der Bibel glaubte. Aber allmählich setzte ihm, der sonst alles gelassen hinnahm, die Unruhe der Bäuerin zu. Sie war, so fand der Knecht, wie das Gurgeln der Bäche im Winter unter einer geschlossenen Eisfläche. Er hob den Gekreuzigten an, damit sich in dessen Rücken die Schnur vom Haken löste, und stellte fest, dass das Holzkreuz samt Gottessohn schwerer war, als er vermutet hatte. Auf Vronis nächste Anweisung hin trug Korbinian ihn in den ersten Stock.

In einer Kammer legte er seine Last der Länge nach in das Bett, in dem früher die zweite Magd geschlafen hatte. Die

Hand schon auf der Türklinke warf Korbinian noch einen langen Blick auf die Gestalt mit dem zur Seite geneigten Schmerzensgesicht und murmelte in die Stille hinein: »Dabei weiß sie doch, dass das nichts werden kann mit dem Mister.« Der Knecht besann sich, ging noch einmal hinein in die Kammer, wischte mit seinem Taschentuch Staub und Spinnweben von der geschnitzten Dornenkrone. Nach einer weiteren Überlegung öffnete er das kleine Fenster, Gottes Sohn brauchte frische Luft. Vielleicht erbarmte sich der Allmächtige und brachte die Bäuerin zur Vernunft und dem Hof die Ruhe zurück.

In Mittenwald war die Farbe ausgegangen. »Übermorgen vielleicht«, teilte Korbinian gleichmütig mit. Er zuckte mit den Schultern und bewegte sich mit der Sense über der Schulter vorbei an Vroni und dem großen Ahorn Richtung Hochmoor. Das borstige und scharfkantige Gras dort taugte nicht als Futter, aber als Einstreu.

So fand das Porträtsitzen vorerst in einer leer geräumten Küche statt. Und Vroni fiel es von Tag zu Tag schwerer, auf der Hut zu sein, etwas was sie ein Leben lang eingeübt und in den letzten Jahren durchgängig praktiziert hatte. Um ihren Stolz zu behaupten, wenn die Kinder reicher Bauern sie mit Kuhfladen beworfen hatten. Später, als die Bauern, bei denen sie sich als Magd verdingte, ihr das Blaue vom Himmel versprachen, damit sie sie in ihr Bett ließ. Und als einzige Waffe gegen ihren Ehemann, der sie so viel prügeln konnte, wie er wollte, aber keinen weichen, zärtlichen Kuss von ihr bekam. Leibl mischte Zinkweiß, Kremser Weiß, Ocker, Umbra. Penibel wie die deutschen Altmeister füllte er die Flächen unter Vronis Wangenknochen, allerdings mit der atmenden Augenblicklichkeit, die er von den modernen französischen Impressionisten gelernt hatte.

Zwei Stunden pro Tag erübrigte die Bäuerin für das Modellsitzen, keine Minute mehr. So hatte sie es mit Leibl ausgemacht. Wenn die Zeit um war, sprang sie sofort auf und machte sich ans Teigkneten oder rief das Rosl, um mit ihm zu üben. Dann blieb Wilhelm Leibl nichts anderes übrig, als die Holztafel in den engen, luftdicht verschließbaren Behälter aus Zinkblech zu schieben, den er sich in München hatte anfertigen lassen. Als ob es sich um sein Neugeborenes handelte, trug er ihn in die kühle Milchkammer und lehnte ihn dort an die Nordwand. Jedes Mal hoffte er, dass die mit Mohnöl gemischten Farben auch am nächsten Tag noch weich waren, und er die diffizilen Stellen an Vronis Nasenwurzel und Mundwinkeln, wenn sie ihm nicht stimmig erschienen, nur abkratzen und neu malen musste. Damit die eigensinnige Kraft dieser Frau unmittelbar und ohne ästhetische Überhöhung sichtbar wurde.

Leibl schöpfte sich Milch aus einer Kanne und trank, bis sie ihm aus dem Bart tropfte. Schwer atmend ließ er sich auf den auch im Sommer kalten Boden nieder und hockte eine Weile lang mit angewinkelten Beinen zwischen Schmalztöpfen und Butterfass. Er genoss die Erschöpfung nach der guten Arbeit. Der Regen kam. Ohne Unterbrechung schüttete es einen ganzen Tag. Während dieser Zeit verschwand der Berg so restlos, dass man sich nicht mehr sicher war, ob er wirklich existierte. Auch das Föhrendickicht, der kleine Stadel und das Hühnerhaus wurden von der zinngrauen Nässe verschluckt.

So abrupt wie er angefangen hatte, hörte der Regen wieder auf. Innerhalb einer halben Stunde zerriss die Sonne die Wolken und ihre Strahlen wanderten über den Geißschädel. Der Berg kam größer denn je zum Vorschein, seine Vorsprünge und Scharten wirkten schärfer und zackiger, als

Vroni sie in Erinnerung gehabt hatte. Es überkam sie ein Gefühl, als ob ihr im nächsten Moment Felsbrocken in den Schoß fallen würden oder der Wörner, die markante Stelle, an der die von Südwesten kommende Karwendelkette nach Osten umschwenkte, ihre Brillengläser schrammen könnte. Auf der Bank neben ihr ging derweil in einer zugedeckten Schüssel Teig für Ausgezogene auf.

Das Rosl baumelte mit den Beinen. Schließlich begann Vroni gewissenhaft das zu wiederholen, was bei Reginald so scheinbar mühelos geklappt hatte.

»Rausstrecken! Jaaa, bravo, bravo und jetzt draußen lassen! Brav, Rosl, aber noch fester strecken, noch fester. Und jetzt nach rechts rüber.«

Rosls Zunge gehorchte. Aber nur kurz, dann wurde sie träge und sackte ab. Bei Reginald hatte sie deutlich länger ausgehalten.

»Rosl! Komm, streng dich an, gleich noch mal.«

»Kann nicht mehr.«

Schwerfällig rutschte das Kind von der Bank, bewegte sich ein paar Schritte, ging dann im frisch gemähten Gras in die Hocke und hob den Rock. Wieder sah Vroni ihre Welt, wie sie glaubte, dass Reginald sie sah, wenn er da war.

»Ich habe dir schon oft genug gesagt, dass du hinters Haus oder zum Misthaufen gehen sollst.«

Vroni erschrak über den Zorn in ihrer Stimme und im nächsten Moment über die Tränen, die aus den Augen des kleinen Mädchens quollen. Noch bevor das Rosl seinen Rock wieder fallen ließ, wurde es umarmt. Beschämt drückte Vroni die Lippen in das länger nicht gewaschene Haar des Kindes. Ihr Herz aber flatterte weiter. *Wo bleibt er bloß? Ist er vom Regen überrascht worden oder gar eingeschneit?* Vronis Mieder nässte durch, während sie das Rosl hin und her wiegte und überlegte, ob sie auf der Stelle die Ochsen einspannen und hinunter nach Mittenwald zum Haus des Bergführers fahren sollte, wo dessen englischer Auftraggeber wahrscheinlich gerade ein warmes Fußbad nahm?

»Mama, Brotzeit machen.«

»Brotzeit? Recht hast Rosl, das machen wir jetzt.«

Aber Vroni rührte sich nicht von der Stelle, sondern drückte weiterhin das Kind an sich und schob ihm schließlich sogar einzelne Haarsträhnen sorgfältig hinter die Ohren. Dass die dunklen Augen hinter den Gläsern plötzlich zugekniffen und wässrig waren, irritierte das Rosl mehr als die zornige Stimme.

Als die Farbe angekommen war, dauerte es nur ein paar Stunden und Korbinian hatte alle Wände der Küche geweißelt. Wilhelm Leibl war sich darüber im Klaren, dass es jetzt pressierte. Reginald wollte das Porträt gern in seinem persönlichen Reisegepäck nach England mitnehmen, und er selbst brauchte das Honorar, um Schulden zu bezahlen. Noch viel schwerer wog, dass die Graseggerin täglich nervöser wurde.

Das kam dem Maler einerseits entgegen, weil er das Rumoren unter ihrem Panzer jetzt so deutlich wahrnahm, wie ein Bauer lilagelbe Wolken und eiergroße Hagelkörner roch, während Städter noch blauen Himmel sahen. Leibl ahnte, warum die Bäuerin das Modellsitzen nicht mehr lange aushalten würde. Schließlich war auch ihm Reginalds charmante Wendigkeit unter die Haut gegangen und hatte ihn in etlichen Nächten im Brückenwirt um den Schlaf gebracht, wenn er im Bett lag und den Körper eines antiken Jünglings im Mondlicht tanzen sah, den sein Künstlerblick unter den maßgeschneiderten eierschalenfarbenen Leinenanzügen vermutete.

Schneller und intuitiver als noch vor Tagen wählte Leibl die Pigmente aus, vermischte sie geradezu fiebrig mit dem

Mohnöl, sein Blick in ständigem Dialog mit dem Gesicht der jungen Bäuerin. Der Pinsel strich im Rhythmus von Vronis trommelndem Herzschlag. Das Antlitz, das fleckenweise auf der Holztafel entstand, leuchtete von innen heraus. Es erzählte viel von sich. Das Kopftuch war reines Licht, und doch ließ sich die grobe Textur des Stoffes mit den Augen ertasten.

»Damit Sie es wissen, ich fange jetzt mit Ihrem linken Auge an!«

Leibls eigene Augen verengten sich vor Konzentration, der Mund im dunklen Bart war leicht geöffnet.

»Den Kopf nicht mehr bewegen, sonst hacke ich ihn Ihnen ab. Mehr nach rechts blicken. Noch mehr, ja. So bleiben!«

»Wie im Beichtstuhl«, blaffte Vroni. »Da ist was dran«, gab Leibl leise brummelnd zurück. Um die befohlene Stellung auszuhalten, versuchte Vroni sich auf Geräusche zu konzentrieren, die sie sonst überhörte: das Gackern der Hühner, ein Eimer, der umfiel, ein Gluckern im Bauch, weil sie heute oder morgen ihre Tage bekam, die ständigen Attacken der Fliegen auf die Fensterscheiben.

»Wenn man zu einer, äh, Feier eingeladen ist ... was muss man da machen?«

Wilhelm Leibl trat hinter der Staffelei hervor, vergaß sein Modell zu schimpfen, sondern schaute nur verdutzt. Bis er schließlich zögerlich antwortete: »Naja, Sie ziehen sich hübsch an. Gehen hin, essen und trinken und bedanken sich hinterher.« Er feuchtete die Lippen an und ergänzte: »In der Regel bringt man ein Geschenk mit. Waren Sie denn noch nie eingeladen?« »Nein, noch nie«, antwortete Vroni ohne eine Spur Verlegenheit. Behutsam legte Leibl den Pinsel zur Seite.

»Wissen Sie was, ich zeichne Ihnen was. Das bringen Sie dann mit. Vielleicht wird's ja mal viel Geld wert.«

Sein Lachen hallte laut von der niederen Decke der Küche, für die die Farbe nicht gereicht hatte.

1887 fiel der Namenstag der Huberin tatsächlich auf einen Sonntag. Der 7. August wurde zu Ehren der Heiligen Afra von Augsburg gefeiert. Am Freitag davor erschien eine Magd, ein flachbrüstiges Ding, fast noch ein Kind, und wiederholte sinngemäß das, was auf dem Zettel gestanden hatte, den Anton hinterlassen hatte: »Gleich, wenn übermorgen die Messe vorbei ist, kommst du zu uns. Dann ist das Essen.«

Mit gesenkten Augen stürzte das Mädchen das Glas Buttermilch hinunter, das Vroni ihm gereicht hatte. Nach dem letzten Schluck sprudelte es, ohne dass es gefragt worden war, mit vorwurfsvollem Unterton aus ihm heraus: »Alle Vorhänge haben wir waschen müssen für den Namenstag, als ob es keine andere Arbeit gibt. Und ach ja, du darfst, äh, das Rosl mitbringen.«

Dann rannte die Magd zurück ins Tal, und Vroni kehrte zum Herd zurück. Während sie die vor sich hin köchelnde Gerstensuppe gleichmäßig umrührte, grübelte sie darüber, warum die Huberin sie unbedingt bei ihrem Namenstagsessen dabeihaben wollte. Überhaupt, diese Afra! Vroni streute eine Prise Pfeffer in die Suppe. Sie hatte sich extra Josefas Heiligenkalender geben lassen und nachgelesen. Eine Hure, die aus Rom stammte, warum auch immer nach Augsburg gekommen war und sich dort hatte taufen lassen. Wegen des Bekenntnisses zum Christentum war Afra auf einer Insel im Lech verbrannt worden. Vroni schmeckte die Suppe ab. *Zu fad, eindeutig zu fad.* Hastig griff sie in das Salzfässchen auf dem Brett neben dem Herd und würzte so stark nach, dass Josefa beim Essen Grund für eine launige Anspielung hatte.

An die Sommerfrischler in Loisbichl war man inzwischen gewöhnt. Sie promenierten gern eingehakt zu zweit, was keinem Einheimischen je in den Sinn gekommen wäre. Oder sie standen einfach nur da und schauten, als ob sie dafür bezahlt hätten, wenn Vroni mit ihren Leuten im Gänsemarsch durchs Dorf trabte. Mitleidig lächelte die Graseggerbäuerin einem kleinen Jungen im weißen Matrosenanzug zu, ungefähr so alt wie das Rosl, mit mageren Beinen und Armen und einem spitzen, blassen Gesicht.

Sie ergriff die Hand ihres Kindes noch fester und presste gleichzeitig den linken Ellenbogen enger gegen das Mieder, damit das eingerollte Blatt nicht abhandenkam. Einen Steinwurf vor dem Kirchplatz ging es nicht mehr weiter. Josefa fluchte laut, und das Rosl bekam den Mund nicht mehr zu. Ein Grüppchen fein gekleideter Damen und Herren samt einem Kinderwagen auf hohen Rädern blockierte die Loisbichler Hauptstraße. Ein Mann fingerte umständlich Münzen aus seinem Portemonnaie und reichte sie dem Bauern vom Hof zum Schweb. Im Gegenzug bekam er ein bauschig gefülltes Stoffsäckchen überreicht. Der Bauer hielt weitere solche Säckchen bereit, karierte, geblümte und eines in vergilbtem Blau. Auch die wurden ihm schnell abgekauft.

»Entzückend! Und dieses Aroma.«

Eine Blondine mit besonders eng geschnürter Taille und hohem Busen unmittelbar vor Vroni jubelte und presste die Nase in ihre Neuerwerbung.

»Und das Heu stammt wirklich von Ihren eigenen Wiesen?«

»Ja, ja, gewiss, gleich von dort drüben.«

Der Bauer zum Schweb, der sich während der gesamten Verkaufsaktion bemühte, ein gemütliches Lächeln auf seinem sonnenverbrannten Gesicht festzuhalten, zeigte ins Ungewisse hinter einem Misthaufen. In seinem Rücken öffnete sich die Haustür, und die Bäuerin, ebenfalls in Sonntagstracht, reichte noch mehr pralle Stoffsäckchen heraus. Vroni wusste sofort, woher die verwendeten Stoffe stammten. Aus ähnlich zerschlissenen und unendlich oft gestopften Schürzen und Hemden schnitt sie Streifen für Flickenteppiche.

»Jetzt bin ich aber mal dran! Zwei bitte, oder besser gleich drei, meine Tochter hat doch solche Albträume, vielleicht hilft ihr so was unterm Kopfkissen ... Ja, ja, das gelbe, das rote und das mit den blauen Blümchen. Ach nein, lieber das grüne. Hier bitte, eine Mark und fünfzig, genau abgezählt.«

Weitere Münzen wechselten den Besitzer, weitere Sommerfrischler stellten sich dazu, befingerten und beschnüffelten die Heukissen. »Diese Leute hier sehen nicht nur gesund aus, sondern wirken auch gemütsmäßig beneidenswert intakt«, hörte Vroni einen hageren Herrn mittleren Alters mit kastanienbraunem Spitzbart und funkelnder Goldrandbrille in der Form ähnlich der ihrigen einem anderen Angehörigen des Münchner Großbürgertums zuraunen. »Möglicherweise lassen sich mit diesen alpenländlichen Accessoires weibliche Hysterie und neurotischer Stupor therapieren.«

»Steht es denn wieder so schlimm um deine Frau?«

»Ach Giselher, es ist solch ein Jammer. Ende Mai hatte sie in der Oper heftige Konvulsionen. Ich habe sie sofort nach Hause bringen wollen. Aber im Fiaker hat sie dann so laut geschrien und getobt, bis die Polizei kam. Schließlich musste Luise arretiert werden, furchtbar, sage ich dir. Ihre Psychiater, übrigens dieselben, die Seine Majestät König Otto behandeln, probieren es bei meiner Gattin jetzt ebenso wie bei ihm mit eiskalten Wassergüssen ...«

Wegen der von hinten anrückenden Loisbichler Sechs-Mann-Blaskapelle, die mittlerweile jeden Sonntag den Gästen aus der Stadt aufspielte, bekam Vroni den Rest des Wortwechsels nicht mehr mit. Erschüttert von den Nöten der Stadtmenschen zog sie das Rosl weiter. Die Blätter der ausladenden Kastanie auf dem Kirchplatz hatten ihre Frische eingebüßt, einige waren bereits bräunlich und rollten sich ein. In ihrem Schatten standen nur noch wenige Loisbichler und warteten auf eine verspätete Tante oder die Tochter, die ihr Kind stillte. Noch schlugen im Zwiebelturm die Glocken. Auf der Terrasse des Brückenwirts nahmen Sommerfrischler, die der guten Luft wegen angereist waren und nicht wegen des Weihrauchs in der Kirche, ein erstes oder zweites herzhaftes Gabelfrühstück ein und bestaunten wie aus Theaterlogen das pittoreske Dorfleben. Das Rosl an der Hand strebte Vroni geradewegs auf die Kirchentür zu.

Plötzlich hob sich in ihrem Augenwinkel eine schmale Schulter, und zwar auf eine in der Welt einmalige Art. Der zu der Schulter gehörende Kopf trug einen hohen Hut wie ihn die Männer drüben in Tirol trugen. Vronis Füße hielten an, drehten sich auf dem Absatz. Sie hörte die eigene Stimme, die quer über den staubigen Kirchplatz seinen Namen rief.

Leichtfüßig nahm Reginald die drei Holzstufen, die von der Veranda direkt zum Kirchplatz führten, kam mit ausgestreckter, zwischenzeitlich gebräunter Hand auf sie zu. Erste Orgelklänge schwollen durch die Mauern, verspätete Kirchgänger hasteten vorbei und warfen argwöhnische Blicke. »Frau Grasegger, so eine angenehme Überraschung, Sie zu sehen«, sagte Reginald in einem Ton, als ob er die Witwe eines Kollegen seines Vaters auf der Harley Street träfe. Das Rosl löste sich von der Hand seiner Mutter und ergriff ganz selbstverständlich seine.

»Ja, so ein Zufall. Sie waren lange fort.«

Vroni spürte, wie ihre Knie weich wurden. Dieselben Knie, die auf der steilen Hangwiese stundenlang die Balance halten konnten. »Richtig, richtig, länger als geplant«, entgegnete

Reginald so sanft lächelnd wie eh und je und setzte den neuen Hut wieder auf.

»Nach der Besteigung der Birkkarspitze, übrigens grandios fotografisch festgehalten, habe ich noch ein paar Tage auf einer Alm verbracht, fast so idyllisch wie bei Ihnen. Und Innsbruck ist so eine sehenswerte Stadt, auch bei Regen.«

»Ich war auch bei Sonnenschein noch nicht in Innsbruck.«

Reginalds Lächeln verblasste etwas.

»Sie gehen jetzt in die Kirche?«

»Das Bild ist bald fertig. Nur noch das rechte Auge fehlt.«

Vroni suchte die grünen Einsprengel in seinen Augen.

»Nur noch das rechte Auge«, wiederholte Reginald spröde. »Sehr schön.« Die Morgensonne stach ihm ins Gesicht, auch deshalb beugte er sich zum Rosl hinunter und sagte mit munterer Stimme: »Hallo mein Liebes, du hast doch bestimmt mit deiner Mama fleißig die Zungenübungen gemacht.«

Das Rosl, das bei Reginalds Anblick sofort an schillernde Glasmurmeln dachte, strahlte über das ganze Gesicht und nickte eifrig. »Bäuerin, komm«, flehte Korbinian mit kratziger Stimme von der Seite. Aber Vroni konnte sich nicht bewegen. Es war Reginald, der schließlich ein weißes Batisttaschentuch herauszog und dem kleinen Werdenfelser Mitglied der großen mongolischen Familie das Kinn trockenwischte.

»Du übst fleißig weiter, Rosl. Ja! Die Zunge fest rausstrecken und viel schreiben, ruhig mit der linken Hand.«

Das kleine Mädchen nickte, dieses Mal andächtig. Langsam ließ es Reginalds Hand los. Dass etwas Komisches in der Luft lag, spürte es mit jedem Atemzug. »Ich hoffe, ich kann bei Ihnen oben noch einmal vorbeischauen, bevor ich abreise«, fügte Reginald im Plauderton hinzu. »Richten Sie Herrn Leibl aber bitte auf jeden Fall aus, dass er das fertige

Bild in mein Münchner Hotel bringen soll. Damit es da keine Missverständnisse gibt.«

Noch einmal zog Reginald den feschen Tiroler Hut und verbeugte sich seinen Manieren entsprechend überaus höflich. Die wenigen Schritte zur Kirchentür legten Vronis Beine mechanisch zurück. Ebenso drückte ihre Hand die schmiedeeiserne Klinke herunter. Ober- und Unterkiefer hielten ihr Gesicht zusammen.

Den Zuspätkommenden drehten sich ein paar Köpfe zu, aber niemand sah der Graseggerbäuerin eine Gefühlsregung an. Nur eine große schwarze Krähe ähnlich denen, die regelmäßig vom Föhrenwäldchen heraus auf die Buckelwiesen und wieder zurückflatterten, saß in Vronis Brust und schlug mit den Flügeln gegen die Rippen. Das Rosl stolperte auf halbem Weg und wurde weitergezogen.

Mit versteinerter Miene ließ Vroni zwei Loisbichlerinnen aufstehen, damit sie zu ihrem Platz in der dritten Reihe auf der Frauenseite durchrücken konnte.

Kapitel 11

»Schau, Graseggerin, das ist das Velociped, das ich mir habe liefern lassen. Aus England. Eine Hamburger Spedition hat es mir dann hierhergeschafft.«

Beide Hände in den Hüften stand Afra Huber vor einer Gerätschaft, die aus glänzenden schwarzen Stangen und zwei großen Rädern mit vielen dünnen Speichen bestand und links von der Haustür des Hofes an der Wand lehnte.

»Es heißt, nah, wie war das gleich noch mal, ah ja, Rover. Rover! Vor zwei Jahres erst patentiert.«

Der Flaum auf dem Kropf bewegte sich sanft in dem Lüftchen, das die Hitze erträglich machte, die auf die Regentage gefolgt war. Gerüchteweise hatte Vroni, die bei dem Wort England zusammengezuckt war, von dieser Erfindung gehört. Angeblich fuhr damit sogar eine der närrischen Schwiegertöchter des Prinzregenten herum. *Aber es wird ja viel erzählt, wenn der Tag lang ist.* Prompt spürte Vroni die argwöhnischen Blicke der Mägde und Schwiegertöchter neben ihr. Wussten die bereits, was sich vor der Messe auf dem Kirchplatz ereignet hatte? Fahrig und müde schob Vroni das Brillengestell zurück. Außerdem irritierte sie Antons blaues Auge. Es passte so gar nicht zu ihm, in eine Schlägerei zu geraten. »Eine richtige Sensation ist das«, zwang sie sich zu sagen. Ihre Stimme klang belegt, die Zunge klebte zwischen einzelnen Silben am Gaumen.

»Graseggerin, du kapierst es. Eine Sensation, genau«, frohlockte die Huberin. Trotz der hängenden Wangen und schinkenrosigen Fleischigkeit des Gesichtes wurde die aufreizend schöne Frau sichtbar, die Afra Huber früher gewesen war.

»Ich wette was, dass auch unser nächster Kaiser, der alte macht's ja nicht mehr lang, ein Velociped fährt. Die Berliner Gendarmen dann sicher auch.«

Niemand wagte dem etwas hinzuzufügen.

Vroni war nicht wie sonst mit dem Rosl nach der Messe gleich ans Grab des Bauern gegangen. Hochwürden hatte sie abgefangen, als sie aus ihrer Reihe rutschte, und ihr für alle Umstehenden gut hörbar angeraten, sobald wie möglich zu ihm in den Beichtstuhl zu kommen. In dem Moment war Vroni nicht einmal eine Ausrede eingefallen, zu betäubt war sie noch von der Begegnung auf dem Kirchplatz. Die Frauen, die vor und neben ihr gesessen hatten, klumpten zusammen, nestelten an Taschen und Ärmeln und warteten scheinheilig ab. Plötzlich war die Huberin dagestanden, der Kropf im Dämmerlicht des Kirchenraums wie frisch eingemehlt. Sie hatte den Pfarrer so angeblickt, wie sie üblicherweise ihre Söhne oder Knechte anblickte, bevor sie mit fester Stimme ausholte: »Also Hochwürden, was sagen Sie da dazu! Dass ab jetzt auf allen Katholikentagen im Reich auch ein Hoch auf den Kaiser ausgebracht werden muss? Am Ende noch vor dem auf den Papst.«

Die Stachelbeeraugen bohrten sich kampflustig in das Gesicht des vom Liberalismus ohnehin schon reichlich gedemütigten und körperlich angeschlagenen Loisbichler Pfarrers. Das neumodische Gedankengut war inzwischen bis weit ins bayerische Oberland vorgedrungen. Völlig überrumpelt öffnete er den Mund, schloss ihn wieder, bevor ein Pfeifton durch die Lücken der oberen Zähen entweichen konnte.

Er raffte seine Soutane zusammen, gab sich kurzentschlossen geistesabwesend, indem er »der Organist braucht mich«, murmelte und floh dann vor den teils bestürzt, teils hämisch dreinblickenden Kirchgängerinnen. Huldvoll nach allen Seiten nickend griff die Huberin nach Vronis angewinkeltem Ellenbogen und schob sie Richtung Ausgang. Das Rosl trabte nebenher.

Das Velociped war das erste seiner Art in Loisbichl. Auch in Wallgau, Krün und Mittenwald gab es keines. Langsam strich die Bäuerin über das mit rotem Leder überzogene Sitzkissen. Vroni fühlte sich zu einer ebenfalls anerkennenden Berührung verpflichtet. Erst da fiel ihr wieder das Geschenk ein, das unter ihrem linken Ellenbogen klemmte. Hastig zog sie es hervor. »Für dich Bäuerin, zum Namenstag. Bleib gesund und überhaupt«, stammelte Vroni, die selbst noch nie etwas zu einem Namenstag oder Geburtstag geschenkt bekommen hatte.

»Da schau einer an. Ja danke dir schön, Graseggerin.«

Mit einer raschen Bewegung löste die Huberin den umgebundenen Wollfaden und entrollte das Geschenk. Ihre Leute schauten ihr über die Schulter. Drei verhuschte männliche Gestalten, die Gesichter hastige vertikale Striche, alles Schwarz auf Weiß. Deutlich hörbar wurde Enttäuschung ausgeatmet. Wenn man die Augen zusammenkniff, konnte man vielleicht Lederhosen und Hemdsärmel erkennen, auch Hosenträger, die Brustschilde allerdings ohne Stickereien. »Oha«, sagte der Huberbauer, und noch einmal »oha«. Die Huberin selbst beäugte ihr Geschenk eine ganze Weile vollkommen schweigend. Was so selten vorkam, dass Familienmitglieder wie Dienstboten gleichermaßen nervös wurden.

»Meine Buben«, schlussfolgerte sie schließlich mit ungewöhnlich weicher Stimme. »Ganz links der Hubertus, dann der Anton und rechts der Franz, der mit den größten Ohren. Dass der Luitpold fehlt, ist ja nur logisch. Der ist ja fort bei den Benediktinern und lernt Latein.«

Wenn du wüsstest, sagte sich Vroni insgeheim. »Schöne junge Mannsbilder mit Waden wie antike Marathonläufer. Die sind mir unlängst in einer Partenkirchner Wirtschaft über den Weg gelaufen«, hatte Wilhelm Leibl leichthin gemeint, als sie ihm beim rasanten Zeichnen zugeschaut hatte. Der Blick der Huberin wanderte zur Signatur in der unteren rechten Ecke des Blattes. »Herrje, vom Ehrenmitglied der Akademie. Dann ist es richtig was wert«, frohlockte sie. Gravitätisch rollte sie das Blatt wieder zusammen, wickelte den Wollfaden herum und reichte es an ihren Mann weiter.

Der Halbkreis um die Huberin und Vroni blieb fest gemauert. Mittelpunkt war erneut das Velociped. Selbst die runden Augen des Kleinsten auf dem Arm seiner Mutter richteten sich auf das Stahlross. Nur das Geräusch, das entstand, wenn der Bauer an der Pfeife zog, unterbrach in regelmäßigen Abständen die weihevolle Stimmung. »Damit lenkt man«, sagte die Huberin. Ihr kurzer dicker Zeigefinger tippte eine der vielen im Sonnenlicht funkelnden Stangen an, hielt dabei aber Augenkontakt mit Vroni. Von gleich zu gleich. Auf diese Strategie setzte die Besitzerin des Velocipeds, Bäuerin des größten Loisbichler Hofes und Mutter von vier Söhnen.

»Wann probierst du es eigentlich mal aus, Mutter?«

Abrupt schleuderte der Kropf herum. Und augenblicklich wurde es Adelheid, die erst mit achtundzwanzig Jahren und einer mäßigen Mitgift aus Oberammergau herübergeheiratet hatte, sehr heiß. Die zweite Schwiegertochter senkte den Kopf. Dass sie fleißig war und auch ihr zweites Kind ohne großes Aufhebens innerhalb einer Stunde herausgepresst hatte, rechnete ihr die Huberin durchaus an. Aber noch am

Hochzeitsabend hatte sie Adelheid geraten, von nun an tagsüber den Mund geschlossen zu halten, damit man ihre krummen Zähne nicht sah. Daran hielt sich die Schwiegertochter, so gut es ging. Auch mit ihrem Mann redete sie fast nur in der Schlafkammer. Der Säugling, für den die Huberin den Namen Siegfried ausgesucht hatte, spürte die Angst seiner Mutter und fing an zu schreien.

Die Blicke aller Familienmitglieder sowie Mägde und Knechte beschäftigten sich mit dem Hühnerdreck zwischen ihren Sonntagsschuhen. Nur Anton, der bislang unbeteiligt hinter der ersten Schwiegertochter gestanden hatte, blies sich eine Locke aus der Stirn und umarmte dann seine Mutter mit einem belustigten, aber milden Lächeln. Zum ersten Mal realisierte Vroni, wie grün und blau es um sein Auge herum tatsächlich war.

»In Mühldorf am Inn gibt es bereits seit fünf Jahren einen Velocipedverein. Richtige Wettrennen veranstalten die dort. Das habe ich erst vorgestern in deiner Zeitung gelesen.«

»Ach, schau einer an. Gut, dass du mir das sagst, Anton.«

Die Huberin schnaufte tief durch.«

»Wenn halt nur mehr Leute so wie wir zwei regelmäßig die *Augsburger Allgemeine* lesen würden, dann würde weniger Schmarrn in die Welt hinausposaunt werden.«

Der Kropf hob sich und erschien den Anwesenden größer, als er tatsächlich war. »Zum Beispiel sehe ich keinen Sinn dahinter«, fuhr die Huberin mit von Wort zu Wort bedeutungsschwangerer Stimme fort, »dass die Patriotenpartei sich jetzt in Bayerische Zentrumspartei umbenannt hat. Den Liberalen gehört die Zukunft, das ist doch klar. Deswegen haben meine Männer bei der Landtagswahl vor zwei Wochen ...« Die Huberin schnappte nach Luft, was Anton nutzte und enthusiastisch das Wort ergriff: »Die Verkaufsanzeige von dem Fahrrad hast doch auch in der *Augsburger* entdeckt, gell, Mutter?« Damit verhinderte er, dass seine Mutter nicht nur das Stimmverhalten der wahlberechtigten Familienangehörigen verriet, sondern sich wieder an Politik festbiss.

»Richtig, richtig, die Anzeige.«

Aus dem Konzept gebracht schnalzte die Huberin mit der Zunge. Ihr Blick sprang zwischen Anton, ihrem Fahrrad und der Hauptperson ihres seit Wochen ausgeklügelten Plans hin und her. Die Unbotmäßigkeit der zweiten Schwiegertochter mit dem zum Glück wieder zum Schweigen gebrachten Siegfried auf dem Arm hatte sie längst vergessen.

»Zeit zum Mittagessen, Afra, meinst nicht? Es ist schließlich deine Namenstagsfeier.«

Cajetan Huber hatte seine Pfeife aus dem Mund genommen. Mit der wohldosierten Portion Ironie, die sie in den langen Jahren ihrer Ehe nie durchschaut hatte, brachte er seine Frau wieder in die Spur. Zum zweiten Mal überrumpelt öffnete die Huberin die Haustür und trat als Erste in den kühlen Flur. Nacheinander folgten ihr Vroni, das Rosl und die gesamte Familie mit allen Knechten und Mägden. Das Velociped sonnte sich weiterhin jungfräulich an der weiß gekalkten Hauswand.

Dass man todunglücklich sein und sich trotzdem aufs Essen freuen konnte, irritierte Vroni ebenfalls an diesem Sonntag. Vor ihr schwammen so viele Leberspatzen in der Ochsenschwanzsuppe, dass der Boden des Porzellantellers nicht zu sehen war. In denselben Teller kam als Nächstes Böfflamott mit zweierlei Knödel. Die Sauce hätte mehr gewürzt sein dürfen, dafür schmeckten die in schwimmendem Fett ausgebackenen Holunderküchl wunderbar. Zwei Mal nahm Vroni einen üppigen Schlag der stark gezuckerten Schlagsahne dazu, ein auf dem Geißschädel unbekannter Luxus. Stillschweigend sorgte sie dafür, dass auch das Rosl links neben ihr so viel wie möglich von allem auf den Teller bekam und in sich hineinstopfen konnte. Je voller Vronis Magen wurde, desto besser konnte er dem flügelschlagenden Vogel in der Brust Paroli bieten. Während das Rosl brav vor sich hin mampfte, entfuhr ihm mehrmals ein lautes Rülpsen, worüber alle am Tisch gutmütig hinweglachten. Eine prächtige dunkle Standuhr schnarrte regelmäßig. Trotzdem kam Vroni die Zeit ungemein zähflüssig vor.

Rechts von ihr übers Eck saß die Huberin. Von Zeit zu Zeit streichelte sie die Wangen der Graseggerbäuerin mit wohlwollenden Blicken. So nahm das Mittagessen zu Ehren der Heiligen Afra aus Augsburg und der Afra Huber seinen Lauf.

Auf Anordnung seiner Mutter trug der älteste Hubersohn, Hubertus, der von allen vier Söhnen das Gesicht hatte, das am meisten dem eines Pferdes glich, die geplante Modernisierung des Hofes vor. Seine Sätze brauchten die Unterstützung von zupfenden Bewegungen an Nase und Ohrläppchen, seine beiden jüngeren Brüder aßen mit gesenkten Köpfen und roten Ohren weiter. Die gesamte Festgesellschaft hielt die Luft an, als die Bäuerin ihren Ältesten unterbrach und das Wort Elektrifizierung fallen ließ. Woraufhin sie wiederum von ihrem Mann unterbrochen und gefragt wurde, wie lange sie schätze, dass man mit dem Velociped nach Mittenwald brauche. Afra Huber starrte entgeistert in die Mitte des Tisches, schimpfte dann eine der Mägde, dass immer noch kein Kaffee da war.

Seit Beginn des Essens hielt Anton, der zwei Stühle weiter von Vroni und links neben dem Rosl saß, den Kopf schräg. Er tuschelte mit dem Kind, und das Kind tuschelte mit ihm, hin und wieder lachte er unterdrückt. Vroni überlegte, ob sie ihn zuerst nach dem Grund für Irmis Missgeburt oder dem für die Schlägerei fragen sollte. Aber sie verbiss sich sowohl die eine als auch die andere Frage, stattdessen nahm sie ein drittes Holunderküchl und biss herzhaft hinein.

Zwei bauchige Kaffeekannen wurden auf den Tisch gestellt, daneben ein riesiger Gugelhupf, den die speckigen Hände der Huberin ruckzuck in Stücke schnitten. Als sie eines davon Vroni reichte, kam sie wieder auf das Thema zu sprechen, das ihr neuerdings besonders am Herzen lag: »Du siehst den Herrn Kunstmaler doch jetzt so oft. Kannst du ihn da nicht mal fragen, wann in München nun endlich ein Elektrizitätswerk gebaut wird?« Ohne nachzudenken gab Vroni ihr das Versprechen und spülte es mit Kaffee nach. Als sie die Tasse abstellte, traf sie ein nervöser Blick aus den von wuchernden silbergrauen Brauen überschatteten Augen des Huberbauern. Der Brustkorb des zurückhaltenden und besonnenen Mannes unter dem am Revers grün bestickten Sonntagsjanker hob und senkte sich angespannt. Vroni konnte sich keinen Reim darauf machen und ließ den Henkel der Tasse nicht mehr los. Sie fühlte sich wie ein ausgewrungenes Wäschestück, müde und wund. *Aber zumindest bin ich satt.*

Für die nächste Viertelstunde herrschte Schweigen. Kuchenkrümel wurden mit Fingerkuppen von den Tellern gesammelt, aus dem Bauch der zweiten Schwiegertochter gluckste es hin und wieder laut. Durch die geschlossenen Fenster waren die gedämpften Stimmen von Loisbichlern zu hören, die das Velociped kommentierten. Völlig unerwartet erhob sich auf ein Kommando hin, das Vroni nicht mitbekommen hatte, die Tischgesellschaft. Stuhlbeine scharrten, Röcke wurden ausgeschüttelt, und mit dem klirrenden Geschirr in Händen verschwanden die Schwiegertöchter und auch zwei Söhne. Der Bauer blieb sitzen. Er rückte nur ein Stück vom Tisch ab und begann, seine Pfeife neu zu stopfen. Auch Anton war im Begriff gewesen aufzustehen. Aber das zierliche Kinn über dem Kropf gebot ihm Einhalt. Zögerlich ließ Anton sich neben dem Rosl zurück auf den Stuhl fallen.

Ein Arm der Huberin schob sich zwischen der vergessenen Suppenterrine, in der noch einzelne Leberspatzen schwammen, und einer leeren Tasse über das bestickte Tischtuch, bis die von ersten Altersflecken gesprenkelte Hand Vronis Hand fand. Schläfrig lehnte sich das Rosl gegen Antons Schulter, der mit zusammengepressten Lippen die letzten Kuchenbrösel auf seinem Teller zählte, noch einmal die rotblonde Locke fortblies, sie dann aber über die malträtierte Augenpartie gleiten ließ.

»Also, das habe ich vorhin ganz vergessen.«

Die Huberin stöhnte genüsslich.

»Die Patrioten, ich meine, diese Sturköpfe vom Zentrum, verweigern andauernd ihre Zustimmung zum Budget.«

Angewidert schüttelte sich der Kropf.

»Aber jetzt wollen wir endlich zum Gemütlichen übergehen. Wo wir doch so schön zusammensitzen, nicht wahr, Graseggerin.«

Vroni fühlte die Hand der Huberin schwerer werden.

»Hat es dir denn geschmeckt?«

»Besser hätte es nicht sein können, Huberin.«

Das reichhaltige Essen, die vielen Leute, der Vogel, der sich anstrengte, ihren Oberkörper vorne über kippen zu lassen, und immer wieder das Bild Reginalds auf dem sonnenüberfluteten Kirchplatz. Vroni wünschte sehnlichst, die Stirn gegen Schatzas Bauch zu drücken. Die bläulichen Rauchschwaden, die in regelmäßigen Abständen den Mund des Bauern verließen, zogen quer über den Tisch. Rosls linker Zeigefinger spazierte das Kreuzstichmuster der Tischdecke ab. Eine Übung, die Reginald zur Verbesserung der Motorik oft mit dem Kind exerziert hatte.

»Graseggerin, du bist mir so ans Herz gewachsen, als ob

du meine Tochter wärst«, gurrte die Huberin. »Und dein Rosl, ach ja, der Herrgott hat seinen eigenen Willen. Du selbst kannst ja noch gesunde Kinder kriegen. Aber stören tut mich das Rosl nicht, wir sind schließlich alle Christenmenschen, gell?« Der Blick der Huberin flog zwischen Mann und Sohn hin und her, fixierte dann aber erneut den Gast. Verlegen drehte sich Vroni nach links. Die rotblonden Haarsträhnen teilten sich, Anton lächelte von unten nach oben, wie es seine Art war. Vroni zog ihr Taschentuch aus der Rocktasche und wischte Rosls Kinn, obwohl es ausnahmsweise nicht feucht war.

»Du, Anton, hol doch mal den Birnenschnaps. Der tut uns jetzt allen gut, nach dem Essen.«

Rasch zog Vroni ihre Hand unter der Hand der älteren Frau zurück und verbarg sie im Schoß. Wortlos tat Anton, was ihm angeschafft worden war. Das Ticken der Standuhr aus schwarzer Eiche wurde lauter. Der Bauer blies den Rauch absichtlich ins Gesicht seiner Frau. Vroni räusperte sich.

»Also für mich nicht, danke Huberin. Das Rosl und ich müssen jetzt gehen. Schön war er, dein Namenstag. Ist er noch, meine ich.«

»Schmarrn, heute ist Sonntag.«

Die Huberin wedelte den Pfeifenqualm zur Seite, der sich vor ihrem Gesicht staute. Sie ließ sich von Anton ein Schnapsglas füllen, trank aber nicht, feuchtete stattdessen mit der Zungenspitze die immer noch vollen Lippen an.

»Der Anton kann ja später mitgehen und euch im Stall helfen. Ich weiß eh nicht, wie ihr alles ohne einen Mann schafft.«

»Der Korbinian ist doch da.«

»Naja, aber für deine Kammer!«

Begleitet von überdreht mädchenhaftem Gekicher schenkte Afra Huber ein Schnapsglas randvoll und schob es Vroni hin. Dann hob sie ihr eigenes und prostete demonstrativ schalkhaft in die kleine Runde. Sie stürzte den Inhalt hinunter, zog die Luft scharf zwischen den Zähnen ein, geräuschvoll stellte sie das Glas wieder ab und verkündete an Vroni gewandt: »Ich habe vor einiger Zeit Dresdner-Bank-Aktien gekauft.«

»Aha.«

Weder wusste Vroni, was Aktien waren, noch was die Huberin mit einer Bank in einer Stadt so weit fort zu schaffen hatte.

»Kurz und gut, Graseggerin. Ich sage es jetzt frei heraus, der Anton kriegt von mir ein Aktienpaket im Wert von zweitausend Reichsmark mit.«

Der Kropf blähte sich ähnlich gebieterisch wie Stunden zuvor in der düsteren Kirche vor dem Pfarrer.

»Afra! Es reicht.«

Sehr selten fiel der Bauer seiner Frau scharf ins Wort. Dass er es jetzt tat, schreckte das Rosl aus dem Schlaf. Es befingerte noch einmal kurz das gezackte Muster der Tischdecke, dann sackte es wieder an Antons Schulter. Der große Zeiger ruckelte auf vier Uhr zu, mit beiden Händen umklammerte Vroni die Tischkante im Begriff aufzustehen.

»So, jetzt muss ich aber ...«

»Zweitausend Reichsmark! Damit kannst du dann ...«

»Mutter!«

»Dein Dach, schadhaft wie es ist, komplett neu eindecken, um nur ein Beispiel zu nennen. Oder wie Hubertus vorhin erklärt hat, wie bei uns einen modernen Stall anbauen.«

Jetzt war es heraus. Die Lippen der Huberin spitzten sich, die winzigen Augen hielten ihre Beute fest. Die Standuhr schlug dröhnend vier Uhr. Rosls Oberkörper kippte seitlich in Vronis Schoß, als Anton abrupt aufsprang.

»Mutter, hör auf, mich anzupreisen wie ein Stück Vieh bei einer Versteigerung. Merkst du denn gar nicht, dass sie mich nicht will.«

Antons Gesicht war so flammend rot, dass der Bluterguss um das linke Auge kaum noch auffiel. Er suchte nach Worten, würgte, schluckte, wurde um die Nase herum kalkweiß.

»Der Ginger ist zwar ein Arschloch ... aber in einem hat er recht.«

Nochmals holte Anton tief Luft, dann platzte es aus ihm heraus: »Wenn er herumerzählt, dass sie ein Weibsstück ist, das die Männer nur scharf macht. Höchstens für den feinen Mister aus England, da ... Und für so jemanden wie dich habe ich mich ...«

Anton schrie nicht mehr länger seine Mutter an, sondern hatte sich Vroni zugedreht, die ihn wiederum entgeistert anstarrte. »Reiß dich zusammen«, befahl seine Mutter schrill. »Es geht doch hier nur ums Heiraten.« Verdattert suchte die Huberin noch einem Zeichen ihres Mannes auf der anderen Tischseite. Aber der schob vorsichtshalber seine Pfeife in die Wolke des grauen Vollbarts und konzentrierte sich aufs Anzünden.

Mit einem Mal wurde Anton wieder sehr beherrscht. Nahezu reglos stand er neben seinem zurückgeschobenen Stuhl. Nur der Kontrast zwischen den langen, weißblonden Wimpern und dem scheckigen Gesicht zeugte noch von der Dramatik der vergangenen Viertelstunde. Er warf Vroni einen letzten, bedrohlich ruhigen Blick zu. Seine Lippen öffneten sich, als ob er noch etwas sagen wollte. Aber er schluckte es hinunter.

In zügigen Schritten verließ Anton die gute Stube seines Elternhauses. Die Tür schloss er behutsam hinter sich, so wie es seine Art war.

Das bis weit nach oben bewaldete Soierngebirge streckte sich undramatisch wie immer. Auf dem Wörner und der Großkarspitze hockten helle, bauschige Wolken. Der Rest des

Karwendels sonnte sich. Das keuchende Rosl hinter sich herziehend stapfte Vroni nach Hause. In der Mitte des ausgespülten Ziehweges wucherte ein schmaler Grasstreifen voll mit Löwenzahn und Huflattich. Vroni überlegte, ob sie Korbinian beauftragen sollte, den Streifen zu mähen, obwohl die Eigentumsrechte in diesem Abschnitt nicht eindeutig waren.

Dass an einem einzigen Tag so viel passierte, während sich an anderen Tagen, sogar über Monate oder gar Jahre hinweg fast gar nichts ereignete! Mit jedem Schritt wunderte sich Vroni mehr über das Leben. In der nächsten Kehre verschwand die Zwiebel des Loisbichler Kirchturms, und der Weg wand sich steiler hoch. Die buckeligen Wiesen, auf denen das Gras nicht so gut nachwuchs wie im Tal, gehörten dem Hornsteiner. Von dort aus war die Abzweigung zum Graseggerhof bereits zu sehen. Zum Glück, denn Vronis linke große Zehe scheuerte schmerzhaft im Schuh.

Sie schob das Kind dicht an das Martel heran, das seit Urzeiten an der Teilung des Weges stand. Vor einem Hintergrund, der alle paar Jahre frisch im Blau des Umhangs seiner Mutter nachgestrichen wurde, hing der Gekreuzigte. Gegen Wind und Wetter geschützt von einem rhombenförmigen Holzgehäuse. Die vier Großbuchstaben über seiner Dornenkrone waren nahezu zur Unkenntlichkeit verwittert, »Jesus Nazarenus Rex Iudaeorum«, deklamierte Vroni vor sich hin. Normalerweise, wenn sie vorbeikam, bekreuzigte Vroni sich im Gehen, mehr automatisch als bewusst. *Derjungfraumariaseidank.* Jetzt fügte sie noch hinzu: »Was für ein Glück ich doch gehabt habe, der Bauer ist tot und fort für alle Zeiten.« Denn an die fleischliche Wiederauferstehung hatte Vroni nie wirklich geglaubt. »Was ist denn? Warum bleiben wir so lange stehen«, fragte das Rosl und ließ den Mund offen stehen, ohne dass die Zunge herausschlüpfte. *Bald verliert es oben den dritten Zahn.* Vroni lächelte traurig und sagte: »Ach weißt, ich bin einfach froh, dass wir genug Heu haben.« Dann beugte sie sich und küsste das Kind auf die Stelle des straff gezogenen Scheitels, die erst vor ein paar Stunden von Reginalds Hand berührt worden war. »Und dass ich dich habe. Du bist mein großer Schatz.«

Rosls Augen weiteten sich vor Freude. Mein Idiotenkind, mein liebster Engel, dachte Vroni. Überhaupt, man durfte sich nicht beklagen,, genug Sonne, genug Regen im Mai, nicht zu viel danach, genug Wind zum Durchtrocknen. Die Stadeln waren randvoll, die Hälfte des Heubodens wartete allerdings noch auf das Grummet. Ein warmes Lüftchen kam auf, und der Schweiß auf Vronis Rücken trocknete. *Der Anton.* Noch immer verstand sie nicht, warum er so aus der Haut gefahren war. Er musste doch daran gewohnt sein, dass seine Mutter sich gern den Mund fransig redete. Aber seltsam war es schon, dass die reichste Bäuerin, die jetzt noch dazu ein Velociped besaß, ausgerechnet sie als Schwiegertochter haben wollte. Sie, die Tochter einer Häuslerin, mit einem Vater, der das Weite gesucht hatte.

Tief in Gedanken versunken blieb Vroni weiter vor dem Martel stehen. Sie beobachtete, wie ein grün schillernder Käfer schnurgerade das rechte Bein des Gekreuzigten hochlief. *Und was hat Anton mit dem Sepp Ginger gemeint?* In dem Augenblick, in dem ihr der genaue Wortlaut wieder einfiel, stieg ein Verdacht und ein unangenehmes Gefühl in ihr hoch. Der Käfer breitete seine Flügel aus und verließ mit einem kaum hörbaren Geräusch den Gekreuzigten. *Wie lange Reginald wohl noch im Brückenwirt logiert?* Vroni starrte weiter auf die Stelle, wo der Käfer gesessen hatte, bis das Rosl kräftig an ihrer Hand zog.

»Komm weiter.«

»Ja, hast recht, weiter.«

Langsam setzte sich Vroni in Bewegung.

»Der Korbinian und die Josefa warten sicher auf uns. Und erst recht der Onkel.«

Das Rosl trabte mit gerunzelter Stirn weiter. Nach einer Weile des ernsthaften Überlegens blieb es stehen und schaute hoch.

»Und der Herr Reginald, wartet der auch mal wieder auf uns?«

Nicht zum ersten Mal fragte sich Vroni, was das Kind von all dem durchschaute, was um es herum geschah. »Mal schauen, Rosl, mal schauen«, antworte sie tonlos, während ihre Augen den Berg abtasteten. Von der Großkarspitze weiter zum Schönberg, der aussah wie ein Backenzahn, dem eine Ecke herausgebrochen war, dann zur schroffen Tiefkarspitze und im rasanten Schwung hinüber zur Larchetfleckspitze. Darunter lagen bleiche Steinschlagrinnen und verkarstete Hochflächen. Seit sie die Brille hatte, wusste Vroni auch die Namen weniger auffälliger Gipfel. Die linke große Zehe tat mittlerweile höllisch weh. Im Weitergehen nahm sie die Brille ab, und sofort büßte das Karwendel etwas von seinem Hochmut ein. »Schau nicht so scheinheilig«, brüllte es mit einem Mal aus Vroni heraus, während sie die Gläser mit einem Zipfel der Sonntagsschürze putzte. »Als wenn du schon immer alles gewusst hättest.«

Die Stimme hallte weithin. Auf der Stelle wurde es dem Rosl wohler. Eine zornige Mutter war ihm immer noch lieber als eine, die in sich hineinschwieg. Vroni setzte die Brille wieder auf. Egal ob nur sechstausend Jahre, wie der Pfarrer behauptete, oder viel, viel älter. Das Karwendel und sie würden noch ein paar Jahrzehnte miteinander verbringen.

Mehr wie warmer Bierschaum als wie ordentliche Wolken trieben Ansammlungen von Wassertröpfchen Richtung Nordwesten. Einen Steinwurf von Vroni und dem Rosl entfernt ließen sich zwei Vögel mit schwermütigen »Düh, düh«-Rufen auf dem Grasstreifen im Ziehweg nieder und pickten. Sie hatten schwarze Hauben und kardinalsrote Brüste. »Schau Rosl, Dompfaffen«, belehrte Vroni das Kind. »Die bleiben auch im Winter hier.« Noch während sie redete, streifte sie Schuhe und Strümpfe ab. Ohne mit der Wimper zu zucken, riss sie die Blase auf, damit die Flüssigkeit ablaufen konnte. In jeder Hand einen der schweren schwarzen Schuhe, die der Bauer ihr zur Hochzeit hatte machen lassen, und die nur zur Kirche getragen wurden, legte Vroni das letzte Stück barfuß zurück.

Drei Tage lang hoffte sie noch. Am vierten Tag siegte ihre Vernunft. Vroni gab sich nicht länger der Selbsttäuschung hin, dass Reginald noch einmal auf dem Geißschädel auftauchen würde. Ab da schloss sie ihn auch nicht mehr in ihr Nachtgebet ein. Die Regungen in ihrem Körper, wenn sie an ihn dachte, insbesondere die Feuchtigkeit zwischen den Beinen, verschwanden trotzdem nicht.

Sie molk im Morgengrauen, bestreute Brotlaibe mit einer Handvoll Kümmel, bevor sie gebacken wurden, stopfte Korbinians Hemden, half dem Knecht beim Holzhacken, exerzierte zwischen Mittagessen und Ausfegen mit dem Rosl die Zungenübungen, immer genauso wie Reginald es ihr beigebracht hatte. Danach musste das Kind sein Schreibzeug holen. »Weise mir, Herr, deinen Weg, dass ich ...«, an dieser Stelle beim Abschreiben von Psalm 86, 11 stockte das Rosl. Urplötzlich hatte Vroni die Holzpantinen zur Seite geschleudert und war auf die Sitzbank gestiegen.

Wie hatte sie den Gekreuzigten nur so vernachlässigen können! Vroni schämte sich. Sie riss die verwelkten, teilweise angefaulten Strünke heraus, stürmte hinaus und pflückte ebenso hastig frisch aufgeblühte, langstielige Enziane. Überhaupt ging das Leben immer weiter. Auch darüber wunderte sich Vroni, während sie glühende Kohlestücke in das Bügeleisen füllte. Als sie mit dem Bügeln fertig war und die Wäschestücke zusammengelegt hatte, ging sie, einem spontanen Entschluss folgend nach draußen, fing die alte, rostfarbene Henne, die seit einem Vierteljahr kein Ei mehr gelegt hatte, und drehte ihr den Hals um. Es knackste nur kurz, dann hing ihr das Tier schlaff im Arm.

»Schau«, sagte das Rosl und schob mit vor Freude rosigem Gesicht sein Heft hin. »Wandle in deiner Wahrheit«, las Vroni laut vor und hielt das tote Huhn noch immer im Arm. »Bravo, Rosl, bravo«, sagte Vroni und gab sich Mühe, ihre Stimme heiter klingen zu lassen. Danach rupfte sie das Huhn und kochte es stundenlang zu einer fetten Brühe aus.

Wilhelm Leibl schaute vorbei. Er kam alleine, von irgendwo her aus Österreich, wo er auf einer Jagd eingeladen gewesen war. Die dunkelbraunen Haare über der hohen Stirn frisch geschnitten, gerade wie mit einem Lineal. Außerdem wirkte er heiter. Zuerst freute Vroni sich sehr über den Besuch, aber nach einer Stunde war sie Leibl schon wieder leid. Zu sehr hing in seinen Kleidern die Erinnerung an die verzauberten Abende an der Hauswand. Reginalds Name fiel kein einziges Mal. Schüchtern überreichte Leibl ihr eine Papiertüte mit gelben Aprikosen. Das Verschwinden des gemeinsamen Freundes aber dickte die Luft zwischen den beiden ein wie abgestandenen, säuerlichen Apfelmost.

Nach und nach packte Leibl seine Malutensilien aus und rückte vor dem Küchenfenster die Staffelei zurecht. Weiter nichts. Das Porträt wurde nicht erwähnt, und der Maler ließ den Behälter aus Zinkblech in der Milchkammer stehen. Stattdessen gesellte sich Leibl nach draußen zu Korbinian. Gemeinsam hackten sie Holz und schichteten die Scheite an der Ostwand des Stalltraktes auf. Lange übertönten die

Axtschläge und das Knacken und Spreißeln von trockenem Holz alle anderen Geräusche. Zum Abendessen löffelten sie die gute Hühnersuppe, in der zähe Fleischstücke und Rübenschnitze schwammen. Obwohl es mild und windstill war, setzten sie sich anschließend nicht an die Hauswand, zogen mit keinem einzigen Wort die Möglichkeit in Betracht. Leibl legte nur kurz die Hand auf Vronis Schulter, verabschiedete sich mit einem scheuen Blick und ging in großen Schritten zum Übernachten nach Loisbichl hinunter.

Wieder einmal schnitt sich Vroni in der Dunkelheit ein Stück Wurst ab und nahm es mit in ihre Schlafkammer. Sie schlief mit dem fettigen Geruch von Schwarzgeräuchertem an Bettzeug und Fingern ein. Ihr Kummer kroch vor der Wurst ein klein wenig zu Kreuze, wachte aber am nächsten Morgen wieder auf und begleitete Vroni auch den neuen Tag über.

Die Wiese im Isartal wuchs kräftig nach, die auf dem Plattele spärlicher. Auf den Buckelwiesen rund um den Hof hatte Korbinian nach dem ersten Schnitt regelmäßig Odelbrühe ausgebreitet, sodass genug Gras für die tagsüber grasenden Kühe nachwuchs.

An Mariä Himmelfahrt saß Vroni eine halbe Stunde lang allein auf der Bank an der Hauswand. Der Berg steckte komplett in schweren Wolken, was ihr sehr recht war. Am Sonntag nach dem Namenstag des unglücklichen Königs, über dessen Todesumstände sich die Menschen im Werdenfelser Land nach wie vor die schlimmsten Vermutungen zuraunten, nieselte es. Ganz oben auf dem Berg lag der erste Schnee. Wie nicht ungewöhnlich für Ende August hatte das Wetter von einem Tag zum anderen umgeschlagen. Das Licht in der Dämmerung ähnelte bereits zu lang gezogenem Tee. Vroni sorgte dafür, dass der Onkel unter dem Hemd und der Jacke, die ihm seine Mutter gestrickt hatte, noch ein Unterhemd anzog. Dem Rosl legte sie ein verfilztes graues Wolltuch um, kreuzte es auf der Brust und verknotete es im Rücken. Zum Schluss setzte sich Vroni den steifen runden Hut auf und ging wie immer an der Spitze ihrer beiden Bediensteten ins Tal.

Hinter dem ersten Loisbichler Gartenzaun wuchsen in ordentlichen Reihen Krautköpfe, Lauch, Zwiebeln und buschige Petersilie. Wie fast jeden Sonntag blieb Vroni kurz stehen und bewunderte die Pracht. In dem Moment trat auf der gegenüberliegenden Straßenseite der Bauer vom Blaserhof aus der Haustür, gleich hinter ihm seine großgewachsene Bäuerin, Mathilde Klotz. Dass die Leute hier einen Vor- und Nachnamen hatten wie alle Menschen auf der Welt, dass ihr Hof aber, wenn sie denn einen besaßen, meist ganz anders hieß, hatte Vroni einmal versucht, Reginald zu erklären. Was für ein wunderliches Volk ihr doch seid, hatte er lachend gesagt, diese Besonderheit aber sofort in sein Reisetagebuch notiert. Auch diese Erinnerung versetzte Vroni einen Stich. Aus dem Schmerz wurde im nächsten Moment ein anderer. Denn Mathilde, bei der Vroni Jahre in Stellung gewesen war und die ihr viel über Heilkräuter beigebracht hatte, zog Augen und Mund schmal. Sie nickte herüber, ging aber wortlos vorbei.

Ähnlich abweisend verhielten sich der Bauer und die Bäuerin vom Hof zum Schweb, die Handvoll Leute vom Schtecker und vom Rackl. Als Einziger kam der Hornsteinerbauer auf Vroni zu und schüttelte ihr wie jeden Sonntag vor und nach dem Kirchgang kräftig die Hand. In seinen unruhig flackernden Augen konnte sie allerdings ablesen, dass ihm nicht wohl dabei war.

Erst auf dem Kirchplatz entdeckte Vroni die Huberleute, die vom anderen Ende des Dorfes kamen. Hubertus und

Franz, gleichermaßen rot verbrannt, daneben ihr untersetzter, oberhalb seines grauen Bartes gebräunter Vater, umringt von einem Dutzend Loisbichler Männern. Dass der dritte Bruder fehlte, registrierte Vroni mit einem Wimpernschlag. Afra Huber befand sich im Gespräch mit der alten Cecilia aus Bärnbichl, die Schwiegertöchter warteten stumm hinter ihr. Dann eine knappe Drehung und der Kropf richtete sich auf Vroni. Die fleischige Hand wurde gehoben, kurz, aber herzlich gelächelt. *Immerhin, die Huberin.* Vroni grüßte mit einem Winken zurück, atmete tief durch, straffte sich, ging weiter.

»Wir üben heute auch wieder, gell?«, fragte unvermittelt das Rosl und blickte hoch. Auf dem kleinen Mondgesicht lag so viel unverstellte Liebe, dass Vronis Knie aufhörten zu zittern.

Die Nässe, die aus den Lodenjoppen, den rauen Schafswolljacken und den Hüten aufstieg, drückte den Weihrauchnebel zu Boden. Sodass Vronis üblicher Husten ausblieb. Sie sang lauter als sonst in die Nacken der Vorderreihe davor und sprach auch die Gebete besonders inbrünstig. Nach der Messe betrat sie möglichst auffällig den Beichtstuhl, wo es zwar weniger klamm war, dafür nach ungewaschenen Achselhöhlen und Kampfer stank. Dass sie in der vergangenen Woche zwei Mal einen Fluch gegen Josefa ausgestoßen und einmal vergessen hatte, den Rosenkranz zu beten. Dann noch die viele Wurst, die sie verschlungen hatte. Vroni beichtete alles, was irgendwie als Sünde herhielt. Heu von der Wiese des Hornsteiner habe sie gestohlen, raunte sie durch das filigran geschnitzte Gitter, obwohl das eine glatte Lüge war. Aber sie schien dem Pfarrer zu gefallen. Zumindest klang seine Stimme, als er Vroni die Absolution erteilte, milde und versöhnlich. Du Depp, dachte sich Vroni. Sie hoffte aber, dass es vernünftig gewesen war, was sie vorgeführt hatte.

»Du kannst gern noch rübergehen«, schlug sie Korbinian vor, als sie ihn kurz danach auf dem Kirchplatz wiedertraf und zeigte mit dem Kinn zum Brückenwirt. Zahlreiche Männer strebten dem Wirtshaus zu, dessen regennasse Veranda verwaist war. Städter kamen nur bei schönem Wetter nach Loisbichl. Korbinians Kinderaugen leuchteten zwar auf, aber der Knecht trat zögerlich von einem Bein aufs andere.

»Aber nur, wenn's dir recht ist, Bäuerin.«

»Wenn's mir nicht recht wäre, hätte ich es nicht gesagt.«

Vroni verzog keine Miene. Ihre dunklen Augen waren so unergründlich, dass es Korbinian fröstelte.

»Hm, naja, dann also. Zur Stallarbeit bin ich wieder zurück.«

»Wie es dir ausgeht, Korbinian. Josefa und ich schaffen es auch mal allein. Du hast dich beim Mähen mehr als genug angestrengt.«

Dann lächelte sie doch. Was sie noch trauriger aussehen ließ, fand Korbinian. Er zog die Schultern hoch und den Kopf ein, dann schloss er sich dem Knecht vom Schteckerhof an. In der bereits gut gefüllten Gaststube, in der laute Stimmen schwirrten und über allen Tischen Rauch stand, hängten sie ihre Joppen neben viele andere feuchte Joppen an die Haken.

Bevor sich Korbinian umsah, hatte sich der Großknecht auf den Stuhl neben Sepp Ginger gequetscht, an dessen Tisch es aber keinen weiteren freien Stuhl mehr gab. Unsicher ließ der Knecht den Blick schweifen und wünschte, er wäre mit der Bäuerin nach Hause gegangen. Schließlich fand er Platz an einem Tisch, wo vor allem Flößer saßen, die der Abwechslung halber aus Wallgau herübergekommen und schon angetrunken waren. Er bestellte eine Maß und ließ sich auf Mutmaßungen über die Ermordung des Königs ein. Als sich die Flößer verabschiedeten, klopfte der Jungbauer vom Schweb Korbinian auf den Rücken und setzte sich zusammen mit drei Freunden dazu. Der Jungbauer bestellte eine Runde Bier für alle und holte die Karten heraus.

Als Vroni und Josefa am nächsten Morgen mit schmalen Augen die Milchsuppe schlürften, fehlte Korbinian.

Kapitel 12

Der Boden unter ihren Füßen gab nach wie der Heusack im Bett, wenn sie sich abends hineinfallen ließ. Obwohl sie es nicht machen durfte, öffnete Vroni die Hand und ließ die Sense los. Unter ihrer Zunge schmeckte es nach Blut, und die Wiese an der Isar verlor urplötzlich alle Farben.

Mehrmals hatte Korbinian ihr eingeschärft, während einer Pause die Sense entweder am besten gleich in einen Baum über einen Ast zu hängen oder zumindest mit der einen Hand den Sensenbaum und mit der anderen das Blatt zu halten. Aber Vroni hatte keine Wahl. Die Sense entglitt ihr einfach und fiel mit einem dumpfen Geräusch seitlich ins Gras. Sie selbst sank mit nach vorne gebeugtem Kopf auf die Knie, ihr seit einiger Zeit ausgeleiertes Brillengestell wurde zum Glück von einem Büschel Enziane weich aufgefangen.

Es waren immer die Bauern oder die Knechte, und von denen in der Regel die erfahrenen, die schon länger auf einem Hof dienten, die die Sense schwangen, als wären sie damit aus dem Bauch ihrer Mutter gekrochen.

Nach dem Kälteeinbruch war es wieder wärmer geworden. Im Sonnenlicht lag bereits der Goldglanz des Spätsommers. Zu Abertausenden trieben die Samen stumpfblau blühender Disteln durch die Luft und blieben vereinzelt in den Wimpern der Menschen hängen. Das Gras im oberen Isartal war nachgewachsen, wenn auch deutlich kürzer und weniger kräftig wie vor der ersten Mahd. Der von südlich der Alpen kommende Wind trieb in kurzen Abständen Wellen durch die Wiesen und brachte die Gräser zum Wispern.

Krähen durchstießen den Himmel, die roten, elegant gebogenen Schnäbel gut sichtbar. Weiter oben kreiste ein Raubvogel. Dank der geschliffenen Gläser wären Vroni seine kurzen breiten Flügel aufgefallen, und sie hätte ihn als Bussard identifizieren können, wahrscheinlich sogar als ein Weibchen, weil relativ groß. Aber Vroni nahm weder die Vögel noch die Pracht der Wiese wahr, sie kauerte einfach nur da, die Fingerkuppen gegen die geschlossenen Augen gedrückt. Der Eisengeschmack in ihrem Mund mischte sich mit der Bitterkeit in ihrem Herzen. Bis sich ein verzweifeltes Wimmern löste.

Droben auf dem Geißschädel hockte Korbinian seit zwei Tagen mit Platzwunden im Gesicht und einem gebrochenen Bein, das der Viehdoktor geschient hatte. Er erinnerte sich nur vage an das, was passiert war. Vroni hatte es schließlich von Annie erfahren, das Schankmädchen im Brückenwirt, mit dem sie über mehrere Ecken verwandt war und dem sie für ihr uneheliches Kind mit einem Lenggrieser Flößer die Grasegger Familienwiege geliehen hatte. Laut Annie war Korbinian absichtlich betrunken gemacht worden. Immer wenn er zum Abtritt verschwunden war, hatten ihm die Burschen an seinem Tisch Schnaps in den Bierkrug gekippt. Als Annie schließlich die letzten Gäste hinauskomplimentiert hatte, konnte sich Korbinian kaum noch auf den Füßen halten. »Und warum hast du ihn in dem Zustand gehen lassen, du dummes Stück?«, fragte Vroni und wusste, dass es darauf keine vernünftige Antwort gab.

Annie hatte nur mit den Schultern gezuckt und ein mauliges Gesicht gemacht. Von der Hornsteiner Milchmagd kamen weitere Informationen, sodass sich Vroni schließlich alles zusammenreimen konnte: Viele im Dorf, besonders die ledigen Männer, hatten eine Wut auf die Graseggerbäuerin. Zu stolz, zu eigenwillig war sie. Dass der Anton wegen ihr auf und davon war, lastete man ihr besonders schwer an. Zumal er sich einen Tag vor dem angeberischen Namenstagsessen seiner Mutter noch mit Sepp Ginger geprügelt hatte, um Vronis Ruf zu verteidigen. Vielleicht hatte der dritte Hubersohn sich sofort bei Cölestin Hohenleitner, dem Garmischer Auswanderungsagenten, gemeldet und saß längst auf einem Dampfschiff nach Amerika. Vielleicht besuchte er auch die Landwirtschaftliche Centralschule in Weihenstephan. Auf jeden Fall war es ein Jammer, dass er fort war. Das sagten alle Loisbichler, auch der Pfarrer.

Tatsache war, dass Korbinian in seinem Suff gestürzt war. Vielleicht hatte auch der eine oder andere nachgeholfen. Tatsache war auch, dass er bei Tagesanbruch bewusstlos neben einem Misthaufen gefunden worden war. Mit den Wunden im Gesicht hätte der Knecht problemlos mähen können. Sein gebrochenes Bein dagegen war eine Tragödie. In diesen überirdisch schönen Spätsommertagen setzten sich die Tragödien für Vroni fort.

Ein unbekannter kleiner Wagen, gezogen von einem wendigen kleinen Apfelschimmel, tauchte auf dem Geißschädel auf. Ein ebenfalls unbekannter Mensch sprang herab und lud einen Weidenkorb ab, in dem ein Bouquet prächtiger weißer Rosen steckte, so lang und ausladend, dass es sein Gesicht verdeckte. Josefa glotzte bereits die ganze Zeit aus dem offenen Fenster und beobachtete den Fremden.

»Wohnt hier eine Frau ...?«

Der Bote, dessen Kinn noch kaum Bartwuchs zeigte, schaute auf einen Zettel.

»Veronika Grasegger?«

»Hm, tut sie.«

»Na dann. Ich dachte schon, ich finde es nie, so abgelegen ist das hier.«

Mit vorwurfsvollem Blick reichte der Bote Josefa den Korb, die ihn ohne Dank und Gruß durch die Fensteröffnung zerrte, dann stieg er sofort wieder auf seinen Wagen und sah zu, dass er schnell wieder ins Tal kam. Josefa schrie nach der Bäuerin, als ob der Dachstuhl brannte. Flüchtig nur hielt Vroni die Nase an das Bouquet. Die weißen Rosen rochen wie Geranien oder Krautköpfe nach nichts. Der beigefügten Karte entnahm sie, dass er es, eingepackt in viele höfliche Floskeln, bedauere, aus Zeitgründen nicht mehr auf den Geißschädel geschafft zu haben. Er verbleibe in Hochachtung und Freundschaft ... Das ebenfalls steife und exquisite Papier schob Vroni augenblicklich ins Herdfeuer, den Korb mitsamt den Blumen schleuderte sie in hohem Bogen auf den Misthaufen.

Vronis Wimmern schwoll zu Lauten an, ähnlich denen, die geschundene oder verletzte Tiere von sich geben. Das wenige Grummet, das sie gemäht hatte, war längst zusammengerecht und hing ordentlich auf einem Stangger. Die anderen Stangger standen allesamt nackt da. Dazwischen wartete breitbeinig Josefa und suchte zwischen den Zähnen nach Resten des Specks, den es am Abend zu den gerösteten Knödeln gegeben hatte. Sie starrte auf die dicken Grasbüschel, die die Bäuerin hatte stehen lassen. Eine Tracht Prügel vom Bauern, dachte Josefa, wäre das Geringste dafür.

Aber dann fiel ihr ein, dass Vroni ja nur deswegen mähte, weil keine Männer zur Verfügung standen, und sie selbst auch nicht mit der Sense umgehen konnte. Trotzdem, der Anblick der gekrümmten Gestalt war der Magd nicht nur unheimlich, sie schämte sich auch für das Getue der Bäuerin. Zum Glück waren sonst weit und breit keine anderen Menschen, die das Elend sahen. Josefa kratzte einen ihrer vielen Pusteln auf und fasste den Entschluss, zu Lichtmess endgültig den vermaledeiten Hof zu verlassen.

Vroni war so in sich versunken, dass sie nicht mitbekam, wie die Magd sich schließlich zum Leiterwagen und den grasenden Ochsen trollte. Unendlich oft hatte sie zugeschaut, wie gemäht wurde. Auch das gleichmäßige Summen, wenn die scharf gedengelte Schneide die Gräser kappte, hatte Vroni genau im Ohr. Bei ihr dagegen hatte es sich wie abgehacktes Krächzen angehört. Dabei hatte sie versucht, die beiden Griffe am Sensenbaum noch fester zu packen, sich kräftiger zu drehen oder den rechten Arm noch mehr zu schwingen. Zwei Mal hatte sie dabei die Sensenspitze in den Boden gerammt, musste sie wieder herausdrehen und die Erdkrumen mit der Schürze abwischen. *Ist das die Strafe, dass ich mich über den Tod des Bauern gefreut habe?* Vronis Oberkörper kippte so weit vor, dass die Stirn fast den Boden berührte. Ihr Wehklagen verstummte, der Stein in ihrer Brust war groß und schwer. Abhauen, einfach abhauen, schoss es Vronis durch den Kopf, in München ein neues Leben beginnen. Dass ihr Gesicht offensichtlich schön genug war, damit es gemalt wurde, schadete in der Stadt gewiss nicht. Aber nur das Kopftuch ein Stück aus der schweißnassen Stirn zu schieben, kostete sie alle Kraft. Wie sollte sie es da nach München schaffen?

Irgendwann angelten ihre Finger das Brillengestell aus dem Enzianbüschel heraus und bogen zittrig den Draht um die Ohren. Benommen und mit leerem Kopf rappelte Vroni sich auf. Im Dammkar lagen drei puffige Wölkchen, von Westen her rosa eingefärbt. Mit hängenden Armen ging Vroni zum Wagen und spannte ein, ohne mit Josefa ein Wort oder einen Blick zu wechseln. Von sich aus eilte die Magd zurück, um die noch immer im Gras liegende Sense zu holen.

Zurück auf dem Geißschädel bekam Josefa, als sie sich am Brunnen wusch, einen knochigen Befehl zugeworfen: »Schau zu, dass was Gescheites zum Essen auf den Tisch kommt.« Vroni führte die beiden Ochsen in den Stall, versorgte sie mit Wasser und Futter und verschwand dann wortlos in ihrer Kammer. Zusammen mit dem Loisbichler Mittagsläuten, das, weil der Wind günstig stand, auf der Anhöhe schwach zu hören war, zog sie die Vorhänge zu und legte sich mit schmutzigen Kleidern ins Bett. Nur die Brille deponierte sie sorgsam auf dem Nachtkästchen.

Den Rest des Tages blieb Vroni im Bett, den Abend auch. Drei Mal zog sie den Nachttopf hervor und entleerte die Blase. Für Stunden schlief sie tief, zwischendurch trieb sie an die Oberfläche ihres Bewusstseins, wähnte sich bei der Mutter und der Kuh im Verschlag. Riesengroß sah sie den angeschlagenen Teller. Wie Nebelschwaden schoben sich Erinnerung und Traum ineinander. Sie bekam nicht mit, wie Josefa die Petroleumlampe in der Küche abdrehte, der Katze eine vollere Milchschüssel als üblich hinausstellte, Korbinian die steile Stiege zu seiner Dachkammer hoch half und das Rosl zum Schlafen in ihre eigene mitnahm.

Die Dunkelheit verschluckte den Hof, das Hühnerhaus, den Bergahorn und den kleinen Stadel. Die Fähe verließ mit den Welpen den Bau. Acht Juwelenaugen leuchteten mit den Sternen um die Wette.

Klug wie sie war, hatte die Fähe bislang das Fuchseisen umgangen. Sie hob die schmale Schnauze in den Wind. Der Wald war voller Gerüche, und ein Schlag reifer Himbeeren ganz nah. Fünf Welpen hatte sie ursprünglich geworfen. Zwei davon waren verhungert, als der Rüde erschossen wurde, und sie allein auf Futtersuche gehen musste. Zuerst streifte sie durch das Föhrendickicht hinter dem Hof, ihr erfahrener Geruchssinn stöberte unterirdische Mäusenester auf.

Die Fähe fauchte, stupste und zwickte die Welpen, wenn

sie nicht bei der Sache waren und lieber spielten. Bis eine leichtfertige Maus ihre Gänge verließ. Mit den Hinterbeinen katapultierte sich die Füchsin in die Höhe, und noch bevor sie wieder auf den Vorderbeinen landete, schnappte ihr scharfes Gebiss von oben zu. Die Maus überließ sie einem der Welpen. Solche Sprünge mussten die drei beherrschen, um die Beute zu überraschen, dazu die Ausdauer, vor Löchern zu warten. Bevor der Winter kam, mussten sie selbstständig jagen können, sonst überlebten sie nicht.

Ein Wolkenband nach dem anderen schob sich vor die Sterne und den abnehmenden Mond. Wenn er zwischendurch ein paar Minuten lang frei war, fiel sein Licht butterweich auf das Karwendel und machte den Berg zu einem gigantischen Tempel. Das Moos auf den Dachschindeln des lang gezogenen Hofes, des Hühnerhauses und des Stadels filterte Nährstoffe aus dem nächtlichen Tau, wuchs unendlich langsam, aber stetig. Dabei zernagte es das Holz, sodass beim nächsten Sturm die Schindeln sich zu Dutzenden lösten und herunterflogen. Längst faulte die hölzerne Zwischendecke, und mit jeder Nacht krümmte sich der Hof etwas mehr. Gerade, als der Himmel im Westen grau wurde, setzte sich Vroni hellwach im Bett auf.

Sie tapste in die Küche. Dort trank sie so gierig aus dem Krug, dass das Wasser am Kinn herunterlief und ihr Mieder nass machte. In der Speisekammer verschlang sie geräucherte Wurst und eine Kante Brot und fror entsetzlich. Auf dem Weg zurück ins Bett hatte sie bereits Schüttelfrost, und in ihren Gliedern steckte die Müdigkeit einer alten Frau. Dass das Rosl nicht wie sonst neben ihr lag, bemerkte Vroni nicht.

Mit dem Ausdruck eines geprügelten Hundes im Gesicht saß Korbinian am nächsten Morgen am Küchentisch und schälte Kartoffeln. Sein gebrochenes, mit Stricken an einen

Stock gebundenes Bein war zur Seite gestreckt. Um ihn herum hantierte Josefa mit dem Furor des Jüngsten Gerichtes und hämmerte die Holzpantinen in den Boden. Korbinian hätte alles dafür gegeben, unsichtbar zu sein. Froh darüber, wenigstens eine Schüssel mit lauwarmer Milchsuppe vor sich zu haben, die sie auslöffeln konnten, hockten der Onkel und das Rosl eng nebeneinander auf der Bank. Nur die Schmeißfliegen stießen gegen die Fensterscheiben, als ob nichts geschehen wäre. »Rosl, schau du doch mal nach. In der Kammer. Nach der Mutter«, krächzte der Onkel.

»Wenn sie doch schläft.«

Das Rosl schniefte. Es hatte Angst, weil es sich die ganze Situation nicht erklären konnte. Seine Tränen vermischten sich mit dem Speichel, aber niemand war da, der ihm das Kinn abtrocknete. Auch die Haare waren nicht wie sonst ordentlich straff geflochten worden. Verstört bettete das kleine Mädchen den Kopf auf die Tischplatte. Mit wem sollte es das Zungenspiel machen, welchen Psalm als nächsten abschreiben? Eine geraume Zeit suchte der Onkel in der Schüssel, in der die geschmolzene Butter gelbe Schlieren in den Rest Milch zeichnete, nach einer Lösung. Schließlich entfuhr seiner eingefallenen Brust ein asthmatisches Schnaufen.

»Sag du doch auch was Korbinian.«

»Ein Unglück ist es, ein furchtbares Unglück«

»Einer muss doch schauen, was mit ihr los ist.«

Die Augen des Onkels waren weit wie schon lange nicht mehr. Korbinian legte Messer und Kartoffel beiseite und wischte sich die Hände ausgiebig an der Hemdbrust ab. Kein Knecht ging in die Schlafkammer seiner Bäuerin, aber er allein hatte das Unglück über den Hof gebracht, also musste er jetzt handeln.

»Rosl, du schaust jetzt nach der Mutter.«

Korbinians Stimme klang rostig.

»Aber wenn sie doch schläft«, gurgelte es weinerlich von der Tischplatte.

»Du schaust jetzt.«

»Jetzt gleich?«

»Jetzt gleich!«

Gleichzeitig ließ Korbinian eine Faust auf den Tisch fallen, erschrak aber selbst am meisten über seine Heftigkeit. Das Rosl glitt von der Sitzbank, setzte langsam einen Fuß tapsig und ausgedreht vor den anderen, bewegte sich mit dem Gesicht zum Boden gewandt Richtung Tür. Noch langsamer drückte das Kind die Klinke herunter. Korbinian bearbeitete drei weitere Kartoffeln, humpelte zum Ofen und ließ sie zusammen mit den bereits geschälten in den Topf mit gesalzenem Wasser plumpsen, den Josefa vorbereitet hatte. Währenddessen holte der Onkel Schmalz aus den Ohren und schmierte es auf den Rand der Schüssel. Kurz flogen die Schmeißfliegen auf, drehten eine Runde, setzen sich erneut in die Schüssel und tranken weiter die abgestandene Milch.

Als es zurückkam, war das Rosl so erregt, dass es nur zerkaute Worte herausbekam, seine Hände fuchtelten in der Luft herum. Erst als Korbinian dem Kind mehrmals über den Kopf strich, konnte es sich verständlicher machen.

»Heiß, heiß. Wie der Herd. Und die Augen gehen nicht mehr auf.«

»Jooosefa!«, brüllte Korbinian aus dem Fenster. »Jooosefffffa.«

Als Erstes schälte Josefa die Bäuerin aus den schweißgetränkten Kleidern. Danach umwickelte sie ihre Waden mit in eiskaltes Brunnenwasser getauchte Lumpen und flößte ihr Holunderblütentee ein. Mit Sirup von Tannenspitzen, die Vroni selbst im Mai gezupft und eingekocht hatte. Die ließ alles über sich ergehen, öffnete kein einziges Mal die Augen, stöhnte nur, wenn ihre Beine oder ihr Oberkörper angehoben wurden.

Das Fieber hielt Vroni fest im Griff. Um den Mund wucherte ein eitriger Ausschlag, und die Stirn war so feucht wie sonst nur Rosls Kinn. Innerhalb einer Woche wurde, was zuvor noch nie geschehen war, ein zweites Huhn geschlachtet. Kein altes, sondern das nächstbeste, das Josefa vor die Füße lief. Während es auskochte, wechselte die Magd das säuerlich riechende Bettzeug der Bäuerin. Drei Stunden später fütterte sie sie mit Hühnerbrühe und wiederholte das bis zum Abend noch zwei weitere Male. Vroni flüsterte »dank dir«, als Josefa den Löffel in den leeren Teller zurücklegte, dann sackte sie seitlich weg und schlief erneut ein. Nie zuvor war die junge Bäuerin ernsthaft krank gewesen.

Korbinian ließ sich vom Rosl so viele Stöcke aus der Scheune bringen, bis zwei dabei waren, die sich zu Krücken zurechtschnitzen ließen. Damit humpelte er in den Stall. Prompt rutschte er auf einem Kuhfladen aus, hielt sich im Fallen aber an einem Balken fest. Während die Schwalben knapp über seinem Kopf hin und her schwirrten, mistete Korbinian, so gut es ging, aus und molk. Zum Mittagessen gab es wieder aufgewärmte Milchsuppe mit dicker Haut. Der Onkel und das Rosl räumten zusammen ab, Kaffee wurde nicht gekocht. Am Abend betete Josefa einen Rosenkranz für die Bäuerin und zwängte sich wieder neben das Rosl in die schmale Bettstatt.

Es brauchte weitere vier Tage und Nächte und viele kalte Wadenwickel, bis Vroni fieberfrei war. Auch dann schaffte sie es ohne Josefas Hilfe nicht, aus dem Suppenteller zu essen oder sich auf den Nachttopf zu setzen. Aber sie bat dringend darum, dass das Rosl zu ihr kam. Zuerst zupfte das Kind nur an einem Zipfel des Kopfkissens, so fremd und einschüchternd war der Anblick des grauen Gesichtes mit den tiefen Augenringen. Es strengte Vroni bereits an, mit der Hand neben sich auf die Matratze zu klopfen, aber das Rosl wagte es erst dann, sich auf die Bettkante zu setzen.

»Spreiz jetzt deine Finger, alle zehn. Spreizen, ja, gut, gut.«

Müde gab Vroni Anweisungen und schaute dem Kind zu, wie es imaginären Vögeln winkte.

»Und jetzt ganz weit rausstrecken. Noch fester! Und jetzt halten, noch einen Moment.«

Rosls kleine Zunge mühte sich ab, wie sonst nur für Reginalds Glasmurmeln. Ein Lächeln stahl sich auf Vronis Gesicht. »Dem Herrgott sei Dank und Dank allen Heiligen«, flüsterte sie. Das Leben ging weiter.

Komm, wir fahren runter zur Wiese«, sagte der Onkel eine Woche später. Wie ein Reiher, der sich verflogen hatte, war er von seinem Stuhl aufgestanden und stand auf langen dürren Beinen in der Mitte der Küche.

»Dann bring ich es dir bei.«

»Was?«

»Na das Mähen.«

Vroni traute ihren Ohren nicht.

»Und wenn du mir dabei tot umfällst?«

»Dann brauchst keinen Sarg mehr heraufschaffen lassen, sondern kannst mich gleich unten im Tal reinlegen und zum Friedhof bringen. Das spart Geld.«

Der Onkel reckte den faltigen Hals vor und kicherte.

»Onkel, du spinnst.«

Auf den eingefallenen Wangen des alten Mannes blühten rote Rosen auf, als er mit dünner Stimme verkündete: »Einen, der besser mähen konnte als ich, gab es damals nicht zwischen Wallgau und Grainau. Keinen einzigen.«

Blass und spitz um die Nase ging Vroni inzwischen wieder

ihrer gewohnten Hausarbeit nach. Sie kochte, buk und molk, kümmerte sich um das Rosl, bekam aber Herzklopfen und Schweißausbrüche, wenn sie die Stiege hinaufging. Sie behandelte die entzündeten Lippen mit demselben Melkfett, mit dem sie von Zeit zu Zeit Irmis empfindliche Zitzen einschmierte. Ihr Gesicht hatte den letzten Rest Mädchenhaftigkeit verloren, ihre Kraft kehrte nur langsam zurück. Beim Essen nach der Stallarbeit hatte sie Mühe, die Gabel zu halten. Vroni spürte, dass das Fieber ihr etwas geraubt hatte, und zwar endgültig.

Jeden Mittag drückte Josefa die Bäuerin mit einer Tasse Tee in der Hand für eine halbe Stunde zum Ausruhen auf die Bank an der Hauswand. Die beiden sprachen nach wie vor nur das Nötigste miteinander, aber gelegentlich lag jetzt Wohlwollen in den Blicken, die sie wechselten.

»Du darfst dich dabei nicht anstrengen, das ist grundverkehrt«, raunte der Onkel in Vronis rechtes Ohr. Er stand dicht hinter ihr. Beide Arme, die wie immer in den Ärmeln der kratzigen Wolljacke steckten, um sie herumgeschlungen, sodass er ihre Hände an den Griffen der Sense dirigieren konnte. Eine Haarsträhne, die unter Vronis Kopftuch hervorkroch, kitzelte sein wie jeden Tag glatt rasiertes Kinn.

Ein paar Sekunden lang wurde dem alten Mann wunderbar schwindelig von all dem weiblichen Duft, der aus Vronis Nacken strömte, dann riss er sich zusammen und rückte eine halbe Handbreite von ihr ab. Überall im oberen Isartal standen nur noch Grasstoppel, zwischen denen die ersten Herbstzeitlosen hervorschossen. Die anderen Bauern hatten ihr Grummet aus der Ebene längst in Sicherheit gebracht. Wie jeden Nachmittag dieser Woche wurden die Umrisse des Bergs weich wie Bettzeug und die Felswände hellblau. Die Sonnenstrahlen fläzten sich rotgolden über die einzige ungemähte Wiese weit und breit. An den Spitzen der Blumen und Gräser flirrte das Licht. Einen Moment dachte Vroni an ihren Freund Leibl. Wäre er jetzt da, würde er sagen: »Frau Grasegger, schauen Sie, für Ihr Werdenfelser Land hat Gott die besten Pigmente genommen.«

Vroni ignorierte den Onkel in ihrem Rücken und schaute. Über die Pechnelken, Trollblumen, Margeriten, Enzianblüten, Arnika, und den Wegerich hinüber zum Berg. *Leibl hat recht.*

»Beine leicht auseinander, der rechte Fuß vor den linken. Geh jetzt ein bisschen in die Knie, Vroni, ja so, so ist richtig. Bravo, bravo.« Stoßweise atmend verlagerte der Onkel sein Gewicht auf das rechte Knie und drückte Vroni und die Sense gleichzeitig nach vorne. So hätte es mit der ledigen Mutter aus Murnau sein können, damals, vor fünfzig Jahren. Oder war es noch länger her? Wobei deren Hals im Gegensatz zu dem gebräunten Nacken der Witwe seines Neffen, daran erinnerte sich der Onkel noch sehr genau, rahmweiß und so grazil gewesen war, dass ihm gleich wieder Tränen in die Augen schossen.

Vroni spürte, wie ihr Oberkörper nach links gedreht wurde, während das Sensenblatt weit rechts von ihr den Boden berührte. Der Onkel setzte sich in Bewegung, und die Sense beschrieb einen Halbkreis. Als Vroni den Griff, der auf Kniehöhe am Sensenbaum angebracht war, anhob, korrigierte der Onkel sie überraschend energisch. So blieb das Sensenblatt auch bei der Rückholbewegung am Boden, die Spitze drei Fingerbreit tiefer als das gerade Ende. »Dreh nur dein Rückgrat«, hörte Vroni es nuscheln, dabei tröpfelte Spucke in ihr rechtes Ohr, das sich vom Kopftuch befreit hatte. »Arme, Hände und auch Schultern ganz locker. Das ist die ganze Kunst.«

Gleichzeitig setzten Onkel und Vroni erneut den rechten Fuß vor, bewegten Rumpf und Beine so, dass der Mähschwung

Teil ihrer Körperbewegung wurde. Und noch ein Schritt und noch einer. Links hinter den beiden fiel gleichmäßig die Mahd. Als sie sich dem Grenzstein näherten, an dem der Grund eines Krüner Bauern begann, atmete Vroni bereits ruhiger. Ohne dass ihr Kopf laufend Befehle geben musste, verlagerte sich ihr Gewicht ganz von selbst, auf den rechten Fuß beim Mähschwung, auf den linken bei der Rückholbewegung. Wenn Vroni einmal aus dem Takt kam, lenkte der Onkel sie mit einem Stups in die Kniekehle. Hinter einem Stangger stand Josefa und beobachtete das kuriose Gespann, halb belustigt, halb anerkennend.

Plötzlich lösten sich die Arme des Onkels. Der alte Mann schwankte leicht. »Arg heiß ist mir«, sagte er hechelnd. Seine wässrigen Augen blinzelten, als ob er plötzlich nicht mehr wusste, wo er war und wozu. Wider Willen musste Vroni lachen, behutsam knöpfte sie ihm die Jacke auf. Noch vorsichtiger zog sie an der Rückseite, bis er sich vollständig von dem wolligen Ungetüm befreit hatte. Nachdem die zweite Mahdbreite ordentlich dalag, war der Onkel völlig entkräftet. Die Hand in seine ausgemergelte Achselhöhle eingehakt brachte Vroni ihn zu einem Stadel, wo der alte Mann sich an der Wand herunterrutschten ließ, die Knie angewinkelt, das Kinn auf der Brust. Vroni rollte die Jacke zusammen und schob sie ihm in den Rücken. Nach wenigen Augenblicken fädelte sich sein Schnarchen in den Kanon der Insekten ein. Vroni war jetzt alleine mit der Sense.

Sie band die Zipfel des Kopftuches zu einem festen Knoten im Nacken und schob die Brille, die auf dem verschwitzten Nasenrücken bis zur Spitze vorgerutscht war, weit zurück.

Zwei winzige Schritte vorwärts, der Rumpf drehte sich und mit ihm die Sense. Aus den Augenwinkeln vergewisserte sich Vroni, dass das Gras am Umkehrpunkt des Schwungs vom Sensenblatt fiel. In einer Länge, die dem Abstand zwischen Mittelfingerknochen und Fingerspitze entsprach, mehr nicht. Mähen war ein langsames, gründliches Geschäft. Eine halbe Stunde verging, dann eine volle. Wölkchen ballten sich zu einer einzigen großen Wolke zusammen. Die verzog sich und machte Platz für blaue Himmelswiesen. In Vronis linkem Knie stach es, aber eine akkurate Mahdbreite nach der anderen fiel.

Das Grummet musste rasch auf die Stangger. Nur so trockneten die Halme gegen Sommerende noch durch. Außerdem ging weniger von dem kostbaren Futter verloren, als wenn es viel gewendet wurde. Ohne sich abzusprechen oder sich auch nur ein Zeichen mit den Augen zu geben, arbeiteten Bäuerin und Magd immer weiter. Auch noch, als die Sonne im Westen so tief stand, dass nur noch ein purpurrotes Band im oberen Drittel des Karwendelmassivs glühte. Die Zeit, die durch ihre Krankheit verloren gegangen war, musste eingeholt werden, deshalb verdrängte Vroni Hunger, Durst und ihre volle Blase. Der Schmerz im Knie verschwand. Schwung, Schritt, Schritt, Schwung, Schritt, Schritt. Es war lange her, dass sie am Kirchweihtag auf den Loisbichler Tanzboden gestiegen war und Ländler oder Walzer getanzt hatte. Jetzt tanzte Vroni wieder.

Mausetot, mausetot, rauschte es in ihren Ohren, jedes Mal, wenn die Sense schnitt. Mausetot war der Bauer, und es gab keine himmlische Strafe, denn er hatte sein Erfrieren selbst verschuldet. Alles würde wieder gut werden, trotz Korbinians gebrochenem Bein, trotz ihres Fiebers, trotz Reginalds Verschwinden. Vroni drehte sich, und die Sense schwang mit, Josefa rechte und hängte das Gras auf die Stangger. Zaghaft half das Rosl mit, wurde gelobt und strengte sich mehr an. Zwischendurch wetzte Vroni die Schneide mit dem feuchten Schieferstein, den ihr Korbinian mitgegeben hatte.

»Wir haben es geschafft für heute«, sagte Vroni, als es vom

Boden her immer kälter wurde. Sie rüttelte den Onkel an der Schulter und meinte liebevoll: »Jetzt weiß auch ich, dass du der beste Mäher weit und breit warst.« Kein bisschen überrascht schlug der alte Mann die Augen auf und gähnte breit. Trotz seines Alters fehlten ihm nur vier Zähne.

Wie so oft tauchte Wilhelm Leibl völlig unvermutet gegen Mittag an Mariä Geburt auf dem Geißschädel auf. »Fort aus der Stadt, fort von den Klugscheißern und geleckten Angebern«, bellte er, kaum dass er in die Küche gepoltert war, wo Korbinian alleine saß. Der schälte Steckrüben und bemühte sich, sie in genau solche Würfel zu schneiden, wie Josefa es ihm aufgetragen hatte. Dass der Knecht Frauenarbeit verrichtete und ein lädiertes Bein hatte, fiel Leibl nicht weiter auf. Lang und breit lamentierte er über seine Schlafstörungen und dann, noch ausschweifender, über sein Gefühl, vergiftet worden zu sein.

»Giftige Pilze?«

Mitfühlend blickte Korbinian von den Steckrüben hoch.

»Wenn es das nur wäre. Nein, nein, ich habe seitenweise verlogenes Zeug in mir drinnen.«

»Wie das?

»Die *Münchner Neuesten Nachrichten* halt.«

Auf Leibls hoher Stirn bildeten sich tiefe Furchen.

»Die Politik ist voller Falschheit, die Kunst noch mehr. Und die Zeitungen blasen alles zusätzlich auf. Das vergiftet mich! Ich spüre es vom Magen bis in den Darm.«

Sorgfältig schnitzte Korbinian noch drei Würfel, dann fragte er freundlich: »Warum lesen Sie sie dann überhaupt, die Zeitung, Herr Leibl?«

Der schrankförmige Oberkörper lehnte sich auf dem Stuhl zurück. Und der Maler des deutschen Realismus schaute den Knecht an, als ob er ihn zum ersten Mal sah.

»Hm, ja warum eigentlich? Hier, bei euch in den Bergen komme ich eh nicht dazu.«

»Na dann. Dann hören Sie ab jetzt halt ganz damit auf, wenn es Ihnen so schlecht bekommt.«

Korbinians blaue Augen zwinkerten Leibl zu, bevor sie sich wieder auf die Steckrüben konzentrierten. Der Maler wischte sich mit dem Handrücken über den Mund. Der seit dem Treffen mit einem Münchner Galeristen in seinen Eingeweiden rumorende Ärger ebbte ab, nachdem er die gesamte Zugreise nach Murnau, die Weiterfahrt mit der Postkutsche nach Partenkirchen und einem Bauernfuhrwerk nach Loisbichl angehalten hatte. Gravitätisch schritt Leibl aus dem Haus, ging zum Brunnen und füllte für sich und Korbinian je ein Glas mit frischem Wasser. Schweigend tranken die beiden Männer Schluck für Schluck.

Schließlich bemerkte Wilhelm Leibl doch das geschundene Bein des Knechts, fragte bestürzt nach, schämte sich furchtbar für seine Ignoranz, entschuldigte sich und ließ einen Schwall Flüche über den ungerechten Lauf der Welt los.

»Und die Frau Grasegger, wie kommt sie denn jetzt ohne dich zurecht? Und überhaupt, wo steckt sie?«

Ganz anders als im Juli, als er auf dem Plattele bei der Heumahd mitgeholfen hatte, um Reginald ein besonderes folkloristisches Amüsement zu bieten und sich selbst wichtig zu machen, ackerte Wilhelm Leibl beim Grummet richtig. Seine Gliedmaßen erinnerten sich an die Schlosserlehre, die er als junger Mann in Köln absolviert hatte, auf seiner Stirn stand bald Schweiß, sein kurzes Haar klebte feucht am Schädel. Er kam mit dem Zusammenrechen so schnell voran, dass er Josefa überholte und bereits den übernächsten Stangger behängte. Außerdem half das Rosl immer besser mit. Durch die regelmäßigen motorischen Übungen waren seine Finger agiler geworden. Das Mädchen schaffte es, das frische Gras so auf den Stecken anzubringen, dass nichts zu Boden fiel. Immer öfter warfen die Jochers und Simons anerkennende Blicke auf die Nachbarwiese, und das hübsche hellblonde Mädchen wagte kein einziges Mal mehr, dem Rosl die Zunge herauszustrecken.

Ab da arbeitete Leibl jeden Tag vom frühen Morgen bis zum späten Nachmittag mit. Am Abend, wenn er sich im billigsten Fremdenzimmer des Brückenwirtes in die Bettstatt fallen ließ, spürte er jeden Knochen. Etwas, was ihn stolzer machte als der Muskelkater nach Leibesübungen oder Besuchen im Athletenclub. Er schlief, ohne zwischen ein und vier Uhr morgens an die Decke zu starren. Er war nicht länger der *lebendig begrabene Leibl*, als der er sich gern in Briefen an Bekannte bemitleidet hatte, sondern ein rechtschaffen müder Mensch. In diesen Septembertagen vergaß Wilhelm Leibl, sich über ignorante Galeristen oder klugschwätzende Kunstkritiker zu ärgern, weil er überhaupt nicht mehr viel nachdachte. Er drehte sich höchstens noch einmal in der für ihn viel zu schmalen Bettstatt um und schlief gleich weiter.

Die Mühsal und Schinderei, die er vorher in den Gesichtslandschaften seiner bäuerlichen Modelle nur gesehen und in Farbvaleurs übersetzt hatte, erlebte er jetzt selbst. Dazu die Befriedigung, mit Wind, Wolken, Sonne und dem Berg als freundlichem Gegenüber zu arbeiten. In diesen Tagen wurde Wilhelm Leibl mit Leib und Seele Bauernmaler.

Acht Tage nach Mariä Geburt und kurz vor dem Almabtrieb war auch die Wiese am Plattele so gleichmäßig kurz gemäht, als ob es der verstorbene Bauer gemacht hätte. Das Heu auf den Stanggern trocknete rösch durch und wurde nach und nach abtransportiert. Um die allerletzte Fuhre hoch zum

Geißschädel kümmerte sich Vroni alleine, während Josefa und Leibl die vorige Ladung auf den Dachboden schafften.

Nur das Rosl war dabei und half die restliche Ernte in den großen Leiterwagen zu laden. Froh darüber, dass sie weit und breit die Einzigen waren, summte Vroni vor sich hin. Auf den kurz gemähten Buckelwiesen stolzierte eine schwarze Armee, mindestens hundert Krähen, mit strengem Blick, als ob sie die eigentlichen Besitzer wären. Ihr Gezeter hallte weit. Vroni streckte die Arme vor und klatschte fest in die Hände, denn immer, wenn sich ein paar der Vögel mit knatternden Flügelschlägen erhoben, lachte das Rosl hell auf. *Das Leben geht immer weiter.* Im nächsten Frühjahr, dachte Vroni, wird wieder Gras hellgrün aus dem Boden schießen, im Spätsommer das Grummet gemacht werden, das war verlässlich.

Alles war bereit zur letzten Fuhre: die Ochsen angespannt, die Rechen der Länge nach und mit den Zinken nach unten befestigt. Das Rosl wartete schläfrig, aber mit geschlossenem Mund, denn auch die Zungenübungen zeigten Wirkung, neben dem Leiterwagen. Ärgerlich äugten zwei große Krähen, wichen widerwillig zwei Meter zur Seite, als Vroni noch schnell zu dem Stadel ging, an dessen Schattenseite auf einem Stein die Reste der Brotzeit lagen. Weil ein Korb zu groß gewesen wäre, hatte Vroni ein Viertel Brot, ein Stück Käse und ein kleines Messer einfach in ein altes Kopftuch gewickelt. Kaum hatte sie das Bündel erreicht, ließen sich die beiden Krähen wieder nieder, wo sie vorher gewesen waren und stießen die Schnäbel ins Gras. Vroni war im Begriff, den Knoten zu lösen, um sich ein letztes Stück Käse in den Mund zu schieben, als sie plötzlich hinter sich große Schritte über den weichen Boden wischen hörte. Im nächsten Moment spürte sie einen Schatten und keuchenden Atem.

Zwei dicht behaarte Arme griffen nach ihr, grob wurden ihre Brüste gepackt.

»Mager bist geworden, Graseggerin.«
Seine Stimme war heiser und böse wie die der Krähen. Vroni riss sich herum, dabei gelang es ihr, die kleinen, aber muskulösen Männerhände abzuschütteln.
»Du! Du Dreckskerl, hau ab ...«
Blitzschnell legte sich eine Hand um ihren Hals und drückte so fest, dass Vroni würgte.
»Hast du gedacht, dass du mir so einfach davonkommst. Meine Hasen und mein Rehschlegel haben dir doch geschmeckt, dann wirst du auch meinen Schwanz mögen.«
Mit höhnischem Lachen drückte der Hirzinger sie gegen die Stadelwand. Vroni wollte schreien, aber die Hand an ihrer Kehle machte nur noch ein kleines Gurgeln möglich. Eiskalte Angst umfing sie. Seine zweite Hand wanderte tiefer. Zwängte sich zwischen seinen und ihren Körper, nestelte an seinem Hosenlatz. Durch den dünnen Stoff ihres Arbeitsgewandes spürte Vroni etwas Hartes gegen ihre Leiste drücken. Dabei stöhnte der Wilderer immer heftiger.
»Du Luder, du Fotze du. Jetzt krieg ich dich.«
Wie der Bauer, wie der Bauer. Vroni riss die Augen weit auf, um wenigstens seine mit ihrer Wut auszustechen. Sie versuchte, sich gegen seine Brust zu stemmen, schaffte es aber nicht. Das lange Fieber, die schwere Arbeit danach hatten sie geschwächt. Die Angst schluckte die Wut, ihr Verstand kapitulierte. Er zwängte Vronis Oberschenkel auseinander, seine Zunge glitt wie eine feuchte Nacktschnecke zu ihrem Mund, gleichzeitig öffnete er die dunkle Höhle, gleich würde er ...
Ein hoher, gellender Schrei flog durch den Spätsommertag. Vroni spürte, wie er zusammenzuckte, sein Kopf sich etwas abdrehte. Die Hand blieb auf ihrer Kehle, aber Vroni gewann einen Spalt Handlungsspielraum.
An Hirzingers Kopf vorbei sah sie das Kind, ihr Kind. Das kleine Mondgesicht panikverzerrt. Vronis rechte Hand

krampfte sich noch immer um das Brotzeitbündel, fieberhaft tasteten die Finger zwischen Brotbröseln und Käseecke. Bis sie den schmalen Holzgriff fanden.

Wieder ein Schrei. Viel tiefer als der vorige und voll jähem Schmerz. Noch einmal stieß sie mit dem Messer zu. Dorthin, wo sein weiches Fleisch nachgab. Er taumelte zurück, ließ Vronis Hals los und legte beide Hände schützend auf seine rechte Leiste. Hirzingers Lederhose rutschte in die Kniekehlen, zwischen den schwarzen Schamhaaren sah Vroni Blut herausquellen.

»Rosl, schnell, ganz schnell.«

Ein Dutzend Krähen flatterte hoch. Vroni packte das erstarrte Kind am Arm, lief mit ihm in Riesenschritten zum Wagen, hievte es hoch, schubste es ins Heu, schaute kein einziges Mal zurück, sondern sprang auf und drosch auf die Ochsen ein. Erschrocken setzten die sich in Bewegung. Der Wagen machte einen Satz, rumpelte davon. Hinter dem Stadel pickten die Krähen Brotbrösel aus dem Kopftuch und stritten sich um das letzte Stückchen Käse. Der Hirzinger war im Wald verschwunden.

Es klirrte, als Vroni die Schnapsgläser, die zu einem kleinen Turm gestapelt in der Kredenz aufbewahrt wurden, heftiger als nötig auseinandernahm und auf den Küchentisch stellte. Wilhelm Leibl hatte die Ellenbogen aufgestützt und die Finger ineinandergeflochten, gut gebräunt von den Tagen auf dem Plattele und den vielen Fußmärschen zwischen Loisbichl und dem Graseggerhof hoch und hinunter. Er hatte Gewicht verloren und wirkte jünger. Korbinian stand auf, stakste auf Krücken zum Herd und legte frisches Holz nach. Dabei verkündete er feierlich, dass der Bruch zusammenwachse wie die Stelle an einem Baum, die einen Axthieb abbekommen habe. Ganz famos, das spüre er, ganz famos.

Dass Vroni steinhart im Gesicht die letzte Fuhre abgeliefert hatte, den Kiefer zusammengeklappt wie ein Fuchseisen, war nur Josefa aufgefallen. Aber die fragte nicht nach, was auf dem Plattele passiert war.

Durch die Wand waren die Kühe im Stall zu hören, auf dem Dach klapperten die losen Schindeln. Wenn das der Italiener, der Sunnawind, war, können die Kühe und die Jungtiere von der Alm noch eine Weile draußen grasen, überlegte Vroni und schenkte Leibl aus einer bauchigen Flasche Birnenschnaps ein. Wieder war ein Sommer geschafft! Der zweite ohne den Bauern, und mit reichlich Heu bis ins Frühjahr. *Aber wenn ich noch einmal krank werde?* Was wäre mit dem Rosl und dem Onkel geschehen, wenn das Fieber die Hofbesitzerin umgebracht hätte? Ihre Mutter war am Fieber gestorben, allerdings war sie ausgezehrt gewesen vom vielen Hungern. Würde es der Hirzinger noch einmal versuchen? Oder ein anderer Kerl?

Vroni setzte sich auf den Stuhl neben Leibl, goss sich selbst ein Glas randvoll mit Schnaps und stürzte ihn hinunter. Das Brennen in der Kehle tat gut, aber so viele Gläser, um die Erinnerung an Hirzingers brutale Hände zu löschen, enthielt keine Schnapsflasche. Vroni studierte die Asteinschlüsse in der Tischplatte und hörte mit halbem Ohr zu, was die anderen redeten. Sie schenkte zuerst Leibl, dann dem Onkel, danach Korbinian, Josefa und schließlich sich selbst nach. Sie hob das Glas.

»Herr Leibl, ich möchte mich bei Ihnen bedanken, von ganzem Herzen. Ohne Sie hätten wir das Grummet nicht geschafft.«

Vronis Gesicht blieb todernst und streng, während der Maler unter seiner Bräune rot anlief. Auch er hob sein Glas, musste aber erst schlucken, bevor er sprechen konnte: »Auf mich, Frau Grasegger, können Sie immer zählen.« Vroni sagte nichts darauf. Sie blickte ihm nur in die Augen und hielt sich am Schnapsglas fest.

»Herr Leibl, wir machen es jetzt fertig, das Bild. Morgen, gleich morgen früh, können Sie weitermalen.«

Vroni kippte den Inhalt des zweiten Schnapsglases hinunter. Dann fügte sie mit zittriger Stimme, die alle aufhorchen ließ, weil sie das Gegenteil von ihrem Gesichtsausdruck war, hinzu: »Aber nur zwei Stunden am Tag sitze ich still. Keine Minute länger.«

Kapitel 13

Den Boden gleich links neben der Haustür hatte die Füchsin mit ihren schwarzen, an einem Ende zugespitzten Kotwürsten markiert. Hoch am Himmel trieben von Osten her Zirruswolken, dünn und fein wie Reiherfedern. Vroni stellte den Eimer ab, mit dem sie gerade frisches Wasser vom Brunnen geholt hatte, schob die Brille zurecht, studierte zunächst die Losung und danach die Wolken. Sie wusste nicht, dass diese Wolken ganz aus Eis- und Schneekristallen bestanden, aber sehr wohl, dass sie Kälte brachten. Deshalb nahm sie sich vor, dem Rosl sofort die braunen Strümpfe aus ungefärbter Schafswolle überzustreifen, die am besten wärmten, aber kratzten, weshalb das Kind jammerte, bis es sich wie jeden Winter daran gewöhnt hatte.

An der untersten, von Generationen ausgetretenen Steinstufe rieb sich Vroni Matschklumpen von den Holzpantinen. In den zurückliegenden Tagen hatte es viel geregnet. Die Hühner, die ruckartig um den Hof stolziert oder auf den Misthaufen geklettert waren, hatten erbärmlich zerrupft ausgesehen. Aus Sorge, die Fähe könnte sich geschützt durch die dichten grauen Regenvorhänge auch am Tag an sie heranwagen, hatte Josefa sie schon gegen Mittag wieder ins Hühnerhaus getrieben. Der Regen hatte aufgehört, aber ein böiger Wind peitschte nach wie vor über den Geißschädel und ließ die Dachschindeln klappern.

Der Bergahorn an der Stirnseite des Hofs war längst kahl. Die zu Boden gefallenen Blätter hatte Korbinian regelmäßig in die Schubkarre geschaufelt und als Einstreu in den Stall geschafft. Fahl braun und öde buckelten die Wiesen, und selbst die Krähen verließen das Föhrendickicht nicht mehr oft. Vroni zog ihr Wolltuch enger um sich. Bald würde es schneien, bald würde es nur noch einen Trampelpfad zum Brunnen und einen zum Hühnerhaus geben. Der Ziehweg ins Tal verschwand dann schnell in Schneewehen, und die Stöcke, die ihn in unregelmäßigen Abständen seitlich markierten, schauten oft nur zu einem Drittel heraus. Vroni presste die durch die rußige Küchenluft und die Kälte draußen noch rissigeren Lippen zusammen. Sie hob den Eimer an, atmete noch einmal tief ein. *Die Kartoffeln sind jetzt weichgekocht und müssen gestampft werden.* Der Rauch, den der Wind vom Kamin hinunterdrückte, roch harzig. Darunter lag noch ein anderer, ein leicht fauliger Geruch, der, so vermutete Vroni, vom Moor kam. Ähnlich den dünnen Federwolken flogen ihre Gedanken nur so dahin.

Beim letzten Gang in den Beichtstuhl hatte sie wieder Sünden erfunden, Sünden belanglos wie Käfer im Gras. Aber sie reichten aus, dem Pfarrer die Gelegenheit zu geben, ihr Buße aufzuerlegen. Dafür ersparte er ihr das Thema Heiraten. Zwanzig Rosenkränze waren beim Melken schnell heruntergerattert. Die eigentliche Strafe war gewesen, vor und nach der Messe über den Kirchplatz zu gehen, während sich fast alle Köpfe demonstrativ abgedreht und Augenpaare hartnäckig auf Schuhspitzen gestarrt hatten. Es war wieder nur die Huberin gewesen, der Kropf ausnahmsweise unter einem wärmenden Fuchsschwanz verborgen, die durch eine Lücke in der Wand aus breiten Rücken und spitzen Ellenbogen herübergegrüßt hatte. Bei dieser Erinnerung lächelte Vroni zu dem schneebedeckten Berg hinüber, und ihr wurde zumindest ums Herz herum warm. Nur zwei ihrer rotblonden Söhne hatte die Huberin im Schlepptau gehabt. Der Jüngste besuchte bekanntlich die Lateinschule in Kloster Schäftlarn, aber der dritte? Die Gerüchte über Anton stimmten also.

Vroni schnäuzte sich in einen Schürzenzipfel und nahm sich vor, in der Küche nicht nur an die Strümpfe für das Rosl zu denken, sondern Korbinian gleich nach der Temperatur zu fragen. Dass es höchstens zwei Grad hatte, spürte sie selbst an den nackten Oberschenkeln, aber es freute den Knecht jedes Mal, wenn er gebeten wurde, auf sein kostbares Thermometer zu schauen. Vronis Blick wanderte an der linken Ecke des Hofgebäudes vorbei und blieb an der Stelle im Föhrendickicht hängen, von der früher ein Weg hinunter nach Gerold existiert hatte. *Und zum Wagenbruchsee.* Wieder spürte sie den Stich in der Brust, Reginald war im Wagenbruchsee geschwommen. Vroni legte die Hand auf die Haustürklinke, prüfte ein letztes Mal den hohen dünnen Himmel. Lange dauerte es nicht mehr, dann würde es bis in die Täler hinunter schneien, dann saß sie endgültig fest. Im Moment waren die Wege noch zu matschig. Für ihr Vorhaben brauchte sie einen anständigen Nachtfrost. Denn ihre Sehnsucht nach Menschen, nach anderen Menschen, wuchs im gleichen Maß, wie die Tage dunkler und kürzer wurden.

Nachdem Leibl das fertige Porträt in eine eigens dafür im Dorf gezimmerte Hülle geschoben und die Deckplatte zugenagelt hatte, war er einen Tag vor Allerseelen nach München abgereist. Ihn plagte ein schlechtes Gewissen, weil er das Bild nicht rechtzeitig vor Reginalds Abreise in dessen Hotel gebracht hatte. Wenigstens wollte er es jetzt persönlich zur Spedition bringen und für einen schnellen Transport nach London sorgen. Außerdem hatte er endlich die heißersehnte

Einladung erhalten, die Familie Pallenberg in Köln zu besuchen. »Reiche Käuze sind das, Frau Grasegger, ganz reiche«, hatte er geraunt und so mit seinen Augen gerollt, dass Vroni nicht sicher war, ob er Spaß machte oder es verzweifelt ernst meinte.

»Bei denen könnte ich so viel Geld verdienen, wie wir gerade Heu gemacht haben.«

»Aha. Haben die denn überhaupt schon mal ein Bild gekauft?«

»Ach, Frau Grasegger, warum müssen Sie immer so vernünftige Fragen stellen!«

Jetzt schnitt Leibl tatsächlich Grimassen.

»Der alte Pallenberg hat sich vor Urzeiten von mir porträtieren lassen, als er zur Kur in Bad Aibling war, verdammt gutes Honorar damals. Nachdem er gestorben ist, biete ich seinen Erben laufend Bilder an. Aber selbst meine *Wildschützen* wollten sie nicht.« Darauf hatte Vroni nichts mehr gesagt, sondern Leibl den Reiseproviant in die Hände gedrückt, den sie für ihn vorbereitet hatte. Zwei Würste, zwei hart gekochte Eier, einen halben Laib frisch gebackenes Brot, bestreut mit Kümmel. Es hatte sich auch noch ein altes Kopftuch zum Einwickeln gefunden. Nach Leibls Abschied empfand sie das melancholische Schweigen auf dem Hof wieder einmal besonders grausam.

Dann war es soweit. Vroni zog den großen Leiterwagen aus der Scheune, Korbinian spannte die beiden trübselig schauenden Ochsen ein. Erst danach nahm Vroni das Kopftuch ab, wickelte stattdessen einen Wollschal um Stirn und Ohren, verknotete ihn am Hinterkopf und schlüpfte in die Lederjoppe des Bauern. Das Wichtigste schob sie bis zuletzt auf.

Mit hochgezogenen Schultern ging Vroni in der Kammer auf die Knie und hebelte mit einer Gabel die beiden lockeren

Holzdielen auf der Seite der Bettstatt hoch, auf der der Bauer geschlafen hatte. Sie löste sie heraus, legte sie geräuschlos zur Seite und hob die Kassette aus dem Hohlraum, der den Graseggerbauern seit Generationen als Versteck diente. Um einen der wenigen Geldscheine herauszunehmen, mussten Vronis Fingerkuppen zwangsläufig den vanillefarbenen Papierbogen berühren. Es hätte auch die frisch gedengelte Schneide der Sense sein können. Hastig schob Vroni das Geld tief in die Rocktasche, schloss die Kassette und ließ sie eiligst wieder verschwinden. Zurück in der Küche stürzte sie im Stehen ein Glas Wasser hinunter, dann rief sie betont munter: »Rosl, komm, es ist so weit, los geht's. Hast du deine Mütze und dein Taschentuch?«

Das Rosl durfte mit. Als Belohnung dafür, dass es am frühen Morgen bereits fehlerfrei »Heiliger Erzengel Michael, verteidige uns im Kampfe, gegen die Bosheit und die Nachstellung des Teufels sei unser Schutz« abgeschrieben hatte. Nur in der ersten Zeile verschmierten zwei Griebenschmalzkleckse die Tinte. Am Vortag hatte das Kind außerdem selbstständig Kartoffeln geschält. Obwohl die Schalen so dick ausgefallen waren, dass Josefa mehrmals hintereinander dem Gekreuzigten das Wort »Verschwendung« ins Gesicht gebellt hatte. Vroni aber hatte nur gelächelt und gemeint: »Wenn deine Finger so tüchtig weitermachen, dann kann ich dir bald das Melken beibringen.«

In Klais lenkte Vroni den Wagen langsam an dem Gehöft vorbei, das ganz nah an der Straße stand. Eine buckelige Greisin, die man leicht für eine Märchengestalt halten konnte, stand umringt von blökenden Ziegen da und hob würdevoll einen Arm zum Gruß. Seit Menschengedenken hauste die Wurmerin allein mit ihren Tieren. Ein komisches Gefühl wehte Vroni an, und sie schaute noch einmal über die Schulter zurück. Nein, sie hatte sich nicht getäuscht: Mit den Borsten nach oben lehnten zwei Besen über Kreuz an der geschlossenen Stalltür. Damit die Druden nicht zum Vieh hineinkamen, ein uralter heidnischer Brauch. Leibl hätte lauthals gelacht, erst recht die Huberin, an deren Hauswand im Sommer ein Velociped gelehnt hatte. *Ob sie inzwischen mal damit gefahren ist?* Vroni trieb die Ochsen an, schneller zu gehen, damit sie nicht mehr an das Namenstagsfest denken musste, seitdem alles noch komplizierter geworden war.

Über dem Schmalensee, der zu ihrer Linken auftauchte, waberte Dunst. Die Oberfläche war noch nicht zugefroren, aber das Wasser stand sulzig still, und das Schilfrohr war umgeknickt. Kein Vogel ließ sich blicken. Die Zweige der großen Fichten hingen schwer von Feuchtigkeit nach unten. Je weiter sie kamen, desto freier wurde es in Vronis Brust. Vom Karwendel waren nur ein paar braun-weiße Flecken zu sehen, wenn sich für kurze Momente die Wolken verschoben.

Drei Fuhrwerke kamen ihnen entgegen, vielleicht aus Scharnitz, vielleicht aus Innsbruck oder von noch weiter her? Vroni kannte keinen der Männer auf dem Bock. Aber alle drei riefen freundliche Grüße, einer lüpfte sogar den Hut. Allein das tat Vroni nach den Monaten der Loisbichler Feindseligkeit gut. Sie stimmte ein Lied an, und das Rosl sang, so gut es ging, den Text mit. Zwischendurch lachten die beiden und rempelten sich der Gaudi halber gegenseitig an. Ihre Atemluft ballte sich dabei zu einer einzigen Wolke zusammen. Rosls Nasenspitze war rot, und seine Augen tränten, aber Mutter und Tochter sangen laut und fröhlich weiter, ohne sich um den richtigen Ton zu scheren. Auf der Höhe der Husselmühle und der Reigelmühle umwallten dicke weiße Schwaden den Leiterwagen. Dass Mittenwald schließlich vor ihnen lag, erkannte Vroni nur an dem markanten Blütenkelch, der auf dem Nebelmeer schwamm, die Turmspitze von St. Peter und Paul. Sie war aufgeregt.

Als Erstes fuhr sie in den engen, modrig riechenden Hof eines Viktualienhändlers am Untermarkt, der Kartoffeln, weiße und blaue Krautköpfe sowie Steckrüben verkaufte. Vroni zählte penibel nach, was der Händler ihr herausgab. Die Einladung auf einen Schnaps zum Aufwärmen lehnte sie ab. Zu unangenehm waren die Blicke, die ihr der junge Kerl zuwarf, der die Säcke auf den Wagen hievte. Die Art, wie seine rechte Schulter schief hing, dazu seine ungewöhnlich hohe Stimme ... Vronis Nackenhaare sträubten sich. War dieser Isidor, wie ihn der Händler nannte, einer der Maschkera, die am Gumpadn Pfingsta auf den Geißschädel gekommen waren? Einer der Kerle, die sie und ihre Leute in Angst und Schrecken versetzt hatten?

Mit steifem Nacken zog sie Decken vom Wagen und breitete sie über die schwitzenden Rücken ihrer Ochsen. Als sie sich umdrehte, bekam sie gerade noch mit, wie der Kerl vor dem Rosl ausspuckte. Der zähe Speichel blieb an einer über den Boden rollenden, verfaulten Kartoffel hängen. Vroni riss das Kind an sich und verließ mit ihm so schnell wie möglich den düsteren Hof. Sie sah zu, dass das Rosl in keinen der Mittenwälder Kanäle fiel, in denen braune Brühe floss. Im Gries brachte sie eines der beiden Paar Schuhe, die Korbinian besaß, zum Besohlen und ließ den Schustermeister Rosls kleine platte Füße abmessen. Bei der Gelegenheit erfuhr sie, dass sich der Pächter der *Schaperischen Bierwirtschaft*, ein junger Vater von drei Kindern, kurz vor Sankt Leonhard erhängt hatte. An demselben Dachbalken wie vierzig Jahre davor sein Großvater. Vroni nickte mitfühlend.

»Nichts Seltenes bei euch in Mittenwald.«

»Stimmt. Nichts Seltenes.«

Der Schuster, ein gedrungener, altersloser Mann mit einem

senfgelben Bart, der ihm bis auf die Brust reichte, schrieb Rosls Maße in liebevoller Schönschrift auf eine Schiefertafel und fügte hinzu: »Wenn einem der Berg quasi über dem Bett hängt. Das hält nicht jeder aus.« Kopfschüttelnd kramte er in einem Regal und zeigte der Bäuerin die Flicken alter und kaputter Schuhe, die er für Rosls Stiefel verwenden wollte.

»Ich mache sie auch größer, und du stopfst sie vorne mit Heu aus, dann kann das Kind sie auch noch übernächsten Winter tragen.«

»So machen wir es.«

Weil in der Werkstatt ein Offen bullerte und es nach Leder und Leim roch, blieb Vroni auch noch, als der Preis längst besprochen war. »Und der Zinngießer, mit seinem Stall voller Kinder, hat der jetzt eine Frau gefunden?«, fragte sie und rieb ein Stück fein gegerbtes Hirschleder zwischen den Fingern.

»Immer noch nicht. Aber der Viehhändler gibt sich nach wie vor Mühe. Die Stiefel fürs Kind, Graseggerin, lass ich dir nächste Woche hochbringen. Ich gebe dir einen Nachlass ...«

Umständlich räumte der Schuster nun Kreide und Schiefertafel zurück auf ihren Platz, und nuschelte mit dem Rücken zu Vroni: »Ich habe da einen Cousin. Jeremias, Jeremias Jais, du weißt schon, die berühmte Jaisfamilie, Korpusmacher für Bratschen und Violinen, der sucht auch eine Frau. Der ist ein feiner und ehrlicher Mensch ...«

»Aber?«

Vronis Stimme klang so streng, wie sie es sich von Mathilde Klotz vom Blaserhof abgehört hatte.

»Naja, er hört halt Stimmen. Stimmen, die gar nicht da sind. Hat sie gehört, seit er Ministrant war.«

Die Wärme des gusseisernen Ofens wurde plötzlich unerträglich, der Leimgeruch auch. Draußen schlug Vroni feuchte Kälte entgegen, aber sie atmete freier.

Beim Kramer war sie das letzte Mal vor drei Jahren gewesen. Mit dem Bauern, der, wenn er in Laune gewesen war, seine junge schöne Frau gern vorgeführt hatte. Gleich bei der Tür roch es nach Bohnerwachs, Zimt und Kernseife. Rosls Mund entwischten schrille Töne und viel Spucke, so überwältigt war es. Graue Papiertüten, Jutesäckchen und Holzkisten balancierten auf so kleinem Raum, dass Vroni fürchtete, eine falsche Bewegung könnte eine Lawine auslösen, deshalb drückte sie das Kind ganz eng an sich. In einem wackligen Regal lagen dicht an dicht Rasierpinsel, Haarkämme aus Schildpatt, Schnurrbartbinden und Dosen mit Brillantine, die der männlichen Oberlippenzierde sowohl spanischen Glanz als auch teutonische Dichte verlieh, wie Vroni der Beschriftung entnahm. Außer ihr und dem Rosl war keine Menschenseele im Laden, und gerade wollte Vroni nach der Inhaberin rufen, als vor ihr ein Lichtstrahl aufblitzte. Er fiel durch das kleine Schaufenster in ihrem Rücken und tanzte auf einer Fläche nicht größer als das Gesangbuch in der Kirche, eingerahmt von schmalen, schwarz lackierten Holzstäben.

Der Korb war sehr schwer, als sie den Laden verließen. Mit dem linken Arm umschlang Vroni außerdem eine große Papiertüte, und das Rosl hatte einen vollen Beutel quer über der Brust hängen. Zucker, Kaffee, Rosinen, Graupen, Zimtstangen, Tabak für den Onkel, Pfeffer, Salz, Lorbeerblätter, Kerzen, eine Flasche Schnaps, Seifenflocken, eine Rolle Nähgarn, und für das Rosl ein kleines Heft mit Linien. Die eine Mark und fünfzig Pfennig, die sie allein für sich ausgegeben hatte, lasteten schwer auf Vronis Gewissen. Eingewickelt in vergilbtem Zeitungspapier steckte der ganz und gar ungeplante Einkauf tief unten im Korb, bedeckt von einem Säckchen Gries. Der Nebel lag mittlerweile wie ein Federbett auf den Mittenwalder Gassen. Der Kirche waren der Turm und den Häuserzeilen die Dachgiebel abhandengekommen. In der Ballenhausgasse suchte Vroni die Hauswände vergeblich nach der Katze im Vogelkäfig mit dem davor lauernden Vogel ab. Dafür konnte sie am Obermarkt dem Rosl die Verkündigung Marias auf der Fassade des Neunerhauses zeigen.

Die zwölf Apostel saßen farbenfroh und gemütlich auf Wolkenkissen. »Arg schön, nicht wahr, Rosl«, murmelte Vroni, wieder einmal dankbar, dass Leibls Geschenk es ihr möglich machte, die prächtige Lüftlmalerei zu sehen und zu schätzen. Eine Peitsche knallte, schwere Hufe schlugen, im nächsten Augenblick donnerte ein Fuhrwerk der Mittenwalder Brauerei mit Fässern hochbeladen vorbei. So nahe, dass der Rotz aus den Nüstern der Pferde auf Vronis Schulter flog, und das Rosl gellend aufschrie. Es schrie noch immer, als die Gefahr längst verschwunden war. »Deppertes Balg«, wisperte es durch den Nebel. So sehr Vroni auch auf das strampelnde und plärrende Kind einredete, es gelang ihr nicht, es zu beruhigen. Dann färbte sich auch noch der rechte Strumpf dunkel ein, und das Rosl geriet noch mehr außer sich. In ihrer Not riss Vroni die nächste Ladentür auf.

Auch als die Ladentür hinter ihnen längst zugefallen war, tönte es weiter ... melodisch, heiter, ein himmlischer Chor. *Geschickt von der Jungfrau Maria zu meiner Rettung.* Davon war Vroni in dem Moment überzeugt. Denn das Rosl lauschte entzückt, und sein rot verquollenes Mondgesicht verzog sich zu einem Lächeln, das die Tränen glitzern ließ. Das konnte Vroni durch die dick beschlagenen Gläser zwar nicht sehen, aber sie hörte, dass das Kind nicht mehr schrie. Außerdem roch es nach Vanille, Anis und Zitronat. Warm war es auch, wenn auch nicht ganz so behaglich wie beim Schuster.

»Gell, das gefällt dir. Das Glockenspiel war meine Idee. Johann wollte zuerst nicht, aber ich habe nicht lange gefackelt.«

Es folgte ein selbstbewusstes Kichern. »Grüß Gott, Entschuldigung, ich...«, meldete sich Vroni zu Wort, wurde aber vom Rosl aufgeregt unterbrochen: »Viel schöner als die Blaskapelle bei uns daheim.« Wieder wurde herzlich gelacht. Vroni rieb die Brillengläser trocken, setzte das Gestell hastig wieder auf, sodass der rechte Bügel nicht das Ohr fand, sondern schräg abstand. Aber wenigstens konnte sie das Persönchen hinter der Ladentheke jetzt deutlich sehen. Klein und mollig, hellblonde Locken rahmten ein herzförmiges Gesicht ein, rosige Hände streichelten die Luft über Kaisersemmeln, Rohrnudeln, glasierten Kringeln und Mohnschnecken. Vroni schätzte, dass sie ungefähr so alt war wie sie selbst. Ihr Gegenüber trug zwar keinen Strohhut mit kirschrotem Band, sondern ein weißes Häubchen auf den aufgetürmten Locken, sah damit aber fast ebenso elegant aus wie damals die Sommerfrischlerin auf der Wiese an der Isar. Die Volants an den Schulterträgern der blütenweißen Schürze glichen den Zuckerkringeln auf der Theke. *Die schaut aus, als ob sie aus der Malerei am Haus gegenüber geklettert wäre.* »Wir kennen uns nicht, gell? Dabei bin ich jetzt schon über ein Jahr hier«, zwitscherte die kleine Person und streckte eine Hand über die Backwaren.

»Theres Schreyögg, angenehm. Ich habe von Schwaz in Tirol rübergeheiratet. Und wie heißt denn die Kleine? Ach, ich rede schon wieder so viel, das sagt immer mein Mann, der Johann, aber wenn ich nicht viel reden täte ...«

Sie sprach in einem Dialekt, der dem Werdenfelser glich, aber kehliger und gedehnter klang. Theres Schreyögg verdrehte vielsagend die Augen und ließ Vronis Hand los, nachdem sie sie erstaunlich kräftig zugedrückt hatte.

»Der Küchenchef des Herzogs von Nassau-Weilburg bestellt immer dann besonders viele Salzbrezen, wenn ich ausgiebig mit ihm plaudere. Du verstehst, was ich meine, den wickle ich um den kleinen Finger. Siebzig Stück hat er erst letzte Woche geordert und im Voraus bezahlt. Mein Johann wollte es zuerst nicht glauben, siebzig Brezen. Aber der braucht eh bei allem länger und ganz im Vertrauen«, zirpte Theres, bevor sie leise hinterherschob: »ich lasse Johann glauben, dass er der Herr im Haus ist, aber gemacht wird, was ich will. Das habe ich von meiner Mama gelernt, die hat es mit meinem Vater auch so gemacht. So führt man eine gute Ehe, hat sie mir immer gesagt, die Mama. Einen Mann muss man sich ziehen.«

Vroni nickte zaghaft, lächelte und nickte erneut. Sie verstand sehr wohl, warum jemand bei dieser Theres die gesamte Bäckerei leer kaufen würde. Aber die Bedeutung von Worten wie »gute Ehe« war ihr schleierhaft. »Rosl. Rosl heißt meine Tochter«, sagte sie schließlich.

»Du bist aber auch nicht von Mittenwald?«

»Vom Hof auf dem Geißschädel bin ich. Veronika Grasegger, Vroni.«

Die kleinen fleischigen Hände klatschten zusammen, Mehl stäubte durch die Luft und noch mehr Vanilleduft.

»Dann bist du die, die der berühmte Kunstmaler oft besucht.«

Kokett spitzte Theres ihren kleinen Mund, ein paar Herzschläge lang taxierten sich die beiden Frauen wortlos.

»Mein Bein ist arg kalt.«

Das Stimmchen klang wieder bedrohlich weinerlich. Rosls Malheur hatte Vroni völlig vergessen, dafür registrierten Theres' Augen es blitzschnell. Die Besitzerin der Bäckerei beugte sich über die Theke.

»O mei, o mei, das passiert mir auch manchmal, wenn ich

arg lache. Und meine Mama ...« Die Löckchen, von denen Vroni annahm, dass sie über Nacht auf solche Wickler gedreht wurden, wie sie sie in einer Zeitungsannonce gesehen hatte, zappelten. »Erzählt immer, dass sie reingepieselt hat, als sie mit mir und meinen Brüdern schwanger war.« »Das Rosl hat sich wegen dem Brauereifuhrwerk erschreckt«, erklärte Vroni mit gedämpfter Stimme.

»Wartet mal einen Moment, es ist ja zum Glück gerade keine andere Kundschaft da.«

Theres Schreyögg verschwand durch eine Tür in der dunklen holzvertäfelten Wand hinter der Ladentheke. Keine drei Minuten später war die Tochter eines Müllers im Inntal, bei dem die Bäckerei Schreyögg seit Jahren ihr Mehl bezog, zurück. Über ihrem Arm baumelte etwas Helles. Erstaunlich geschwind schob sie ihren bauschigen Rock, unter dem vermutlich eine dieser Fischbein-Tournüren steckte, die, wie Annie vom Brückenwirt herumtratschte, alle Städterinnen unterm Rock trugen, durch den Spalt am Rand der Ladentheke.

»Komm, Rosl, gib mir mal dein rechtes Bein. Das ist das linke, aber passt schon.«

Scheller als Vroni schauen konnte, kniete Theres vor dem Kind. Sie zog ihm resolut die Schuhe aus, danach gleich die nassen, nach Urin riechenden Strümpfe herunter, stülpte trockene, aus feinem eierschalenfarbenen Garn über die sperrigen kleinen Zehen, rollte sie hoch und band sie oberhalb der Knie mit einem Stoffstreifen fest. Das Rosl zupfte andächtig an den gestärkten Rüschen der Schürze und ließ die unbekannte Frau gewähren. Schließlich blickte es zu seiner Mutter hoch und sagte verwundert: »Die kratzen gar nicht.« Vroni drückte das peinliche Knäuel in die Tiefe ihres Korbes. »Danke, vielen Dank, ich weiß gar nicht, wie ich dir danken soll«, stammelte sie. Dass eine Fremde so gut zu dem

Kind war, das von den meisten Leuten im besten Fall wie ein unnützes Möbelstück behandelt wurde, hellte Vronis Stimmung schlagartig auf. Aber schon im nächsten Moment keimte in ihr Misstrauen auf. Wenn diese Theres Schreyögg wusste, dass der Herr Leibl sie besuchte, dann wusste sie sicher auch, dass sie seit fast zwei Jahren Witwe war. Am Ende hatte sie in ihrer feinen Schürzentasche einen ledigen Bruder stecken, einen Tiroler Taugenichts. Resolut bog Vroni den Brillenbügel ums rechte Ohr.

»Ich weiß aber nicht, ob ich sie dir vor dem Frühjahr wieder bringen kann, deine Strümpfe, meine ich.«

»Erst im Frühjahr?«

Theres Schreyögg zog eine Schnute.

»Wegen den Strümpfen pressiert es mir gar nicht. Aber ich täte dich schon gern früher mal wiedersehen.«

»Wir sind bald eingeschneit. Droben auf dem Geißschädel.«

»Du lieber Himmel, eingeschneit. Jeden Winter?«

»Jeden Winter.«

Vroni presste die Lippen zusammen. Schließlich konnte sie schlecht herausschreien, dass sie in den nächsten zwei, wahrscheinlich sogar drei Monaten wieder viel in Schatzas Bauch hineinsprechen und als Antwort Rumoren und Glucksen bekommen würde. Weil der Onkel auch tagsüber fast immer schlief, das liebste Kind auf der Welt ein Idiotenkind war, Korbinian über vieles sinnierte, aber kaum darüber redete, und Josefa halt Josefa war. Draußen rumpelte erneut ein Fuhrwerk vorbei, die kleinen Ladenscheiben zitterten, Kisten wurden abgeladen. Eine hohe Frauenstimme fluchte, ein Mann beschwichtigte, das Glockenspiel blieb zum Glück weiterhin stumm. Bis Theres den traurigen Blick der Bäuerin vom Geißschädel nicht mehr aushielt und drauflosplauderte: »Vorgestern haben sie den Hirzinger geschnappt. Auf dem Franzosensteig, mit einem frisch geschossenen Reh über der Schulter. Da schaust du, gell. Ein ganz krummer Hund, der Hirzinger. Jetzt sitzt er hinter Schloss und Riegel. Mein Johann sagt immer, dass die Regierung viel mehr durchgreifen müsste. Aber wo es jetzt halt nur einen Prinzregenten gibt und keinen König mehr ...« »Jesusmariaundjosef, der Hirzinger!«, brach es aus Vroni heraus. Um ihre Erschütterung zu kaschieren, fügte sie schnell hinzu: »So jetzt aber, wir müssen los. Damit wir daheim sind, bevor es richtig dunkel wird. Vier Salzbrezen hätte ich gern, und ...« Sie drückte die Brille auf der Nase zurecht.

»Was Süßes für das Rosl ... was, äh, empfiehlst du denn?«

Erleichtert darüber, dass ihr dieser Dreh eingefallen war, um vom Hirzinger abzukommen, schnaufte Vroni durch. Außerdem kannte sie von keiner der puderzuckerbestäubten Köstlichkeiten den Namen.

Es regnete, als sie Mittenwald verließen. Bei den beiden Holzmühlen auf der Anhöhe wurde daraus Schnee. Der Oberkörper des schlafenden Kindes schaukelte hin und her, trotzdem hielt das Rosl das Päckchen auf seinen Knien fest. Es enthielt, was Theres Schreyögg Bienenstich genannt hatte. An Vronis Brillengläsern klebten wässrige Flocken, sie vertraute darauf, dass die Ochsen rechtzeitig auswichen, wenn ihnen ein Fuhrwerk oder eine Postkutsche entgegenkam. Die Freude über die Bekanntschaft mit der feschen Tiroler Person hielt sie warm. Wäre es möglich, dieser Theres etwas anzuvertrauen? Wie der Bauer gewesen war, und von dem Glück, das sie empfand, seit er unter der Erde war, ihren vertrackten Gefühlen für Reginald, der fortgegangen war. Und von Anton, den sie, wie die Leute sagten, vertrieben hatte, was nicht im Geringsten ihre Absicht gewesen war. Vielleicht würde ihr Theres im Gegenzug verraten, wie man es anstellte, sich einen Mann zu ziehen. Und was, verdammt noch mal, eine gute Ehe sein sollte? Vroni legte sich die Fragen zurecht, die sie beim nächsten Treffen stellen würde. Viele Fragen.

In Loisbichl herrschte Schneegestöber. Obwohl es noch nicht dunkel war, lösten sich die Konturen der Gehöfte und Stadel auf, Himmel, Erde und Berg wurden eins, so dicht wirbelten die Flocken. Sie waren winzig, aber schlugen eisig gegen die Gesichter. Vroni schimpfte oft, wenn Josefa bereits bei Zwielicht die Lampe über dem Küchentisch anmachte, denn der Preis für Petroleum stieg und stieg. Jetzt war sie froh über die beiden kleinen hellen Vierecke in der weißen Uferlosigkeit. Langsam rückten die stirnseitigen Küchenfenster des Hofes näher, während die Ochsen den Hang hinaufkeuchten.

Nachdem alles ausgeladen, schweigend die Stallarbeit erledigt und schweigend gegessen worden war, schmuggelte Vroni zwei frische Kerzen und ihren persönlichen, in Zeitungspapier gehüllten Einkauf an Josefa vorbei in die Schlafkammer. Ein paar Minuten horchte sie auf die regelmäßigen Atemzüge auf der anderen Seite des Bettes, bis sie schließlich die erste Kerze anzündete und in den Messinghalter auf dem Nachtkästchen steckte. In den brennenden Docht hielt sie den der zweiten Kerze. Regungslos auf der Bettkante sitzend betrachtete Vroni noch paar Minuten den langen Schatten des hinteren rechten Bettpfostens an der Wand, dann war sie sich sicher, dass das Rosl fest schlief.

Nacheinander sackten Wolljacke, Strümpfe, Rock, Unterrock, Mieder und Leibchen auf den Boden, nur die Brille behielt Vroni auf. Sie kletterte in das Bett, setzte sich auf die Zudecke und zog die Knie an. Dann griff sie nach dem flachen Päckchen und entblätterte es. Mit ihrem Gesicht hielt sich Vroni nicht auf.

Stattdessen hielt sie den kleinen Spiegel so, dass sie das Schlüsselbein und dann die Stellen unter den Brüsten betrachten konnte. Vroni atmete aus. Keine Spur mehr von blaugrünen Blutergüssen. Im Licht der beiden Kerzen schimmerte ihre Haut von ein paar Leberflecken abgesehen einheitlich weiß. Schon wollte sie den Spiegel abwärts wandern lassen, schob ihn aber blitzschnell unter die Decke, als sich das Rosl mit einem Seufzer umdrehte. Vroni harrte aus, bekam Gänsehaut, denn in der Kammer war es sehr kalt. Als sie sicher war, dass das Rosl nicht aufgewacht war, setzte sie die Inventur ihres Körpers fort.

Sie hielt eine der Kerzen so nahe, dass sie Gefahr lief, sich zu verbrennen. Aber nur so konnte sie die Narbe sehen, die sich verblasst von der linken Hüfte zum Gesäß zog. Lange Zeit war die Wunde, die ihr der Bauer vor fast zwei Jahren mit einem Holzscheit geschlagen hatte, immer wieder aufgegangen, hatte sich entzündet und Eiter war daraus gesuppt. Mit Hilfe von reichlich Ringelblumensalbe aber war sie schließlich doch verheilt. Vroni hob den Kopf. Durch die Wand drangen die vertrauten dumpfen Geräusche der Kühe. Mit angehaltenem Atem spreizte Vroni die angewinkelten Beine.

Über ihr knackte und trippelte es. Dass Marder den Winter unterm Dach verbrachten, gehörte zum Hof wie das Stöhnen der Balken. Zuerst führte Vroni den Kerzenhalter so weit wie möglich an das schwarze Dickicht heran, dann folgte die andere Hand mit dem Spiegel. Sie atmete flach. Es war lange her, dass sie die Beine für den Bauer hatte breitmachen müssen, aber die Qual steckte ihr immer noch in den Knochen. Unruhig leckten Schatten über die Innenseite der weißen, schräg gestellten Oberschenkel. *Trotzdem habe ich mir gewünscht, dass mich Reginald dort anfasst.* Vroni hob das Steißbein an und wölbte das Becken vor. Gleichzeitig legte sie den

Spiegel zur Seite, spuckte dann großzügig in die freie Hand, feuchtete die Schamhaare an und strich sie auseinander. Wieder nahm sie den Spiegel. Was sie sah, hatte sie so ähnlich vermutet, weil sie es hin und wieder getastet hatte, trotzdem erschrak sie.

Eine dunkle, knotige Wulst zog sich von der einen zur anderen Körperöffnung. Aus dem Riss, der in der dritten Nacht nach ihrer Hochzeit entstanden war, hatte es zunächst geblutet, später dort jedes Mal gebrannt, wenn sie Wasser lassen musste. Vroni legte den Spiegel mit dem Glas nach unten auf das Nachtkästchen, zog ihr knöchellanges Nachthemd über den durchgefrorenen nackten Körper und blies die beiden Kerzen gleichzeitig aus. Vor einem neuen Mann würde sich diese Verunstaltung schwer verheimlichen lassen. Im Dunklen drückte Vroni einen Kuss auf den kleinen Kopf neben sich und faltete die Hände.

Einen Tag nach dem zweiten Advent, Vroni hatte dem Gekreuzigten neben frischen Tannenzweigen auch einen Heckenrosenzweig spendiert, an dem die letzten Hagebutten hingen, fiel die Temperatur rasant. Ein Ereignis, das Korbinian weit mehr aus der Seelenruhe brachte als der plötzliche Tod des Königs im vorletzten oder sein Beinbruch im vergangenen Sommer. »Von sieben Grad plus auf minus achtzehn Grad innerhalb von zwanzig Stunden«, murmelte er ein ums andere Mal in die Mittagssuppe, bis Josefa demonstrativ laut rülpste. Danach sagte Korbinian den Rest des Tages kein einziges Wort mehr. Am Abend ließ Josefa die getigerte Katze ins Haus und nahm sie heimlich mit hoch in ihre Kammer.

Gemeinsam zersägten Vroni und Korbinian drei dünne Fichten, die sie am Rand des Dickichts geschlagen und zum Hof gezogen hatten. Die Brennholzstapel, die das gesamte Hofgebäude, das Hühnerhaus und den kleinen Heustadel wie zweite Mauern umgaben, konnten nie hoch genug sein. Josefa legte dicke Würste aus Flicken und Lumpen auf die Fensterbänke. Die Wintersonne war gleißend und hell, der Himmel tagsüber zum Jubeln blau und nachts sehr nah und sternenklar.

An einem dieser kalten, funkelnden Abende trat Vroni noch vor die Haustür, bevor sie sie verriegelte. Die Luft strich wie eine Rasierklinge über Wangen und Stirn. Der zunehmende Mond stand merkwürdig schräg über der Spitze des Wörner und ließ die schneebedeckten Wannen und Rinnen des Berges in einem magischen Schimmer hervortreten, deutlicher als bei Tag. Dicht an der Hauswand erkannte Vroni das Spurengespinst der Füchsin. Vor einer Stunde hatte sie ihre Freundin noch bellen gehört. *In einem Jahr ist der Hirzinger wieder auf freiem Fuß, lauert er mir dann wieder auf?* Selbst in den Augäpfeln spürte Vroni die Kälte stechen. Vom Brunnen kam kein vertrautes Geräusch mehr, der Wasserstrahl war zu einem opaken Klumpen gefroren, der wuchs und wuchs. *Korbinian kann sich die Hand abhacken, ich wieder das Fieber kriegen.* Die Pracht der Sterne war grandios, der Hallodri von Mond rückte vom Wörner an und auf Vroni zu. Zum Glück hatte sie noch ein Stück geräucherte Wurst in einer Backentasche, an dem sie gegen die Kälte ankauen konnte. Sie schaute noch einmal zum Berg und vom Berg zurück in den Himmel. Es blitzten zaghafte Pfade aus ihrer Not auf. Aber sekundenschnell verschwanden sie wieder in den Schneeschluchten und Sternenseen.

Mit einem Mal wusste Vroni es ganz genau: Sie würde es nicht allein schaffen.

Der Weg ins Dorf wurde unpassierbar. Aber Josefa und die Milchmagd des Hornsteinerbauern trafen sich am dritten Advent auf halber Höhe des Geißschädels. Als die Magd zurückkam, posaunte sie mit schadenfroher Genugtuung in die Küche hinein: »Die Hornsteinerin hat einen so schlimmen Zahn, dass sie keine Nacht mehr schläft.« »Ich könnte ihr etwas Spitzwegerichsud ansetzen«, murmelte Vroni, die gerade dem Rosl beibrachte, wie man mit einer Schere alte Stoffe zerschnitt.

»Manchmal hilft der auch bei Zähnen.«

Mit einer Handbewegung wischte Josefa den Vorschlag beiseite.

»Ich glaube, die hat weniger Probleme mit dem Zahn als wegen dem Josef. So ein undankbarer Kerl! Will partout nicht Pfarrer werden. Medizin will er stattdessen studieren, in Göööööttingen.«

Wieder einmal erstaunt darüber, wie viel Boshaftigkeit Josefa in ihre Stimme pressen konnte, sagte Vroni, in ihren Gedanken bereits bei einem Topfenstrudel, leichthin: »Soll die Hornsteinerin doch stolz sein, dass sie so einen gescheiten Sohn hat. Ein Arzt, das wird mal ein feiner Herr, kann mit seinem, äh, Stethoskop die Leute abhören.« »Aber das Studium zum Pfarrer hätte die Kirche bezahlt«, trumpfte Josefa laut auf. »Das zum Arzt muss der Hornsteiner selber berappen.«

Von einer Stadt Göttingen hatte Vroni noch nie gehört, deshalb nahm sie an, dass sie außerhalb Bayerns lag, nicht einmal mehr in Franken. In Städten war alles teuer. Sie hastete in die Milchkammer. Göttingen, Göttingen, tropfte es in die Schüssel mit dem sämigen Topfen, die sie in die Küche trug. Danach werkelte Vroni still vor sich hin, das Rosl auf der Bank schnitt mit hochrotem Kopf Streifen, manche breit, manche fast so dünn wie ein Faden, im Rohr schmorten Krautwickel, an der Stange trockneten Fäustlinge. Göttingen, Göttingen prasselte das Herdfeuer. Als die Graseggerbäuerin am Nachmittag nach draußen ging und bei jedem

Schritt zum Hühnerhaus die Schneekruste knackend brach, fand sie Knochen und Haare, vermutlich von einem Hasen. Sie freute sich für die Fähe. Das obere Drittel des Berges wurde von der tief stehenden Sonne zärtlich rosa eingefärbt.

Vroni streute Körner in eine Schale und goss Wasser in eine andere. Sie sammelte zwischen den aufgeplusterten, eng beieinanderhockenden Hühnern Eier ein. Zwei weiße, ein braunes, nur drei, aber immerhin. Sie vergewisserte sich, dass sie hinter sich abgeriegelt hatte, denn die Füchsin war klug. Weil der Berg immer noch wie gerade eben geschaffen aussah, blieb Vroni stehen. Sie überlegte, ob es am Tag vielleicht andere Lösungen gab als in der Nacht. Mit einem vagen Plan im Kopf drückte sie die drei Eier behutsam gegen die Brust und trug sie in die Küche.

Kapitel 14

In den Eingeweiden des Herdes brüllte es. Die feuchten Strümpfe auf der Stange waren in kürzester Zeit bretthart getrocknet. Aber bereits am Tisch, der von der Außenwand nur durch die Bank getrennt war, hatte die Kälte wieder die Oberhand.

Eingehüllt in einen verfilzten Wollschal saß das Rosl da und mühte sich ab. Grüne Farbe sollte einen fünfzackigen Stern ausfüllen. Auf der vorigen Seite war es eine Blütenrosette gewesen. Aber Rosls Striche tanzten ständig über die Umrisse hinaus. Da Kind spürte, dass ihm etwas misslang. Zornige Tränen kullerten über das kleine Mondgesicht, und im nächsten Moment flog der Buntstift durch die Luft, der mit vier weiteren und einem Malbuch in Knightsbridge gekauft worden war. Gerade noch rechtzeitig schnappte sich Vroni das kostbare Buch, strich mit dem Ärmel über den mit Tieren und Blumen verzierten Einband und schob es unter ihre Schürze.

Sie zog das Kind an sich und tat, was sie immer tat, wenn es einen seiner plötzlichen Wutausbrüche hatte: blies warmen Atem auf den Scheitel zwischen den straff geflochtenen Zöpfen und wiegte es hin und her. Den braunen Strumpf, an dem sie gerade strickte, schob sie an den Rand des Tisches. Fast neun Jahre war das Rosl mittlerweile und deutlich kleiner als seine Altersgenossen. Aber das fiel in der Einsamkeit nicht weiter auf. Nicht einmal die Sternsinger waren dieses Jahr zum Geißschädel hochgekommen. *Haben der hohe Schnee oder mein schlechter Ruf sie abgehalten?* Die steile Falte über Vronis Nase, die geblieben war, obwohl sie die kurzsichtigen Augen längst nicht mehr zusammenkniff, grub sich noch etwas tiefer in die Haut. Eine Dachlawine hatte wieder viele Schindeln heruntergebrochen. Mariä Lichtmess war vorbeigegangen, ohne dass Josefa ihr Dienstverhältnis gekündigt hatte. *Reicht das Brennholz, wenn die Kälte weiter anhält?*

Hastig überschlug Vroni den Vorrat. Das Ergebnis der Kopfrechnungen stimmte sie nicht sonderlich zuversichtlich. Deshalb zwang sie sich, ihre Gedanken auf einen der wenigen frohen Momente der letzten Zeit zu lenken. *Ich sehne mich nach dem schönsten Ort, den der Herrgott geschaffen hat, droben bei Ihnen, liebe Frau Grasegger.* Der Leibl hatte das geschrieben, der schrullige Bär. Eitel und empfindlich, aber letztlich einer der wenigen Menschen, die ihr nahestanden. Zehn Tage nachdem sich der Tod des Bauern zum zweiten Mal gejährt hatte, war Annie an ihrem freien Nachmittag zum Geißschädel hochgestapft. Vielleicht plagte sie das schlechte Gewissen, weil die Graseggerbäuerin ihr für ihr uneheliches Kind eine Wiege geliehen hatte, vielleicht war sie auch von den neugierigen Loisbichlern hochgeschickt worden. Vroni hatte dem Schankmädchen ein dick mit Butter bestrichenes Brot hingelegt, um vor allem im Dorf nicht noch das Gerücht aufkommen zu lassen, es stünde schlecht um den Hof. Das Päckchen und den Brief, die schon vor Weihnachten für sie im Brückenwirt abgegeben worden waren, ließ sie, während Annie ausdauernd kaute, auf dem Tisch liegen, ohne sie eines Blickes zu würdigen.

Vronis Kinn rieb immer noch tröstend Rosls Kopf, als Korbinian mit angefrorenen Schneeflocken in den Augenbrauen in die Küche kam. In den Armen eine neue Ladung Futter für den Herd. »Bäuerin«, verkündete er gleichmütig, »jetzt hat es siebzehn Grad unter Null.«

»Da kann man dann auch nichts machen.«

»Du sagst es, Bäuerin.«

Korbinian ging in die Knie, öffnete den Herd und warf nacheinander vier Holzscheite hinein, über die sofort goldgelbe Flammen herfielen. Energisch schlug er die Klappe wieder zu und schaute Richtung Tisch. Auf sein kleines, altersloses Gesicht stahl sich ein Ausdruck von Verwunderung: Die Bäuerin saß einfach nur da und hielt das Rosl im Arm, anstatt zu stopfen oder wenigstens am Strumpf zu stricken. Als der Bauer noch lebte, hätte es das nicht gegeben. Und davor, als die Bäuerin noch nicht Bäuerin gewesen war, hatte man das Kind stundenlang in den Verschlag unter der Treppe eingesperrt. Korbinian nickte in Richtung Bank und dachte bei sich, dass früher keineswegs alles besser gewesen war. Auch wenn das außer der Huberin alle behaupteten, besonders der Pfarrer.

»Josefa buttert noch. Ich schaffe schon mal Heu in den Stall.«

»Ist recht Korbinian, ich komme auch gleich.«

Als die Küchentür zufiel, drückte Vroni die Lippen sofort wieder auf Rosls Scheitel. Leibls Brief kannte sie mittlerweile auswendig. Über seine Zeilen nachzudenken, lenkte sie ab. Der Freund schrieb von dem vielen Lob, das er in englischen, deutschen und französischen Zeitungen von der Kunstwelt für ihr Porträt erhielt. Es war unter dem Titel *Das Mädchen mit dem weißen Kopftuch* richtig berühmt geworden. Sogar Fotografien davon hatte man abgedruckt. Er war sogar eingeladen worden, im kommenden Jahr seine Bilder im Palais des Beaux-Arts auszustellen. Erst beim zweiten oder dritten Mal Lesen war Vroni die Bedeutung eines kurzen Satzes bewusst geworden, den der Kunstmaler in die Euphorie angesichts der plötzlichen Wendung seiner Karriere versteckt hatte. Den Anton, den Sohn der Huberin, habe er zufällig in München am Isartor getroffen, und mit ihm ein Bier getrunken. Recht guter Dinge sei der junge Loisbichler und gescheit dazu. Da drehte das Rosl den Kopf zu Vroni und murmelte: »Ich muss pieseln.«

Gemeinsam gingen sie durch den Stall zum Misthaufen, wo das Kind sein Geschäft erledigte. Immerhin, dachte Vroni und kaute weiter auf dem kurzen Satz herum, *er ist recht guter Dinge*. Die Stallfenster waren kleine, schwarze Löcher, mondlose Dunkelheit umfing den Hof. Es war sowieso Zeit zum Melken. Als Schatza an die Reihe kam, drückte Vroni wie immer die Stirn an den Bauch der ältesten Kuh im Stall. Währenddessen verteilte Korbinian Heu in die Futterkrippen, Milch spritzte in den Eimer, einer der beiden Ochsen furzte. Alles war wie immer. Es war unerklärlich, warum sie gerade jetzt an die zweite Post denken musste. Unkontrolliert schoss Vronis linker Fuß nach vorne und brachte den Milcheimer ins Wanken, der zum Glück erst viertel voll war, sodass nur wenig überschwappte.

Stunden nachdem Annie gegangen war und das Rosl die kostbaren Geschenke an sich gepresst hatte, hatte sich Vroni den Überresten genähert. Sie rollte die Schnur zu einem festen Knäuel zusammen und strich das Packpapier glatt. Alle fünf abgestempelten Briefmarken zeigten dasselbe Konterfei: eine ältere Frau im Halbprofil mit Hamsterbacken, Glubschaugen und Krone. Woher kam die große Ähnlichkeit mit der Huberin? Über dieses Phänomen grübelte Vroni eine Weile nach. Erst dann wanderte ihr Blick ruhig und gefasst nach links. Reginald Langdon-Down. Dieser komplizierte englische Name, den sie sich nie hatte merken können, stand in blauschwarzer Tinte über einer ebenfalls komplizierten Londoner Adresse.

Neben dem Malbuch und den Stiften hatte das Päckchen eine steife Kartonage enthalten. Auf ihrer Vorderseite stand ein sepiagetönter junger Mann neben einem Gipfelkreuz, selbstsicher und ausnahmsweise ernst statt sanft lächelnd. »Zunge fest rausstrecken, halten, halten, noch ein bisschen strecken«, frohlockte das Rosl, als sie Reginald erkannte. Auf der Rückseite las Vroni Weihnachtsgrüße und ebenfalls etwas über das Ölgemälde, das er als Leihgabe in eine Galerie hatte hängen lassen, weil so viele Leute es sehen wollten. Als Josefa mit einer Schüssel voll Milch und dreistem Blick in die Küche geschlurft kam, denn wie alle Loisbichler wusste auch sie von der englischen Post, hatte Vroni die vier Teile der zerrissenen Kartonage längst in den Herd geworfen.

Anfang März stülpte sich ein filziger grauer Nebel über den Geißschädel, der aus allem die Geräusche sog. Umso deutlicher hörte Vroni die Fingerknöchel an der Haustür. Ihr nächster Nachbar nahm Wetterfleck und Hut ab, ließ sich auf einem Stuhl nieder, hob aber sofort abwehrend die rechte Hand. Da wusste Vroni endgültig, dass jetzt das eintrat, wovor sie sich schon so lange fürchtete. Nein, Josef Hornsteiner, wollte keinen Kaffee, auch keinen Marillenschnaps. Sein Schädel, auf dem nur noch ein schmaler brauner Haarkranz wuchs, glänzte im Lampenlicht. Mit beiden Händen umklammerte der Bauer den Rand des Filzhutes, woraus Vroni schloss, dass ihm das, was er gleich sagen würde, aufs Gemüt schlug. Sie schickte Korbinian und Josefa zum Holzhacken in die Scheune, der Onkel schlief bereits wieder. Das Rosl zählte für den Hornsteiner eh nicht. »Also«, sagte sie, als sie unter sich waren, und legte die Hände flach auf den Tisch. Sie suchte seinen Blick und zwang ihn, ihrem Stand zu halten.

»Ja also, Graseggerin, die Sache ist so«, Josef Hornsteiner räusperte sich und fuhr mit festerer Stimme fort, »mein ältester Bub, der Josef ...«

»Ich weiß schon, er geht zum Studieren fort und will Arzt werden. Kannst stolz sein auf ihn, Hornsteiner.«

Dankbar senkte der Bauer die Augenlider. Seit seiner Lungenentzündung vor vier Jahren, an der er beinahe gestorben wäre, zitterte er, wenn er Lasten trug. Auch dass sein Knecht, der siebengescheite Sepp, sich hinter seinem Rücken über ihn lustig machte, setzte ihm mehr und mehr zu. Gerade deshalb sollte sein Sohn eine Chance bekommen, als Arzt war man ein Herr. Der Bauer kratzte sich am rechten Jochbein, wo sich die Haut kaum vom Leder seiner abgetragenen Stiefel unterschied, dann kippte er die Worte, die er auf dem Weg laut geprobt hatte, mit einem Schwung vor Vroni aus: »Der Ludwig, dein Mann, Gott hab ihn selig, hat mir einen Schuldschein ausgestellt, über den Wald am Walchensee, den ihr vom Onkel habt. Weil ich ihm über die Jahre immer mehr Geld geliehen habe, im Wirtshaus und auch sonst noch und es nie zurückbekommen habe.«

Vroni nickte und kam ihrem Nachbarn erneut entgegen.

»Weiß schon, ich kenne die Abschrift.«

Josef Hornsteiner atmete tief durch.

»Ich habe das Original dabei.«

Der Bauer fingerte in seine Joppe, zog ein mehrfach gefaltetes Papier heraus und legte es so auf den Tisch, dass die beiden großen amtlichen Stempel zu sehen waren. »Überzeug dich selbst, Graseggerin. Ich tue es nicht gern ...« Sein Hinterkopf war schweißnass wie sonst nur bei der Heumahd, als er fortfuhr: »Ich muss den Wald sofort verkaufen, damit die Studiengebühr und alles bezahlt werden kann.«

»In Göttingen.«

»Das weißt du auch?«

Ohne zu antworten, erhob sich Vroni. Mit durchgedrücktem Rücken schritt sie durch die im Sommer geweißelte Küche am bullernden Herd vorbei, hinaus in den dunklen, eiskalten Flur. In der ebenfalls frostigen Kammer holte sie das vanillefarbene Dokument mit dem Wachsfleck aus seinem Versteck. Zurück am Tisch verglich sie Zeile für Zeile mit Hornsteiners Original. Mehrmals rückte Vroni das Drahtgestell auf der Nase zurecht, nahm es ab, setzte es wieder auf. Dabei konnte sie problemlos ohne Brille lesen. »Ja, das hat schon seine Richtigkeit«, sagte sie schließlich und legte beide Schriftstücke penibel nebeneinander. Sie fürchtete, gleich keinen Ton mehr herauszubringen, so trocken klebte ihre Zunge am Gaumen.

»Der Wald gehört jetzt dir, Hornsteiner.«

Später klappte Vroni mit dem Fuß den Deckel der Kassette zu und schubste sie unters Bett. Sie ins Versteck unter den Dielen zu verräumen, war nicht mehr nötig.

Johann Wackerle begutachtete die vier Ferkel des letzten Wurfs im Pferch. Er stellte sich so dicht neben Vroni, dass seine Knie ihre Oberschenkel berührten, und entschuldigte sich, dass er immer noch keinen wirklich passablen Kandidaten für sie gefunden habe. Wobei, Wackerle zog beide Augenbrauen hoch, die Frau eines Bauern droben in Grainau läge im Sterben. »Ein einziges Kind, mehr nicht. Aber eine große Wiese an der Loisach«, raunte er und lächelte sein berühmtes öliges Lächeln, allerdings nicht ganz so weltumarmend wie bei seinen früheren Besuchen.

»Dem Anton Huber hast du ja eine ganz böse Abfuhr erteilt, und der Sepp Ginger hat es auch aufgegeben, auf dein Jawort zu warten, habe ich gehört.«

»So, hast du gehört.«

Vroni roch den Atem des Viehhändlers und fragte sich, ob er zum Frühstück Rotwein getrunken hatte.

»Das spricht sich herum, Graseggerin. Das ist nicht gut für deinen *Ruf*.«

Wieder zog der Viehhändler die Augenbrauen hoch. Und plötzlich erinnerte sein Gesicht Vroni an eine der geschnitzten Masken vom Gumpadn Pfingsta. Beim Feilschen blieb der Viehhändler hart. Vroni musste sich mit achtzig Pfennig weniger pro Ferkel zufriedengeben, als sie beim letzten Mal bekommen hatte. Sie vermutete, dass der Viehhändler ihre finanzielle Misere roch. »Alle vier auf einmal! Was schlachten wir jetzt für uns?«, brauste Josefa auf, kaum dass Wackerles Wagen abgefahren war. »Kartoffeln mit Topfen machen auch satt«, gab Vroni unwirsch zurück.

Fleisch kam das erste Mal erst wieder am Ostersonntag auf den Tisch. Als bald danach die Kaffeebohnen ausgingen, kaufte Vroni keinen Nachschub ein, obwohl der Weg nach Mittenwald inzwischen gut passierbar war. Dabei dachte Vroni oft an die patente Theres Schreyögg mit ihren gestärkten Schürzenrüschen. Die feinen Strümpfe, die sie dem Rosl geliehen hatte, waren längst gewaschen und warteten darauf, zurückgegeben zu werden. *Vielleicht könnte Theres mir sagen, wie ich ohne Wald heizen und überhaupt weitermachen soll im Leben.*

Die zwölf schwarzen Würste, die vom letzten Räuchern noch übrig waren und in der Vorratskammer verführerisch von der Decke baumelten, musste Korbinian dem Brückenwirt verkaufen. Dabei wurden die Tage allmählich länger und heller, und abertausend weiße Krokusse, winzig und nahezu durchsichtig, krochen zuerst aus den Buckeln und danach aus den schattigeren Mulden.

Bald blühten Schlüsselblumen neben samtblauen Enzianen und rosa Mehlprimeln. Sie wogten in alle Richtungen, wenn der warme Frühlingswind über sie strich. Regelmäßig beim Wasserholen oder Zusammentreiben der Hühner betrachtete

Vroni dieses kleine Schauspiel im noch braunen Gras und dachte an Leibl, durch den sie begriffen hatte, wie schön und kostbar das hier alles war. Mamertus, Pankratius, Servatius, Bonifatius und Sofia, die Eisheiligen, kamen und gingen. Sie brachten keinen Kälteeinbruch. Die Sonne schien weiterhin warm.

An Fronleichnam rief Josefa Vroni aufgeregt, als sie gerade Runden um das Hühnerhaus drehte, um nach versteckt gelegten Eiern zu suchen. In großer Eile zogen Wolken, die Schafen ohne Köpfe glichen, über den Himmel. Sie stauten sich vor dem Berg und wurden dunkler. Möglicherweise regnete es bald. Regen war um diese Zeit willkommen, damit Gräser und Kräuter kräftig wuchsen.

»Schau dir das mal an, Bäuerin.«

In den Wangen der Magd bildeten sich hübsche Grübchen. Darüber staunte Vroni zuerst. Dann legte sie den Kopf in den Nacken und folgte dem Zeigefinger, der gleich wieder heruntergezogen wurde, weil Josefa sich bekreuzigte. Über ihnen hing ein dichtes Gespinst zartrosa Blüten. Vroni bekreuzigte sich nicht, sondern legte beide Hände über den Mund: Inmitten von elf seit vielen Jahren vom Wind verkrüppelten, vom Moos zerfressenen und nahezu unfruchtbaren Apfelbäumen stand ein Baum in voller Blüte. Die beiden Frauen betrachteten noch eine Weile das Wunder über ihren Köpfen. Dann gingen sie zurück an ihre jeweilige Arbeit.

Am Abend fanden sie auf dem Boden neben der blonden Irmi einen Klumpen, an dem die Kuh beharrlich leckte. Vroni und Korbinian mussten genau hinschauen, um in der Fruchtblase Gliedmaßen und einen Kopf zu erkennen. Aus den Augen des Knechtes tropften lautlos Tränen in die Einstreu. Vroni legte ihm die Hand auf die Schulter und biss sich selbst auf die Unterlippe. Irmis neuerliche Missgeburt, deren Hinterbeine bei noch näherer Betrachtung zusammengewachsen waren, warf der Knecht zu der Sau in den Pferch, wo sie schnell aufgefressen wurde.

Vroni suchte einen Platz zum Nachdenken.

In der Küche bekam sie dafür nicht genügend Luft. In der Kammer hörte sie durch die Wand Irmis lang gezogenes Wehklagen, auf der Bank vor dem Haus setzten sich die Erinnerungen an den vergangenen Sommer und den englischen Besuch dazu. Schließlich fand sie den geeigneten Ort an der Rückseite des Hühnerhauses. Der Dachüberstand schützte sie sogar gegen den feinen Regen, der eingesetzt hatte.

Vroni zog die Knie Richtung Bauch, löste das Kopftuch und rupfte gedankenverloren ein paar behaarte Blätter von den Königskerzen, die links und rechts von ihr wuchsen und bereits ziemlich in die Höhe geschossenen waren. Sie starrte den grauen, von Wolken umwaberten Berg an, und der Berg starrte sie an. An ihren nackten Beinen krabbelten Ameisen hoch und bissen sie. Dass sie jetzt eine Entscheidung treffen musste, wusste sie mit einem Mal so sicher, wie sie wusste, dass morgen das Dammkar und das Tiefkar wieder weiß vom Neuschnee sein würden. *Du bist ja eine sehr vernünftige Person, eine sehr vernünftige Person.* Wie die Ameisen auf den Schenkeln krabbelten diese Worte in Vronis Ohren herum.

Gleichzeitig tauchten verschwommene Erinnerungen auf. Auch damals hatte es genieselt. Die Königskerzenblätter zwischen ihren Fingern fühlten sich angenehm pelzig an. Mathilde Klotz, die aus den Blüten dieser Pflanzen einen Sud herstellte, hatte vor über zwei Jahren am offenen Grab des Bauern genau diese Sätze gesagt. Mathilde Klotz hatte recht. *Deshalb muss ich die Sache selbst in die Hand nehmen, den*

Spieß einfach umdrehen. Vroni schnürte den vagen Plan, der ihr schon den ganzen Winter über im Kopf herumgespukt hatte, so fest zusammen wie die großen Leinentücher, damit auf den Weg von der Hangwiese zum Dachboden nichts von dem kostbaren Heu verloren ging. Zurück in der Küche holte sie Rosls Schreibheft aus der Kredenz, wo es zusammen mit dem Malbuch hinter dem Hochzeitsservice der verstorbenen Bäuerin aufbewahrt wurde, und riss eine Seite heraus.

Eine Weile saß Vroni vor dem leeren Blatt. Rechnen war ihr in der Schule deutlich leichter gefallen, denn Zahlen waren, nun ja, vernünftig. Unwillkürlich schmunzelte Vroni. Wie oft hatte sie dem Anton das Ergebnis einer Aufgabe zugeflüstert und dafür eine Brotkante bekommen! Schließlich schrieb sie los. Kurz und bündig, worum es bei der Angelegenheit ging, und was sie wollte. Bereits auf der Mitte der Seite war sie fertig und setzte unter ein schwungvolles *Hochachtungsvoll* ihren vollen Namen. Nachdem die Entscheidung getroffen war, überkam Vroni das Gefühl, dass es jetzt sehr eilte.

Sie band sich das Kopftuch ordentlich um, steckte ein paar Münzen ein, lief den Geißschädel hinunter und den kleinen Hügel nach Loisbichl wieder hinauf, um sich am Ausschank des Brückenwirts einen Umschlag zu erbitten und ihn gleich frankieren zu lassen. Als sie ihn in den Briefkasten an der Vorderseite des Wirtshauses plumpsen hörte, fühlte Vroni sich leicht schwindelig. Dabei war es weder heiß noch hatte sie ihre Tage. Was, wenn der Brief Leibl nicht erreichte, oder dieser ihrer Bitte nicht nachkommen wollte? Noch schlimmer die Vorstellung, dass ...

Vroni kehrte zurück in die noch leere, aber nach dem kalten Rauch vom Vorabend stinkende Wirtsstube und ließ sich auf den nächstbesten Stuhl fallen. Dieses Mal dauerte es eine Ewigkeit, bis eines der Schankmädchen auftauchte.

Zum Glück war es nicht Annie. Das Bier kam dann zügig. Mit beiden Händen umschlang Vroni den Maßkrug, über dessen Rand weißer Schaum perlte. Sie schloss die Augen, legte die Lippen an und trank. In großen Schlucken genoss sie das kühle, herbe Getränk und spülte alle Zweifel hinunter. Nachdem der Krug leer war, bestellte sich Vroni eine zweite Maß.

In letzter Minute entschied Vroni, dass die diesjährige Heumahd doch wieder auf der steilen Hangwiese beginnen sollte. Täglich kurz nach Sonnenaufgang mähte Korbinian das taunasse Gras. Vroni, Josefa und das Rosl breiteten die Schwaden vom Abend zuvor aus, wendeten das halbtrockene Heu und rechten es am späten Nachmittag wieder zu Schwaden zusammen. Für das Kind hatte Korbinian den Winter über einen eigenen Rechen hergestellt. Die sechzehn, aus Eschenholz geschnitzten Zargen waren mit dem Kamm ziemlich steil stehend verzahnt, sodass dem Mädchen das Arbeiten auf der Hangwiese leichter fiel. In den Nächten ging die Fähe auf Beute, um ihre Welpen zu versorgen, die sie dieses Frühjahr in einem Bau im Föhrendickicht geworfen hatte. Bislang lebte auch noch der Rüde, der sich mit um den Wurf kümmerte. Aus dem Wirtshaus brachte Korbinian ein vergessenes *Journal für die moderne Dame* mit. Sodass das Rosl, wenn es nach drei, vier Stunden erschöpft war, sich auf die Wiese setzen durfte und laut Angebote für Fischbein-Corsagen und Trinkkuren in Bad Kissingen vorlas. Das brachte sogar Josefa zum Lachen.

Aus heiterem Himmel bekam der Onkel Magenkrämpfe. Mindestens jede zweite Stunde verließ Vroni die Wiese, kochte ihm Kümmeltee und half ihm auf den Nachttopf. Sie hastete gerade wieder einmal zum Hof hoch, als sie gegen das blendende Licht der Sonne die Umrisse zweier Männer auf der Bank sah. Perplex schürzte Vroni beide Hände über den Augen, während in ihrem Kopf die Sätze durcheinander flogen, die sie sich seit Wochen zurechtgelegt hatte. Als sie zwei Schritte vor ihnen stand, sah sie, dass die Nase unter dem Rand seines neuen Hutes nicht feuerrot leuchtete, obwohl doch jetzt Heumond war. Aber vermutlich holte man sich zwischen den Häusern in der Stadt keinen Sonnenbrand.

»Ja grüß Gott, so eine Überraschung, damit hätte ich jetzt nicht gerechnet«, rief sie lauter als nötig. »Frau Grasegger, wie schön. Sie sind wohlauf. Alle anderen, hoffe ich, auch.«

Wilhelm Leibl sprang von der Bank auf und drückte wie immer mit beiden Händen Vronis Rechte. Am liebsten hätte er sie umarmt, wie er seine Schwester umarmte. Seit er die Bäuerin mit dem stolzen Gesicht porträtiert hatte, wusste und hütete er einige ihrer Geheimnisse. Dass sie ihm von sich aus ein weiteres anvertraut und ihn um Hilfe gebeten hatte, rührte ihn tief. Er spürte die Wärme ihrer dunklen Augen und gab ihre Hand frei. Vroni nickte dem zweiten Mann zu, der auf der Bank sitzen blieb, konzentrierte sich aber auf ihren Freund, den Kunstmaler.

»Mein Gott, warten Sie etwa schon lange? Haben Sie Hunger? Sind Sie wieder direkt über den Wagenbruchsee und das Dickicht hochgekommen?«

Der Maler ignorierte Vronis nervöse Fragen. Stattdessen zog er theatralisch an allen zehn Fingern, dass die Knöchel knackten. Danach breitete er beide Arme weit aus.

»Wissen Sie was, ich brauche ganz dringend Leibesübungen! Brotzeit haben wir schon in Partenkirchen gemacht. Ihr Rechen? Auf der Hangwiese beim Korbinian und der Josefa, vermute ich. Den schnappe ich mir jetzt.«

Schon hatte er den Janker abgestreift und legte ihn neben seinen Begleiter auf die Bank. Jäh flammten auch in ihm Erinnerungen an die sinnlichen Abende des vergangenen

Sommers auf. Der, den ich ihr heute mitgebracht habe, taugt wahrscheinlich besser fürs Leben, dachte er. Für ihr Leben. Sich die Hemdärmel hochrollend eilte Wilhelm Leibl davon.

»Möchtest du ein Glas Buttermilch?«, fragte Vroni. »Vielleicht später«, antwortete Anton. Vroni zuckte unschlüssig mit den Schultern.

»Na gut, sag halt einfach, wenn du Durst hast.«

In dem Moment fiel ihr auf, dass er jetzt einen gezwirbelten Schnurrbart trug. Dicht und honiggelb. Sah er dadurch ernster, städtischer oder älter aus? Auf jeden Fall anders. So leicht würde man Anton nicht mehr mit seinen beiden älteren und seinem jüngsten Bruder verwechseln.

Vroni setzte sich zu ihm auf die Bank, nicht zu nahe, aber auch nicht mit zu großem Abstand. Anton drehte seinen linken Schuh so, dass er das Profil der Sohle genau betrachten konnte. Dann stellte er den Fuß wieder fest auf den Boden und starrte erneut zu dem großen Berg hinüber. Vroni schenkte ihre Aufmerksamkeit drei Hühnern, die im Gras vor der Bank scharrten, dabei nagte sie an der einen, alles entscheidenden Frage herum: *Soll ich mich zuerst dafür entschuldigen, dass ich bei der Namenstagsfeier so abweisend war, oder ihm gleich sagen, dass ich allein mit dem Hof keinen Winter mehr durchstehe?* Ein braunes Huhn hob so ruckartig den Kopf, dass der Kamm hin und her schlackerte, und rannte dann Richtung Brunnen. Ein zweites, weiß und beige geschecktes, kroch unter die Bank und scharrte dort.

»Eine Kuh hat die dritte Missgeburt hintereinander gehabt, hat mir der Herr Leibl ausgerichtet. Du hast es ihm geschrieben, und er meinte, dass ...«

»Es war wohl schon die vierte«, warf Vroni hastig ein, unendlich froh darüber, dass und wie Anton die Unterredung begonnen hatte.

»Normal ist das auf keinen Fall. Sogar sehr unnormal, würde ich sagen. Führt ihr denn Buch über die Stammbäume? Wurde diese Kuh möglicherweise immer vom selben Stier bestiegen, du musst wissen, dass ...«

Wie eine frische Mahd breitete Anton sein gesamtes Wissen über fortschrittliche Viehzucht aus, das er im zurückliegenden Dreivierteljahr an der *Landwirtschaftlichen Centralschule Weihenstephan* erworben hatte. Hin und wieder wanderte sein Blick fort vom Berg und hoch zum Balkon, der, so hoffte er, noch die nächste Stunde über Vronis und seinem Kopf standhalten würde. Auch das Hühnerhaus musste dringend erneuert werden, vom desolaten Schindeldach ganz zu schweigen. Er benutzte lateinische Begriffe, deren Sinn Vroni nicht verstand, aber sie unterbrach ihn nicht, sondern ließ Anton einfach reden. Wenn er schon mal redete. Mit der Zeit setzten sich drei Wolken in der Farbe von Zwiebelschalen am Berg fest. Vroni roch dem feinen neuen Geruch in der Luft nach. Braute sich da etwas zusammen?

»In den vergangenen Jahren konnte die durchschnittliche Milchleistung pro Kuh und Jahr um 125 Liter gesteigert werden. Das Fleckvieh, das moderne Rasserind, ursprünglich aus der Schweiz ...«

Ein Mann wie Anton würde ihr wohl keine Wunden und Schmerzen zufügen, weder am Körper noch am Herzen. Diese Überzeugung war nach vielen Abwägungen in Vroni herangereift. Unter Umständen taugte er sogar zu der Art von gefügigem Ehemann, wie ihn sich Theres in Mittenwald einen herangezogen hatte. Ihrem Brief an Leibl war eine durch und durch vernünftige Entscheidung vorausgegangen, bei der das Aktienpaket bei der fremden Bank eine gewisse Rolle gespielt hatte und auch die Huberin selbst. Eine Schwiegermutter, die einem wohlgesinnt war, fiel schließlich nicht jeden Tag vom Himmel.

Anton redete und redete. Länger als eine Stunde würde das Wetter nicht mehr halten, argwöhnte Vroni. Auf der Hangwiese war also Eile geboten. Und überhaupt. Ihre linke Hand überwand den nicht zu kleinen, aber auch nicht zu großen Abstand und legte sich auf seine rechte, die wiederum auf seinem Knie lag. Antons Hand fühlte sich warm und trocken an, nicht zu fleischig, aber auch nicht zu knochig. Eine Hand, die sie schon seit Kindheit kannte. Anton drehte sie so, dass sich seine Finger mit ihren verflechten konnten.

»Ich vermute, dass in eurem Stall zu wenig Einkreuzung stattfindet. Am besten du verkaufst deinen Stier und bringst die Kühe, wenn sie brünstig sind, jedes Mal zu einem anderen Stier.«

Übergangslos und kaum genug nach Luft schnappend ratterte Anton die Vorzüge des rotbraunen Murnau-Werdenfelser Rindes herunter, das eine hohe Lebenserwartung hatte und sowohl zur Arbeit eingesetzt werden konnte als auch ein guter Milch- und Fleischlieferant war. Mit jedem Satz umklammerte er Vronis Hand etwas fester, während seine Daumenkuppe sanft über ihre Daumenwurzel rieb.

»Mich würde es reizen, hochwertige Mastbullen ...«

Ohne Vorwarnung blähte sich der Frosch in Antons Hals auf, und ein Hustenanfall verhinderte, dass Vroni noch mehr über moderne Zuchtmethoden erfuhr. Sie erschrak, riss den Kopf herum und erschrak noch mehr über die schwarzen Schmutzränder unter ihren Fingernägeln, während Antons mit hellen Härchen beflaumte Hand frisch geschrubbt war und seine kurz geschnittenen Nägel rosa schimmerten.

»Der Bauer war ein gemeiner Hund«, flüsterte sie in den abebbenden Husten hinein. Antons Daumen lag reglos auf ihrem Daumen. Das braune Huhn kam mit vorgeschobenem Kopf und vorsichtigen Tritten vom Brunnen zurück zur Bank. Misstrauisch beäugte es die beiden jungen Menschen, die dort saßen.

»So einer bin ich ganz bestimmt nicht, ich schwör es dir«, sagte Anton mit kratziger Stimme und war froh darüber, dass er zwei Mal mit einer der Schnallen, die in München rund ums Sendlinger Tor ihrem Gewerbe nachgingen, in deren Zimmer mitgegangen war, seine Unschuld verloren und geübt hatte, mit einer Frau zärtlich umzugehen. Die eine hatte ihm hinterher die Locken zerzaust und ihm das Geld zurückgeben wollen.

»Tätest du mich denn überhaupt noch wollen, Anton?«

Vronis Stimme klang matt und müde. Antons Daumen fing wieder an, den ihren zu streicheln.

»Ich habe dich immer gewollt. Immer! Warum glaubst du denn, habe ich dir als Bub Brot und Speck geschenkt? Doch nur, weil schon damals mein Herz jedes Mal einen Satz gemacht hat, wenn ich dich gesehen habe. Und während du gegessen hast, konnte ich dich länger anschauen.«

Anton lachte leise.

»Na dann.«

Vroni nickte und schaute weiter ernst. Ebenfalls ernsthaft dreinblickend nahm Anton den Hut ab und legte ihn auf der Bank ab. Vroni öffnete den Mund ein wenig.

Anton näherte seine Hände ihrem Gesicht. Er presste die Lippen zusammen. Vroni sah in seinem neuen Oberlippenbart winzige Schweißperlen glitzern. Sie hörten den Atem des jeweils anderen. Vroni war so viel Nähe unheimlich, ein flaues Angstgefühl zuckte in ihrem Bauch, aber sie wich nicht zurück und hielt ihren Kopf gerade.

Konzentriert legte Anton beide Zeigefinger und Daumen an Vronis Schläfen. Er brachte noch mehr Mut auf, als ihm die überstürzte Anreise und besonders die vergangene Stunde schon abverlangt hatten, und zwängte die Finger rechts und links durch das straff gebundene Kopftuch. Vronis atmete schneller, Anton dagegen hielt die Luft an. Er drang weiter unter dem groben Leinenstoff vor, berührte ihre dichten Haare und spürte darunter die Schädeldecke. Nichts hatte ihn in seinem Leben je so erregt.

Vroni schloss für keinen Moment die Augen. Dass das braune Huhn anhaltend schrill gackerte, bekam sie kaum mit, aber ihre Angst ebbte ab. Sie vertraute Anton mit einem Mal ganz und gar. Seine Finger erreichten ihre Ohrläppchen, glitten über die Muscheln hinweg, griffen zu und zogen sich schneller zurück, als sie eingedrungen waren.

Als ob es sich um sein erstes neugeborenes Kind handelte, hielt er Vronis Brille an den dünnen Drahtbügeln und beäugte sie gerührt. Seine Zungenspitze kroch rosa und hübsch zwischen den Lippen hervor, als er anfing, mit ebensolch behutsamen wie sachkundigen Bewegungen, mit denen er sich vor zwei Jahren am abgemähten Stummelbein des Kitzes zu schaffen gemacht hatte, das Gestell zurechtzubiegen. Staunend und von Sekunde zu Sekunde mehr belustigt beobachtete Vroni, wie Antons Zunge die ganze Zeit mitarbeitete. »So«, murmelte er schließlich vor sich hin, »jetzt dürfte sie nicht mehr runterrutschen.«

Er atmete froh aus, setzte Vroni die Brille auf und klemmte die Bügel hinter ihre Ohren. Dann nestelte er noch ein bisschen am Nasenbügel herum, um zu prüfen, dass sie auch tatsächlich gut saß. Seine stachelbeergrünen Augen und ihre dunklen Augen begegneten sich, blinzelten. Hinein in diese konzentrierte Stille, an die sich seltsamerweise auch die Hühner hielten, fragte Vroni: »Gibst du dem Wackerle Bescheid, damit er den Hochzeitslader macht, oder soll ich mich darum kümmern? Und für wann?«

Am unruhigen Schlag seiner langen Wimpern, die heller

waren als seine Locken und deutlich heller als seine Schurrbarthaare, konnte Vroni ablesen, dass Anton gründlich nachdachte und einiges abwog, bevor er antwortete: »Wir bestellen das Aufgebot gleich. Einladen soll der Wackerle aber erst für Mitte Oktober. Dann ist das Grummet eingefahren, und ich habe meine Prüfungen in Weihenstephan abgeschlossen.« »Gut, dann hätten wir das«, meinte Vroni und rief im nächsten Augenblick erschrocken: »Herrje, ich muss ja dringend zum Onkel rein, der braucht seinen Kümmeltee.«

Sie schnellte von der Bank hoch, sodass das gescheckte, das braune und ein weiteres hellbraunes Huhn mit schlagenden Flügeln davonstoben, bewegte sich aber nicht fort. Anton lächelte zu ihr hoch, breit und herzlich.

»Ich könnte euch heute noch bei der Mahd helfen.«

Unsicher legte ihm Vroni eine Hand auf die Schulter. Ebenso linkisch beugte sie sich zu ihm hinunter. Sie drückte die Lippen auf seinen Mund, spürte das Kitzeln des Schnurrbartes, öffnete die Lippen.

Eine halbe Stunde später zeigte sich nur noch die Spitze vom Nordwestgrat des Wörner. Ansonsten war der gesamte Berg in lilagraue Wolken gehüllt. Die Magenkrämpfe des Onkels hatten nachgelassen, nachdem ihm Vroni nicht nur Kümmeltee eingeflößt, sondern auch Haferschleim gefüttert hatte. Der Hahn saß in Begleitung von zwei Hühnern auf dem Misthaufen. Warme Windböen verfingen sich in den Zweigen des großen Ahornbaums, ließen das frische Laub rauschen und lockerten auf dem Dach weitere Schindeln.

Auf der steilen Hangwiese arbeiteten Vroni und Anton Seite an Seite im Wettlauf mit dem aufziehenden Gewitter und warfen sich trotzdem von Zeit zu Zeit lächelnde Seitenblicke zu. Als es blitzte, vergaß Josefa sich zu bekreuzigen, so überrumpelt war sie noch von der unvermuteten Wendung der Ereignisse.

Vier Monate später

Das Rosl sass auf dem Gepäckträger und kreischte vor Vergnügen. Jedes Mal, wenn das Vorderrad des Velocipeds gegen einen Stein preschte und einen Satz machte, jubelte es besonders laut. Verwegen schnell ging es vom Geißschädel hinunter ins Tal, aber das Kind verspürte an den Rücken seiner Mutter geklammert keine Angst.

Entlang des Weges rasteten in den Wipfeln vereinzelt stehender Bäume Hunderte Rauchschwalben. Bald würden sie aufbrechen und die Alpen Richtung Süden überfliegen. Die Sonnenstrahlen, die kupferfarben über die abgemähten Buckelwiesen wanderten, wärmten kaum noch. Die vielen Zacken des großen Berges waren wie mit dem extra scharfen Rasiermesser des Onkels ausgeschnitten. Darüber spannte sich ein tiefblauer Himmel.

Für das letzte kurze Stück den Loisbichler Hügel hinauf musste Vroni kräftig in die Pedale treten, aber auch das war ein großer Spaß. Seit ihr die Huberin kurz nach der Verlobung mit Anton das kostbare Fahrzeug geschenkt hatte, war sie eine leidenschaftliche Velocipedfahrerin geworden.

Als die beiden in das Dorf hineinradelten, wurden Eimer mit Odelbrühe auf den Boden gestellt und Schubkarren gesenkt. Die Dorfbewohner gafften wie beim ersten Mal. Mathilde Klotz, die in ihrem Garten die letzten Kartoffeln klaubte, winkte. Auf ihr Gesicht legte sich ein sparsames Lächeln. Aber nur das Rosl winkte zurück. Vroni schaute über den Lenker hinweg geradeaus. Dass viele Loisbichler sie geächtet hatten, steckte ihr immer noch in den Knochen.

Bei Antons Elternhaus angekommen putzte sie mit ihrem Taschentuch sorgsam alle Schlammspritzer von den Stangen und Speichen, dann erst lehnte sie das Velociped an die Wand links von der Haustür, wo sie es vor über einem Jahr zum ersten Mal gesehen hatte. Die Bäuerin sei in der guten Stube, flüsterte eine Magd und öffnete nahezu geräuschlos die Tür. Durch ein Fenster fiel Licht schräg auf die gedrungene Frau, die sich über den Tisch beugte und in eine Schreibarbeit vertieft schien. Um sie herum lagen Zeitungen und ein Wust von Zetteln, teils eng beschrieben, teils noch jungfräulich weiß. Zum ersten Mal fiel Vroni auf, dass der berühmte Kropf schlaffer hing und von einem Gespinst knitteriger Falten überzogen war. Aber die stachelbeerhellen Augen blitzten unverdrossen, als Afra Huber den Kopf hob.

»Böfflamott oder, noch besser, geschmorte Kalbshaxen? Schweinsbraten kommt überhaupt nicht in Frage, den gibt's bei jeder x-beliebigen Hochzeit.«

Afra Huber trommelte mit dem Zeigefinger auf ein dicht mit Zahlenreihen bekritzeltes Blatt Papier.

»Ich geh davon aus, dass jeder im Schnitt zehn Mark Mahlgeld da lässt ... hundertachtundsiebzig Leute habe ich bislang durch den Wackerle einladen lassen ... das Angebot vom Wirt sowohl für Böfflamott als auch für Kalbshaxen schaue ich mir gerade durch. Ach Rosl, mein Schatz, ganz rote Backen hast du. Seid ihr wieder recht schnell gefahren? Aber ...« Die Huberin lachte so impulsiv, dass der Kropf ins Schwingen geriet, bevor sie fortfuhr: »Dafür ist diese Erfindung ja auch da. Und wenn erst das Automobil vom Herrn Benz ...« Ohne Hemmungen trat das kleine Mädchen, das die meisten Loisbichler immer noch Idiotenkind nannten, an die reichste Bäuerin weit und breit heran und unterbrach deren Redefluss, indem es ihr einen schmatzenden Kuss auf die Wange drückte. Die beiden hatten in den zurückliegenden, mit Hochzeitsvorbereitungen gefüllten Wochen eine innige Zuneigung füreinander gefasst. Wohingegen die Frauen der beiden ältesten Söhne Herzklopfen bekamen und ihre Kinder sich wegduckten, wenn die Huberin sie nur ansprach.

Starker Bohnenkaffee, ein Rührkuchen und Brotscheiben dick mit Gänseschmalz bestrichen standen bereit. Vroni und das Kind griffen zu und aßen mit Appetit. Während sie schluckten, kauten und hin und wieder stumm nickten, fasste die Bäuerin den aktuellen Stand der Hochzeitsvorbereitungen zusammen. Der Termin war auf den Dienstag vor Allerheiligen gesetzt worden, ohne Kranzjungfern, dafür mit Blaskapelle in aller Herrgottsfrühe. Nach der Kirche sollte im Brückenwirt gezecht und getanzt werden, der Hochzeitslader Wackerle würde bis in die Nacht Gstanzl singen.

»Ich überlege, ob wir die Herrn Ökonomieräte Ransmayr und Schwarzenbauer aus Partenkirchen einladen. Die wollen angeblich für die Liberalen kandidieren.«

Ihrem Besuch vielsagend zublinzelnd notierte die Bäuerin die Namen der beiden Honoratioren auf ein weiteres Blatt und schob es unter ihre Tasse. Vroni leckte sich noch ein paar Brösel aus den fettigen Mundwinkeln, rückte mit dem Stuhl von der bestickten Tischdecke ab, die ihr schwer auf die Oberschenkel hing, und sagte so beiläufig wie möglich: »Die Aktien von dieser Dresdner Bank, die der Anton in meinen Hof einbringt ...« Sie schnaufte durch, stolz und gleichzeitig erleichtert darüber, dass sie *meinen* betont hatte. »Du hast ja vorgeschlagen, dass damit das Dach neu gedeckt wird, mit richtigen Ziegeln, wie euer Hof auch. Ohne Zweifel eine gescheite Idee von dir, Huberin. Aber was meinst du, wenn ...« Wieder hielt Vroni inne, sah die Stachelbeeraugen enger und stechender werden und strich dem Rosl, dessen klebrige Finger über das filigrane Stickmuster wanderten, ein paar Mal über den Kopf. Eine Geste, die sie selbst beruhigte. Dann sagte sie: »Ich möchte davon lieber einen Wald kaufen. Ein Wald wirft laufend Geld ab. Man kann dort zur Not schneiteln und die Blätter verfüttern. Der Wackerle hat mir gesagt, dass einer im Elmauer Tal verkauft wird, auf der Seite, wo es Richtung Wamberg hochgeht. Mit vielen Buchen und Ahornbäumen. Das Schindeldach auf meinem Hof tut's noch eine Weile.«

Vroni schob ihre Brille zurück, obwohl sie dank Antons Reparatur eigentlich wieder stramm saß, und das Kinn etwas vor. Rosls Finger waren inzwischen bei den roten und blauen Kreuzstichen direkt vor den verschränkten Armen der Bäuerin angekommen. Aber die Huberin schwieg. Was so selten geschah, dass es Vroni vorkam, als ob auch die schweren Eichenmöbel in der Stube, die mannsgroße Standuhr und das Kruzifix den Atem anhielten. Nur der Kropf hob und senkte sich mit jedem Atemzug ein wenig. Dann ruckelte hörbar der große Zeiger. Die Huberin schürzte die Lippen, zog sie auseinander, spitzte sie und sog die Luft scharf ein.

Vroni beschlich das Gefühl, dass ihre zukünftige Schwiegermutter alles in ihre Entscheidung miteinbezog: den kreisrunden Kaffeefleck auf der Tischdecke, die Zinnteller an der Wand, das Kind, das Vroni in die Ehe mitbrachte, Reichskanzler Bismarck, den Erfinder Herrn Benz, die Finanzen des eigenen Hofes und die des Hofes auf dem Geißschädel. Der Kropf wölbte sich gewichtig vor, als die Huberin ihre kleine fleischige Hand auf die Hand ihrer zukünftigen Schwiegertochter legte. Fast wie damals bei dem verqueren Namenstagsessen, schoss es Vroni durch den Kopf.

»Ich habe es gewusst, von Anfang an. Darum bin ich auch so froh, dass der Anton dich schließlich doch kriegt. Du bist nämlich eine wie ich. Richtig gescheit.«

Für einen Moment sah es so aus, als ob die Huberin von Rührung überwältigt war. Aber in der nächsten Sekunde hob sie ihre Hand und schlug damit enthusiastisch auf den Tisch.

»Genauso machst du's! Ein Wald in der Elmau ... komisch, warum hat der Wackerle mir nichts davon gesagt, der hätte mich auch gejuckt, dieser Buchenwald. Und noch was, Vroni, ich habe nämlich erst vorhin in der *Augsburger Allgemeinen* gelesen ...«

Hastig setzte die Huberin eine goldgeränderte Lesebrille auf und wühlte in den um sie verstreuten Zeitungen. Sie fand aber nicht, was sie suchte.

»Na egal, auf jeden Fall hat ein Konditormeister in München eine neue Torte erfunden, zu Ehren von unserem Prinzregenten Luitpold. Was ganz Nobles, sieben Biskuitböden und dazwischen Schokoladenbuttercreme. Man muss schließlich auch beim Essen mit dem Fortschritt gehen. Du besuchst doch öfter diese Theres Schreyögg in der Bäckerei in Mittenwald. Die auch für den Herzog ...« »Huberin, das wäre doch viel zu aufwendig, zu teuer außerdem. Was würden die Leute sagen?«, fiel Vroni ihrer Schwiegermutter in spe ins Wort.

»Ach Schmarrn, das kriegen wir schon hin. Außerdem werden die Leute eh mehr als zehn Mark Mahlgeld dalassen. Sonst schämen sie sich vor mir.«

Die Huberin kicherte, und der Kropf kam Vroni wieder so prächtig prall und rosig vor wie eh und je. »Vroni, wegen dem Wald, den du von den Aktien kaufen willst«, Afra Huber senkte die Stimme etwas, als sie fortfuhr: »hast du das, hm, schon mit dem Anton besprochen?«

Vroni schluckte. Sie schaute zum Rosl, das von seinem Stuhl aufgestanden war und, noch ein halbes Stück Kuchen in der Hand, ehrfurchtsvoll vor der Standuhr stand und die Zeiger beobachtete. *Der Anton.* Bei jedem seiner Besuche küsste er ihre Augenbrauen, manchmal bohrte sich seine Zunge in ihren Mund. *Ich muss mich daran noch gewöhnen, aber zum Glück lässt er mir Zeit.* Einmal hatte er ihre rechte Brust berührt, scheu und vorsichtig. Es hatte sich sogar angenehm angefühlt.

»Nein, habe ich noch nicht. Ich wollte erst erfahren, was du dazu sagst, Huberin.«

Die kleinen hellen und die dunklen Augen tauschten einen langen Blick aus. Afra Huber nagte kurz an der noch immer sinnlichen Unterlippe, dann sagte sie: »So kommen wir in Zukunft weit, du und ich. Und das mit der Prinzregententorte, das ist jetzt beschlossene Sache. Die Theres Schreyögg soll überschlagen, wie viele Torten nach den Kalbshaxen gebraucht werden. Wir lassen es doch bei Kalbshaxen, gell, Vroni.«

Blitzschnell zog sie unter einem Teller ein Blatt mit Eselsohren hervor, auf das viele wackelige Rechtecke gemalt waren, und schob es Vroni hin.

»Mein Plan, wie die Tische stehen sollen, und wer wo sitzt. Den Herrn Leibl, den Akademiemaler, habe ich für deine linke Seite vorgesehen, als Ehrengast.«

In sich hineingrinsend überflog Vroni die Übersicht und meinte schließlich: »So, jetzt rechne ich aber den Kostenanschlag vom Wirt nach. Nicht dass der uns bescheißt.«

»Recht so!«

Eine Stunde später schürzte Vroni ihren langen Rock und steckte einen Zipfel des Saums so in den Bund, dass er nicht in die Speichen geraten würde. Zuerst kletterte Rosl auf den Gepäckträger, dann stieg Vroni auf. Die Huberin stand noch eine Weile in der offenen Haustür, bis ihr einfiel, dass sie den Artikel über die *Aktiengesellschaft für Glasindustrie vorm. Friedr. Siemens* zu Ende lesen musste. Sie ging zurück und nahm gegenüber der Standuhr Platz. Zur gleichen Zeit schlurfte Hochwürden tief in Gedanken über die Sozialdemokraten über den Kirchplatz und wirbelte Staub auf. Als Vroni und das Rosl an ihm vorbeiradelten und höflich grüßten, blieb er stehen. Ein freundliches Fiepen entwich durch den Spalt zwischen seinen beiden oberen Schneidezähnen. Das Velociped war ihm höchst suspekt. Aber dass die Graseggerin demnächst heiratete, rechnete Hochwürden sich als Verdienst an.

Kurz hinter dem Dorf entschied sich Vroni kurzfristig um. Sie nahm nicht die Abzweigung zum Geißschädel, wo sie gleich absteigen und bis zum Hof schieben hätte müssen, sondern sie ließ die Räder einfach melodisch weiter surren. *Immer schneller, immer schneller.* Kieselsteine spritzten zur Seite. Die junge Bäuerin genoss den Fahrtwind, lehnte sich weit in eine Linkskurve und jauchzte mit, als das Rosl erneut aufjubelte. Nach Mittenwald ging es, ruckzuck zu ihrer Freundin, der Theres, um Prinzregententorte zu bestellen. *Herrgott, was für ein Glück ich doch habe.*

Eine Mücke flog ihr gegen das rechte Brillenglas und blieb dort kleben. Die Hände fest um den Lenker strampelte Vroni die Anhöhe hinter Klais hoch und freute sich über die Kraft in den Beinen. Hinunter zum Schmalensee, der in der Herbstsonne glitzerte, fuhr sie wieder Schuss.

Nachwort

Es gibt tatsächlich einen Geißschädel, auf dessen Wiesen im Frühling unzählige Enziane und Mehlprimeln und im Herbst Silberdisteln blühen. Von dort hat man einen großartigen Blick auf das Karwendel, allerdings ist er nicht so hoch wie der Geißschädel, den ich im Buch beschreibe.

Ich liebe das Goldene Landl, wie die Region von Mittenwald im Süden bis Farchant im Norden früher genannt wurde, seit meiner Kindheit und bin dort häufig und bei jeder Witterung in der Natur unterwegs. Der Name der Grafschaft Werdenfels leitete sich von einer mittelalterlichen Burg ab, deren Ruinen nördlich von Garmisch-Partenkirchen noch zu sehen sind. Die Grafschaft unterstand lange dem Hochstift Freising und kam erst 1803 zu Bayern.

Dass ich das Gemälde *Bauernmädchen mit weißem Kopftuch* von Wilhelm Leibl in Zusammenhang mit gerade dieser Alpenlandschaft brachte, geschah zufällig. Aber die Idee von einer trotzigen jungen Frau, die im Rhythmus der Jahreszeiten und im Kampf mit den Naturgewalten einen einsamen Hof bewirtschaftet, hatte für mich etwas Verlockendes. Vroni Grasegger ist wie alle anderen Figuren reine Fiktion.

Wilhelm Leibl (1844 bis 1900) gab es allerdings tatsächlich. Zusammen mit seinem Partner und Malerkollegen Johann Sperl lebte er viele Jahre in Oberbayern, suchte die Einsamkeit der Berge und porträtierte vor allem Menschen aus dem bäuerlichen Milieu. Leibl war einer der bedeutendsten Maler des Realismus in Europa.

Susanne Betz, März 2022

Danksagung

Zum Glück hat mir vor vielen Jahren Rachel Hochstettler, eine damals junge Mutter von bereits sechs Kindern in einer Amish Community in Ohio, beigebracht, mit der Hand zu melken. Ohne sie hätte ich keine Ahnung, wie unterschiedlich und empfindlich die Euter von Kühen sind. Den ebenso geduldigen Unterweisungen eines älteren Bauern aus dem bayerischen Oberland verdanke ich, dass ich es nach einem langen Nachmittag geschafft hatte, ein Stück Hangwiese halbwegs ordentlich mit der Sense zu mähen. Mein Rücken und meine Hüften schmerzten hinterher noch lange. Den einzigartigen Duft von frischem Heu kann ich seitdem jederzeit aus meinem emotionalen Gedächtnis abrufen – was ein großes Geschenk für den Rest meines Lebens ist.

Heumahd wurde und wird von vielen Buchhändlerinnen und Buchhändlern geliebt und empfohlen. Ihnen danke ich von ganzem Herzen – ohne sie wären wir Autoren nichts.

Melanie Köhn sage ich Dank, dass Sie meine Lesungen organisiert. Katharina Eichler hat eine ebenso kluge wie ästhetisch bezaubernde Pressemappe kreiert. Vielen herzlichen Dank, liebe Katharina. Petra Sommer, die früher ebenfalls für den C. Bertelsmann Verlag gearbeitet hat und heute mit ihrem Mann Arno zusammen in Himmelpfort in Brandenburg *Das rote Sofa* zu einer kulturellen Institution aufgebaut hat, möchte ich besonders herzlich danken. Liebe Petra, Du hast von Anfang an mich und meine Bücher geglaubt.

Heumahd würde es ohne Linda Walz nicht geben. Nicht nur, dass meine seit vielen Jahren geschätzte Lektorin und

Freundin die richtige Idee für den richtigen Beginn des Buches hatte. Sondern ohne ihre Geduld, ihren unerschütterlichen Optimismus und ihren Sachverstand wäre ich oft nicht weitergekommen. Liebe Linda, Dir gebührt mein allergrößter Dank für all Deine konkrete und ideelle Unterstützung.

Mein Mann Roland hat mich immer wieder dazu gebracht, dass ich an seiner Seite, oder zuweilen auch japsend hinter ihm, im Werdenfelser Land viele hundert Höhenmeter zurückgelegt habe. Auf den Berg hinauf und überhaupt im Leben. Meine jüngste Tochter, Harriet, hat als erste das Manuskript in einem Rutsch gelesen – und dabei zum Glück noch Fehler und Ungereimtheiten entdeckt. Das Wichtigste aber war, dass sie mir Mut gemacht hat: wenn eine damals Achtzehnjährige schon ab morgens sieben Uhr im Bett das Leben einer Bergbäuerin im späten 19. Jahrhundert verschlang und ernsthaft und leidenschaftlich zugleich die Charaktere und Eigenheiten der Huberin, von Korbinian und Josefa diskutierte, dann würde die *Heumahd* vielleicht auch andere Menschen fesseln ... Harry, thanks and love from your mothercow.

Zum Schluss gilt mein großer Dank auch all denjenigen Leserinnen und Lesern, die mir bislang haben wissen lassen, dass Ihnen die *Heumahd* Türen zu gänzlich unbekannten Lebenswelten geöffnet hat.

Susanne Betz, Oktober 2022

»Dörte Hansen findet für ihre herrlich eigensinnigen Figuren immer den richtigen Ton.« *Brigitte*

Die Fähre braucht vom Festland eine Stunde auf die kleine Nordseeinsel, manchmal länger, je nach Wellengang. Hier lebt in einem der zwei Dörfer seit fast 300 Jahren die Familie Sander. Drei Kinder hat Hanne großgezogen, ihr Mann hat die Familie und die Seefahrt aufgegeben. Nun hat ihr Ältester sein Kapitänspatent verloren, ist gequält von Ahnungen und Flutstatistiken und wartet auf den schwersten aller Stürme. Tochter Eske, die im Seniorenheim Seeleute und Witwen pflegt, fürchtet die Touristenströme mehr als das Wasser, weil mit ihnen die Inselkultur längst zur Folklore verkommt. Nur Henrik, der Jüngste, ist mit sich im Reinen. Er ist der erste Mann in der Familie, den es nie auf ein Schiff gezogen hat, nur immer an den Strand, wo er Treibgut sammelt. Im Laufe eines Jahres verändert sich das Leben der Familie Sander von Grund auf, erst kaum spürbar, dann mit voller Wucht.

Klug und mit großer Wärme erzählt Dörte Hansen vom Wandel einer Inselwelt, von alten Gesetzen, die ihre Gültigkeit verlieren, und von Aufbruch und Befreiung.

Hamburg, 1913: Als Hedda als Obergärtnerin bei der jüdischen Bankiersfamilie Clarenburg beginnt, hat sie es nicht leicht. Auf dem parkähnlichen Anwesen oberhalb der Elbe ist sie die erste Frau auf diesem Posten und wird von den ausschließlich männlichen Kollegen entsprechend kritisch beäugt. Auch körperlich wird ihr viel abverlangt, denn das Anwesen ist riesig, und der Erste Weltkrieg fordert ihr gärtnerisches Können besonders heraus. Trotzdem gelingt es Hedda, ihren Traum zu verwirklichen – bis hin zum Amphitheater im römischen Stil, das zum Mittelpunkt prachtvoller Feste und Theateraufführungen wird. Doch als sich in den 1930er Jahren die Zeiten verdüstern, geraten sowohl Hedda, die jüdische Vorfahren hat, als auch die Familie Clarenburg immer mehr in Bedrängnis.

Kenntnisreich, lebendig und mit faszinierenden Pflanzenbeschreibungen erzählt Marion Lagoda das Leben der Frau nach, deren wahrer Name Else Hoffa lautete und die als Obergärtnerin der Familie Warburg den berühmten Römischen Garten in Hamburg-Blankenese anlegte.

C.Bertelsmann